Lob für *Mit seinem Ring*

Zweiter Platz bei Texas Gold's für Best Historical Romance 2002

Sehr empfehlenswert. – *Under the Covers*

Cheryl Bolen hat es wieder geschafft! Es gibt viel zu lachen und die Beziehungen zwischen den Charakteren ziehen die Leser in ihren Bann. Ich freue mich schon auf das nächste Buch in dieser Serie. 4 Sterne – *Romantic Times Magazine*

Mit seinem Ring ist ein gutes Buch – Sie werden es nicht weglegen können. Die Nebencharaktere sind ein Spaß und werden Sie zum Lachen bringen, genauso wie Glee. – *The Romance Readers Connection*

Wenn Ihnen Cheryl Bolens erstes Buch aus der Bräute von Bath Serie gefallen hat, dann werden Sie auch dieses mögen. *Mit seinem Ring* ist voller Sinnlichkeit – *Happily Ever After*

Bücher von Cheryl Bolen

Regency-Liebesromane:

Reihe: *Die Bräute von Bath*
  Die Braut in Blau
  Mit seinem Ring
  Das Geheimnis der Braut
  Diesen Lord zu lieben
  Liebe in der Bibliothek
  Weihnachten in Bath

Reihe: Beherzte Bräute
  Die falsche Gräfin
  Sein goldener Ring
  Hochzeitsnacht mit Hindernissen
  Miss Hastings abenteuerliche Fahrt nach London
  Weihnachten mit den Birminghams

Reihe: Das Haus Haverstock
  Zufällig eine Lady
  Herzogin aus Versehen
  Irrtümlich Gräfin
  Zu Weihnachten verheiratet

The Regent Mysteries Series
  With His Lady's Assistance
  A Most Discreet Inquiry
  The Theft Before Christmas
  An Egyptian Affair

Pride and Prejudice Sequels
  Miss Darcy's New Companion
  Miss Darcy's Secret Love
  The Liberation of Miss de Bourgh

The Earl's Bargain
My Lord Wicked
His Lordship's Vow
Christmas Brides (Three Regency Novellas)
A Duke Deceived

Romantic Suspense:
Falling For Frederick

Texas Heroines in Peril Series
  Protecting Britannia
  Murder at Veranda House
  A Cry In The Night
  Capitol Offense

World War II Romance:
It Had to Be You (Previously titled *Nisei*)

American Historical Romance:
A Summer To Remember (3 American Romances)

MIT SEINEM RING

(Die Bräute von Bath, Buch 2)

Cheryl Bolen

übersetzt von Antonia Armstrong

MIT SEINEM RING

(Die Bräute von Bath, Buch 2)

Cheryl Bolen

übersetzt von Antonia Armstrong

Kapitel 1

Der Stich einer Nadel hätte für Glee – eine äußerst unfähige Stickerin – ein derart typisches Ereignis sein sollen, dass sie ihre Stickerei ohne Unterbrechung hätte fortsetzen sollen. Aber nicht heute. Sie schmiss ihre Arbeit hin, stampfte mit ihrem zierlichen Fuß auf und nahm ihren zerstochenen Finger in ihren kleinen, knospenartigen Mund. „Ich bin einfach nicht für ein Leben hier, tief vergraben in Hornsby Manor, gemacht", protestierte sie. „Warum erlaubt mein Bruder mir nicht, alleine in Bath zu leben? Andere alte Jungfern tun es doch auch."

Ihre elegante Schwägerin legte ruhig ihre makellose Stickerei nieder und sah Glee verständnisvoll an. „Du bist keine alte Jungfer. Du bist ein neunzehnjähriges Mädchen, und es wäre nicht angemessen, dass du alleine lebst."

„Ich ziehe es vor, mich als alte Jungfer zu bezeichnen", wandte Glee ein und verzog ihr Gesicht zu einem entzückenden Schmollen. „Ich habe schließlich zwei Saisons hinter mir und bin immer noch nicht ansehnlich verheiratet."

Diana warf Glee einen tadelnden Blick zu. „Du vergisst dabei, die acht Heiratsanträge zu erwähnen, die du abgelehnt hast."

„Achteinhalb – wenn du Percy Wittingham mitzählst, den ich dazu überreden konnte, nicht bei meinem Bruder um mich anzuhalten."

Die perfekte Diana lächelte erheitert. „Ich weiß, wie furchtbar langweilig es für dich hier sein muss, angesichts meiner Einschränkung, und weil Felicity sich auf der Grand Tour befindet."

Glee schüttelte ausdrücklich den Kopf. „Nichts – nicht einmal eine Audienz bei der Königin – hätte mich davon abhalten können, bei der Geburt von Baby Georgette dabei zu sein." Ihr Gesicht hellte sich auf und ihre Stimme wurde sanft. „Meine Nichte ist zweifellos das kostbarste Baby, das jemals das Licht der Welt erblickte."

Diana senkte ihre Wimpern, als ein Leuchten von Zufriedenheit über sie kam. „George und ich sind dieser Meinung."

Glee seufzte. „Du und George ... und Felicity und Thomas ... Ich bin von liebestrunkenen, glücklichen Ehepaaren umzingelt, und alles, worauf ich hoffen kann ist, eine Tante zu sein." Trotz des unübertroffenen Erfolges ihrer beiden Saisons, war der eine Mann, den sie seit ihrer frühesten Kindheit angebetet hatte, der einzige Mann, den sie jemals lieben könnte, immer noch so unerreichbar wie die Flügel eines Seraphs. Gregory „Blanks" Blankenship war so weit außerhalb ihrer Reichweite, dass sie ihre Anbetung ihm gegenüber nicht einmal ausgesprochen hatte. Und wenn sie Blanks nicht haben konnte, dann würde sie lieber als alte Jungfer sterben.

Dianas Blick wurde sanft. „Habe Geduld, Glee. Ich bin zwei Jahre älter als du, Felicity sieben. Wenn du wirklich so verzweifelt gewesen wärest, hättest du einen dieser *achteinhalb* Heiratsanträge angenommen. Und es werden bestimmt noch mehr kommen. Du bist eine äußerst liebliche junge Dame." Ein selbstgefälliges, schelmisches Lächeln machte sich auf Dianas sonst friedlichem Gesicht breit. „Ich weiß, warum du dich in keinen dieser jungen Männer verlieben kannst." Die elegante, junge Mutter machte beiläufig mit ihrer Stickerei weiter.

„Ich bitte dich, weihe mich ein", sagte Glee ungeduldig. Als sie Diana dabei beobachtete, wie sie ihre Stickerei wiederaufnahm, war es Glee peinlich, mit ihrer eigenen jämmerlichen Stickarbeit im selben Zimmer zu sein wie ihre Schwägerin mit ihren makellosen Kreationen. Was für ein Glück sie hatte, dass Diana schon verheiratet war, denn Glee schnitt im Vergleich mit der Perfektion ihrer schönen Schwägerin furchtbar schlecht ab.

„Ob es dir bewusst ist oder nicht, du bist seit langem in einen Mann verliebt, der bis jetzt noch nicht erkannt hat, wie begehrenswert du bist", fuhr Diana fort.

Glee hob ihre Augenbrauen. „Tatsächlich?"

Diana nickte. „Ein junger Mann, den du beinahe dein ganzes Leben lang kennst oder zumindest seitdem er und George zusammen in Eton waren."

„Blanks." Der Name purzelte fast ehrfürchtig von Glees Lippen. Wie hatte Diana es erraten? Sie traf Dianas Blick. „Dir ist klar, dass ich in Mr. Gregory Blankenships Augen immer zwölf Jahre alt sein werde."

Diana nickte. „Es liegt an dir, ihn dazu zu zwingen, dich auf eine andere Art und Weise zu sehen."

Glee zog ihren Umhang enger um sich und erhob sich von dem mit Seidendamast bezogenen Sessel, um zum Kamin zu gehen, in dem ein knisterndes Feuer prasselte. Mit ihrem Rücken zu Diana sagte sie: „Dann ist da noch die Tatsache, dass Mr. Blankenship sich nie zu anständigen jungen Damen hingezogen gefühlt hat. Hat er nicht eine Mätresse?"

„Du solltest von solchen Dingen nichts wissen!", schimpfte Diana.

„Vielleicht würde Blanks mich anziehend finden, wenn ich mich wie eine Kurtisane benehme."

„Dann *hast* du Gefühle für ihn!"

Glee seufzte, biss sich auf die Lippe und sah dann mit einem verlegenen Nicken in die bohrenden Augen ihrer Schwägerin.

Hatte Diana gewusst, dass Glee jeden Mann mit Blanks verglich und dass dabei alle schlecht abschnitten? Es war nicht nur die Tatsache, dass er größer war und besser aussah als alle anderen. Oder dass er furchtbar reich war und unvergleichbaren Geschmack zur Schau stellte. Oder dass er ein bekannter Fraktionsvorsitzender war. Obwohl er all dies war, war er so viel mehr.

Er war ungewöhnlich sympathisch und fürsorglich allen gegenüber, die er traf. Es war Blanks gewesen – nicht ihr eigener Bruder – der ihr den ersten Zahn gezogen hatte. Und Blanks war derjenige gewesen, der sie getröstet hatte, als ihr Lieblingshund gestorben war. Und mit einem seltsamen Rasen in ihrem Herzen erinnerte sie sich an den zwölfjährigen Blanks, der sie stolz zum Herrenhaus getragen hatte, nachdem sie von einem Baum gefallen und sich den Fuß verletzt hatte.

Sie erinnerte sich auch daran, dass sein immer parates Lächeln den trübsten Tag mit warmen Sonnenstrahlen füllen konnte. Sie zitterte sogar jetzt, als sie sich sein verheerend bezauberndes Lächeln vorstellte. Diana lächelte wie eine Katze, die einen Kanarienvogel gefangen hatte. „Wenn

Blanks dazu bereit ist, sich häuslich niederzulassen, dann wird er ein gutes Mädchen haben wollen, keine Kurtisane."

Glee drehte sich um, um Diana anzusehen. „Obwohl ich fünf Jahre jünger bin als er, könnte mein rotes Haar ergrauen, bevor Mr. Gregory Blankenship beschließt, sich niederzulassen. Blanks zu kennen, bedeutet auch, seine völlige Abneigung gegenüber Ehe und Kindern zu kennen – und seine Unfähigkeit zuzugeben, dass er sich wegen irgendetwas irren könnte."

Diana nickte. „Aber George hatte auch keinerlei Absichten sich niederzulassen, als er mich traf. Liebe, mein Schatz, verändert Dinge – auch die härteste Entschlossenheit eines Junggesellen."

Wie sehr doch die Liebe ihren Bruder verändert hatte, dachte Glee. Es verging kein Tag, ohne dass Glee über Georges Verwandlung vom trinkenden, spielsüchtigen Lebemann zum liebestrunkenen Ehemann und hingebungsvollen Vater staunte. Natürlich hatte es geholfen, dass er sich von seinen vergnügungssüchtigen Freunden in Bath distanziert und sich in Hornsby Manor niedergelassen hatte. „Die Chance, dass Blanks sich plötzlich in mich verliebt, ist genauso groß, wie die Chance, dass Kartenspiele und die Pferderennen in Newmarket ihn plötzlich nicht mehr interessieren. Es ist nicht so wie bei dir und George. Ich konnte Amors Pfeil förmlich in Georges Herz schießen sehen, als er dich zum ersten Mal sah. Und ich versichere dir, dass mein Bruder vorhatte, bis zu seinem dreißigsten Geburtstag ein Junggeselle zu bleiben."

Glees Blick senkte sich zum Kamin, in dem die Flammen in Gelb, Orange und Blau loderten. „Natürlich bin ich nicht abgeneigt, Amor ein bisschen Hilfe zu verschaffen – wenn es sich um Blanks handelt." Sie sah Diana schelmisch an. „Sag, hat George ein Buch, welches beschreibt, wie man ..." Sie wandte Diana wieder ihren Rücken zu. „Welches Sex beschreibt. Du weißt schon, wie man es macht und so."

Sie drehte sich um, um Diana anzusehen, die plötzlich errötete, und beobachtete sie einen Moment lang eingehend.

Endlich antwortete Diana mit schamhafter Stimme. „Ich bin mir sicher, noch nie von einem derartigen Buch gehört zu haben."

„Wie weiß man dann, was man machen soll?"

Diana vermied es, Glee in die Augen zu schauen. Sie nahm ihre Stickerei wieder auf und räusperte sich. „Ich nehme an, es ist so wie atmen. Es scheint wie von selbst zu passieren – vorausgesetzt, man ist in seinen Partner verliebt."

Die große Türe öffnete sich knarrend und George schritt in das Zimmer. Er war blond und kräftig und jung und lebhaft. Und ganz und gar verliebt in seine Frau. Seine tanzenden Augen ließen sich auf Diana nieder. „Was passiert wie von selbst?"

Die beiden jungen Frauen sahen sich erheitert an.

George küsste Diana auf die Wange.

Sie sah mit anhimmelndem Blick zu ihm auf. „Sich zu verlieben, mein Teuerster."

Er schaute Glee an. „Ist Glee wieder verliebt?"

Mit zusammengezogenen Augen wandte sich Glee ihrem Bruder zu. „Bitte erwähne diese idiotische Sache nicht, an der ich beteiligt war, als ich ein Kind von siebzehn Jahren war."

„Ja, George", mahnte ihn Diana, „Glee ist ganz und gar nicht mehr das kleine Mädchen, das mit ihrem Tanzlehrer fortlaufen wollte. Sie ist jetzt so viel reifer."

„Ich bin überaus dankbar, dass niemand außerhalb unserer Familie über meine damalige Dummheit Bescheid weiß", sagte Glee.

„Ich auch", stimme George zu.

Glees ernster Blick erhaschte den ihres Bruders. „Du erinnerst dich bestimmt, dass ich niemals in diesen Schwachkopf von einem Tanzlehrer ernsthaft verliebt war."

George nickte verständnisvoll.

Glee ging zur Tür. „Ich lasse Euch Turteltauben alleine und gehe spazieren. Das Einzige, was hier besser ist als in Bath, ist, dass ich hier ohne Zofe spazieren gehen kann."

* * *

Gute Gesellschaft war in diesem Winter in Bath eher dürftig, jammerte Gregory ‚Blanks' Blankenship, als er mit einer Hand einen Wollschal um seinen Hals warf, während er die Zügel zu seinem Phaeton mit der anderen manövrierte. Wie sehr er den guten, alten George doch vermisste. Es gab nichts, zu dem sie den vergnügungssüchtigen Kerl nicht hatten überreden können – besonders, wenn er zu tief ins Glas geschaut hatte. Gregory lachte auf, als er sich daran erinnerte, wie Appleton George dazu herausgefordert hatte, einen Krug voll Schweine-Urin zu trinken – was George sofort tat und sich damit fette fünf Pfund von Gregory verdiente.

Als er sich an seine förmliche Mission an jenem Tag erinnerte, verschwand Gregorys Lächeln. Er brachte seinen Phaeton vor dem Geschäftssitz seines Anwalts zum Stehen und bemerkte einen jungen Burschen, der ihn vom Bürgersteig aus ansah.

Ohne Mantel und mit einer Zehe, die aus einem Loch in seinen ausgetragenen Schuhen hervorschaute, hüpfte der Junge förmlich vor Gregory auf und ab. Sein breites Lächeln entblößte seine fehlenden Vorderzähne. Er musste um die sechs Jahre alt sein, dachte Gregory.

„Morgen, mein Herr", sagte der Junge.

Gregory sprang auf den Bürgersteig und wandte sich an den Burschen. „Ich wette, du bist ein junger Mann, der gut mit Pferden umgehen kann. Wirf ein Auge auf meines und du kannst dir eine Krone verdienen." Gregory wusste, dass eine Krone ein exorbitanter Betrag für eine solch niedrige Aufgabe war, aber der Junge sah aus, als könnte er sie dringend brauchen.

Die Augen des kleinen Kerls wurden groß. „Jawohl, Sir! Hab' noch nie eine Krone gesehen." Der Bursche nahm die Zügel und streichelte den Grauen zärtlich, während er ihm beruhigende Worte zuflüsterte und Gregory die Treppe hinaufging.

Oben angekommen begrüßte ihn Mr. Willowbys junger Sekretär. „Guten Morgen, Mr. Blankenship. Es tut mir leid, vom Tod Eures Vaters gehört zu haben."

Gregory, der sechs Wochen Zeit gehabt hatte, um sich an den Gedanken des Ablebens seines Vaters zu gewöhnen, dankte für das Beileid des Mannes mit einem ernsten Nicken, bevor er eine Guinea aus der Tasche nahm und sie auf den Schreibtisch des Mannes knallte. „Seid so gut und kümmert Euch darum, dass der kleine Bengel, der sich vor Eurem Gebäude aufhält, einen warmen Mantel und neue Schuhe bekommt."

Der Sekretär nahm die Münze, schob seinen Stuhl zurück und stand auf, um zum Fenster zu gehen und auf das Kind hinab zu sehen. „Seine Mutter putzt für uns und ich glaube nicht, dass er einen Vater hat. Armer Kerl."

Die Türe zu Willowbys Büro öffnete sich und ein schlanker Mann mit einem spitzen Kinn sprach Gregory an. „Wollt Ihr nicht in mein Büro kommen, Mr. Blankenship?"

Gregory folgte ihm in das Zimmer und ließ sich auf einem Stuhl vor Willowbys ordentlichem Schreibtisch nieder.

„Ich habe Euch heute hierhergebeten, da ich mit Euch alleine sprechen wollte, bevor wir uns mit der gesamten Familie treffen", sagte Willowby.

Gregory hob eine Augenbraue.

Willowby räusperte sich und traf Gregorys verwirrten Blick mit Offenheit. „Ich wollte Euch vorbereiten."

Gregorys Brauen senkten sich. „Worauf vorbereiten?"

Willowby stieß einen tiefen Seufzer aus. „Das Testament Eures Vaters ist etwas ungewöhnlich."

Gregory rutschte auf seinem Stuhl herum. Sein Herz begann zu rasen. Irgendwie wusste er, dass dies keine angenehmen Neuigkeiten sein würden. Ohne seine Augen von Willowby abzuwenden, sagte er: „Fahrt fort."

„Das letzte Mal, als ich Euren Vater gesehen habe, war er Euch nicht gut gesonnen. Er murmelte fortwährend, dass Ihr allesamt zu ... ah, unbeständig wäret."

Gregory nickte.

„Ihr werdet die Möglichkeit haben, seine genauen Worte zu lesen, aber, kurz gesagt, wollte er nicht, dass Ihr all sein Geld an Eure frivolen Tätigkeiten verschwendet."

„Also hat er mich aus seinem Testament

gestrichen."

Mr. Willowby zögerte einen Moment. „Nicht unbedingt. Dem letzten Testament Eures Vaters zufolge wird all sein Eigentum an den Zweitältesten, Euren Halbruder Jonathan, vermacht, solltet Ihr bis zu Eurem fünfundzwanzigsten Geburtstag nicht verheiratet sein."

„Der gute Sohn!", warf Gregory ein und sein allgegenwärtiges Lächeln erschien auf seinem Gesicht. Nicht, dass er glücklich war. Das Lächeln diente dazu, seinen Schmerz zu verbergen; eine Maske, die er über Jahre wegen seiner Stiefmutter zu tragen gelernt hatte, da diese ihm übelnahm, dass er – und nicht ihr eigener Sohn – das Vermögen ihres Mannes erben würde. Nun, dachte Gregory vergrämt, würde Jonathan das Blankenship-Vermögen doch noch bekommen. Ihr bedächtiger Vater hatte Jonathan immer bevorzugt – und wahrscheinlich aus gutem Grund. Jonathan war genau wie sein Vater. Ernsthaft. Sparsam. Und nicht fähig, Spaß zu haben. Kurz gesagt das genaue Gegenteil von Gregory.

Gregory rutschte auf seinem Stuhl zurück. „Ich bin Euch dankbar dafür, dass Ihr mich in den Plan meines Vaters eingeweiht habt", sagte er und erhob sich, um zur Tür zu gehen.

Mr. Willowby räusperte sich. „Wie alt seid Ihr, Mr. Blankenship?"

Gregory hielt inne und drehte sich um, um Willowbys erheiterten Gesichtsausdruck zu beobachten. „Ich werde im Juni fünfundzwanzig."

„Es ist noch nicht zu spät, um die Bedingung des Testaments Eures Vaters zu erfüllen."

„Und zu heiraten?" Gregorys Augen zogen sich

misstrauisch zusammen.

Willowby nickte.

„Aber ich habe weniger als vier Monate Zeit und keine Aussicht auf eine Braut." Noch wünschte er sich eine Braut. Niemals.

„Ich würde meinen, eine große Zahl an Frauen würde Euch liebend gerne behilflich sein, besonders angesichts der großen Menge Geld, die im Spiel ist."

„Mein Bruder würde eine derartige Intrige sofort wittern und anfechten."

„Es ist tatsächlich möglich, sich in kurzer Zeit zu verlieben. Nehmt Mrs. Willowby und mich als Beispiel. Ich habe eine Woche, nachdem wir uns kennengelernt haben, um sie angehalten."

Gregory, der Mrs. Willowby nie kennengelernt hatte, stellte sich den Anwalt mit dem spitzen Kinn mit einer Braut mit ebenso spitzem Kinn vor, als sie einer Herde von kleinen Spitz-Kinn-Kindern anführte. Ein guter Grund, die Ehe zu vermeiden. „Ich wünschte, ich wäre auch so glücklich", murmelte Gregory.

Er schritt auf den Anwalt zu und legte ihm eine Hand fest auf die Schulter. „Ich danke Euch, Willowby."

Willowbys Sekretär war nicht anwesend, als Gregory durch das Zimmer ging und seine Handschuhe anzog, um sich auf die Kälte des heutigen Tages vorzubereiten. Er hoffte, dass der Sekretär unterwegs war, um einen Mantel und Schuhe für das armselige Kerlchen zu besorgen, das sich nun um sein Pferd kümmerte.

Der Junge stand, trotz der Schneeflocken, die sich auf seinem blonden Haar sammelten, gewissenhaft neben Gregorys Pferd. Gregory klopfte dem Burschen sanft auf den Kopf. „Ich sehe, du hast dein Wort gehalten." Er schmiss dem Jungen eine Krone zu. „Es ist viel zu kalt, um ohne Mantel draußen zu sein. Sei ein braver Junge und geh dich im Büro von Mr. Willowby im zweiten Stock aufwärmen." Gregory nickte in Richtung des Gebäudes.

Er beobachtete, wie der Bub, die Münze fest in seiner Hand, das Gebäude betrat, stieg in seine Kutsche, und lenkte sie die Milsom Street entlang. Trotz der eisigen Kälte hatte er kein Verlangen, zu seinem Stadthaus zurückzukehren. Er war nicht in der Laune, sich höflich zu unterhalten oder unaufrichtig zu lächeln. Obwohl er Willowby gegenüber eine stoische Fassade präsentiert hatte, fühlte er sich tiefer unten als der Bauch eines Hängebauchschweins.

Wieder einmal hatte sein Vater ihn auf gemeinste Art und Weise Jonathan gegenüber benachteiligt. Gregory wollte seinen Stiefbruder hassen, wie er seinen Vater gehasst hatte, aber er konnte es nicht. Jonathan war jünger und kleiner und rief immer einen Beschützerinstinkt bei Gregory hervor, wenngleich sein Bruder ihn als Gegner sah. Obwohl sie nur zwei Jahre auseinander waren, waren sie sich niemals nahegestanden. Jonathan nahm es Gregory übel, wenn dieser besser in Mathematik war oder ein schnelleres Pferd hatte. Und Jonathan begehrte immer, was Gregory hatte, obwohl sie einen äußerst unterschiedlichen Geschmack hatten. Gregory gab immer nach und gab seinem Bruder das Spielzeugschwert oder die silbernen Sporen oder den Gedichtband, den Jonathan begehrte, nur um zu beobachten, wie sich Staub auf den Dingen sammelte, sobald sie in Jonathans Besitz übergegangen waren.

Gregory ritt über die Pulteney-Brücke, die sich über den gefrorenen River Avon erstreckte. Er war zu verärgert, um die Kälte in seinen Knochen zu bemerken. Er hatte es nie auch nur in Erwägung gezogen, dass er nicht bis an sein Lebensende in dem extravaganten Stil leben würde, an den er sich in seinen ersten vierundzwanzig Jahren gewöhnt hatte.

Für Jonathan war es anders. Nicht nur war er nicht mit solchen Erwartungen aufgewachsen, er würde auch nicht wissen, was er mit den Unmengen Geld machen sollte. Jonathans Lieblingsbeschäftigung war es, so viel wie möglich aus jedem Schilling zu quetschen. In seiner Wohnung in London versagte er sich alles, was andere junge Männer seiner Klasse als notwendig empfanden. Er hatte kein Pferd und kein Feuer in seiner Kammer. Und er ersetzte Wachskerzen mit minderwertigen, aus Talg gefertigten Kerzen – und verwendete diese nur selten. Gregory vermutete, dass sein Bruder einen Großteil seiner dreihundert, die er im Jahr bekam, sparte. Jonathan ließ sich häufig in Sutton Hall nieder, nur um sich Ausgaben zu ersparen.

Gregory konnte Jonathans Besessenheit sparsam zu sein nicht verstehen. Wofür war Geld gut, wenn man es nicht dazu verwendete, Dinge zu kaufen, die die Seele glücklich machten? Innerhalb einer trostlosen Sekunde überkam Gregory die volle Kraft der Erkenntnis, wie gefährlich nahe er dem Verlust seines Vermögens war. Du lieber Gott, würde er seine Pferde aufgeben müssen? Und seinen Schneider? Und das Spielen? Sein Herz setzte einen Schlag aus. Würde er Carlotta gehenlassen müssen?

Wie sollte er sich erhalten? Er erinnerte sich

daran, wie sein bester Freund George das kleine Vermögen, das ihm von seinem Vater, dem Viscount, vererbt worden war, verloren hatte. Wie hatte George es geschafft, bevor er die Schwester des außerordentlich reichen Mr. Thomas Moreland heiratete?

Vielleicht konnte George ihm einige Ratschläge geben. Warum sollte er nicht gleich nach Warwickshire reiten und seinen Freund, den Viscount, besuchen?

* * *

Vom Fenster im zweiten Stock neben Willowbys Büro aus beobachtete Jonathan Blankenship, wie sein Bruder auf seinen Phaeton stieg. Vor Genugtuung lächelnd, folgte Jonathans Blick Gregory, bis er den River Avon überquerte. Nun musste er sich aus dem Gebäude entfernen, ohne dass der alte Willowby ihn sah und dadurch wusste, dass er alles gehört hatte.

Kapitel 2

Diana hatte immer recht. Glees Merinopelisse hätte nur wenig Schutz gegen die feuchte Kälte des Nachmittags geboten. Nicht einmal der smaragdgrüne Mantel, den Diana vorgeschlagen hatte, wärmte Glee auf, als sie über die nasse Wiese schritt, die Hornsby Manor umgab. Dann war da noch Dianas scharfsinnige Beobachtung, was Blanks betraf. Ihr eigenes Eingeständnis, das darauf folgte, befreite sie von Jahren der heimlichen Zuneigung. Glee war innerlich aufgewühlt und gerüttelt und schlussendlich voller süßer Erwartung, als sie über Gregory Blankenship und ihre Leidenschaft für ihn nachdachte.

Die Gefühle, die sie derzeit überfluteten, hatten die innersten Kammern ihres Herzens schon immer bis zum Bersten gefüllt. Es hatte nur Dianas weise Erkenntnis gebraucht, um sie freizusetzen und bei Glee Gefühle auszulösen, die sie nicht benennen konnte. Gedanken an Blanks erregten sie auf eine Weise, die sie noch nie zuvor erlebt hatte. Ein bittersüßes Verlangen wallte tief in ihrem Inneren auf, ein Verlangen, das nur Blanks stillen konnte.

Sie hob ihre Röcke an und überquerte den Bach über einen überfluteten Steinweg. Sie fühlte sich federleicht und war ganz und gar nicht wegen ihrer nassen Schuhe besorgt. Sie fühlte sich unerwartet weiblich, reif für die Liebe, die ein Mann und eine Frau miteinander teilen. Eine

Liebe, die Körper und Seele einnimmt. Nun wusste sie, was in ihrem Leben gefehlt hatte. Bis sie Blanks lustvolles Herz erobern konnte, konnte sie sich nicht vollkommen fühlen.

Aber wie stellte man es an, eine derart trügerische Liebe einzufangen? Blanks' Leben war kaum mehr als eine Reihe spielerischer Streiche und unstatthafter Affären. Wenn Blanks sich nur zu einer Lady hingezogen fühlte, dann hätte sie eine Ahnung davon, was für ein Typ Frau ihm gefiel. Sie hätte etwas, das sie nachahmen könnte. Stattdessen hatte sie keinen blassen Schimmer. Er hatte sich nie zu einer Frau hingezogen gefühlt, die er zu dem strengen Mann, der sein Vater gewesen war, hätte nach Hause bringen können.

Vielleicht, dachte sie hoffnungsvoll, würde der Tod seines Vaters – und seine eigene daraus folgende Position als Familienvorstand – ihn dazu zwingen, reifer zu werden und eine Frau und Kinder zu wollen. Er war schließlich schon vierundzwanzig. Genau wie George. Und wie freudig hatte George Ehe und Vaterschaft angenommen.

Der Tod seines Vaters sicherte Blanks außerdem ein Vermögen. Ihr Herz schlug schneller bei dem Gedanken, dass solch glückliche Umstände eine große Anzahl lieblicher Mitgiftjägerinnen anlocken würden. Als ob sein gewaltig gutes Aussehen ihn nicht schon zu einem der begehrenswertesten Männer in England gemacht hätte. Verdammt. Ein weiteres Hindernis zu ihrem einzigen Glück.

Als sie das Dickicht verlassen hatte, erhaschte sie einen Blick auf Hornsby Manor, das eine halbe Meile entfernt lag. Die drei Stockwerke aus grauem Stein vermischten sich fast mit dem gleichfarbigen trüben Himmel. Sie hörte das Schlagen von Hufen hinter sich, drehte sich um und sah einen jungen Mann, dessen Mantel hinter ihm her wehte, als er auf das Herrenhaus zuritt. Hatten ihre Gedanken Blanks erscheinen lassen? Die mahagonifarbenen Haare des Mannes und die Eleganz, mit der er sein Pferd führte, sahen eindeutig wie Blanks aus. Als er näherkam, erkannte sie, dass der Reiter tatsächlich ihre heimliche Liebe war.

Und ihr Herz schlug schneller. Sie fuhr sich mit den Fingern durch ihr wirres Haar, biss sich auf die Lippen, um sie rötlicher wirken zu lassen, und wandte sich ihm zu. Nun bereute sie es, Dianas Rat angenommen und den schweren Mantel angezogen zu haben.

Als er nur noch ein paar Meter von ihr entfernt war, erhellte ein Lächeln des Erkennens sein hübsches Gesicht. Unbewusst lächelte sie zurück, als er abstieg und sein Pferd hinter sich herführte.

„Ah, Miss Pembroke, es freut mich, Euch wiederzusehen", sagte er.

Obwohl es ihnen immer leichtgefallen war, sich miteinander zu unterhalten, fand Glee keine Worte. Sie stand ihm wie angewurzelt gegenüber und ihre Zähne klapperten. „Erwartet George Euch?", brachte sie schließlich hervor.

Er schüttelte seinen Kopf mit einem Ausdruck von verschmitztem Zweifel auf seinem verführerischen Gesicht.

„Natürlich nicht", versicherte sie ihm. „George wird höchsterfreut sein, Euch zu sehen, und ich muss zugeben, dass ich mich auch über die Gesellschaft freue."

Er ging neben ihr her. „Teuflisch kalt, nicht

wahr?"

„Das ist es", schaffte sie zu sagen.

Er nahm seinen mehrlagigen Wollmantel ab und legte ihn über ihre Schultern. „Wollen ja nicht, dass Eure lieblichen Zähne klappern."

Sie sah auf in sein dunkles, gutaussehendes Gesicht, als er auf sie herunterblickte. Sie reichte ihm kaum bis zu den Schultern. Sie fühlte sich zutiefst weiblich. „Ich kann Euren Mantel nicht annehmen, Mr. Blankenship."

Da war es. Sein atemberaubendes Grinsen. Sie hätte in Ohnmacht fallen können. „Mr. Blankenship?", fragte er mit gespielter Empörung. „Seit wann habt Ihr Euch entschieden, mich nicht mehr Blanks zu nennen?"

„Ihr habt mich als Miss Pembroke angesprochen. Und dann ist da noch die Tatsache, dass Ihr nun das Oberhaupt Eurer Familie seid und wir beide keine Kinder mehr sind." *Ha! Lass ihn darüber nachdenken!*

Er nahm ihre Hand, tätschelte sie und hakte sie in seinen gebeugten Arm ein. Plötzlich war ihre nicht mehr kalt, sondern warm, und sie fühlte sich so wohl wie ein Kätzchen im Sonnenschein.

„Ich muss zugeben", sagte sie, „dass ich es vorziehe, Euch Blanks zu nennen."

„Und ich ziehe es vor, mich an Euch als die charmante kleine Schwester zu erinnern, die sich aus der Schule geschlichen hat, um George und mir in den Wald zu folgen." Er lachte kurz auf. „Habt Ihr immer noch Angst vor Fröschen?"

Natürlich hatte sie das, aber sie würde es nicht zugeben. „Ich bin kein dummes Kind mehr", sagte sie hochmütig.

„Wie konnte ich es nur vergessen? Die bezaubernde Miss Pembroke, Schönheit von Bath.

Betet, dass Eure abgewiesenen Freier sich nicht selbst erledigen."

Er hatte ihren Erfolg bemerkt! Das war sehr gut. Sie schwelgte noch in seinem Kompliment über ihre Schönheit und seiner Geste, seinen Mantel für ihr Wohl abzulegen. „Während ich zum alten Eisen gehöre, wird eine andere junge Dame mich bestimmt ersetzen." Das war gut. Er soll nur an sie denken, als wäre sie alt genug, um zum alten Eisen zu gehören.

Ein herzliches Lachen brach tief aus seiner starken Brust. „Ich würde nicht sagen, dass Ihr zum alten Eisen gehört."

Das war gar nicht, was sie erreichen wollte. „Ich nehme an, ich muss in der nächsten Saison einen Mann heiraten, ob ich ihn liebe oder nicht. Ich möchte eine verheiratete Lady mit ihrem eigenen Heim sein."

Er streichelte ihren Arm. „Euer Prinz wird kommen. Gebt ihm Zeit. Ihr seid schließlich noch keine zwanzig."

Er erinnerte sich also an ihr Alter. Das war auch gut. „Ich kann Euch gar nicht sagen, wie nett es sein wird, Eure Gesellschaft hier in Hornsby Manor zu haben. Es ist furchtbar langweilig. Wie Ihr wisst sind George und Diana so sehr in einander verliebt, dass sie äußerst langweilig sind. Ihr müsst mir versprechen, heute Abend mein Partner beim Kartenspielen zu sein."

„Ihr spielt jetzt Karten?"

Sie blickte wieder finster drein. „Ihr solltet wissen, dass ich George oft besiege."

„Dann werde ich mich freuen, Euer Partner zu sein."

Sie gingen den Kieselweg, der sie zur Türe des Herrenhauses bringen würde, schnell entlang und

Glee verlangsamte ihren Schritt, um Blanks länger bei sich zu behalten. „Was bringt Euch nach Hornsby Manor?" Sie sah zu seinem männlichen Gesicht auf und bewunderte seine dunklen, leuchtenden Augen. Ausnahmsweise lächelte er nicht.

„Ich habe äußerst schlechte Neuigkeiten erhalten."

Sie senkte ihre Augenbrauen. „Nein!" Zuerst der Tod seines Vaters, und nun ... was?

„Es scheint als würden meine finanziellen Erwartungen nicht erfüllt werden. Ich brauche Georges Rat darüber, wie man unter eingeschränkten Umständen lebt."

„Meint Ihr damit, dass Euer Vater sein Vermögen vergeudet hat, so wie unserer?"

„Nein, nichts dergleichen. Er befürchtete scheinbar, dass *ich* sein Vermögen vergeuden würde."

„Dann hat er es Eurem jüngeren Bruder hinterlassen?", fragte sie ungläubig.

Er nickte getragen. „Das hat er in der Tat. Fast zumindest. Laut seinem Testament geht das Vermögen und die Ländereien an Jonathan über, sollte ich bis zu meinem fünfundzwanzigsten Geburtstag nicht verheiratet sein."

„Euer fünfundzwanzigster Geburtstag ist im Juni, nicht wahr?"

„Am sechzehnten Juni."

„Dann müsst Ihr bis dahin einfach heiraten." Ihr Herz machte Purzelbäume. Er würde sicherlich ein paar Tage hierbleiben. Keine andere Frau würde sich ihn krallen können. Oh, sie hatte jede Menge Arbeit vor sich!

* * *

Sich auf das Kartenspiel zu konzentrieren

erwies sich als äußerst schwierig, da Glee die Stärke von Blanks' Knie, das ihres kurz unter dem Tisch berührte, spürte. Eine überwältigende Eifersucht auf seine derzeitige Geliebte überkam sie. Wie würde es wohl sein, neben ihm zu liegen? Seinen langen gebräunten Körper ausgestreckt neben ihr? Sie stellte sich seinen muskulösen Oberkörper vor, stramm und stark. Sie stellte sich vor, ihre Finger durch die Haare auf seiner gut geformten Brust streichen zu lassen, denn sie wusste instinktiv, dass dort dunkle Haare sein würden. Sie sehnte sich danach, seine Arme um sich zu spüren und zu ihm gezogen zu werden. Ihr wurde heiß und sie spürte ein Pochen tief in ihrem Bauch. Sie verlangte danach, seinen starken Mund auf ihrem zu spüren. Als er aufschaute und ihren Blick einfing, überzog leichte Röte ihr zartes Gesicht.

Es war furchtbar schwer, sich auf ihre Karten zu konzentrieren. Sein ernstes Gesicht war viel verlockender. Als er seine Karten ansah, sah sie ihn an. Sie konnte sich nicht daran erinnern, Blanks jemals ohne dieses umwerfende Lächeln, welches seine ebenmäßigen, kreideweißen Zähne enthüllte, gesehen zu haben. Wenn er grinste, erschien ein weiches Grübchen auf nur einer seiner gebräunten Wangen. Aber nun, als sie ihn beobachtete, schien er bedrückt, sein Kiefer angespannt, und sein Mund gestrafft. Sie beobachtete, wie das flackernde Kerzenlicht mit seinen kurzen, leicht gelockten, mahagonifarbenen Haaren spielte. Augenbrauen im gleichen Farbton umrahmten Augen in der Farbe dunklen Bernsteins. Er hob seine dunklen Wimpern, und dann zeigte er ihr sein vertrautes herzerfrischendes Lächeln. So wie ein Bild sich im

Teich widerspiegelt, erwiderte sie sein Lächeln sofort.

Sie zwang sich dazu, mit ihren Gedanken beim Spiel zu bleiben. Sie musste ihn schließlich davon überzeugen, dass sie reif und intelligent war, um seine Erinnerungen an eine kindliche Glee aus seinem Gedächtnis zu löschen. Sie zählte sorgfältig ihre Trumpfkarten. Sie verteidigte ihre Hand raffiniert. Sie rief klug aus.

Und sie und Blanks gewannen die erste Runde. Mit seinem umwerfenden Grübchen auf seiner gebräunten Haut traf sein Blick lächelnd den ihren. „Es scheint als wäre unsere Glee erwachsen geworden und hätte sich in eine bewundernswerte Kartenspielerin verwandelt."

Unsere Glee. Konnte sie es wagen zu hoffen? Sie lächelte sittsam und konzentrierte sich auf die nächste Runde. Zumindest gab sie den Anschein, sich zu konzentrieren. Man wünschte es nicht, sein Leben mit einem gesprächigen Fräulein zu teilen. Und die einzige Person auf der Welt, mit der sie ihr Leben teilen wollte, saß ihr gegenüber am Kartentisch. Sie wollte um keinen Preis wie ein schwatzhaftes Fräulein wirken.

„Sie ist eine teuflisch gute Kartenspielerin", schnauzte George. „Ich wünschte, ich wäre gescheiter als eine meiner Schwestern. Wage zu behaupten, sie sind weise, weil sie ihren Kopf immer in Büchern vergraben."

„Du bist sehr klug", versicherte Diana ihrem Ehemann. „Ich bezweifle, dass Felicity oder Glee in der Lage gewesen wären, das Gut wieder auf Vordermann zu bringen, so wie du es geschafft hast." Diana blickte Glee verschämt an. „Ich wollte dich damit nicht beleidigen, liebe Schwester."

„Du hast nur die Wahrheit gesagt", erwiderte Glee.

„Zum Glück hat Diana mir verboten, auf das Spiel zu wetten", sagte George.

„Da wir von Wetten sprechen, Blanks", sagte Glee, „Ihr schuldet mir einen Sovereign."

„Warum?"

„Weil wir gewettet haben, dass Jason Pope vor Ende des Jahres heiraten würde, und Ihr insistiert habt, dass er sich niemals ... *anketten* lassen würde. Ich weiß, es ist sehr schwer für Euch zuzugeben, dass Ihr unrecht hattet."

Mit harten und kalten Augen schmiss Gregory ihr einen Sovereign zu, immer noch nicht dazu fähig einzusehen, dass er unrecht hatte.

Glee wandte sich wieder an ihren Bruder. „Du solltest dich dafür schämen, zu sagen, dass Diana dir verboten hat, zu wetten. Ich bin mir sicher, dass meine Schwester nicht energisch genug ist, um dir irgendetwas zu verbieten."

„Sie hat mich nur um den Finger gewickelt", sagte George. „Meine Frau kommandiert äußerst lieblich."

„Und George folgt glücklich ihren Anweisungen", verkündete Blanks.

George lachte. „Warte nur, mein Freund. Ich erwarte, dich angekettet zu sehen, bevor das Jahr zu Ende geht."

Dianas liebliches Gesicht wurde ernst. „Angekettet?"

Glee beobachtete, wie George seine Hand auf die seiner Frau legte und sie zart streichelte. „Für Blanks ist es angekettet sein. Für mich ist es himmlisch."

Wie sehr Glee doch ihren Bruder und Diana um ihre Liebe beneidete, die sie auf ewig verband.

Es war ihr fast peinlich, als Diana ihre eleganten Lippen spitzte und ihrem Geliebten einen Kuss über den Tisch schickte.

Es war offensichtlich mehr, als Blanks ertragen konnte. „Wer ruft aus?", fragte er.

„Ich glaube, du bist an der Reihe, Süße", sagte George zu Glee. Er nannte seine Frau nie *Süße*. Sie war immer *meine Liebe*.

Sie spielten in relativer Stille, und Glee und Blanks gewannen die nächste Runde, bevor die vier sich für die Nacht zurückzogen.

* * *

Gregory konnte nicht schlafen. Die Lösung seines Dilemmas schien für alle so einfach zu sein. Für Willowby. Für Glee. Und für George. Nur Gregory alleine wusste, wie sinnlos es für ihn war, eine Ehe in Betracht zu ziehen. Er hatte vor langer Zeit geschworen, niemals zu heiraten. Er unternahm all seine sexuellen Intimitäten mit erfahrenen Frauen, die wussten, wie man eine Schwangerschaft verhinderte. Er hatte kein Verlangen danach, eine Frau zu schwängern, die er schätzte und liebte, nur um sie im Kindbett zu verlieren, so wie er seine Mutter verloren hatte.

Er hatte gelernt, seinen Vater wegen des Todes seiner Mutter zu hassen, und weil er ihm eine gefühllose Stiefmutter aufgezwungen hatte. Aurora hatte Gregory nie leiden können, da er ihren lieben Jonathan vom großen Vermögen seines Vaters fernhielt.

Und nun hatte sie gewonnen. Das Vermögen würde Jonathan gehören.

* * *

Das Letzte, was Glee wollte, war zu schlafen. Diese allumfassende Liebe, die sie für Blanks empfand, verlangte danach, betrachtet zu werden.

Sie hätte ihn beinahe verfluchen können dafür, dass er ihre bisherige friedliche Existenz derart störte, doch die süße Verlockung der Liebe war zu berauschend. Es schien, als wären all ihre neunzehn Jahre nichts als nur der Auftakt dafür gewesen. *Dafür.* Diese Schwelle der Erfüllung. Diese köstliche Erregung. Dieses Verlangen danach, ihr Leben mit seinem zu verbinden.

Wenn sie nur mehr über ihn wüsste. Dann könnte sie mit ihrem Plan, sein Herz zu gewinnen, beginnen. Aber er bewachte seine Gefühle so sicher, wie einen Tresor. Das Lächeln, das sie zu lieben gelernt hatte, war nur eine Maske. Sogar seine außergewöhnlichen Streiche und sein ausschweifender Lebenswandel mussten einen Mann mit tiefen Gefühlen verbergen. Wenn sie nur dieses Schild, das er um sein Herz aufgebaut hatte, durchbrechen könnte.

Sie richtete sich plötzlich in ihrem Bett auf. Wie dumm war sie gewesen zu hoffen, seine Liebe gewinnen zu können! Sie würde niemals einfach so zu haben sein. Nein, sie brauchte es nicht einmal zu versuchen. Er fürchtete offensichtlich eine solche Verpflichtung. Was er brauchte war eine Ehefrau, keine Liebe. Denn für Liebe war er noch nicht bereit. Sie musste lernen, ihr Glück in winzigen Schritten zu erreichen. Zuerst musste sie ihn davon überzeugen, sie zu heiraten.

Eine Hochzeit nur dem Namen nach.

Gleich wie ein General mit einem Schlachtplan musste sie sein Herz später erobern.

Eines war klar. Er hatte keinerlei Verlangen danach zu heiraten, auch wenn es bedeutete, dass er sein Vermögen verlieren würde. Was an der Ehe konnte ihn nur so abschrecken?

Kapitel 3

Blanks war der Einzige im Frühstückssalon, als Glee am nächsten Morgen herunterkam. George hatte seit Dianas Niederkunft darauf bestanden, sie zu verwöhnen, und beharrte darauf, dass sie ihr Frühstück im Bett einnahm. Was ganz gut war. Glee hatte vor, Blanks' Gesellschaft völlig für sich zu vereinnahmen. Ihr Herz machte einen seltsamen Sprung, als sie sich einen Blick auf ihn gestattete, als er an dem Tisch aus Walnussholz saß und unbewusst in seiner Teetasse rührte, während er aus dem Fenster starrte. Unter seinen Augen waren rauchfarbene Schatten und er schien ganz und gar nicht der Blanks zu sein, den er so sorgfältig der Welt zeigte.

Aber als er ihre Schritte hörte und sich mit seinem strahlenden Lächeln an sie wandte, fühlte sie die Scheinheiligkeit seiner Persona. „Guten Morgen", sagte sie, setzte ein Lächeln auf, das sie nicht fühlte und schenkte sich heißen Kaffee aus einer Silberkaraffe auf dem Sideboard ein. Er sprang auf die Füße, als sie auf den Tisch zuging, und zog den Stuhl links neben seinem heraus.

Die vollen Wolken von gestern hatten ihr Versprechen, Regen zu bringen, zurückgenommen, und zum ersten Mal seit Tagen zeigte sich nun die warme Sonne. „Ein guter Tag um auszureiten", sagte sie.

„Aber ich dachte Ihr hättet furchtbare Angst vor Pferden."

Sie seufzte. „Mein lieber Mr. Blankenship ..."

„Blanks." Seine Augen funkelten.

Sie ignorierte ihn. „Muss ich Euch fortwährend daran erinnern, dass ich nicht mehr das Kind bin, an das Ihr Euch immer erinnert?"

Sein langsames, verführerisches Grinsen brachte sie zum Schmelzen. „Wartet Ihr immer noch auf Euren Prinzen?"

„Die letzten beiden Saisons ja, aber ich versichere Euch, dass ich keine derart kindischen Illusionen mehr hege."

„Schade", sagte er ein bisschen mürrisch, als seine warmen bernsteinfarbenen Augen sie beobachteten.

Sie nahm Teegebäck vom abgedeckten Tablett auf dem Tisch. „Ich gebe zu, dass es etwas frustrierend ist, ständig von der endlosen Liebe von George und Diana und Felicity und Thomas umgeben zu sein. Ich nehme an, es könnte angenehm sein, an solcher Zuneigung teilhaben zu dürfen, doch ich kann danach nicht streben."

Er hob seine Augenbrauen. „Mit neunzehn schon so abgestumpft?"

Sie legte ihr Gebäck auf den Teller und warf dem Mann, den sie liebte, einen eisigen Blick zu. „Ich bin kein Kind, *Mister* Blankenship, sondern eine Frau mit realistischen Erwartungen."

„Ich vermisse das Mädchen, das immer an ein Happy End geglaubt hat."

Seine Worte durchbohrten sie wie ein Degen. Sie glaubte so sehr an die Liebe und ein Happy End, aber sie wusste, dass Blanks davon nichts wissen durfte. Sie musste ihn davon überzeugen, dass sie seine Abneigung gegen die Fesseln der Ehe teilte. Nur dann konnte sie seine Liebe erwecken.

„Bitte sagt, dass Ihr heute Morgen mit mir

ausreiten werdet", sagte sie und sah mit hoffnungsvollen Augen zu ihm auf.

„Es wird mir eine Freude sein."

Nach dem Frühstück gab sie sich äußerste Mühe mit ihrer Morgentoilette. Mithilfe von Patty, ihrer Zofe, zog Glee ihr smaragdgrünes Reitgewand an. Smaragdgrün war eindeutig die beste Farbe für sie. Es passte gut zu ihren Augen. Sie hatte jahrelang darüber gejammert, dass sie nicht blond und blauäugig wie ihre Schwester Felicity war. Aber nach zwei derart beispiellosen Saisons hatte Glee herausgefunden, dass ihr rotbraunes Haar und ihre elfenbeinfarbene Haut genauso geschätzt wurden wie die blonde Helligkeit ihrer Schwester.

Sie hoffte, dass ihr Erfolg nichts mit der eleganten Garderobe zu tun hatte, die sie hatte kaufen können nach Felicitys Hochzeit mit einem Mann, der genug Geld hatte, um ihnen den Lebenswandel der Familie eines Viscounts wiederzugeben. Wie sie es verabscheut hatte, Felicitys abgetragene Kleidung zu tragen und nicht genug Geld für Zofen oder Schuhe ohne Löcher zu haben. Am meisten hatte sie es verabscheut, nicht genug Geld für die Mitgliedschaft bei den Leihbüchereien gehabt zu haben. Jetzt, dem Himmel sei gedankt, konnte sie lesen, was sie wollte, wann immer sie wollte. Zumindest wenn sie in Bath war.

Patty setzte vorsichtig den grünen Samthut schräg auf Glees zurückgekämmtes Haar, und steckte dann eine Hutnadel hinein, um ihn zu fixieren. Sie machte einen Schritt zurück und sah ihren Schützling an. „Der Freund des Herren wird mit Sicherheit ohnmächtig werden, wenn er Euch erblickt."

Glee senkte ihre Augen. „Warum denkst du, dass ich mich auch nur irgendwie darum kümmere, was Mr. Blankenship denkt."

„Weil ich Euch zu gut kenne."

„Ist es derart offensichtlich?", fragte Glee schmollend.

„Für eine Frau schon. Aber Männer denken nicht so wie wir. Ich bin sicher, dass Euer Mr. Blankenship keinerlei Unterschied an Euch bemerken wird."

Glee seufzte vor Erleichterung und tupfte Rosenwasser auf ihre Handgelenke. Sie warf einen Blick in den Spiegel und war mit ihrem Spiegelbild zufrieden. Reitkleider zeigten ihre zarte Taille viel besser als die Kleider, die der Mode folgten. Sie lächelte Patty verschmitzt an. „Es würde mir unheimlich gut gefallen, sollte Mr. Blankenship ohnmächtig werden."

Mit einem Zwinkern verschwand sie durch die Türe.

* * *

Sie hatten nicht gesprochen, als sie durch das Dickicht ritten und Blanks aufmerksam niedrig hängende Äste hob, um ihr den Weg freizumachen. Als sie die Schlucht erreichten, die immer noch karg von der Kälte des Winters war, sagte er. „Ich kehre morgen nach Bath zurück."

Ihr Herz raste wild. Als es sich genug beruhigt hatte, dass sie sprechen konnte, war ihre Stimme tief und nicht ohne Enttäuschung. „So bald?"

Er lächelte und nickte. „George ist viel zu beschäftigt, um mich so wie früher zu unterhalten."

Obwohl Georges neue Verantwortung die Vergnügungen beeinträchtigte, die er früher mit Blanks geteilt hatte, war Glee stolz auf die

Wandlung ihres Bruders von einem rücksichtslosen Lebemann zu einem glücklichen Familienmenschen. Er war allerdings offensichtlich nicht die Art Mann, die Blanks sein wollte. Wenn Gregory Blankenship sein eigenes Herz nicht kannte, dann glaubte Glee sehr wohl, dass sie es wusste. Mit der richtigen Frau würde auch er sein unbezähmbares Streben nach Vergnügung in den Ruhestand versetzen können. Auch er könnte zu dem Sohn werden, den sein Vater sich gewünscht hatte. Er konnte sich in Sutton Hall niederlassen, Kinder haben und damit fortfahren, das blühende Landgut so wie sein disziplinierter Vater vor ihm zu führen.

Glee war davon überzeugt, dass sie Blanks' Herz besser kannte als er selbst. Mit der Zeit würde sie in der Lage sein, diese Veränderungen in ihm zu bewirken. Mit wahrer Liebe als Unterstützung würde sein Lächeln ein Fenster zu seiner Seele sein, anstatt eine Schutzwand, die seine Qual versteckte.

Denn sie wusste einfach, dass Blanks sich quälte, obwohl sie den Grund dafür nicht kannte. George sagte, dass Blanks der beliebteste Kerl in Eton war. Er war ein außergewöhnlich guter Athlet. Er war größer und stärker als seine Klassenkameraden – und viel fescher. Sein Einkommen war enorm und versprach, da er der Erstgeborene war, außerordentlich hoch zu werden. Was für ein Vorfall in seinem Leben konnte dazu geführt haben, dass er Liebe und Hingabe so verabscheute?

„George musste sich heute Morgen mit seinem Verwalter treffen", fuhr Blanks fort. „Er will heute Nachmittag Zeit für mich haben. Wir hatten beschlossen, Billard zu spielen, sollte es regnen, aber nun, da es sonnig ist, werden wir auf die Jagd gehen."

„Ich muss zugeben, dass ich es genossen habe, Euch für mich alleine zu haben, aber ich nehme an, es ist viel zu langweilig für Euch – da Ihr mich offensichtlich immer noch als dummes Balg seht."

Er sah sie finster an. „Eine Lady verwendet das Wort *Balg* nicht."

„Dann seht Ihr mich also als Lady – und nicht als ein kleines Mädchen?"

„Natürlich. Ich bin mir auch bewusst, dass, wenn wir in Bath wären, wir nicht alleine zusammen ausreiten dürften."

„Dem Himmel sei gedankt dafür, dass wir nicht in Bath sind!"

Als sie durch die Schlucht geritten waren und zu einem kleinen Teich kamen, fragte sie, ob sie eine Pause für ihr Picknick machen könnten.

Sie ritten bis zum Rand des glänzenden grünen Wassers, dann stieg Gregory von seinem Pferd ab, half ihr von ihrem Pferd und packte dann ihr Mittagessen aus seinen Satteltaschen aus. Es gab hart gekochte Eier, frischen Käse und Brot, das noch ofenheiß gewesen war, als die Köchin es eingepackt hatte. Gregory hatte auch dafür gesorgt, dass eine Flasche Bordeaux in seine Satteltasche gesteckt wurde. Als er die Pferde festband, breitete Glee das Picknick aus.

Er beobachtete, wie sie anmutig neben dem Essen saß und ihren Hut abnahm. Ihre prachtvollen Locken hatten sich aufgelöst und wirbelten um ihren schlanken marmorfarbenen Hals. Es raubte ihm den Atem und er musste sich daran erinnern, dass sie keine Verführerin war, sondern Georges kleine Schwester.

Es fiel ihm schwer. Mit ihrer zerbrechlichen,

porzellanähnlichen Schönheit und diesem wunderschönen Haar war sie möglicherweise das schönste Wesen, das er je gesehen hatte. Und obwohl sie klein war, stellte er fest, dass sich ihr Körper an all den richtigen Stellen äußerst angenehm wölbte.

Sie schenkte ihm Wein ein und reichte ihn ihm still, als er sich hinsetzte. Seine Finger berührten ihre zarten Hände und er kämpfte gegen die Versuchung an, ihre Hand in seine zu nehmen und seine Lippen auf ihren knospenartigen Mund zu legen. Guter Gott, was hatte er sich dabei gedacht, sie ohne Beisein einer Anstandsdame auf einen Ausflug mitzunehmen? Ein Idiot konnte feststellen, dass Glee Pembroke eine liebliche junge Dame war, der kein Mann widerstehen könnte.

Und Gregory war in der Tat ein Mann. Obwohl er sich geschworen hatte, niemals eine Lady zu entehren. Um Georges willen – und für Glee – würde er sich an diesen Schwur halten.

Er beobachtete, wie Glee weichen Käse auf ein Stück Brot strich. Als sie fertig war, sah sie zu ihm auf und verzauberte ihn mit ihren tiefen grünen Augen, die von langen, dunklen Wimpern eingerahmt waren. Hatte der Schlingel sie gefärbt?

„Gibt es etwas Besseres als frischen Landkäse?", fragte sie, als sie ihm das Brot in ihrer Hand anbot.

Er nahm es, biss hinein, und stimmte aus ganzem Herzen zu, als sie ein weiteres Stück Brot für sich selbst vorbereitete. Sie aßen alles, was sie mitgebracht hatten und tranken den Wein langsam aus.

Mit gefülltem Bauch grub er seine staubigen Reitstiefel in das spröde Gras, lehnte sich auf seine Ellbogen zurück und erlaubte der Sonne, seinen Körper zu wärmen.

„Wisst Ihr, Blanks, ich habe über Euer Problem nachgedacht", fing Glee an. „Euer Vater war ein wahres Monster, Euch mit großen Erwartungen großzuziehen, um sie dann zurückzunehmen, nachdem Ihr ein Vierteljahrhundert damit verbracht habt, Euch daran zu gewöhnen."

„Das ist ganz genau, was ich auch denke."

„Ihr könntest niemals damit auskommen, was Eurem Bruder zur Verfügung steht. Ihr müsst einen Kammerdiener und maßgeschneiderte Kleidung haben. Ihr müsst die tiefen Taschen haben, um all das Spielen zu erlauben, das Euch so wichtig ist, und das Fechten und Boxen mit den besten Lehrern und den besten Pferden, die Tattersall zu bieten hat." Sie stütze ihre schlanken Arme auf ihre Hüften. „Ihr müsst einfach heiraten."

Er grinste und räusperte sich. „Das würde mir genauso verachtungswürdig vorkommen wie arm zu sein."

Ihr Gesicht wurde ernst. „Natürlich, Ihr habt recht, aber ich dachte nicht an eine echte Ehe. Ich denke, Ihr solltet Euch nur um des Heiratens willen verheiraten. Ihr wäret dadurch frei, zu tun, was Ihr immer tut. In der Tat habe ich gründlich darüber nachgedacht und ich habe beschlossen, dass wir uns gegenseitig überaus nützlich sein können."

Er verschluckte sich und richtete sich auf, dann warf er Glee einen misstrauischen Blick zu. „Wir?"

Ihre hübschen Augen wurden groß, als sie nickte. „Ich bin genau das, was Ihr braucht, Gregory Blankenship."

„Ich danke Euch für Euer großzügiges Angebot, aber ich muss es ablehnen. Ich habe nicht die Absicht zu heiraten – nicht einmal jemanden, der so *perfekt* für meine Situation ist wie Ihr."

„Übereilt es nicht", sagte sie und hob ihr Kinn gereizt. „Ihr sucht keine echte Ehefrau, und ich suche keinen echten Ehemann. Ich möchte jedoch äußerst gerne eine verheiratete Frau sein, besonders eine mit einem wohlhabenden Ehemann. Ich könnte mein eigenes Haus in Bath haben – nun, es wäre unser Haus – und ich könnte neue Kleider kaufen, wann immer mir danach ist. Ich könnte sogar eine Kutsche haben."

Er hob an, zu protestieren, aber sie zischte ihn an, still zu sein.

„Denkt darüber nach, Blanks. Wir kennen uns, wir kennen uns schon eine Ewigkeit. Ich finde nichts Abstoßendes an Euch und ich hoffe, Ihr würdet meine Gesellschaft ertragen können."

Er nickte lediglich, als er ihrer Idiotie zuhörte. Er konnte die Gefühle des Mädchens schließlich nicht verletzen.

Sie plapperte weiter. „Seitdem ich herausgefunden habe, dass ich mich scheinbar nicht verlieben kann, habe ich beschlossen, dass es viel besser ist, mich mit jemandem zu vereinen, mit dem ich gerne zusammen bin. Und ich war immer gerne mit Euch zusammen." Sie hielt lange genug inne, um Luft zu holen. „Das war's."

Du lieber Himmel, sie meinte es ernst.

Er sah es in der Ernsthaftigkeit auf ihrem lieblichen Gesicht. Er musste sie rücksichtsvoll ablehnen. „Es ist furchtbar nett, dass Ihr Euch für mich opfern wollt, aber ich kann es nicht erlauben", sagte er. „Ihr verdient einen Mann, der Euch so anbetet, wie George Diana anbetet."

„Pah", sagte sie. „Ich verbinde mein Leben lieber mit jemandem, der es versteht, Spaß zu haben, als mit jemandem, der so langweilig ist, wie George es geworden ist. Wir hätten viel Spaß, Blanks, und ich verspreche, Euch nicht zu fesseln."

Er fing an, die Reste ihres Mittagessens aufzuräumen und vermied es, mit ihren spektakulären Augen Blickkontakt aufzunehmen. „Ihr habt mir eine große Ehre erwiesen, Miss Pembroke, aber trotzdem muss ich ablehnen."

Nun erlaubte er sich einen kurzen Blick auf ihr Gesicht. Ihre Augen waren feucht. Armes Mädchen, sie hatte es wirklich ernst gemeint. Ihn zu heiraten hätte ihr tatsächlich gefallen. Er verabscheute es teuflisch, sie zu verletzen. Er schmiss die Sachen hin, setzte sich neben sie und nahm ihre schlanke Hand in seine dunkle. So wie die üppige Beschaffenheit des dicken Samtes, den sie trug, war Glee weich und schön und roch nach Rosenblüten.

Sie schluckte schwer und begann mit zittriger Stimme zu sprechen. „Es wäre nur dem Namen nach eine Ehe. Ihr könntet ...", sie schluckte wieder, „weiterhin Geliebte haben."

Er murmelte mit zusammengebissenen Zähnen einen Fluch und ließ ihre Hand los. „Ihr solltet von solchen Dingen nichts wissen."

Sie sah mit traurigen Augen zu ihm auf. „Ich bin eine Frau."

„Genau deswegen kann ich Euch nicht heiraten. Ich will keine Ehefrau, und ich will keine Kinder. Euch die Liebe eines Ehemannes und die Genugtuung dicke Babys auf die Welt zu bringen vorzuenthalten, wäre ein schreckliches Verbrechen."

Sie richtete sich auf und fuhr mit ihren Fingern durch ihre vom Wind durchwehten Locken. *Er will keine Kinder*. Wie seltsam. „Ich wusste, dass Ihr keine Ehefrau wolltet, aber keine Kinder?"

Seine dunklen Augen starrten sie an, als er nickte.

„Ich dachte, alle Männer wollten einen Erben."

„Ich nicht. Habe ich niemals gewollt."

Es war Glee nicht in den Sinn gekommen, dass Blanks keine Kinder wollte. Sie hatte sich nie vorgestellt, nicht eine Menge Babys zu haben. Nun musste sie erneut darüber nachdenken, was sie in ihrem Leben wollte. Blanks, natürlich. Aber keine Kinder? Wenn dies der einzige Weg war, ihn zu bekommen, dann müsste sie sich damit abfinden, aber Glee war sich sicher, dass sie Blanks' Wünsche in dieser Hinsicht ändern könnte, sobald sie verheiratet waren. Der Trick war, ihn dazu zu bewegen, sie zu heiraten.

Sie lächelte und sprach leichthin. „Die Geburt von Dianas Baby war eindeutig das schrecklichste Erlebnis meines Lebens. Ich wage zu behaupten, dass ich nicht enttäuscht sein würde, diese Qual nicht ertragen zu müssen."

Sie hatte ihm nicht in die Augen schauen können, als sie sprach, denn sie hatte gelogen, als sie sagte, keine Kinder zu wollen. In der Tat hatte sie nicht gelogen. Sie hatte nicht gesagt, keine Kinder zu wollen; sie sagte, sie sehnte sich nicht danach, eine Geburt zu erleben.

Glee erhob sich und bemühte sich, gleichgültig zu wirken. „Wenn Ihr mich nicht heiratet, muss ich mich auf jemand anderen stürzen." Dann ging sie fort, um ihr Pferd loszubinden.

Er stand auf und fluchte mit zusammengebissenen Zähnen. Still half er ihr aufs Pferd und stieg dann auf sein eigenes. Sie ritten zurück durch die Schlucht und er machte ihr den Weg durch das Dickicht frei, aber sie sprachen nicht.

Als sie zum Herrenhaus ritten und ein Diener ihnen die Pferde abnahm, wechselten sie immer noch kein Wort.

* * *

Während des Nachmittags jagten Gregory und George und ließen fast ihre ehemalige Intimität wiederaufleben. Sie wetteten darauf, ob es zwölf oder fünfzehn Minuten dauern würde, den Wald zu erreichen. Sie wetteten darauf, wer zuerst eine Taube schießen würde. Sie wetteten darauf, wessen Taube die schwerste sein würde. Und sie tranken Scotch aus einem Flachmann, um die einfallende Kälte abzuhalten.

Obwohl sie sich angenehm über Triviales unterhielten, konnte Gregory George nicht von dem ungewöhnlichen Angebot seiner Schwester erzählen. *Es wäre eine Ehe nur dem Namen* nach ... Es war ein Angebot, das jeden seiner Gedanken einnahm.

Ich müsste mich auf jemand anderen stürzen, läutete in seinem Ohr wie eine Todesglocke.

Kapitel 4

Als sie am nächsten Morgen die Dienstboten hörte, stieg Glee aus ihrem zerwühlten Bett und fing damit an, sich anzuziehen. Nachdem sie ihr weiches Musselinkleid über ihren Kopf gestreift hatte, warf sie einen Blick in ihren Spiegel. Obwohl die Kammer zu dieser frühen Stunde kaum beleuchtet war, sah sie genug, um in schlechte Laune zu verfallen. Der Schlafmangel hatte Spuren auf ihrem Gesicht hinterlassen. Ihre letzte Hoffnung Blanks einzufangen, war gewesen, ihn mit ihrem guten Aussehen zu bezaubern. Sie stampfte mit ihrem nackten Fuß auf und verfluchte die Tatsache, dass sie die ganze Nacht wachgelegen hatte, und den Mann, der ihr den Schlaf raubte.

Sie schmiss sich auf die Polsterbank vor dem venezianischen Frisiertisch und stützte ihr Gesicht auf ihre Fäuste, als ihre Gedanken sich wieder um Blanks drehten. Während der frühen Morgenstunden, als sie in ihrer dunklen Kammer gelegen hatte, hatte Glee bis ins kleinste Detail geplant, was sie heute Morgen tragen würde und wie Patty ihr Haar legen würde. Nun, mit derart geschwollenen Augen, würde sie Blanks niemals anziehend finden.

Während der Nacht hatte sie jedes Ticken der goldbronzenen Uhr auf ihrem Kaminsims schmerzlich daran erinnert, dass Blanks heute abreisen würde. Mit jeder Sekunde, die verging, rutschte er weiter aus ihren Fingern. Er würde nach Bath zurückkehren, und ihr Plan, ihn einzufangen, würde scheitern.

Sie hatte nur noch wenige Stunden, um ihn für sich zu gewinnen, bevor er abreiste, und sie hatte vor, alles in ihrer Macht Stehende zu tun, um ihn davon zu überzeugen, sie zu heiraten. Sie bereute keine ihrer Taten, nur deren Misserfolg. Gab es etwas, das sie hätte tun oder sagen können, was ihn hätte überzeugen können, sie zu heiraten? Sie dachte wieder und wieder über diese Frage nach, aber es fiel ihr kein besserer Plan ein.

Glee zog sich ihre Schuhe an, als Patty leise in ihre Kammer trat. „Oh, Ihr seid heute aber früh auf, Miss Glee." Sie ging zu dem Frisiertisch ihrer Herrin und hob Glees Bürste auf. „Ist es, weil Mr. Blankenship heute abreist?"

Glee nickte getragen, und sah ihre Zofe dann hoffnungsvoll an. „Patty, es ist unbedingt notwendig, dass du mein Haar heute schöner als jemals zuvor legst. Dies ist meine letzte Chance mit Mr. Blankenship. Ich habe das furchtbare Gefühl, dass er jemand anderen finden wird, wenn er nach Bath zurückkehrt."

Patty machte einen Schritt zurück, um Glee zu betrachten, und nickte dann langsam. „Wir werden Euer dichtes Haar hinten aufstecken und ein paar Locken in Euer Gesicht fallen lassen. Ihr werdet das schönste Mädchen sein, dass er je gesehen hat. Sie ließ ihre Augen über das weiche elfenbeinfarbene Kleid ihrer Herrin schweifen und begann dann, Glees kupferfarbene Haare auszubürsten.

„Frau, nicht Mädchen", korrigierte Glee. „Ich will, dass Gregory Blankenship mich als Frau sieht."

Ein breites Lächeln brachte Pattys Grübchen

auf ihrem hellen, dünnen Gesicht zum Vorschein. „Der Gentleman wird Euch in *diesem* Kleid bestimmt als heißblütige Frau sehen." Sie blickte kurz auf Glees weiße Brüste, die gerade noch in der Korsage des Kleides steckten.

Als Patty fertig war, war Glee außer sich vor Bewunderung über die Fähigkeiten ihrer Zofe. Ihr Haar war so lieblich hochgesteckt, dass die dunklen Ringe unter ihren Augen vielleicht doch nicht so sichtbar waren.

Nachdem keiner der Dienstboten so früh bereit war, das Frühstück zu servieren, beschloss Glee, eine Runde im Park spazieren zu gehen. Wenn sie Glück hatte, würde ihr ein letzter Plan, um Blanks einzufangen, einfallen. Hoffentlich würde der Nebel ihr Haar nicht zu sehr durchnässen. Sie musste beim Frühstück so schön wie nie zuvor sein. Beim Frühstück mit Blanks.

* * *

Gregorys Fersen gruben sich in sein Pferd und er flog mit dem Wind im Rücken durch die Wälder um Hornsby Manor. Er hob sein Gesicht in Richtung der Wolken, die sich am Himmel sammelten und runzelte die Stirn. Sie sollten sich verdammt nochmal besser aufklären. Er war schon deprimiert genug, ohne dass das Wetter seine Abreise bedrohte.

Warum fühlte er sich so schrecklich? Schlafmangel, natürlich, trug zu seinem Unwohlsein bei. Während der Nacht blitzten Visionen dieser verfluchten Glee Pembroke durch seinen Kopf. Er sah sie wieder und wieder, als sie ihm sagte, dass sie *jemand anderen* heiraten müsste. Verdammt. Das Mädchen verdiente sich ihren Märchenprinzen, würde aber wahrscheinlich jemanden weit davon entfernt akzeptieren.

Er erinnerte sich daran, wie sehr der abstoßende William Jefferson letzte Saison nach dem Mädchen gelüstet hatte. Da Jefferson Reichtümer besaß – etwas, das Glee offenbar von einem Ehemann wünschte – wurde Gregory übel bei dem Gedanken, dass Jefferson Glees Unschuld beschmutzen könnte. Obwohl er offensichtlich auf der Suche nach einer Ehefrau war, hatte Jefferson wenig Respekt für das weibliche Geschlecht. Er gab damit an, Liaisons mit verheirateten Frauen zu haben, hatte seine Geliebten ohne Geld zurückgelassen und fand perverses Vergnügen daran, Jungfrauen zu deflorieren. Da er sich gerne mit Dirnen abgab, hatte er bestimmt diverse einschlägige Krankheiten. Am Schlimmsten war diese Angelegenheit in London vor zwei Jahren. Der Mann würde niemals gut genug für Glee sein. *Er bekommt Glee nur über meine Leiche*, schwor sich Gregory. Er ritt noch schneller voran und fluchte mit zusammengebissenen Zähnen.

Noch etwas hatte Gregory den Schlaf geraubt: Glees seltsames Angebot. Warum, um Himmels willen, hatte er es abgelehnt? War ihr Plan nicht genau das, was er brauchte? Eine Ehefrau – und sein Vermögen – beides an seinem fünfundzwanzigsten Geburtstag? Eine *Ehefrau*, die nicht wirklich eine Ehefrau sein würde. Er würde seine Geliebten behalten können, sich weiterhin mit seinen Freunden, die Junggesellen waren, treffen können und würde sich nicht mit seiner jungen Braut abgeben müssen. Die perfekte Lösung für sein Dilemma.

Warum hatte er dann ihr Angebot nicht angenommen? Seine erste Reaktion auf ihr kühnes Angebot war gewesen, es sofort abzulehnen. So lange er sich erinnern konnte, hatte er sich geschworen, niemals zu heiraten, niemals Kinder zu haben. Als er Glee ernsthaft abgelehnt hatte, fielen ihm weitere Gründe dafür ein. Er verabscheute es höllisch, zwischen ihr und dem Glück mit einem anderen Mann, das sie verdiente, zu stehen. Mit ihm als Ehemann würden ihre Träume niemals wahr werden können.

Ihre Ankündigung, dass sie auch mit einem anderen Mann eine lieblose Ehe eingehen würde, warf ein ganz anderes Licht auf die Dinge. Wenn sie Gregory heiratete, wäre Glee zumindest im Schutz eines Mannes, der sie schätzte – und dies den Großteil seines Lebens getan hatte. Wenn er sie entwischen ließ, könnte sie sich dem Monster William Jefferson zuwenden. Und das war völlig unakzeptabel.

Besessen von seinen verstörenden Gedanken, drehte Gregory sein galoppierendes Pferd in Richtung Hornsby Manor um. Als er aus dem Wald herauskam, sah er Glee, die im Park spazierte. Eine ungewöhnliche Nervosität machte sich in seinem Magen breit. Er stieg ab, führte sein Pferd hinter sich und überquerte die vom Winter gebleichte Wiese, die ihn von Glee trennte.

Als sie zu ihm hochsah und ihn anlächelte, benahm sich sein Magen wiederum auf eine äußerst ungewohnte Art und Weise. Sie sah nicht wie ein Mädchen, sondern wie eine Frau aus. Eine wunderschöne Frau, die für die Ehe bereit war. Eine Vision in Weiß. Aus unerfindlichen Gründen fiel sein Blick auf die Weite ihrer alabasterweißen Brüste, die sanft in ihr elfenbeinfarbenes Musselinkleid gebettet waren. Dann wanderten seine Augen ihren schlanken Hals entlang zu ihrem hübschen Gesicht und dem prachtvollen, zimtfarbenen Haar. Für den Bruchteil einer Sekunde übernahm der Mann in ihm die Führung und er vergaß beinahe, dass dieses hinreißende Geschöpf Georges kleine Schwester war.

Aber seine ernsthafte Seite zeigte ihr seltenes Gesicht und unterdrückte sofort sein eigenes männliches Verlangen. *Sie ist Georges kleine Schwester. Eine Lady und eine Jungfrau.* Derartige Gedanken machten ihm bewusst, dass er es nicht erlauben durfte, Glee in die Hände eines Mannes wie Jefferson fallen zu lassen.

„Ihr seid heute Morgen früh unterwegs", sagte sie als Begrüßung.

„Ich wollte gerade dasselbe zu Euch sagen." Nun, da er neben ihr war, erkannte er an ihren Augen, dass sie nicht geschlafen hatte. Er ging neben ihr her, und sie ließen das Herrenhaus hinter sich zurück. „Ich nehme an, Ihr habt nicht besser geschlafen als ich."

Ihre Augen wurden größer. „Woher wusstet Ihr, dass ich nicht geschlafen habe?"

„Weil ich auch nicht schlafen konnte", gab er zu. „Darf ich hoffen, dass ich nicht der Grund für Eure Schlaflosigkeit war?"

Sie blieb stehen, und stütze ihre Fäuste auf ihre Hüften, dann sah sie mit funkelnden Augen zu ihm auf. „Natürlich wart Ihr das, Ihr abscheulicher Mann." Sie hob ihr Kinn stolz an und ging weiter. „Jeder Dummkopf kann erkennen, wie gut es für uns beide wäre, wenn Ihr mich heiraten würdet."

„Obwohl es für mich gut wäre, kann ich nicht erkennen, wie eine solche Ehe für Euch von Vorteil wäre – abgesehen von dem Geld natürlich."

„Ich habe Euch gesagt, dass ich es müde bin,

eine alte Jungfer zu sein. Ich verabscheue es, in Hornsby Manor vergraben zu sein. Ich sehne mich nach meinem eigenen Heim – vorzugsweise in Bath – und die Freiheit, das zu tun, was ich will. Sie blieb stehen und sah ihn an. „Ich schwöre, wenn Ihr mich nicht heiratet, Blanks, werde ich den ersten Mann heiraten, der um mich anhält."

Was, wenn dieser Mann William Jefferson war? Gregory räusperte sich. „Das dürfen wir nicht zulassen." Ihre leuchtenden Augen trafen sich und ließen nicht los. Sein Magen war äußerst unruhig. „Was ist mit Eurem Prinzen auf dem weißen Pferd?"

Sie drehte sich um und sah auf das Pferd, das von Blanks geführt hinter ihnen herging. „Graue gefallen mir auch sehr gut."

Er zuckte leicht zusammen. „Ich kenne Euch lange genug, um zu wissen, dass Ihr Euch eine Liebesheirat gewünscht habt."

„Pah!", sagte sie. „Eine Liebesheirat ist nichts mehr als ein Kindheitstraum. Eine wahre Ehe ist für zwei Menschen, die sich mögen, so wie wir es tun. Zumindest ... ich habe Euch immer teuflisch gern gemocht, Blanks."

Sie hob ihre Wimpern und spitze ihre Lippen in Erwartung einer Antwort.

„Ich mag Euch auch sehr gerne."

„Gut, denn sich zu mögen ist der wichtigste Teil einer Ehe. Ich denke auch, dass die Ehe eine Art Geschäftsvereinbarung zwischen zwei Erwachsenen derselben Klasse ist, und es ist überaus wichtig, dass sie die Unabhängigkeit des anderen respektieren."

Sie kamen auf demselben Weg in den Wald, auf dem sie mit den Pferden geritten waren. Er bot ihr seinen gebeugten Arm an, und sie gingen unter dem Schutzschirm kahler Zweige voran. Fünf Minuten lang sprach keiner ein Wort, dann überraschte Glee ihn mit einer erschreckenden Frage. „Warum wünscht Ihr Euch keine eigenen Kinder?"

Er brauchte einige Sekunden, um eine Antwort zu formulieren. Er hatte niemals jemandem die Wahrheit gesagt. Die Angst davor, eine geliebte Frau im Kindbett zu verlieren, schien ihm eine Schwäche zu sein und er hatte sein Leben damit verbracht, aus sich einen Mann zu machen, der keine Schwächen hatte, keine Achillesferse. „Warum muss ich einen Grund haben?", fragte er.

Sie hatten die Schlucht erreicht und gingen in die Richtung des Teiches, als ob sein glitzerndes Wasser sie rufen würde. Der Wind war stärker geworden und ließ das Wasser wogen und Glees Haar wild um ihr Gesicht wehen.

Sie drückte sanft seinen Arm. „Es tut mir leid. Das war eine sehr persönliche Frage, die zu stellen ich nicht berechtigt war."

Aber sie musste besorgt sein wegen seiner Abneigung Kinder zu zeugen. Er hatte gewusst, dass sie eine Menge kleiner Schlingel würde haben wollen. Er war so damit beschäftigt gewesen, ihre Frage zu beantworten, dass ihm der dunkle Himmel entgangen war. So scheinbar langsam, wie das Haar eines Mannes ergraute, hatten sich die Wolken in ein bedrohliches Schwarz verwandelt. Die Luft war von Nebel geschwängert. Er konnte nicht leugnen, dass ein Sturm unmittelbar bevorstand. Das Problem war, dass sie niemals genug Zeit haben würden, um nach Hornsby Manor zurückzukehren, bevor die Wolken bersten würden.

Dann erinnerte er sich an das Lusthaus, in

dem er und George als Kinder gespielt hatten. Es befand sich auf dem Hügel auf der anderen Seite des Teiches. Er wandte sich an Glee und sprach mit Dringlichkeit. „Kommt, lasst uns zum Lusthaus gelangen, bevor es zu regnen beginnt."

Hand in Hand begannen sie, über das karge Land zu laufen, vorbei an dem Teich und den Hügel hinauf zum Lusthaus. Es sah aus wie ein runder griechischer Tempel. Ionische Säulen umrundeten es, um eine Außenwand zu bilden, die nicht wirklich eine Wand war. Zumindest würde die gewölbte Decke sie vor dem Regen schützen.

Der Regen fiel nun in einem lauten Staccato und sie fingen an zu rennen. Als sie es schafften, sich in die Trockenheit zu retten, fiel der Regen wie aus Eimern. Donner krachte und Blitze leuchteten in der Ferne auf.

Er konnte sehen, dass Glee zitterte und obwohl sie sich tapfer gab, wusste er, dass sie Angst hatte. Er legte seinen Arm um sie. Sie kam so nahe an ihn heran, wie sie konnte, ohne ihn zu berühren.

Er sah zu einer niedrigen Steinbank in der Mitte der überdachten Struktur. „Lasst uns zu der Bank gehen", sagte er. „Es sieht so aus, als würden wir eine Weile hierbleiben müssen."

Sie setzten sich, und sie sah zu ihm auf. „Es sieht nicht so aus, als könntet Ihr heute nach Bath zurückkehren. Ich hoffe, dass Ihr nicht furchtbar enttäuscht darüber seid."

Es würde schwierig sein, noch eine Nacht am Kartentisch gegenüber Glee zu verbringen, in dem Wissen, dass sie Georges kleine Schwester war und er sein lüsternes Verlangen nach ihr niemals befriedigen könnte.

„Wie kann ich etwas beklagen, was mir länger Georges Gesellschaft beschert? Ich habe ihn wirklich sehr vermisst."

Fröstelnd wickelte sie ihre Arme um sich selbst, als starke Winde feuchte Luft um sie herumwirbelten. „Ich habe nicht geglaubt, dass es heute regnen würde", sagte sie ungläubig.

Das unerbittliche Hämmern des Regens war so laut, dass er überrascht war, ihre zarte Stimme gehört zu haben. „Also habt Ihr Euch nicht passend angezogen", sagte er lächelnd, legte seinen Arm um sie und zog sie in einer Umarmung an sich. Er hatte gewusst, dass sie klein war, war aber nicht darauf vorbereitet, wie zerbrechlich sie sich tatsächlich anfühlte. Er fühlte sich, als hielte er ein rohes Ei in seinen Armen. Er fürchtete, sie zu zerbrechen.

Sie sah zu ihm auf. Regentropfen hingen an ihren langen Wimpern und ließen sie dunkler als sonst wirken – so wie ihr nasses Haar.

„Erinnert Ihr Euch an den Tag, als wir Kinder waren und uns hier vor einem elenden Sturm versteckt haben?", fragte sie.

Er lachte leise auf. „Wenn ich mich richtig erinnere, waren wir stundenlang hier."

„Ihr erinnert Euch richtig", sagte sie, und ein Lächeln erhellte ihr Gesicht. „Ich dachte damals, dass Ihr Euch furchtbar galant benommen habt."

Er sah sie verwirrt an. „Warum?"

„Weil Ihr darauf bestanden habt, dass George mich nicht von dem Lusthaus verbannt. Mein Bruder ging durch eine Phase, in der er immer sagte *Keine Mädchen erlaubt*. Ihr sagtet, ich sei kein wirkliches Mädchen. Ich sei eine Schwester und das sei etwas ganz anderes."

Gregory warf seinen Kopf zurück und lachte.

„Nun gibt es keinen Zweifel. Ihr seid durch und durch ein Mädchen."

Sie sah mit ernstem Blick zu ihm hoch. „Kein Mädchen, Blanks. Eine Frau."

Du lieber Himmel, hatte sie irgendeine Ahnung, wie verführerisch sie sein konnte?

Er schluckte schwer. „Ja, das seid Ihr." Er musste einen Weg finden, die Richtung seiner Gedanken zu ändern. „Sagt, wann kommt Eure Schwester vom Kontinent zurück?"

„Ihre letzte Post deutete an, dass sie noch einige Wochen in Rom bleiben würden und dann über Paris, wo sie noch einige Wochen verbringen, zurückkommen würden. Dann werden sie für die Geburt ihres ersten Kindes nach England zurückkehren."

„Sie ist ... in Erwartung? Das wusste ich nicht."

„Sie und Thomas sind außer sich vor Freude. George möchte, dass das Kind hier in Hornsby geboren wird, aber Thomas sagt, es soll in Winston Hall geboren werden."

Außer sich vor Freude. Unter normalen Umständen brachte das erstgeborene Kind einem verliebten Paar großes Glück. Er wusste, Glee würde sich ein Kind wünschen – egal, was sie sagte. Er war derjenige, der nicht normal war. Er war derjenige, der niemals heiraten könnte.

Er dachte an den wohlhabenden Thomas Moreland und wie innig er Glees Schwester Felicity liebte. Was würde der Mann tun, sollte er seine geliebte Frau im Kindbett verlieren? „Sind die Frauen in Eurer Familie gute Brüter?"

„Oh ja. Mama ist nicht im Kindbett gestorben. In der Tat hat Papa gesagt, er konnte sie kaum ruhig halten während ihrer Genesung. Leider war sie keine gute Reiterin. Sie starb nach einem

Sturz vom Pferd meines Vaters."

„Das erklärt, warum Ihr Euch als Kind derart vor Pferden gefürchtet habt."

Sie nickte. „Wisst Ihr, Blanks, Ihr habt etwas mit mir, was Ihr mit keiner anderen Frau haben werdet."

Das kleine Biest war teuflisch entschlossen. „Und was ist das?" Seine Augen funkelten vor Vergnügen, als er das hartnäckige Mädchen beobachtete.

„Eine Vorgeschichte. Ich kann mich an keine Zeit erinnern, in der ich Euch nicht gekannt hätte. Ich erinnere mich daran, wie Ihr zum ersten Mal nach Hornsby gekommen seid. George hatte uns so viel über Euch und Eure sportlichen Fähigkeiten erzählt. Er mochte Euch äußerst gerne. Als unsere Familie Euch endlich kennenlernte, dachte ich, Ihr wäret ein verwegener Ritter Lancelot."

„Wie enttäuscht Ihr gewesen sein müsst."

„Ganz und gar nicht. Ich wünschte mir, Ihr wäret mein Bruder statt George, weil Ihr immer so nett zu mir wart."

„Ich nehme an, das lag daran, dass ich keine Schwestern habe. Eine kleine Schwester zu haben, war eine angenehme Abwechslung."

Es war ein weit entfernter Klang in ihrer Stimme, als sie antwortete. „Ja, wir haben *tatsächlich* so getan, als wäre ich Eure kleine Schwester." Dann wandte sie sich ihm zu. „Ich denke nicht mehr an Euch wie an einen Bruder."

Sein Magen zog sich zusammen. „Ich frage mich, ob Felicitys Baby ein Junge oder ein Mädchen sein wird."

„Natürlich wünschen sie sich einen Sohn, aber ich denke, es wäre schön, wenn sie eine Tochter hätten. Dann könnten sie und Georgette die besten Cousinen sein. Mehr wie Schwestern."

„Ich muss sagen, dass ich mir George niemals mit einem kleinen Mädchen vorgestellt habe, aber ich habe noch nie einen verliebteren Vater gesehen."

Glee dachte daran, wie ein eigenes Kind auch Blanks weicher machen würde. Er wusste noch nicht, was für ein guter Vater er sein könnte.

Aber sie wusste es.

Anstatt vorüberzuziehen, wurde der Sturm stärker. Der heftige Regen gab keine Anzeichen nachlassen zu wollen. Donner krachten und Blitze schlugen um sie ein. Obwohl sie nass war und sich körperlich miserabel fühlte, breitete sich eine zufriedene Wärme in ihrem Inneren aus. In Blanks schützender Umarmung fühlte sie sich unbesiegbar. Behaglich. Glücklich.

Ohne die Zeit am Stand der Sonne erkennen zu können, hatte sie keine Ahnung, wie lange sie in der Mitte des Lusthauses von bedrohlichem Wetter umgeben gesessen hatten, aber es waren einige Stunden. Sie fragte sich, ob George wusste, dass sie hinausgegangen war. Würde er sich um sie Sorgen machen?

Ihre Augenlider wurden schwer und ihr Kopf fiel auf Blanks' Brust. Er hielt sie noch fester. Obwohl sie nicht schlief, entschloss sie sich dazu, so zu tun, als würde sie schlafen, denn nichts hatte sich jemals so wunderbar angefühlt, wie hier so nahe bei Blanks zu sitzen.

Innerhalb weniger Minuten veränderte sich seine Atmung, und er legte seinen Kopf an ihren. Er war tatsächlich eingeschlafen. Dass er es sich bei ihr so bequem machen konnte – trotz des kalten Windes, der um sie wehte, und des erbärmlichen Wetters, das um sie herum wütete – sagte ihr, dass auch er sich bei ihr wohlfühlte.

Warum konnte er nicht erkennen, wie gut sie für einander waren? Sie fand es bewundernswert, dass er es ablehnte, sie zu heiraten. Seine eigenen Prinzipien hielten ihn davon ab, zu heiraten, obwohl er dadurch sein Vermögen verlieren könnte. Dass er sich von seinem Beschluss nicht abbringen ließ, war seltsamerweise befriedigend. Er war überzeugt davon, Ehe und Vaterschaft zu vermeiden und konnte davon nicht leicht abgebracht werden. Wie konnte sie einen solchen Mann nicht respektieren?

Während er so furchtbar nahe bei ihr schlief, ließ der Regen nach. Die dunklen Wolken bewegten sich in Richtung Süden und nahmen die Blitze mit sich. George würde sich nun sicher auf den Weg machen, um sie zu finden.

Was ihr eine hinterhältige Idee gab.

So sanft wie möglich, um Blanks nicht aufzuwecken, öffnete sie ihre Haare und breitete sie wild um sich aus. Dann zog sie das Korsett ihres Kleides herunter, so dass ihre rosafarbene Brustwarze enthüllt wurde.

Nun würde sie darauf warten, von ihrem Bruder gefunden zu werden.

Kapitel 5

Sie sah Georges blondes Haar, als er auf den Hügel in ihre Richtung stieg und wandte ihr Gesicht schnell ab. Mit brennenden Wangen legte sie einen Arm sanft hinter Blanks und den anderen auf seine breite Schulter. Er bewegte sich und legte zuerst eine besitzergreifende Hand um ihre Taille.

Sie musste schnell handeln. Sie fing an, zarte Küsse auf seinem mahagonifarbenen Haar zu verteilen, dann auf seine raue Wange, dann auf seinen Mund.

„Was zum Teufel?", murmelte Blanks. Er fasste sie um die Taille und, indem er sich zurücklehnte und sie verwirrt ansah, vergrößerte er den Abstand zwischen ihren Oberkörpern. Sie beobachtete ernsthaft und mit heißen Wangen wie Blanks' schockierter Blick auf ihre freigelegte Brust fiel.

Zur selben Zeit rief George ihnen einen Gruß zu.

Das war ihr Zeichen, um wegen ihres Bruders eine große Szene zu machen. Ihr Blick schweifte zu ihrem Bruder, sie kreischte und kreuzte mit großen, übertriebenen Bewegungen ihre Arme vor sich, um ihre Brüste zu bedecken.

George stieg die Treppe zum Lusthaus hinauf. Sie sah ihn mit immer noch feuerroten Wangen an. Er blickte von ihr zu Blanks. Es waren kaum ein paar Zentimeter zwischen Blanks und ihr, als sie auf der kalten Steinbank saßen. „Blanks ...",

George brach ab. „Sie ist meine Schwester, um Himmels willen."

Blanks warf ihr einen strengen Blick zu und starrte dann ihren Bruder an. Seltsamerweise machte er keinen Versuch, sich zu verteidigen.

Wie eine Schauspielerin auf einer Bühne wandte sie beiden ihren Rücken zu und zog ihr feuchtes Kleid hoch, um ihre Brüste zu bedecken. Dann drehte sie sich wieder um und sah ihren Bruder reumütig an.

Seine feurigen Augen waren auf Blanks fixiert. „Meine Schwester ist Jungfrau. Kaum mehr als ein Kind, was derlei Angelegenheiten betrifft."

Statt Blanks' immerwährendem Lächeln war nur grimmige Akzeptanz auf seinem Gesicht zu sehen. „Ich bitte dich zutiefst um Verzeihung", sagte er mit reuevoller Stimme. „Es ist nur so, dass Miss Pembroke mir die Güte erwiesen hat, zuzustimmen, meine Frau zu werden." Seine verärgerten Augen begegneten Glees.

Georges Augen waren immer noch von Zorn erfüllt, als sein Blick auf Blanks ruhte. „Komm in die Bibliothek, um mit mir zu sprechen, sobald du zurückkehrst." Dann drehte er sich in seinen matschigen Stiefeln um und stürmte aus dem Lusthaus.

Gregory beobachtete George, bis er aus seinem Blickfeld verschwunden war. Er sprach, ohne Glee anzusehen. „Ihr habt mich also erfolgreich in die Falle gelockt."

Ihre Stimme war sanft, bettelnd. „Bitte seid mir nicht böse, Blanks. Ich habe es für Euch getan. Ich wusste, Ihr würdet niemals nachgeben. Ihr hättet Euer Vermögen verloren und es bereut, die Ehe verschmäht zu haben."

„Also habt Ihr es für mich getan", spottete er

verbittert. „Warum mischen sich Frauen immer ein, weil sie zu wissen glauben, was gut für Männer ist? Sie glauben immer, uns verändern zu können."

Sie sah ihn trotzig an. „Ich werde nicht sagen, dass es mir leidtut."

„Mein bester Freund soll also glauben, dass ich seine kleine Schwester benutze. Ihr habt mich in eine großartige Situation gebracht." Er verspürte das überwältigende Verlangen, ihren zarten, graziösen Hals umzudrehen.

Miss Glee Pembroke hatte ihr Bett gemacht, und er würde sicherstellen, dass sie darin liegen müsste. Keine Liebesheirat. Kein Liebemachen. Keine Kinder. Wie würde ihr das gefallen? Er stand auf.

Sie beeilte sich, um mit ihm mithalten zu können, als er das Lusthaus verließ; zwei Schritte für jeden von seinen.

Als sie beim Dickicht ankamen, sprach er. „Wenn ich mit einer Ehefrau belastet sein muss, dann müsst Ihr die Regeln beachten."

„Welche Regeln?", fragte sie, außer Atem nach ihren Bemühungen, mit ihm Schritt zu halten.

Er verlangsamte seinen Schritt. „Erstens, es ist nur eine Ehe dem Namen nach. Ihr werdet nicht in meinem Bett schlafen. Wir werden keine Kinder haben." Er sah zu ihr hinab. Die Nachmittagssonne brachte ihre smaragdgrünen Augen zum Leuchten. Mit heißen Wangen sah sie zu ihm auf und räusperte sich. „Heißt das, ich darf mir einen Liebhaber suchen?"

Wut durchströmte ihn. „Das heißt es nicht." Der Gedanke alleine brachte sein Blut zum Kochen. Aber wie konnte er erwarten, seine eigene Geliebte zu behalten und gleichzeitig Glee nicht erlauben, mit anderen Männern zusammen zu sein? Besonders, da er keine Absichten hatte, seine ehelichen Rechte in Anspruch zu nehmen. „Im ersten Jahr werden wir alles Nötige tun, um andere davon zu überzeugen, dass diese Heirat aus Liebe geschlossen wurde. Mein Bruder muss besonders davon überzeugt werden. Wenn er vermutet, dass ich nur geheiratet habe, um meine Erbschaft zu erhalten, wird er mich zweifellos vor Gericht bringen."

„Und mein Bruder?"

„Ich werde versuchen, ihn davon zu überzeugen, dass ich mich in Euch verliebt habe. George würde keinen Gefallen daran finden, dass seine Schwester nur Teil eines Täuschungsmanövers ist, um meine Erbschaft zu erhalten."

Sie stapften schweigend durch den matschigen Sumpf. Erfüllt von Ärger, zuerst auf Glee, dann auf sich selbst, da er Glees Intrige nicht aufgedeckt hatte, dachte Gregory über sein ungewolltes Dilemma nach. Er würde das Beste daraus machen müssen. Er war sich nun schließlich wenigstens seiner Erbschaft sicher. Er dachte an all die Dinge, die Glee erwähnt hatte, um ihn zu dieser Heirat anzuregen. Es gab schlimmere Schicksale. Dennoch war dies nicht das Schicksal, das er all diese Jahre angestrebt hatte. *Verdammte Glee.*

Das arme Mädchen würde niemals ihren Prinzen bekommen. Niemals ein Kind haben. „Ich schlage vor, Euch zu erlauben, Euch ein Haus in Bath auszusuchen. Ihr habt Carte blanche, was die Einrichtung und die Dekoration betrifft." Es waren nur Brosamen, die er ihr zuwarf. Frauen taten diese Dinge gerne. „Ihr werdet auch eine

Kutsche haben." Derartiger Materialismus entschädigte sie kaum dafür, ihr einen liebenden Mann und Kinder vorzuenthalten.

Sie nickte getragen. „Ich wollte diese Heirat, weil wir ...", sie schluckte, „Freunde *waren*. Können wir dies nicht immer noch sein?"

Er schritt voran. Sie kamen zu dem Park vor dem Herrenhaus. Sie waren Freunde gewesen. Immer. Es war viel besser für Glee, einen Freund zu heiraten, als einen Mann, der darauf bestand, ihr ihre Unschuld zu rauben, oder sie zu benützen. Allerdings, reflektierte er ernsthaft, würde er sie nicht benutzen? Er versuchte, seine Schuldgefühle abzuschütteln, und erinnerte sich an ihre schamlose Falle, um ihn an sich zu binden. Sie bekam nur, was sie wollte.

Er sah zu ihr hinunter. „Wir werden weiterhin Freunde sein." Es fiel ihm plötzlich auf, dass die Kälte aus seiner Stimme gewichen war.

Als sie sich dem Herrenhaus näherten, nahm er ihre Hand. „Erinnert Euch daran, dass alle glauben sollen, dass wir verliebt sind. Ihr dürft niemandem die Wahrheit sagen."

„Von heute an werde ich tun, worum auch immer Ihr mich bittet", sagte sie mit sanfter Stimme. „Wann können wir heiraten?"

Obwohl es keine echte Ehe sein würde, hatte Gregory vor, so lange wie möglich an seinem Junggesellenleben festzuhalten. „Wir können es diese Woche verkünden."

Sie verzog ihr Gesicht. Natürlich hätte sie eine schnellere Sonderlizenz bevorzugt. Warum war das Mädchen derartig versessen darauf zu heiraten? Der Himmel wusste, dass er es nicht eilig hatte.

* * *

Gregory war übel, als er seinem besten Freund auf dem türkischen Teppich in der Bibliothek gegenüberstand und sich darauf vorbereitete, George zum ersten Mal in den siebzehn Jahren, die sie einander gekannt hatten, anzulügen.

George sprach getragen von seiner mit Seidendamast überzogenen Sitzbank aus. „Obwohl du mein bester Freund bist, muss ich dir sagen, dass ich überaus verärgert wäre, solltest du meine Schwester nur dazu benutzen, um deine Erbschaft zu bekommen. Glee braucht einen Mann, der sie liebt und sich für den Rest ihres Lebens um sie kümmert. Sie wünscht sich ein glückliches Heim voller Kinder." Er hielt für einen Moment inne. „Ich wäre äußerst überrascht, wenn du ihr irgendetwas von den Dingen, die sie braucht, bieten könntest."

Gregory spürte, wie sich das Messer drehte. Er kam gefährlich nahe, alles abzublasen. Dann erinnerte er sich an Glees Schwur, sich auf den nächstbesten Mann zu stürzen. Und mit steigendem Zorn dachte er an den Schurken Jefferson. Gregory hustete. „Du musst wissen, dass mir Miss Pembroke am Herzen liegt, seit sie ein kleines Mädchen war. Ich habe allerdings erst bei diesem Besuch gemerkt, wie wichtig sie mir tatsächlich ist. Es war Miss Pembroke selbst, die bemerkte, dass eine Verbindung zwischen uns äußerst glücklich wäre. Und nachdem meine Gefühle ihr gegenüber sich schnell von denen eines Bruders in die eines Liebhabers verwandelten, wurde mir bewusst, wie sehr ich mir wünschte, sie zu heiraten." Seine Stimme wurde tiefer und er sprach feierlich. „Wenn du keine Einwände hast, natürlich."

Wie hatte er nur die Worte gefunden? Gregory

dachte daran, als er mit Glee alleine auf der Wiese war, und wie sie unerwartete Lustgefühle in ihm heraufbeschworen hatte. Diese Gefühle müssen sich in sein Gedächtnis geschlichen haben, als er sprach. Du lieber Himmel, würde George denken, ich sei ein Wiegenräuber? George brauchte eine verdammt lange Zeit, um zu antworten.

Der Gesichtsausdruck seines Freundes war getragen. War er erbost über Gregorys Verlangen nach der unberührten Glee? Erinnerte er sich an all die frevelhaften Dinge, die er getan hatte, die ihn einer Ehe mit Glee unwürdig erscheinen ließen?

Letztendlich sprach George. „Ich hoffe, du verstehst, dass deine Deklaration ein ziemlicher Schock für mich ist. Erstens, seitdem ich dich kenne hast du darauf bestanden, dass du eine Heirat vermeiden würdest. Und dann ist da die Tatsache, dass du noch niemals auch nur annähernd an einem Mädchen wie Glee Gefallen gefunden hast."

George spielte natürlich auf all die Dirnen an, mit denen Gregory zusammen gewesen war, seitdem er als Sechzehnjähriger seine Jungfräulichkeit verloren hatte. „Die leichten Röcke, die Miss Pembroke vorangingen, lassen ihre Unschuld so erfrischend erscheinen. Sie ist die erste – die einzige – Lady von hohem Rang, die ich jemals zu heiraten gewünscht habe. Ich nehme an, du hast dasselbe Miss Moreland gegenüber empfunden – bevor sie zu Lady Sedgewick wurde."

George nickte. „So wie du, habe ich über die Ehe gespottet."

„Dann hat Miss Moreland dein Herz gestohlen, so wie Miss Pembroke meins gestohlen hat."

Nun breitete sich ein Lächeln auf Georges Gesicht aus. „Verzeih mir, wenn ich etwas überrascht bin. Es ist schwierig, sich vorzustellen, dass der ungreifbare Mr. Blankenship sein Herz an meine Schwester, diesen Schlingel, verloren hat."

Gregorys Herz trommelte in seiner Brust. „Aber das habe ich ganz gewiss."

„Dann freue ich mich und bin noch glücklicher, Euch als Bruder zu haben."

Die beiden Männer umarmten sich, und gingen dann zum Schreibtisch, um die Mitgift zu besprechen. Als sie fertig waren, sah George seinen Freund ernsthaft an. „Ich muss dir sagen, dass es mich freut, dass meine Schwester dir dabei hilft, dein Vermögen zu sichern."

* * *

Diana würde eine Hürde sein, dachte Glee, als sie nervös in den Salon ging, nachdem sie ihre nasse Kleidung ausgezogen hatte. Eine Übelkeit machte sich in ihrem Magen breit. Sie gab sich selbst im Geiste einen Klaps. Ist das nicht genau, was sie wollte? Wofür sie gebetet hatte? Hatte sie sich nicht eingeredet, dass, wenn sie Blanks nur fangen könnte, sie ihn dazu bringen würde, sich in sie zu verlieben? Obwohl er vor langer Zeit geschworen hatte, niemals zu heiraten. Obwohl er sie nicht liebte. Obwohl er immer so starr wie ein Fels gewesen war. Mr. Gregory Blankenship hatte in Glee sein Gegenstück gefunden.

Sie spazierte beiläufig in den Salon.

Diana sah auf und goss eine zweite Tasse Tee ein. „Ich dachte, du wärest mit Blanks unterwegs."

Glee nahm die ihr angebotene Tasse und atmete dann tief ein. „Er ist mit George in der

Bibliothek."

„Schade, dass er heute schon abreisen muss."
Diana fuhr mit ihrer Stickerei fort. „George würde
sich sehr freuen ihn länger hier zu haben."

„Ich auch", sagte Glee sanft. „Wir haben uns
soeben verlobt."

Dianas Mund öffnete sich vor Erstaunen, und
sie legte rasch ihre Stickerei zur Seite.

„Habe ich dich richtig verstanden?"

Ich muss überzeugend sein, sagte sich Glee. „Ich
gebe zu, ich war in meinem ganzen Leben noch
nicht derart überrascht. Bitte sag George nichts
davon, aber ich war diejenige, die Blanks darauf
hingewiesen hat, wie vorteilhaft es für ihn wäre,
mich zu heiraten. Zuerst war er entsetzt, aber je
länger wir zusammen waren, desto mehr Sinn
ergab mein Angebot. Besonders in Anbetracht
seiner wachsenden Bewunderung mir gegenüber."
Glee rührte in ihrem Tee, obwohl dies schon lange
nicht mehr nötig war.

„Es scheint nicht, als ob ihr beiden viel Zeit
miteinander verbracht habt", setzte Diana
entgegen.

„Du vergisst die Vormittage, an denen du im
Bett gefrühstückt hast. Blanks und ich haben
jeden Tag zusammen gefrühstückt und haben viel
Zeit zusammen draußen in der Natur verbracht."
Glee seufzte glücklich. „Ich frage mich, was an der
frischen Luft Männer so amourös macht?" Sie
fühlte sich schuldig dabei, ihre Schwester zu
täuschen, aber es gab nichts, das sie nicht für
Blanks tun würde, und er hatte ihr gesagt, dass
sie alle davon überzeugen müssten, dass sie aus
Liebe heiraten würden.

Diana lächelte schelmisch. „Dann habt ihr
euch geküsst?"

Glees Herz machte einen Sprung. „Mehrmals", sagte sie lässig. *Ich wünschte, es wäre so.*

„Oh, Glee", rief Diana aus, erhob sich von ihrem Stuhl und warf ihre Arme um Glee. „Ich freue mich wirklich für dich."

Die Türe zum Salon öffnete sich und die Männer kamen herein. George stellte sich hinter seine Frau und legte liebevoll seine Hände auf ihre Schultern. „Ich auch", sagte er zu Glee. „Du hast mich zu einem sehr glücklichen Bruder gemacht."

Zu ihrer großen Überraschung kam Blanks und stellte sich hinter Glee, um offensichtlich George nachzuahmen, und legte seine Hände auf ihre Schultern. „Ich auch, Liebste", sagte Blanks zu ihr.

Glees Herz schmolz. Sie wusste nicht, was sie glücklicher machte. Seine Hände auf ihr oder dass er sie *Liebste* nannte. Auch wenn diese Taten nichts anderes als Schein waren, genoss sie sie sehr. Sie war sich äußerst bewusst, dass sie ihm kein bisschen wichtig war. Aber Glee Pembroke, zukünftige Mrs. Blankenship, hatte sehr viel Selbstvertrauen. *Ich werde ihn dazu bringen, mich zu lieben.* Es war schade, dass Blanks so stur war.

„Wann soll die Hochzeit stattfinden?", fragte Diana.

„Sonntag in vier Wochen", sagte George. „In unserer Dorfkirche."

Diana sah verwirrt aus, sagte aber nichts.

„Bis dahin, Liebes", sagte Blanks zu Glee, „wirst du viel zu tun haben. Du musst ein Haus für uns in Bath aussuchen und es ausstatten."

„Und du wirst eine Aussteuer brauchen", erinnerte Diana Glee.

Glee biss sich auf die Lippe. „Ich nehme nicht an, dass du ..."

„Georgette wird es mit ihrer Krankenschwester und Amme gut gehen", fuhr Diana fort. „Ich wäre entzückt, dich nach Bath zu begleiten."

Dem Himmel sei für Diana gedankt! „Du bist ein Schatz", sagte Glee zu ihr.

Blanks beugte sich und küsste Glee auf ihr glänzendes, rotbraunes Haar. „Es schmerzt mich dir mitteilen zu müssen, Liebes, dass ich in einer Stunde nach Bath zurückkehren muss."

Wahrhaftig, er hätte sein Geld auf der Bühne verdienen können! Er klang derart überzeugend. Er küsste sie sogar auf den Kopf! Der abscheuliche Mann vermied ihre Lippen! Sie sehnte sich überausheftig danach, einen *richtigen* Kuss von ihrem Verlobten zu bekommen.

* * *

An diesem Nachmittag kehrte Blanks nach Bath zurück. Die anderen folgten ihm durch die eindrucksvollen Tore des Herrenhauses, um ihn zu verabschieden, als der Bräutigam sein Pferd holte. Bevor er aufstieg, nahm Gregory Glees Hände. „Ich werde dich schrecklich vermissen, mein Liebling."

Sie lächelte ihn an. „Es sind nur drei Tage, bis wir wieder vereint sein werden, Liebster."

Als Blanks vor ihr stand und sie mit einem eindeutig verlorenen Gesichtsausdruck ansah, schlug Glees Herz wie verrückt. Dann beugte er sich zu ihr, um sie zu küssen, und ihr Magen flatterte, als sie sich auf die Zehenspitzen stellte, um ihn zu spüren. Die Berührung seiner Lippen war zauberhaft. Es war, als ob die Vögel lauter singen würden, als sich ihre Lippen trafen und ihr Herz einen Schlag aussetzte. Sie vergaß völlig, dass es noch andere Wesen auf der Erde gab außer Blanks und ihr und vielleicht der singenden

Vögel. Sie erfreute sich an seinem Moschusduft und seiner kräftigen Statur. Der Mann war ein absolutes Paradox. So groß, und doch so qualvoll zart.

Dann schmolz sie fast dahin, als seine Arme sie festhielten. Sie fühlte sich unglaublich feminin. Und zu offenkundiger Weiblichkeit gereift.

Er schaffte es, den Kuss zu beenden, hielt sie aber weiterhin fest – sogar noch fester. „Ich werde dich vermissen", sagte er heiser.

Er klang so überzeugend! *Ich werde dich auch vermissen.* Sie wollte die Worte sagen, schien aber ihre Stimme verloren zu haben.

Dann entzog er sich ihr und bestieg sein Pferd. Er berührte seinen Hut in Richtung George. „Ich danke dir und Lady Sedgewick für eure Gastfreundschaft – und dafür, mich zum glücklichsten Mann gemacht zu haben." Dann ritt er, ohne sich zu Glee umzudrehen, davon.

Sei gewarnt, Edmund Kean, sinnierte Glee. Der beste Schauspieler in England war nun zweifellos Gregory Blankenship. Jeder, der diese Abschiedsszene beobachtet hatte, würde zutiefst von seiner Zuneigung ihr gegenüber überzeugt sein.

* * *

Während der nächsten paar Tage war Glee derart mit Hochzeitsvorbereitungen und dem Packen für Bath beschäftigt, dass sie wenig Zeit hatte, um über Blanks nachzudenken. Bis zu ihrer letzten Nacht in Hornsby Manor. Erschöpft von den Vorbereitungen fiel sie ins Bett und hatte vor sofort einzuschlafen, aber sie konnte es nicht. Blanks tauchte immer wieder in ihren Gedanken auf. Es war kaum zu glauben, dass sie vor Monatsende Mrs. Blankenship sein würde.

Sie war sich darüber im Klaren, dass den Mann zu heiraten, den sie anbetete, ihr nicht ein Happy End garantieren würde. Sie wusste, dass sie einen schwierigen Weg vor sich hatte. Es würde immer bergauf gehen. Aber sie hatte Vertrauen in ihre Fähigkeiten, seine Zuneigung zu gewinnen – mit der Zeit. Es war ja nicht so, dass sie sich nicht bereits *gerne* hatten. Sie nahm an, dass Blanks sich ihr gegenüber fürsorglich benehmen würde. Das war ein guter Anfang. Und er *hatte* gesagt, dass sie hübsch sei. Was ihr versicherte, dass er sie nicht abstoßend fand. Zum Glück!

Aber nun, da sie eine Ehe mit ihm eingehen würde, wusste sie, dass ihre *Hoffnung*, sein Herz zu gewinnen, nicht gut genug war. Sie brauchte einen Plan. Wie ein General in einer Schlacht. Denn der unbeweglich störrische Gregory Blankenship war ein mächtiger Gegner.

Für den Rest der Nacht sammelte sie in ihren Gedanken die Waffen, die sie zum Sieg bringen würden. Die Wichtigste davon war ihre Liebe zu ihm. Weil er ihr derart wichtig war, wollte sie alles über ihn erfahren, was sie nur konnte. Ihre Mission würde es sein, ihn glücklich zu machen. Wenn er Fisch zum Abendessen wollte, würde er Fisch bekommen. Wenn er jede Nacht mit seinen Freunden ausgehen wollte, würde sie sich nicht kritisch äußern.

Sie wusste von den vielen Dingen, die er über die Jahre scherzhaft gesagt hatte, dass seine Stiefmutter keine Liebe für ihn übrig hatte. Da seine Mutter bei seiner Geburt gestorben war, hatte er wahrscheinlich niemals die Liebe einer Frau erfahren. Wahre Liebe. Ihr Herz schmerzte für das einsame Kind, das er gewesen sein musste. Glee war bereit, ihn in Liebe einzuhüllen und mit Zuneigung zu überschütten.

Sie hatte auch andere Pläne. Nicht nur würde sie sich nicht in sein Vergnügen einmischen, sie würde sich auch daran beteiligen. Sie würden weiterhin beste Freunde sein.

Freundschaft war, ihrer Beobachtung nach, die Grundlage für alle guten Ehen. Wenn ihre Pläne sich verwirklichen würden, würde Blanks seiner genusssüchtigen Angewohnheiten müde werden und sich ein eigenes Heim wünschen. Mit einer liebenden Frau und Kindern. Dann würde er wahres Glück erfahren.

Kinder. Sicherlich würde sich Blanks eines Tages welche wünschen. Sie konnte sich ein Leben ohne sie nicht vorstellen. Irgendwann in ihrer Zukunft würden Blanks und sie eine Familie haben. Obwohl sie ihrem Verlobten gesagt hatte, dass sie auch ohne Kinder glücklich sein würde.

Sollte er sich in den kommenden Jahren immer noch keine Kinder wünschen, würde sie seine Gefühle respektieren. So sehr sie auch Kinder haben wollte, sie wollte Blanks mehr.

Sie hatte noch eine Waffe zur Verfügung in ihrem Kampf, Blanks' Herz zu erobern, aber sie würde sie erst nach ihrer Hochzeit einsetzen.

Kapitel 6

Nachdem sie sich im Sheridan Arms Hotel in Bath angemeldet hatten und Glee das Auspacken ihrer Taschen überwacht hatte, eilte sie zur Nummer 7, Dianas Zimmern. Sie hatten sich dagegen entschieden, auf dem Gut ihres Bruders zu wohnen, da es drei Meilen von der Stadt entfernt war und dadurch eher unpraktisch gewesen wäre.

Diana, die sich nun ihrer Reisekleidung entledigt hatte, öffnete die Türe und trat auf den Gang hinaus. Sie legte ihren Schal um ihren Hals und als sie aufblickte, sah sie Glee. „Ich wollte gerade in deine Zimmer kommen", sagte sie lachend.

Die beiden Frauen gingen plaudernd die Treppe ins Erdgeschoß hinunter. „Blanks meint, es gäbe drei erstklassige Stadthäuser zu kaufen und ich darf mir eines aussuchen", sagte Glee. „Das Haus der Harrisons am Queen Square wird zweifellos alle anderen in den Schatten stellen, da bin ich sicher. Du bist schon dort gewesen, nicht wahr?"

„Ein schönes Heim", antwortete Diana, „und eine ausgezeichnete Lage."

Glee nickte zustimmend. „Zwischen den Gesellschaftsräumen und dem Pump Room. Selbst wenn es nicht eines der elegantesten Häuser in Bath wäre, würde ich es wegen seiner Lage auswählen." Sie spazierten durch die opulente Eingangshalle hinaus auf die High Street. Glee zog ihre Pelisse enger um sich, um sich auf den eisigen Wind vorzubereiten, der sie draußen erwartete.

„Gehen wir als erstes dorthin?", fragte Diana.

„Ja, ich dachte, wir könnten zu Fuß gehen, da es so nahe ist."

Bald gingen sie die Milsom Street entlang. Glee fühlte sich ein bisschen schuldig, da sie ihrem Verlobten nicht gesagt hatte, dass sie bereits in Bath war. Sie hatte gedacht, es würde ihm vielleicht nicht gefallen zu erfahren, dass sie einen Tag früher angekommen war. Dass er darauf bestand die Hochzeit öffentlich anzuschlagen anstatt mit einer Sonderlizenz, wie es in ihrer Gesellschaftsschicht üblich war, gab ihr zu verstehen, dass er jeden nur möglichen Tag an seinem Junggesellendasein festhalten wollte.

Es war schade, dass er sich nicht so sehr darauf freute, bei ihr zu sein, wie sie es tat.

Diana und Glee hoben ihre Röcke an, als sie die Straße überquerten, auf der sich der Regen der letzten Nacht gesammelt hatte. Sie schafften es gerade zwischen einem Heuwagen und einer Kutsche auf die andere Seite zu gelangen. Glee warf einen Blick in das Schaufenster von Mrs. Simmons' Hutmacherei. Sie war überrascht, dass der gelähmte Junge, der sonst immer vor dem Geschäft war, heute nicht dort saß. Sie erinnerte sich, dass er zu dieser Zeit auf dem Pony ausreiten würde, das Dianas Bruder ihm geschenkt hatte.

Dann kehrten ihre Gedanken zu Blanks zurück. Glee entschloss sich, ihn erst später am Abend zu sehen. Sie würde bis Nachmittag warten und ihm dann eine Nachricht schicken, um ihn zu informieren, dass sie früher angekommen war. Ihr Magen schlug Purzelbäume bei dem Gedanken, ihn wiederzusehen. Ihr Blanks. Würde er zum Hotel eilen, um sie zu sehen? Würden sie heute zusammen zu den Gesellschaftsräumen gehen? Würde er sie in seinen Armen halten, während sie Walzer tanzten?

„Mir war nicht bewusst, wie sehr ich Bath vermisst habe", sagte Glee.

Diana nickte. „Ich liebe es hier. Es ist mein Lieblingsort."

Glee wusste, wie viel ihre Schwägerin gereist war. „Wirklich? Warum?"

„Kannst du es erraten?"

Ein Lächeln breitete sich auf Glees Gesicht aus. „Lass mich nachdenken. Ist es vielleicht, weil du hier meinen Bruder kennengelernt, dich in ihn verliebt, und ihn geheiratet hast?"

„Richtige Antwort. Ich sehe, dass du aus einer intelligenten Familie kommst."

„Zweifellos. Und ich bin sicher, meine kleine Nichte hat jetzt schon beachtliches Wissen. Was ihren Vater betrifft", sagte Glee lächelnd, „bin ich mir allerdings nicht so sicher."

Diana gab Glee verspielt einen Klaps. „Wie kannst du einen so wunderbaren Mann nur schlechtmachen?"

„Mein Bruder, eine wunderbare Kreatur? Ich fürchte, eine außerirdische Kraft hat einen Liebeszauber über dich ergossen. Was könnte sonst eine derartige Hingabe nach nur einem Jahr als Mann und Frau erklären?"

Diana verdrehte die Augen. „Wenn du verheiratet sein willst, dann muss dir bewusst sein, dass viele verheiratete Leute einander tief verbunden sind." Dianas Stimme wurde sanft. „Wie George und ich."

Ja, das war die Art von Ehe, die Glee auch

wollte. *Wenn es nur so wäre.*

Genau in diesem Moment sah Glee ihren Verlobten und Carlotta Ennis den Bürgersteig auf der anderen Straßenseite entlanggehen. Wenn sie nicht gerade die Straße überquert hätten, wäre Glee ihm von Angesicht zu Angesicht gegenübergestanden. Die extravagante Witwe, die bei ihm war, war mit Glees Familie seit vielen Jahren befreundet. Sie und Glees Schwester Felicity hatten ihre ersten Ehemänner nach Portugal begleitet, wo beide Männer während des Krieges auf der Halbinsel getötet wurden.

„Sieh nur, Diana, da sind Blanks und Mrs. Ennis! Lass uns die Straße überqueren.“

Diana versteifte sich und ihre Augen wurden kalt. Ihre Finger gruben sich in Glees Arm.

Warum benahm sich Diana derart seltsam? Hatte sie eine plötzliche Abneigung gegen Blanks entwickelt? Glees Augen folgten Blanks und Carlotta Ennis, als sie ein Teehaus betraten. Wollten sie dort Mittagessen? Wie seltsam. „Was ist los, Di?“

Diana schüttelte den Kopf. „Nichts. Es ist nur ... dass wir uns wirklich beeilen müssen, um zum Queen Square zu kommen. Du hast doch einen Termin, um das Haus anzusehen.“

Sie lügt. Warum wollte Diana Blanks unbedingt meiden? Sicherlich hatte er nicht ...

Plötzlich dröhnte Glees Herz. Und sie wusste, warum sich Diana derart seltsam benahm. Diana hatte Zugang zu Informationen, die von Glee ferngehalten wurden. George sprach mit Diana über alles. *Einschließlich der Tatsache, dass Carlotta Ennis Blanks' Geliebte war.*

* * *

Gregory hatte dieses Treffen mit Carlotta so

lange wie möglich hinausgezögert, aber nachdem Glee morgen ankommen würde, konnte er es nicht länger vermeiden. Er hatte den Schmerz der üppigen Carlotta und die Tränen, die unvermeidbar waren, aufschieben wollen. Denn Carlotta liebte ihn eindeutig. Sie hatte sich nach jeder seiner Berührungen gesehnt, auch auf Kosten ihres guten Namens.

Sie hatte ihn in ihr Bett gelockt, obwohl er ihr von Anfang an gesagt hatte, dass er sie niemals heiraten würde. Als ihr klar wurde, dass sie ihn nicht zum Altar führen konnte, verbannte sie ihren Stolz und bat ihn, ihr Geliebter zu werden. In dem Jahr, seitdem sie unter seinem Schutz stand, hatte es keine Gelegenheit gegeben, an der sie ihn nicht bereitwillig in ihrem Bett willkommen geheißen hatte, egal zu welcher Zeit. Ich lebe, um in deinen Armen zu liegen, mein Schatz, hatte sie ihm oft während ihrer heißen Liebesspiele heiser zugeflüstert.

Über den kleinen, mit einem Tischtuch bedeckten Tisch hinweg beobachtete Gregory die liebliche Carlotta mit ihrem strahlenden, schwarzen Haar, und seine Augen schweiften zu dem Heben und Senken ihrer üppigen Brüste, die unter ihrem lila Kleid wogten.

„Was ist los, mein Liebling?", fragte Carlotta mit zitternder Stimme.

„Warum denkst du, dass etwas los ist?

„Deine Taten. Du hast noch nie ein Teehaus meinem Bett vorgezogen."

Die Serviererin brachte ihnen Tee und stellte zwei Tassen mit Untertassen auf den Tisch.

Gregorys Herz schlug heftig in seiner Brust. Er musste es ihr sagen. „Ich habe dir Neuigkeiten zu berichten."

Sie hob ihre Wimpern verführerisch und öffnete ihre lavendelfarbenen Augen vor Angst.

„Ich fürchte, es sind keine guten Nachrichten, Liebste." Hatte er Carlotta jemals zuvor *Liebste* genannt? Er dachte flüchtig an Glee. Die er *mein Liebling* genannt hatte. Beides war weit von der Wahrheit entfernt. „Erstens muss ich dir von dem enttäuschenden Testament meines Vaters berichten. Ich bekomme nichts, außer ..."

„Außer was?", fragte Carlotta, unfähig ihren angstvollen Blick von ihm zu nehmen.

„Außer ich heirate bis zu meinem fünfundzwanzigsten Geburtstag."

Nun huschte ein Lächeln über ihr exotisch schönes Gesicht.

Er runzelte die Stirn. „Ich werde Glee Pembroke heiraten."

Carlotta gab ein schmerzliches Stöhnen von sich. „Nein! Das kannst du nicht tun!" Ihre Augen füllten sich schnell mit Tränen, die über ihre elfenbeinfarbenen Wangen rannen. Sie tat nichts, um sie zurückzuhalten. Warum kannst du nicht mich heiraten? Du hast selbst gesagt, dass wir gut zusammenpassen. Und du willst keine Kinder, und ich verabscheue die heulenden Bälger. Siehst du nicht, dass das Pembroke-Mädchen dich niemals so lieben kann, wie ich dich geliebt habe?"

Er konnte ihre Abscheu Kindern gegenüber kaum fassen. Sie hatte schließlich ein eigenes Kind. Es war ein Glück, dass der arme Kerl nicht bei seiner Mutter wohnte.

Dann erinnerte sich Gregory an Carlottas Frage. Warum hatte er nicht in Betracht gezogen, sie zu heiraten? Sie war die Frau, die besser zu ihm passte als alle anderen zuvor. Sie war schön und von guter Herkunft. Und zweifellos liebte sie ihn.

Die Sache war die, dass er wahrhaftig niemals irgendeine Frau heiraten wollte. Seine Abneigung gegen die Ehe wurde von einem jahrelangen überzeugenden Gelübde befeuert.

Müsste er seine Entscheidung erneut treffen, würde er jedoch wieder Glee Pembroke anstatt Carlotta Ennis wählen. Auch wenn sich Glee als kalter Fisch im Bett herausstellen sollte. Warum, um Himmels willen, hatte er an Glee im Bett gedacht? War er nicht fest entschlossen, sie niemals zu berühren? Glees Charme zu widerstehen, könnte sich als äußerst schwierig erweisen, dachte er, als er sich an die Intensität ihres Abschiedskusses erinnerte. Seltsamerweise hatte der Kuss ihn auf eine Art berührt, wie Carlottas Küsse es nie getan hatten.

Seine Gründe dafür, Glee zu heiraten, hatten nichts mit Sex zu tun, oder mit ihrer adeligen Herkunft. Aber sie hatten alles mit William Jefferson und anderen Typen seinesgleichen zu tun. Glee solchen Männern zu überlassen, war das gleiche, wie Lämmer zum Schlachthaus zu locken.

Im Gegensatz zur unschuldigen Glee konnte Carlotta sehr gut auf sich selbst aufpassen – mit oder ohne seinen Schutz.

Obwohl er vorhatte, ihr einen ansehnlichen Betrag zukommen zu lassen.

Wie konnte er Carlotta all das erklären? „Ich habe Miss Pembroke ausdrücklich erklärt, dass unsere Ehe nur eine Scheinehe sein wird. Ich habe keine Absichten, meine Verbindung zu dir abzubrechen, meine liebe Carlotta." Er nahm ihre eisige Hand und hauchte einen Kuss darauf.

Ihre Tränen flossen weiterhin unaufhaltsam. Nachdem sie den Tee hatten ziehen lassen, schenkte sie ihn in ihre Tassen, aber anstatt zu trinken, legte sie ihre Hände um die Tasse, um sich zu erwärmen. „Warum sie?", fragte sie mit einer Stimme, die nicht ohne Schmerz war.

Er zuckte mit den Schultern.

„Es ist deswegen, weil ich nun Schande bringe, da ich mir erlaubt habe, deine Geliebte zu sein. Du hast jeglichen Respekt mir gegenüber verloren. Und nun ...", sie brach ab und schluchzte, „du hast dein Verlangen nach mir verloren."

„Nein, das ist es ganz und gar nicht!", protestierte er. „Ich bin heute hier bei dir. Würde ich das tun, wenn ich mich deiner schämen würde?"

„Du schmeißt mir Krümel zu, um dein Gewissen zu beruhigen."

Er schüttelte seinen Kopf energisch, obwohl etwas Wahres in ihren Worten lag. Er spürte die Wärme von der dampfenden Tasse. „Du musst verstehen, wie wichtig du mir bist", sagte er.

Sie lachte erbittert. „Du willst nur meinen willigen Körper, weil deine Frau nicht in der Lage sein wird, dich zu befriedigen."

„Du bist viel mehr als ein williger Körper, Carlotta", sagte er mit tiefer Stimme.

Sie senkte ihre langen Wimpern. „Warum konntest du nicht mich fragen?"

Er zuckte mit den Schultern. „Ich weiß es wirklich nicht."

„Ich hätte dich niemals für so überheblich gehalten, dass du um gesellschaftlicher Stellung wegen heiratest."

„Ich heirate Miss Pembroke nicht wegen der Stellung ihrer Familie", protestierte er verärgert.

„Warum dann? Sie ist kaum mehr als ein Kind – und nicht so unschuldig, wie du denkst. Was kann sie für dich tun?"

Es ist nicht, was sie für mich tun kann, sondern was ich für sie tun kann. Warum hatte Carlotta Glee schlechtgemacht? Das gefiel ihm gar nicht. Er hob seine Tasse auf und trank seinen Tee auf einen Zug aus. „Wir können darüber bis ans Ende der Zeit reden, aber es wird die Tatsache nicht ändern, dass ich um Glee angehalten habe, sie annahm, und die Anzeige veröffentlicht wurde. Es gibt nichts, was wir sagen oder tun könnten, um dies nun zu ändern."

Carlotta warf ihm einen verwirrten Blick zu. „Du willst sie heiraten, nicht wahr?"

„Um Himmels willen, Carlotta, ich wollte niemals *irgendeine* Frau heiraten. Das weißt du. Komm, trink deinen Tee."

Sie schüttelte den Kopf. „Ich will ihn nicht mehr." Ihre Augen blitzten auf vor Zorn, sie nahm ihre Tasse und schleuderte ihm deren Inhalt entgegen.

Vor Wut kochend schob er seinen Stuhl zurück und stand auf. „Ich schlage vor, dass wir gehen", sagte er mit vor Zorn bebender Stimme.

Sie gingen still die Cheap Street entlang und bogen dann in die Milsom Street ein. Ihre Tränen hatten sich endlich beruhigt. Als sie zu ihrer Tür in der Cheap Street kamen, wandte sie sich ihm zu. „Ich werde mich hier verabschieden, Gregory", sagte sie.

Er senkte seine Augenbrauen.

„Ich werde das letzte bisschen Stolz, das ich noch habe, dazu verwenden, meine unstatthafte Verbindung zu dir abzubrechen", sagte sie. „Ich werde dir nicht erlauben, deinen Hunger in meinem Bett zu stillen." Ihre Stimme versagte ihr bei den letzten Worten, dann öffnete sie die Türe, ging hinein und schlug die Türe vor Gregorys Gesicht zu.

* * *

Glee würde niemals wissen, wie sie es zum Queen Square geschafft hatte. Ihr Herz raste und sie fühlte sich, als wäre alles Blut aus ihrem Körper gewichen. Blanks und Carlotta! Ihr wurde schlecht bei dem Gedanken daran, dass die schöne Witwe in seinen Armen lag und Blanks erlaubte, sie zu lieben, wie er Glee niemals lieben würde.

Und Glee würde niemals mit Carlotta und ihrer üppigen Schönheit konkurrieren können. Wie schlecht sie nur im Vergleich mit Blanks' Geliebter abschnitt. *Blanks' Geliebte.* Der Gedanke war wie ein Dolch ins Herz. Seit ihrer Weigerung, Glee zu erlauben, die Straße zu überqueren, um Blanks zu begrüßen, hatte Diana kein Wort gesprochen. Nicht einmal, als ein vorbeilaufendes Pferd Wasser auf ihr rosafarbenes Kleid spritzte.

Schlussendlich brach Glee das Schweigen. „Sie ist seine Geliebte, nicht wahr?"

„Eine junge Dame sollte von solchen Dingen nichts wissen", sagte Diana.

„Oh, aber ich weiß davon", sagte Glee hilflos.

Dianas sah Glee verständnisvoll an.

„Warum konnte es nicht eine Frau einer niederen Gesellschaftsschicht sein?", sinnierte Glee.

„Oder eine mit einer Warze auf der Nase?", fügte Diana hinzu.

Glee versuchte, ein Lachen heraufzubeschwören. Du meine Güte, sie hatte gewusst, dass Blanks Liebhaberinnen hatte, aber sie hatte nicht geglaubt, dass es eine Frau ihrer eigenen Schicht sein würde. Oder dass sie so wunderschön sein würde.

Als sie zum Haus der Harrisons kamen, bewegte sich Glee ohne jedes Gefühl durch die aufwändigen Räume des Erdgeschosses. Als man sie darüber informierte, dass alle geschmackvollen Möbel inbegriffen waren, sagte sie nichts, denn all ihre Gedanken waren bei Blanks.

Oben besichtigte sie die Kammern und Ankleideräume des Herren und der Herrin, immer noch ohne einen Kommentar. Als sie das olivgrüne Bett in der Kammer des Hausherrn sah, wurde ihr bewusst, dass Blanks dort schlafen würde. Nur Schritte von ihrem eigenen Bett entfernt. Mit einem stechenden Schmerz im Herzen fragte sie sich, ob sie jemals das Bett mit dem Mann, den sie liebte, teilen würde.

Als die Besichtigung des Hauses zu Ende war, sagte sie: „Ich werde meinem zukünftigen Mann mitteilen, dass er das Haus kaufen soll." Mein zukünftiger Mann. Zumindest würde sie etwas haben, das Carlotta niemals haben würde. Seinen Namen.

Und hoffentlich würde sie eines Tages sein Herz haben – sollten ihre Schlachtpläne erfolgreich sein.

Kapitel 7

Was für ein schwarzer Tag das für Gregory gewesen war. Zuerst die Unannehmlichkeit mit Carlotta, die ihn sich verdammt schlecht hatte fühlen lassen. Dann die unwillkommene Nachricht von Glee, die ihn darüber informiert hatte, dass sie einen Tag früher nach Bath gekommen war. Und nun, in den Ballsälen, wurde er von Gratulanten belagert, die ihm zu seiner baldigen Hochzeit Glück wünschten. Seit sich Glee am Vormittag für das Harrison Haus entschieden hatte, hatte sich die Neuigkeit in Bath verbreitet wie Blätter, die vom Wind verweht wurden.

Gregorys Magen verkrampfte sich, als Jefferson – ein teuflisches Grinsen auf dem Gesicht – den Ballsaal in seine Richtung durchquerte.

„Was für eine Eroberung Ihr mit Sedgewicks schöner Schwester doch gemacht habt, Blankenship."

Gregory musterte Jefferson. Warum war ihm nie zuvor aufgefallen, wie geschniegelt der Mann mit seinen farbigen Gilets und aufwändig gebundenen Krawatten wirkte? „Ich bin ein äußerst glücklicher Mann", antwortete Gregory.

Jefferson klopfte mit der Hand auf Gregorys Schulter. „Und ich war dumm genug zu glauben, dass Ihr niemals in diese Mausefalle tappen würdet." Er lehnte sich zu ihm und flüsterte heiser. „Ich muss annehmen, dass Ihr die Dame kompromittiert habt."

Die scheinbare Gleichgültigkeit, die Gregory sorgfältig kultiviert hatte, zerbrach, als ihn Wut durchströmte. Er stellte sich dem viel kleineren Jefferson gegenüber. „Solltet Ihr jemals wieder Miss Pembroke angreifen – oder auch nur daran denken, ihren Charakter anzuzweifeln – schwöre ich, werdet Ihr Euch dem stellen müssen." Seine Hände ballten sich zu Fäusten, als er in Jeffersons Augen sah. „Habe ich mich deutlich ausgedrückt?"

Mut ersetzte den flüchtigen Ausdruck von Angst auf Jeffersons Gesicht. „Ich wollte niemanden beleidigen." Sein Blick schweifte durch den Saal zu Glee, die von einem schlaksigen jungen Mann auf die Tanzfläche geführt wurde. „Miss Pembroke ist viel zu gut für Euch, Ihr glücklicher Teufel."

„Teufel ist richtig!"

Gregory wirbelte herum, um die vertraute Stimme mit einer Person zu verbinden, Timothy Appleton. Nach George war Appleton Gregorys ältester Freund.

Jefferson zog sich zurück und ließ Gregory mit seinen Anzüglichkeiten alleine.

„Warum, wenn ich fragen darf, bin ich ein Teufel?", fragte Gregory.

„Weil du deine Verlobung mir gegenüber nicht erwähnt hast, einem deiner ältesten und besten Freunde."

„Oh, deswegen." Gregory fegte einen Fussel von seinem schwarzen Rock. „Es ist noch drei Wochen hin und ich habe vor, jeden Tag als Junggeselle zu genießen."

„Du bist genauso wie George. Erinnerst du dich daran, wie er geschworen hatte, nicht vor seinem dreißigsten Geburtstag zu heiraten, und dann hat er es mit vierundzwanzig getan. Und jetzt du", sagte Appleton verloren. „Was soll ein Kerl nun zum Vergnügen machen?"

Ein Lächeln breitete sich auf Gregorys Gesicht aus. „Ich kann mir einige Dinge vorstellen."

„Tatsache ist, dass es nie wieder so ist wie früher, nachdem man heiratet. Ich sehne mich nach den guten alten Zeiten. Oh, was für Spaß wir hatten", sagte Appleton wehmütig. „Niemand war lustiger als George, wenn er betrunken war. Erinnerst du dich daran, wie er sich vor Carlton House hingelegt hat und eingeschlafen ist? Und der Ausflug nach Newmarket, als Elvin sein gesamtes Geld verloren und die Kleidung seines Dieners getragen hatte, um sich ein Abendessen zu erbetteln?"

„Melvin", verbesserte ihn Gregory. Appleton verwechselte die Zwillinge immer. „Die Dinge, die sanftmütige Kerle tun, wenn sie betrunken sind!"

Appleton schüttelte traurig den Kopf. „Der ganze Spaß wird vorbei sein, sobald du verheiratet bist."

Gregory klopfte seinem Freund auf den Rücken. „Ganz und gar nicht. Miss Pembroke versichert mir, dass ich so weitermachen kann wie bisher."

„Genau das hat Miss Moreland – bevor sie zur Lady Sedgewick wurde – zu George gesagt. Sie ihn dir nun an. Er hat jegliches Verlangen, Spaß zu haben, verloren." Appleton schüttelte den Kopf. „Verstehe nicht, was an einem Landgut unterhaltsam ist, mit niemandem außer einer Ehefrau und einem Baby als Gesellschaft."

„Ich auch nicht", sagte Gregory. „Ich versichere dir, ich habe nicht vor, die Ehe mit Miss Pembroke meine Aktivitäten auf irgendeine Art und Weise einschränken zu lassen."

Dieser Kommentar brachte nicht die gewünschte Reaktion in Appleton hervor. „Verstehe nicht, warum du dich dann überhaupt anketten lässt. Du warst der Letzte, von dem ich je geglaubt hätte, dass er heiratet. Besonders nach all deinen Schwüren dagegen."

Wenn er nur Appleton die Wahrheit sagen könnte. Aber er konnte es nicht zulassen, dass sein Bruder herausfand, dass die Ehe nur vorgetäuscht war. „Hast du nicht Miss Pembrokes viele ausgezeichnete Qualitäten bemerkt?", fragte Gregory.

„Natürlich habe ich das. Ich kenne viele Kerle, deren Herz sie gebrochen hat. Es ist nur so, dass du dich niemals zu *Damen* hingezogen gefühlt hast."

„Zumindest nicht, bis ich nicht bereit war, ein gemeinsames Haus zu haben und all das", verteidigte sich Gregory.

„War niemals so schockiert wie heute Nachmittag, als Melvin mir mitteilte, dass du heiraten wirst. Dachte, er hätte Fledermäuse in seiner Glockenstube. Hab ihm das auch gesagt. Hab ein Pony darauf gewettet, dass er unrecht hatte. Also bin ich natürlich gleich zu deiner Unterkunft geeilt, wo mir Stanley sagte, dass du Miss Pembroke in ihrem Hotel besuchst."

Tut mir leid, dass ich dich verpasst habe", sagte Gregory und hoffte mehr als alles andere, dass er Appleton vom Thema seiner Hochzeit ablenken könnte. Er wünschte sich verdammt nochmal, dass er selbst nicht darüber nachdenken müsste und seine letzten Wochen der Freiheit genießen könnte. Warum musste Glee einen Tag früher kommen? „Was meinst du, sollen wir, nachdem ich Miss Pembroke von dem Ball nach Hause gebracht habe, über Mrs. Starrs Spielhalle herfallen?"

„Man sagte mir, dass die neue Croupière dort ein hübsches Stück Musselin ist." Appleton zwinkerte. „Hellhäutig und vollbusig."

„Umso mehr Grund, hinzugehen", sagte Gregory mit verschmitztem Lächeln.

„Wohin gehen?", fragte einer der Zwillinge, die sich zu ihnen gesellt hatten. Gregory war ziemlich sicher, dass es sich um Elvin handelte. Obwohl die beiden mit ihren römischen Nasen und verfrühten Geheimratsecken genau gleich aussahen, war ihr Gesichtsausdruck äußerst verschieden. Melvin war furchtbar schüchtern und zurückhaltend, während das Verhalten seines Bruders von Übermut geprägt war. Der Zwilling, der zu ihnen sprach, war eindeutig übermütig.

Gregorys Blick schweifte über seine drei Freunde und haftete dann an Elvin. „Wir gehen heute Abend nach dieser langweiligen Veranstaltung zu Mrs. Starr."

Elvins Blick huschte zu Glee, die immer noch tanzte. „Wird deine Verlobte dir derartige Freiheiten erlauben?"

Er hatte es also auch schon gehört. Gab es irgendjemanden in Bath, der noch nicht von seiner Hochzeit gehört hatte? „Natürlich wird sie das, und meine Freiheit wird sich auch auf meine Ehe ausdehnen."

Elvin schüttelte traurig den Kopf. „Schwärzester Tag meines Lebens. Blanks vergeben. Was werden wir wohl tun?"

Melvin nickte zustimmend. „Muss sagen, es ist ein Jammer."

Gregory sah seine Freunde ernst an. „Jeder, der heute hier ist, hat seine Glückwünsche ausgedrückt, außer euch dreien."

„Verzeihung", sagte Melvin. „Wünsche dir alles Gute und so weiter."

„Natürlich wollen wir das Beste für dich", sagte Appleton. „Das muss nicht ausgesprochen werden."

„Es ist nur, dass wir die guten Zeiten mit dir vermissen werden", sagte Elvin.

„Ich habe Appleton schon gesagt, dass sich nichts ändern muss, nur weil ich heirate. Miss Pembroke hat kein Interesse daran, meine Freunde zu verdrängen. Sagt, es sei ihr recht, wenn ich so weitermache wie bisher." *Es war das Mindeste, was sie tun konnte.*

„Das Weib wird also die Anweisungen geben?", forderte Elvin ihn heraus.

„Niemals", zischte Gregory. Er bemerkte, dass das Orchester nicht mehr spielte, und Glee ihm über die Tanzfläche entgegenkam.

* * *

Wenn ich nur einen Tag länger in Warwickshire geblieben wäre, jammerte Glee. Dann hätte sie vielleicht die traurigen Neuigkeiten bezüglich Carlotta niemals erfahren oder Blanks Wut darüber ertragen müssen, dass sie ihm einen Tag seines wertvollen Junggesellendaseins gestohlen hatte. Seitdem er sie am Nachmittag im Hotel besucht hatte, war er ein richtiges Monster gewesen. Verglich er sie mit Carlotta und war enttäuscht darüber, dass sie nicht die schöne Witwe mit den rabenschwarzen Haaren war? Zweifellos wünschte er Glee zum Teufel.

Wäre sie tatsächlich wohlwollend, würde sie ihn von der Verpflichtung, sie zu heiraten, befreien. Aber sie war nicht wohlwollend. Und sie war genauso stur wie er. Nichts würde sie davon abhalten, Blanks zu heiraten und die Gelegenheit zu haben, seine ewige Liebe zu gewinnen. Und nichts würde jemals ihren Durst, Gregory Blankenship zu lieben und von ihm geliebt zu werden, stillen.

Sie lächelte und begrüßte Appleton und dann die Zwillinge, die sie immer verwechselte. George konnte sie auch nie auseinanderhalten. Der Einzige, der das konnte, war Blanks.

Glee stellte sich neben Blanks. „Ich hatte auf einen Tanz mit dir gehofft."

„Es hat dir nicht an Partnern gefehlt", sagte er und gab sich gleichgültig.

„Aber keiner davon war der Mann, den ich heiraten werde", setzte sie entgegen. „Wir müssen einfach die tratschenden Zungen besänftigen, mein lieber Mr. Blankenship."

Seine dunklen Augen funkelten mit einem Gefühl, das sie nicht benennen konnte, dann entschuldigte er sich bei seinen Freunden und bot Glee seinen Arm an, als die Violinen einen Walzer andeuteten.

Obwohl sie oft mit Blanks getanzt hatte, hatte sie nie einen Walzer mit ihm getanzt. Sie war nicht auf ihre Reaktion darauf, so fest von ihm gehalten zu werden, vorbereitet. Es war, als ob die Tanzfläche eine Wolke wäre. Sie fühlte sich leicht und überaus weiblich. Und sie war sich seiner Männlichkeit bewusst, als er sie sanft hielt und sein Moschusduft durch ihre aufblühenden Sinne rauschte. Ihr Herz schlug schnell, und sie hoffte, sie würde nicht sprechen müssen, denn sie fürchtete, ihre zitternde Stimme würde ihre Gefühle preisgeben.

Sie musste sich keine Sorgen machen, dass er sie ansprechen würde. Er hatte kein Verlangen danach, sich mit ihr zu unterhalten, als er automatisch die Schritte ausführte. Sie fragte sich, ob er an Carlotta dachte.

Mit nur einigen Zentimetern zwischen ihnen, dachte Glee unerwarteterweise daran, dass ihre Position der zweier Liebender, die ein Bett teilen, nicht unähnlich war. Sie fragte sich flüchtig, ob ein Mann und eine Frau den sexuellen Akt stehend vollziehen konnten. Dann dachte sie an Blanks, wie er Carlotta liebte. Hatte er Carlottas Körper heute genossen? Der Gedanke schmerzte sie. Denn die jungfräuliche Glee sehnte sich danach, Gregory in sich zu spüren.

„Du bist nicht erfreut darüber, dass ich früher gekommen bin", sagte sie.

„Warum sagst du so etwas?", fragte er mit vorgetäuschter Entrüstung.

„Weil ich dich mein Leben lang kenne."

„Dann dehnt sich deine Kenntnis in Hellseherei aus?"

„Nicht Hellseherei. Wirklichkeit. Ich kenne dich, Blanks, wie keine andere Frau es jemals tun wird. Ich schwöre, dein Leben so glücklich wie möglich zu machen."

„Du hast eine äußerst seltsame Art, das zu tun."

Ihr Herz schmerzte. Natürlich sprach er von der Falle, die sie ihm gestellt hatte.

Sie schwiegen für den Rest des Tanzes.

Glee gewährte William Jefferson den letzten Tanz der Nacht. Als er seine Hand um ihre Taille legte, fühlte sie keines der berauschenden Gefühle, die Blanks mit derselben Handlung in ihr hervorgerufen hatte. Mr. Jefferson war viel kleiner als Blanks. Und obwohl er nicht so gutaussehend war wie Blanks, wurde er als einer der bestaussehenden Männer in Bath angesehen. Man sagte, dass seine Kleidung der letzten Mode von Paris und London entsprach. Was auch immer die neueste Mode auf dem Kontinent war, Mr. Jefferson nahm sie eifrig an. Er war der erste Mann in Bath, der lange, weiße Pumphosen getragen hatte. Er stellte seine teuren Tabakdosen zur Schau, so wie Frauen es mit ihren Hauben taten. Und der Mann war stolz darauf, dass er jeden Tag ein andersfarbiges Gilet trug. Heute war es kleeblattgrün.

Glee bevorzugte Männer mit dezenterem Geschmack. Einen Mann wie Blanks.

„Mr. Blankenship ist ein vom Glück sehr begünstigter Mann", sagte Jefferson.

Glee täuschte Unwissen vor. „Warum?"

„Weil er das lieblichste Mädchen von Bath gestohlen hat. Ihr müsst wissen, dass Ihr viele Herzen gebrochen habt."

„Oh, Mr. Jefferson, Ihr werdet mich eingebildet werden lassen."

„Ich sage die Wahrheit. Ich bin einer der Männer, der Mr. Blankenship gerne Schmerz zufügen würde."

Obwohl sie wusste, dass er scherzte, brachte sein Kommentar ihr Herz dazu, einen Schlag auszusetzen. „Ich bitte Euch, das nicht zu sagen."

„Ich würde Euch niemals absichtlich beunruhigen, Miss Pembroke."

Überrascht – und nicht ohne eine Spur von Abscheu – wurde ihr plötzlich bewusst, dass der Mann mit ihr kokettierte, obwohl sie mit einem Mann verlobt war, der nicht mehr als fünf Meter von ihnen entfernt stand.

Vieleicht konnte sie seine Annäherungsversuche zu ihrem Vorteil nutzen. Mr. Jefferson besaß schließlich gesellschaftliche Anerkennung und gutes Aussehen. Blanks sollte nur wissen, dass andere Männer sie attraktiv fanden. In dem Wissen, dass Blanks es heute vermied zu tanzen – bis auf den einen Tanz mit ihr – entschloss sie sich, auf Mr. Jeffersons Geplänkel einzugehen, als Blanks zu ihr hersah.

Sie warf ihren Kopf zurück und lachte verspielt. „Wirklich, Mr. Jefferson, Ihr seid viel zu höflich."

„Ehrlich, nicht höflich."

„Da wir ehrlich sind, Ihr müsst mir sagen, warum Ihr nie geheiratet habt. Ihr seid älter als mein Verlobter, nicht wahr?"

Er nickte. „Ich bin zweiunddreißig."

„Zweiunddreißig!", rief sie aus. „Wie habt Ihr die Ehe über so viele Saisons vermieden?"

Er nahm sie fester in die Arme und sprach mit tiefer, heiserer Stimme. „Es scheint, als würden alle Frauen, die mich reizen, jemand anderen heiraten."

„Du meine Güte."

„Ich gebe Euch eine faire Warnung, dass ein Ehering mich nicht davon abhalten wird, Euch mit Aufmerksamkeit zu überschütten."

„Du meine Güte."

* * *

Obwohl er sich weiterhin mit seinen Freunden unterhielt, ließ Gregory Glee nie aus den Augen. Und was er sah, gefiel ihm ganz und gar nicht. Der Dandy und Glee sahen gut zusammen aus. Er überschüttete sie mit der Aufmerksamkeit, die Gregory ihr nicht gezeigt hatte. Und er hielt sie viel zu fest. Und warum musste das Korsett von Glees verdammtem Kleid so elendig tief ausgeschnitten sein?

Gregory dachte, dass es sehr gut war, dass er Glee nicht erlauben würde, seiner Überwachung zu entkommen. Glee war viel zu unschuldig und vertrauensvoll bei Männern wie William Jefferson. Gregory würde ihr Beschützer sein.

Seltsamerweise war es eine Rolle, die er nicht abstoßend fand.

Kapitel 8

Während des gut beleuchteten Spaziergangs von den Gesellschaftsräumen zum Hotel, hatte Gregory wenig zu Glee und Diana zu sagen.

„Sagt dir die Lage des Harrison Hauses zu, Blanks?", fragte Glee und blickte in sein undurchschaubares Gesicht.

Er nickte. „Es liegt sehr gut. Äußerst bequem. Aber du musst damit aufhören, es Harrison Haus zu nennen. Es wird in wenigen Wochen unser Haus sein."

Unser Haus. Es war das erste Mal, dass er etwas *unseres* nannte. Ihr Herz machte einen Sprung. „Ja, das Blankenship Haus. Das hört sich sehr gut an", sagte sie. „Hast du alles Nötige für den Kauf in die Wege geleitet?"

„Ich werde morgen mit meinem Anwalt sprechen. Ich werde ihm mitteilen, dass wir sofort nach unserer Hochzeit in drei Wochen einziehen wollen."

Unsere Hochzeit. Wenigstens fürchtete er sich nicht mehr davor, es auszusprechen. „Das bedeutet dann, dass es keine Flitterwochen geben wird." Sie sagte es sachlich und hoffte, dass die Enttäuschung in ihrer Stimme nicht zu hören war. Sie hätte wissen müssen, dass es keine Flitterwochen geben würde, nachdem es keine wirkliche Ehe im üblichen Sinn sein würde. Natürlich würde Blanks schnell zu seinen Freunden in Bath zurückkehren wollen. Sie hatte ihn schließlich dazu ermuntert, so weiterzuleben wie zuvor. Hatte sie ihm nicht gesagt, dass ihre Ehe das nicht ändern würde?

Er drehte sich zu ihr. „Ich hatte nicht über Flitterwochen nachgedacht. Bist du darüber enttäuscht?"

„Natürlich nicht", sagte sie fröhlich. „Ich freue mich darauf, unser Haus einzurichten. Es wird mir viel Freude machen." Sie durfte niemals etwas initiieren, das ihm unangenehm sein würde – auch nicht die ersehnten Flitterwochen. Sie hatte schon genug Unannehmlichkeiten auf ihn gehäuft. Nun würde sie den Rest ihres Lebens damit verbringen, das wiedergutzumachen.

Als sie das Hotel erreichten, verabschiedete er sich und sah dann Glee in die Augen. „Wirst du mir die Ehre erweisen, mich am Vormittag im Pump Room zu treffen?" Dann fügte er hinzu. „Du und Lady Sedgewick, natürlich."

Glee schaute Diana an, dann wieder Gregory. „Liebend gerne. Um neun Uhr?"

Er verzog das Gesicht. „Neun Uhr soll es sein."

Glee wandte sich an Diana. „Ich spreche kurz mit Blanks unter vier Augen, wenn es dich nicht beleidigt?"

Diana warf dem Paar einen wissenden Blick zu. „Ich wäre beleidigt, wenn ihr beiden nicht einen Moment alleine verbringen würdet." Sie drehte sich um und ging ins Hotel.

Blanks sah Glee verwirrt an.

Ihr Herz trommelte in ihrer Brust. „Ich wollte nur, dass du weißt, dass ich dich heute mit deiner Geliebten gesehen habe. Du musst nichts vor mir verheimlichen." Ihre scheinbare Akzeptanz verlangte einiges an Tapferkeit, die sie nicht wirklich spürte.

„Verdammt, Glee! Ich weiß, dass unsere Ehe

nicht echt sein wird, aber wirklich, du kannst nicht von mir erwarten, eine derart delikate Angelegenheit mit dir zu besprechen." Mit gerunzelter Stirn fügte er hinzu: „Um neun Uhr dann." Dann wirbelte er herum und ging fort.

* * *

Nachdem er das Hotel verlassen hatte, stürmte Blanks verärgert zu Mrs. Starrs Etablissement, wo die Zwillinge und Appleton gerade ankamen.

„Blanks, wir haben eine Wette abgeschlossen, was dich betrifft", sagte Appleton.

Gregory stieß zu ihnen, hielt an und hob eine Augenbraue.

„Elvin wettete fünf Pfund, dass du den Charme der neuen Croupière heute wirst probieren können."

Gregorys Blick begegnete Appletons. „Und du?"

„Ich sagte, flüchtige Schäferstündchen seien nicht dein Ding. Du sorgst dich immer um Krankheiten."

Das stimmte. Eine unangenehme Erfahrung in Oxford hatte ihn gelehrt, vorsichtig zu sein. „Ich kann die Herausforderung unmöglich annehmen, ohne die Dame gesehen zu haben."

„Sie ist blond. Dir gefielen Blonde immer, vor ... Mrs. Ennis."

„Ist dir nicht aufgefallen, dass meine Verlobte rote Haare hat?", fragte er lächelnd.

Ein livrierter Butler ließ die vier in Mrs. Starrs Salon, wo an fünf verschiedenen Tischen gespielt wurde. Elvin stieß Blanks mit dem Ellbogen an und sagte leise: „Sie ist am Kartentisch."

„Dann spiele ich zuerst dort", sagte Gregory und ging zu dem Tisch, wo die vollbusige Croupière mit einem älteren, glatzköpfigen Gentleman spielte. Als Gregory sie beobachtete und darauf wartete, dass das Spiel endete, brachte ein Diener Brandy, den Gregory – so wie seine Freunde auch – schnell konsumierte. Mrs. Starr, offensichtlich eine gute Geschäftsfrau, stellte sicher, dass ihre Kellner die Gläser der Gäste immer füllten.

Gregory nutzte die Wartezeit, um die Croupière zu mustern. Obwohl sie hellhäutig wie Glee war, war sie um einiges größer, besonders was ihren Busen betraf. Er stellte fest, dass ihr Korsett noch weiter ausgeschnitten sein musste, als es Mode war, um ihre bestes Merkmal zur Schau zu stellen. Oder Merkmale.

Wenn man das pfirsichfarbene Kleid mit einem lila Kleid vertauschte und sie nur vom Hals abwärts betrachtete, gab es keinerlei Unterschied zwischen ihr und Carlotta.

Er dachte an sein Treffen mit Carlotta am Nachmittag und erinnerte sich an ihre Worte. *Weil ich mir erlaubt habe, deine Geliebte zu sein, habe ich deinen Respekt verloren.* Er hatte es vehement abgestritten, aber nun fragte er sich, ob etwas Wahres daran war. Carlotta war nicht die Art Frau, die er heiraten würde. Er hätte sie nicht nach Hause zu seinem Vater bringen wollen, wäre sein Vater noch am Leben.

Und doch war sie die perfekte Geliebte gewesen. Er mochte sie auch gerne, so wie einen Freund. Und er würde sicherstellen, dass ihr eine großzügige Summe zukommen würde.

Vielleicht würde die Croupière eine gute Geliebte abgeben. Ihr Gesicht war hübsch. Ihre Stimme war melodisch, jedoch nicht kultiviert. Ihr Geschmack an Kleidung ließ annehmen, dass sie Qualität erkannte. Obwohl sie hübsch war, war sie nicht so hübsch wie Glee. Und aus unerfindlichen Gründen störte ihn das.

Warum hatte er nur an Glee gedacht? Er hatte noch sein ganzes Leben, um mit ihr belastet zu sein. *Verdammt!*

Als das Spiel beendet war, zog Gregory einen Stuhl heraus und setzte sich vor die Croupière. Sie sah ihn an und lächelte neckisch. „Ich bin Sheila. Ich glaube nicht, dass ich Euch hier schon gesehen habe."

„Genauso, wie ich Euch noch nicht gesehen habe. Ihr könnt noch nicht lange hier sein."

Sie senkte ihre Wimpern verführerisch. „Es ist meine vierte Woche hier."

„Wie ich sehe, bin ich zu lange fort gewesen."

Sie mischte die Karten und gab sie in die Kartenbox, dann deckte sie die obersten auf.

Faro war nicht eines von Gregorys Lieblingsspielen. In der Tat gefiel es ihm kaum. Er spielte viel lieber Siebzehn und Vier, was am nächsten Tisch gespielt wurde, an dem Appleton saß. Warum war Gregory dann hier? *Wegen Sheila.* Was für ein Narr er doch war. Und nur um seinen Freunden zu beweisen, dass seine Hochzeit nichts ändern würde.

Nun würde er sich um Sheila bemühen müssen. Da er mit gutem Aussehen und einem großen Vermögen gesegnet war, dachten seine Freunde, dass es im gesamten Königreich keine Frau gab, die ihm widerstehen könnte. Eine schwere Bürde.

Seine Freunde hatten wieder einmal recht. Zuerst erlaubte Sheila ihm, zu gewinnen. Dann bat sie ihn, sie nach Hause zu bringen, nachdem alle Gäste gegangen waren. Er lächelte ein bitteres Lächeln, als im bewusst wurde, dass er innerhalb weniger Stunden ihren wunderbaren Körper ohne

Kleidung sehen würde.

Dann, völlig unerwartet, fragte er sich, wie Glees schlanker Körper ohne Kleidung aussehen würde. Er schmiss seine Karten auf den Tisch.

* * *

Als die letzten Gäste sich verabschiedeten, trafen sich Gregory und seine Freunde im Foyer, um ihre Hüte und Mäntel abzuholen.

„Verzeiht mir, Gentlemen, dass ich nicht mit euch gehe, aber Miss Sheila hat mich gebeten, sie nach Hause zu begleiten", sagte Gregory.

Appleton wandte sich an Elvin. „Ich muss es dir schuldig bleiben. Mrs. Starr war heute nicht sehr gut zu mir."

Melvin grinste und sprach mit lallender Stimme. „Aber ich muss sagen, dass der Alkohol gut war."

„Und ausgiebig", fügte sein Zwillingsbruder hinzu.

Gregory dachte, dass er vielleicht auch lallte, denn er hatte ziemlich viel Brandy konsumiert. Er beobachtete, wie seine Freunde fortgingen, dann kam Sheila zu ihm – in einen mit Fuchs gesäumten Umhang gekleidet – und hakte ihre behandschuhte Hand in seinen Arm.

Ihre Unterkunft war nur zehn Minuten entfernt. Als sie an der Haustüre ankamen, wandte sie sich ihm zu. Das Licht der Straßenlaterne fiel auf ihr Gesicht. „Wollt Ihr mit hinaufkommen?" Sie kam ihm näher, bis er ihre intimsten Körperteile spürte.

Mit einem Lächeln auf dem Gesicht legte er seine Arme um sie.

Sie hob ihr Gesicht in Erwartung seines Kusses.

Obwohl der Brandy ihn heiß machte, konnte er

sich nicht dazu bringen, sie zu küssen. Die letzte Frau, die er geküsst hatte, war Glee gewesen. Der Kuss dieser Dirne würde die süße Unschuld, die Glees zarte Lippen hinterlassen hatten, schänden.

Tatsächlich wollte er nicht mit Sheila ins Bett gehen. Er erinnerte sich zu lebhaft an die *Krankheit*, die er sich in Oxford zugezogen hatte. Und dann war da die Tatsache, dass er vollbusiger Frauen müde wurde. Er wünschte sich eine zierliche Geliebte. Wie Glee. *Verdammt!* Warum dachte er fortwährend an sie? Hatte sie nicht schon genug getan, um ihm das Leben zu vermiesen?

„Ich fürchte, ich habe zu viel getrunken", sagte er entschuldigend. „Wenn ich mit hinaufgehe, schlafe ich bestimmt ein und verpasse mein Treffen mit meiner Verlobten morgen." Er jubelte innerlich. Verlobt sein hatte doch gewisse Vorteile. Sheila ließ sich an, von ihm betört zu werden, wie von so vielen anderen, und es war eine Aussicht, die ihm ganz und gar nicht gefiel. Eine lilafarbene, liebeskranke Frau war mehr als genug.

Ihr Gesicht verfiel, so wie ihre Stimme. „Vielleicht nächstes Mal."

Er wünschte ihr eine gute Nacht und wusste, dass es kein nächstes Mal geben würde.

Als er bei seiner Unterkunft ankam, ging die Sonne über dem River Avon auf. Er musste Glee um neun Uhr treffen. Verdammt, dachte er, als er einschlief und vergaß, seinem Kammerdiener eine Nachricht zu hinterlassen, um ihn vor neun Uhr aufzuwecken.

* * *

Glee wartete darauf, dass der Bedienstete ihr ein zweites Glas Wasser brachte und klopfte ungeduldig mit dem Fuß auf. Ihr Verlobter war nicht der Einzige, der bei dem heutigen gesellschaftlichen Treffen im Pump Room fehlte. Weder Timothy Appleton, noch die Zwillinge waren hier. Ihr Herz trommelte in ihrer Brust. Carlotta Ennis war auch nicht hier. War Blanks bei Carlotta? Hatte er die Nacht mit ihr verbracht? Du lieber Himmel, würde er auch mit ihr schlafen, wenn sie verheiratet waren?

Glee hatte gedacht, sie konnte es nicht erwarten, ihn zu heiraten, und immer bei ihm zu sein. Nun wurde ihr bewusst, dass dies vielleicht nicht der Fall sein würde.

Diana kam auf sie zu. „Sei nicht so mürrisch, Kleines. Blanks und seine Freunde sind gestern wahrscheinlich bis spät in die Nacht ausgegangen. Du weißt, was Junggesellen machen. Er schläft sich nur aus. Ich bin sicher, er wird heute Nachmittag im Hotel aufkreuzen – und sich entschuldigen."

Glee nahm ihr Glas. „Nur schade, dass ich nicht dort sein werde. Ich wünsche, sofort nach Hornsby Manor zurückzukehren."

Diana hob besorgt ihre Augenbrauen. „Was ist mit den Dingen, die du für dein neues Haus bestellen wolltest?"

„Die kann ich genauso gut nach der Hochzeit aussuchen." *Wenn es eine Hochzeit gibt,* dachte sie enttäuscht. Blanks würde seine Meinung vielleicht ändern, jetzt, da er wieder in Bath bei seinen Freunden war.

Und bei Carlotta.

Diana legte sanft eine Hand auf Glees Arm. „Sei ihm nicht böse. Er genießt nur seine letzten Tage als Junggeselle."

Glee verzog ihr Gesicht bei dem Gedanken, dass er auch nach der Hochzeit wie ein

Junggeselle leben würde. *Wenn es eine Hochzeit gibt.* „Ich werde nicht böse auf Blanks sein. Ich wünsche nur nach Hornsby Manor zurückzukehren, um meine Mitgift vorzubereiten."

„Aber ich dachte, du wolltest dafür noch einige Dinge in Bath kaufen."

Glee drehte sich um, um den Pump Room zu verlassen. „Ich kann sie jetzt kaufen, bevor wir abreisen."

* * *

Bevor sie ins Hotel zurückkehrte, kaufte Glee einige feine Nachtgewänder. Als sie wieder in ihrem Zimmer war, setzte sie sich, um einen Brief an Blanks zu schreiben.

Mein lieber Blanks,

Ich hoffe, du bist nicht enttäuscht darüber, dass ich nach Hornsby Manor zurückgekehrt bin, um alles für unsere Hochzeit vorzubereiten. Ich habe alles in Bath schneller erledigt, als ich gedacht hatte.

Es tut mir leid, dich im Pump Room heute verpasst zu haben, aber ich freue mich auf unseren Hochzeitstag, wenn ich dich in der Kapelle in Duncaster für die Zeremonie, die uns zu Mann und Frau machen wird, wiedersehen werde.

Ich hoffe, dass du die letzten Tage als Junggeselle genießt, obwohl wir beide wissen, dass diese Tage nicht mit unserer Hochzeit enden müssen.

Mit Liebe,
Glee

Die Unterschrift hatte einiges an Überlegung gebraucht. Sie hatte in Erwägung gezogen, nur mit *Deine Glee* zu unterschreiben, wollte ihn aber nicht abschrecken. Sie erachtete letztendlich *Mit Liebe* als angebracht. So würde die Schwester seines Freundes unterschreiben und genau das erwartete er von ihr. Es vermittelte auch Zuneigung ohne besitzergreifend zu wirken, wie *Deine Verlobte* oder *Mit all meiner Liebe*.

Zufrieden versiegelte sie den Brief und gab ihn einem Diener, um ihn Blanks zu bringen.

* * *

Es war bereits spät am Nachmittag, als Gregory erwachte und sich selbst dafür verfluchte, das morgendliche Treffen mit Glee im Pump Room versäumt zu haben. Sobald er wach war, brachte Stanley ihm Glees Brief. Er fluchte, als er ihn las, zerknüllte ihn und warf ihn in das glühende Feuer.

„Schnell, Stanley, meine Kleider!"

Sein Kammerdiener sammelte schnell die Kleider seines Herren zusammen, aber als er zurückkehrte, hatte sich Gregory wieder auf seine Kissen zurückgelegt. „Vergiss es. Sie ist bestimmt schon fort."

Stanley murmelte sein Bedauern.

„Es ist vielleicht am besten so", sagte Gregory. Er hatte verdammt nochmal vor, genau das zu tun, was Glee vorgeschlagen hatte, und würde die letzten Tage als Junggeselle gründlich genießen. Ohne Carlotta. Ohne Sheila. Er brauchte keine Frau. Er würde bald genug von ihnen – oder einer von ihnen – bekommen.

Er würde vielleicht sogar nach London fahren, um zu Jacksons Salon zu gehen. Aus irgendeinem Grund wollte er etwas unternehmen.

„Was für ein Tag ist heute, Stanley?"

„Es ist Donnerstag, Sir."

„Nein, ich meine, was für ein Datum?"

„Es ist der siebenundzwanzigste Februar."

Blanks rechnete im Kopf nach. „Nur noch neunzehn Tage Freiheit."

Kapitel 9

Es war ein trostloser Tag. So wie der Tag, an dem Glees irrationale Taten Blanks dazu gezwungen hatten, sich mit ihr zu verloben. Unter steingrauen Wolken ging sie zum Lusthaus und setzte sich auf die Marmorbank, um über ihr Dilemma nachzudenken. Sie hatte Bath vor über zwei Wochen verlassen und seitdem nichts von Blanks gehört.

Sie rügte sich selbst dafür, nicht dort geblieben zu sein, aber sie wusste, dass Blanks die Freiheit der letzten Wochen als Junggeselle brauchte. Als sie sich in dem kargen Steingebäude umsah, in dem Blanks Schicksal entschieden worden war, erkannte sie, dass er sie wohl doch nicht heiraten würde.

Und es geschah ihr recht. Sie hatte ihn zu einer Heirat gezwungen, von der er nichts wissen wollte. Sie hatte all dies in Bewegung gesetzt in dem Wissen, dass er verheiratet zu sein als lästig empfand.

Dass sie als verschmähte Braut von allen in Bath ausgelacht werden würde, beunruhigte sie gar nicht. Sie verdiente es. Was wirklich schmerzte war, sich um Blanks zu sorgen und um die ewige Leere, der er nun nicht entkommen konnte. Sein immerwährendes Verlangen nach Vergnügen war nicht mehr als ein Ersatz für eine bedeutungsvolle, liebevolle Beziehung. Ihre eigenen zerbrochenen Träume und die unerfüllte Liebe, mit der sie Blanks überschütten wollte, schmerzten sie zutiefst. Die Leere, die Blanks' Verlust hinterlassen würde, verursachte ihr körperlichen Schmerz und eine Trostlosigkeit tief in ihrer Seele.

Sogar die Rückkehr ihrer Schwester vom Kontinent, um an ihrer Hochzeit teilzunehmen, konnte Glee nicht aus ihrem Trübsal herausholen. Sie war zusammengezuckt, als Felicity ihr sagte: „Ich habe immer gewusst, dass du in Blanks verliebt warst."

Hatte Blanks auch gewusst, dass Glee ihre Absichten falsch dargestellt hatte? War sie so einfach zu durchschauen wie Glas?

Die Anwesenheit ihrer Schwester machte Glees Leiden noch schlimmer. Denn Felicity hatte die unsterbliche Liebe ihres Ehemanns und die Vorfreude auf ihr Kind, das sie bereits unter ihrem Herzen trug.

Und Glee würde nichts haben.

Während Glee im Lusthaus saß, verdunkelte sich der Himmel über ihr. Da sie kein Verlangen danach hatte, alleine hier festzusitzen, erhob sie sich, schüttelte ihre Röcke aus, und kehrte zum Herrenhaus zurück, bevor der Regen über sie hereinbrach.

Sie war fast beim Haus angekommen, als sie Blanks auf sich zukommen sah.

„Ich habe befürchtet, dass dich der Sturm überraschen würde", sagte er, als sie bei ihm ankam.

Ein Lächeln breitete sich auf ihrem Gesicht aus. „Ich kann dir nicht sagen, wie schön es ist, dich zu sehen. Ich habe befürchtet, du würdest mich am Altar stehenlassen."

Sein Lächeln breitete sich bis zu seinen dunklen, funkelnden Augen aus. „Das könnte ich dir nicht antun."

Keine Liebesschwüre hätten ihr besser gefallen können. „Trotz deiner großen Abneigung, mich zu heiraten", sagte sie lachend. Sie sah zu ihm auf, als er mit ihr Schritt hielt und hakte ihren Arm mit einem Seufzen in seinen. „Ich verspreche dir, Blanks, dass du unsere Hochzeit nicht bedauern wirst. Wir werden ein gutes Team sein. Wir werden Spaß haben." Sie konnte ihm nicht sagen, dass ihn mit Liebe zu überschütten ihr Lebensinhalt sein würde.

„Wenn ich schon in Fesseln ende, dann bin ich froh, dass du es bist", sagte er lachend.

Glee war sicher, dass sie den Rest des Weges zum Herrenhaus beinahe schwebte.

* * *

Während des Dinners fühlte Glee sich immer noch, als würde sie von Wolken getragen werden. Sie konnte sich nicht daran erinnern, jemals so glücklich gewesen zu sein. Sie blickte über den Tisch und sah all jene, die sie liebte. George und Diana. Felicity und Thomas. Und Blanks. Das Einzige, was zwischen ihr und dem vollendeten Glück stand, war die Tatsache, dass Blanks sie nicht so liebte, wie George Diana liebte oder wie Thomas Felicity liebte. Aber das war in Ordnung. Blanks hatte gesagt, dass er lieber sie als irgendjemand anderen heiraten würde. Das würde im Moment ausreichen.

Sie würde die Liebe ihres Geliebten eines Tages gewinnen. Eines Tages würde er glücklich darüber sein, sie geheiratet zu haben.

Nach dem Essen bat Blanks sie, ihn in den Wintergarten zu begleiten. Sie gingen entlang des schwach beleuchteten Westflügels bis zu dem verglasten Raum. Die Diener hatten nicht daran gedacht, Kerzen darin anzuzünden.

„Das Mondlicht muss genügen", sagte Blanks mit tiefer Stimme und nahm sie bei der Hand.

Glees Inneres zitterte vor Erwartung. Wünschte er, sie zu küssen? Oh, das würde ihr überaus gefallen. Sie folgte ihm in den Wintergarten. Blanks hatte recht. Der Raum war vom Mondschein erhellt. Sie sah zu seinem Gesicht empor.

„Ich habe ein Hochzeitsgeschenk für dich", sagte er mit heiserem Flüstern.

Ihr Herz sank. Es würde doch keinen Kuss geben.

Er zog eine seidene Schachtel aus seiner Tasche, die so groß wie ein Buch war. Er öffnete sie, um prachtvolle Smaragde zu enthüllen. Es war eine schillernde Halskette und ein Smaragdring, der von rechteckigen Diamanten umgeben war.

„Es gehörte meiner Mutter und ihrer Mutter davor", flüsterte er, als er ihr beides anbot.

Glee war von der Zärtlichkeit in seiner Stimme ebenso überwältigt wie von der Großzügigkeit des Geschenks. Ohne darüber nachzudenken, flogen ihre Arme um seinen Hals. „Es ist wunderschön!"

Er klopfte ihr auf den Rücken – etwas, da war sie sicher, was er bei Carlotta nie getan hatte.

Sie nahm ihre Arme von ihm. „Ich werde es mit großem Stolz tragen."

Ein Lächeln huschte über sein Gesicht. „Ich möchte, dass du die Kette bei unserer Hochzeit trägst. Dort werde ich den Ring an deinen Finger stecken."

„Ich werde ihn nie abnehmen", flüsterte sie. Sie würde ihn tatsächlich heiraten, den Mann ihres Herzens. Sie war zutiefst berührt. Sie nahm die

Schatulle. „Erinnerst du dich an deine Mutter?"

Er schüttelte fast erbost den Kopf. „Sie starb im Kindsbett, als ich noch kein Jahr alt war. Das Baby starb mit ihr." Seine Augen wurden kalt und das immerwährende Lächeln verschwand von seinem Gesicht. „Ich fürchte, ich habe meinen Vater immer dafür verantwortlich gemacht, sie getötet zu haben."

Der Körper seiner Frau hatte sich sicherlich noch nicht von Blanks' Geburt erholen können, als ihr Mann sie wieder geschwängert hatte. Was für eine Bestie! Glee sah Blanks verwirrt an. „Aber ... dein Bruder ist dir altersmäßig so nahe ..."

Seine Stimme war eisig. „Ja, mein Vater hat an dem Tag wieder geheiratet, als sein Trauerjahr vorbei war." Er zog seine Augen zusammen. „Meine Stiefmutter hat ihm acht Monate später noch einen Sohn geboren. Jonathan und ich sind achtundzwanzig Monate auseinander."

Er macht seinen Vater für den Tod seiner Mutter verantwortlich! Sobald sie seine Worte gehört hatte, verstand Glee, wie der Tod seiner Mutter den Jungen während seiner Kindheit verfolgt haben musste. War das der Grund dafür, dass er die Ehe verabscheute? Dass er keine Kinder haben wollte? Fürchtete er, seine Frau zu verlieren, so wie er seine Mutter verloren hatte?

Er bot ihr seinen Arm an und sie verließen den Raum. „Wir sollten uns zu den anderen gesellen oder dein Bruder wird mich bewaffnet suchen kommen."

Sie lachte. „Dummkopf, es ist uns erlaubt, alleine zu sein. Wir werden in zwei Tagen heiraten."

Er zuckte zusammen. „Musst du mich daran erinnern?"

Wenigstens konnte er jetzt mit ihr darüber scherzen. Das war ein deutlicher Fortschritt. Sie lachte, stellte sich auf die Zehenspitzen und streckte sich, um ihn zu küssen. Es war ein keuscher Kuss, den er nicht erwiderte. „Danke für mein Hochzeitsgeschenk."

* * *

Gregory war bewusstgeworden, dass Glees Abreise aus Bath ihm ermöglicht hatte, die Unvermeidbarkeit ihrer Heirat zu akzeptieren. Er hatte sich an den Gedanken gewöhnt. Vielleicht würde ihre Ehe etwas Gutes sein. Zumindest war sein Vermögen gesichert und er wäre glücklich darüber, Glee den Großteil davon zukommen zu lassen. Und Glee hatte ihm versichert, dass sie sich nicht in seine Vergnügungen einmischen würde. Er würde nicht wirklich angekettet sein. Sie würden schließlich nicht das Bett teilen. Sie würden gute Freunde bleiben. Nicht mehr.

Wenn nur Jonathan nicht misstrauisch wird, dachte Gregory. Er hatte sowohl an Sutton Hall, als auch an Jonathans Unterkunft in London geschrieben, um seinen Bruder von der Hochzeit zu informieren. Es war ein Entgegenkommen, das er seiner Stiefmutter nicht erwies. Es gab keine Liebe zwischen ihr und Gregory, und er erhielt ihr nur aus Pflichtbewusstsein das Dach von Sutton Hall über dem Kopf. Natürlich würde Sutton Hall nach der Hochzeit ihm und Glee gehören. Es war schade, dass Glee zu gutherzig war, um die bösartige Frau hinauszuwerfen. Er hatte keine Zweifel daran, dass – wäre die Lage umgekehrt – Aurora ihn ohne zu zögern hinauswerfen würde.

Aber sie war die Witwe seines Vaters und die Mutter seines Bruders. Und es war nicht so, als gäbe es nicht genügend Zimmer in Sutton Hall. Er nahm an, dass er die grauenvolle Frau niemals loswerden würde.

Aber er musste sie nicht zu seiner Hochzeit einladen.

Zu Gregorys großem Erstaunen tauchte Jonathan am Tag vor der Hochzeit in Hornsby Manor auf.

„Ich fühle mich geehrt, dass du zu unserer Hochzeit kommst", sagte Gregory und legte einen Arm um seinen viel kleineren Bruder. „Ich muss dich meiner lieben Miss Pembroke vorstellen." Wenn er jemals seine Hingabe zu Glee glaubhaft darstellen musste, dann war es jetzt, dachte Gregory. Jonathan durfte niemals davon Wind bekommen, dass seine Ehe mit Glee ein Schwindel sein würde.

Er fand sie in der Bibliothek, wo sie ein Buch las. Sie sah in ihrem mintgrünen Kleid besonders zart aus, als sie ihnen graziös entgegenschwebte und mit einem Lächeln auf ihrem hübschen Gesicht ihre Hand ausstreckte.

„Du musst Jonathan sein", sagte sie zu seinem Bruder. „Obwohl du und Bl... Gregory nur Halbbrüder seid, würde ich dich überall erkennen. Du hast das gleiche Kinn und seine Hautfarbe. Ich kann nicht ausdrücken, wie glücklich ich darüber bin, dass du wegen unserer Hochzeit gekommen bist. Komm, Jonathan", sagte sie, „setzen wir uns, um uns zu unterhalten. Wir haben dir so viele Neuigkeiten zu erzählen."

Sie setzten sich auf die Brokatsofas beim Kamin und Glee läutete die Glocke, um Tee zu bestellen.

„Du musst uns nach der Hochzeit besuchen kommen", sagte sie zu Jonathan. „Blanks – verzeih mir, dass ich deinen Bruder nicht bei seinem Vornamen nenne – hat das Harrison Haus in Bath für uns gekauft."

Jonathans Augen wurden groß. „Das auf dem Queen Square?"

Sie nickte.

„Ich hätte es wissen sollen. Mein Bruder gibt sich nicht mit weniger zufrieden, aber ich verstehe nicht, warum ihr ein derart großes Haus für nur euch beide braucht."

Gregorys Magen zog sich zusammen. Warum musste Glee seine Extravaganz vor seinem sparsamen Bruder zur Schau stellen?

„Es ist nicht so groß, wie du denkst", fuhr Gregory ihn an.

„Und du musst dir die schöne neue Kutsche ansehen, die Blanks mir geschenkt hat", fuhr Glee mit fröhlich funkelnden Augen fort.

„Er hat ja wohl das Geld dafür", sagte Jonathan mit eisiger Stimme.

Gregory bekämpfte das starke Verlangen, seiner Verlobten sein Taschentuch in den Mund zu stopfen.

Nach dem Tee erhob sich Glee und sagte: „Komm, mein lieber Bruder", als sie aus der Bibliothek ging und ihren Arm in Jonathans hakte. „Ich muss dich meiner Familie vorstellen."

* * *

Jonathan war nicht auf Miss Pembrokes ungewöhnliche Schönheit vorbereitet gewesen. Sie war blass und zierlich und erweckte sofort einen Beschützerinstinkt. Sie war, einfach ausgedrückt, ein Diamant der höchsten Reinheit. Jeder Mann würde sie heiraten wollen. Jeder Mann, außer seinem Bruder. Er hatte lange genug mit Gregory gelebt, um seine Abneigung gegen die Ehe und dagegen, Kinder zu haben, zu kennen.

Gregory hatte eindeutig vor, seine Erbschaft um jeden Preis zu erhalten. Das war alles. Und es war ganz und gar nicht, was sein seliger Vater erreichen wollte, als er festgelegt hatte, dass Gregory vor seinem fünfundzwanzigsten Geburtstag heiraten müsste. Ihr Vater wollte, dass Gregory seine wüste Lebensweise aufgab und sich mehr um die Führung ihrer Anwesen als um die letzten Pferderennen in Newmarket kümmerte. Er wollte, dass sein Erstgeborener einen Erben zeugte.

Jonathan war sich sicher, dass sein Bruder weiterhin auf seinen lasterhaften Wegen wandeln und Sutton Hall mit sich ins Verderben ziehen würde. Und wenn Jonathan sich die ewige Verachtung seines Bruders zuziehen müsste, um dies zu verhindern, dann sei's drum.

Eine Ehe war keine Ehe, wenn sie nicht vollzogen wurde. Jonathan würde sein Jahreseinkommen darauf wetten, dass Gregory nicht vorhatte, seine Ehe zu vollziehen. Nicht, dass Gregory nicht gerne mit schönen Frauen ins Bett ging. Er ging nur nicht gerne mit schönen Frauen respektabler Herkunft ins Bett.

Zuerst würde Jonathan alles in seiner Macht Stehende tun, um die Hochzeit seines Bruders zu verhindern. Und wenn das fehlschlug, könnte er zumindest Glees Vertrauen gewinnen und genug erfahren, um vor Gericht zu beweisen, dass die Ehe seines Bruders niemals vollzogen wurde.

Das Problem war, dass Miss Pembroke, wie so viele andere ihres Geschlechts, eindeutig in seinen Bruder verliebt war. Die Art, wie sie Gregory liebevoll ansah, war kein Betrug. Sie konnte ihre Liebe genauso wenig verbergen wie ihre feurigen Haare.

Was für ein Glück, dass Gregory sich nicht für anständige Frauen interessierte.

Jonathan küsste Miss Pembrokes weiße, zierliche Hand. „Nun, da ich dich gesehen habe, werde ich sehr eifersüchtig auf meinen Bruder sein."

Sie lächelte und sah Gregory, der ihre Hand für einen zärtlichen Kuss an seinen Mund hob, anhimmelnd an. Natürlich war dies nur ein Schauspiel, um ihn zu täuschen. Aber er kannte seinen Bruder viel zu gut, um darauf hereinzufallen.

Miss Pembrokes schöne Schwester und Schwägerin waren im Kinderzimmer und bewunderten voll Begeisterung einen Säugling. Jonathan konnte nicht feststellen, ob es sich um einen Buben oder ein Mädchen handelte. Was ihn betraf, sahen alle Babys gleich aus. Als er die drei Frauen dabei beobachtete – die ohne Frage die hübschesten Frauen waren, die er jemals zusammen gesehen hatte – das Kind mit Aufmerksamkeit zu überschütten, wurde ihm klar, dass Miss Pembroke ihre Nichte oder ihren Neffen wahrhaftig liebte. Es war auch offensichtlich, dass sie dafür geschaffen war, eine wunderbare Mutter zu sein. So wie seine eigene. Es war eine Schande, dass sein Bruder Miss Pembrokes mütterliche Instinkte im Keim ersticken würde.

Jonathan wandte sich an Gregory. „Trotz deiner baldigen Hochzeit kann ich mir dich nicht als Vater vorstellen."

Das Lächeln auf Gregorys Gesicht verschwand. Er schluckte. „Ich gebe zu, mich niemals nach einem Erben gesehnt zu haben, so wie es andere Männer tun, aber wenn es meine liebe Frau glücklich macht, dann werde ich ihr den Gefallen tun." Gregory sah Glee an, deren Wangen blutrot wurden.

„Ich wage zu behaupten, dass meine Schwester dir sagen wird, dass der Schmerz in den Wehen zu liegen schnell vergessen ist, sobald du dein Kind in den Armen hältst", sagte Glee. „Natürlich – ich war bei Georgettes Geburt anwesend und kann mich noch immer nicht an die Qual erinnern, ohne mir zu wünschen, einen derartigen Schmerz zu vermeiden." Sie lächelte. „Meine Schwester Felicity wird vor Allerseelen Mutter sein. Sie und ihr Ehemann sind überglücklich, nicht wahr?", fragte sie und sah Felicity mit leuchtenden Augen an.

Das Mädchen liebte seinen Bruder so sehr, dass sie eine Abneigung gegen die Geburt vortäuschte, die sie offensichtlich nicht hatte. Jonathans Herz erwärmte sich für Miss Pembroke. Was würde sie bekommen, wenn sie Gregory heiratete? Mit Sicherheit keine Kinder. Und ein kaltes, einsames Bett. Und das Wissen, dass ihr wüster Ehemann Zuspruch in den Betten anderer Frauen fand, Frauen einer niedrigeren Klasse. Glee Pembroke hatte Besseres verdient.

„Wir können es nicht erwarten, das Kinderzimmer zu füllen", sagte Felicity Moreland lachend.

Jonathans Blick schweifte zu Mrs. Morelands zierlicher Taille, und er konnte kaum glauben, dass sie schwanger war. Er beneidete ihren glücklichen Ehemann. Denn Felicity Moreland, mit ihrem blonden Haar, hellem Teint und den leuchtend blauen Augen, war eine außergewöhnliche Schönheit. Wie ihre Schwester.

Vom Kinderzimmer führte Miss Pembroke ihn

zum Büro ihres Bruders, wo der Viscount mit seinem Gutsverwalter arbeitete.

„Wie schön dich wiederzusehen, Jonathan", sagte George, als er sich erhob.

Trotz Lord Sedgewicks ausgelassener Lebensweise, hatte Jonathan ihn immer gemocht. Doch der Mann, der nun vor ihm stand, hatte wenig mit dem unverantwortlichen Kerl gemein, der er vor seiner Heirat gewesen war. Der Viscount, den er gekannt hatte, hätte keine Zeit damit verschwendet, sich mit seinem Gutsverwalter zu treffen, denn er wäre zu beschäftigt damit gewesen, zu trinken, zu spielen und leichte Frauen ins Bett zu bekommen. Dass er offensichtlich zufrieden in Hornsby war, war in der Tat eine Überraschung.

Wenn nur sein Bruder mehr wie Sedgewick sein könnte. Wenn Gregory nur das tun könnte, was sein Vater von ihm erwartet hatte. Aber Gregory konnte genauso wenig seine Lebensweise ändern, wie ein Leopard sein Muster ändern konnte. Ein unflexiblerer Mann als Gregory war noch nicht geboren worden.

Die Drei ließen Sedgewick und seinen Verwalter zurück und gingen im Park spazieren. Es würde schwierig sein, seinen Bruder in seiner Gegenwart schlechtzumachen, aber Jonathan musste den Grundstein legen. „Obwohl ich dich um deine schöne Verlobte beneide", sagte Jonathan zu seinem Bruder, der die Hand seiner Verlobten hielt, „tut mir die arme Miss Pembroke doch leid." Er wandte sich ihr zu. „Obwohl du meinen Bruder fast dein ganzes Leben lang kennst, wage ich zu behaupten, dass du seinen wahren Charakter nicht kennst. Du würdest ihn sonst nicht akzeptieren."

Gregorys Augen wurden kalt, als er seinen Bruder verächtlich ansah.

Glee lachte. „Ich versichere dir, dass ich über alle Laster deines Bruders Bescheid weiß, aber ich bin überzeugt davon, dass mit Reife – und der Ehe – er sich zum Besseren entwickeln wird. Du wirst stolz auf ihn sein."

Sie hatten die Runde um den Park fast vollendet und sahen nun auf Hornsby Manor. Es war ein prachtvolles Haus – wahrhaftig passend für einen Adeligen im Königreich – mit seinen patinierten Ziegelsteinen und vielen Flügeln, die aus dem majestätischen Gebäude herausragten. Wie stolz sein Vater gewesen wäre, seine Familie mit einem derart noblen Haus vereint zu sehen. Wenn Gregory nur nicht so furchtbar stur wäre! Er war in seinen Meinungen ebenso flexibel wie ein eisernes Schwert. Jonathan war überzeugt davon, dass nicht einmal Miss Pembrokes viele positiven Eigenschaften das lüsterne Herz seines Bruders bezwingen konnten. „Mein Bruder hat mich in vielen Dingen stolz gemacht. Über seine sportlichen Leistungen wird in Oxford immer noch gesprochen."

„Ich fürchte, mein Liebling, dass Jonathan genau wie mein Vater ist", sagte Gregory zu Glee. „Er beurteilt mich mit den Augen eines enttäuschten Vaters. Papa wollte, dass ich bin wie er. Mich um die Güter von Sutton Hall kümmere. Ein treuer Ehemann bin und eine Kinderschar zeuge, um unseren respektablen Familiennamen weiterzuführen."

„Was du aufzählst, müssen Dinge sein, die Miss Pembroke sich bestimmt auch wünscht", sagte Jonathan mit einem flüchtigen Blick auf Glee.

Sie senkte ihre Wimpern. „Wenn du glaubst

meine Meinung ändern zu können, lieber Bruder, dann muss ich dich enttäuschen. Ich habe Bl... Gregory mein Leben lang geliebt. Nichts wird mich dazu bringen, davonzulaufen." Ihre blassen Wangen erröteten.

So wie er es befürchtet hatte. Er war in der Tat nicht in der Lage, die Hochzeit zu verhindern. Jonathan musste darauf warten, bis Gregorys arme Frau es müde war, von ihm schlecht behandelt zu werden. Dann würde sich Jonathan die Informationen besorgen, die er benötigte, um das Testament seines Vaters anzufechten.

Jonathan zeigte ein Lächeln, das nicht ehrlich war. „Ich werde euch Turteltauben alleine lassen. Ich muss mich vor dem Abendessen noch frisch machen. Es ist um fünf Uhr, nicht wahr?"

„Ja", sagte Glee.

„Ich bin sicher, du willst dich nach deiner ermüdenden Reise ausruhen", fügte Gregory hinzu.

„Mutter ruht sich bereits aus", antwortete Jonathan.

* * *

Gregory versteifte sich, als er seinen Bruder dabei beobachtete, wie er das Haus betrat. Aurora war gekommen, obwohl er sie nicht eingeladen hatte. Er wollte nur die, die ihm Glück wünschten, die er liebte und denen er wichtig war bei seiner Hochzeit haben. Obwohl es keine konventionelle Ehe sein würde, würde es Gregorys einzige Hochzeit sein. Eine äußerst feierliche – und heilige – Angelegenheit. Und er wollte seine Stiefmutter, das Teufelsweib, nicht dabeihaben.

* * *

„Ist alles in Ordnung, Blanks?", fragte Glee besorgt. Das Gesicht ihres Geliebten war plötzlich fahl, und das machte ihr Angst.

„Niemals besser", sagte er, als er sich mit einem Lächeln auf seinem gebräunten Gesicht ihr zuwandte.

Sie errötete. Es war furchtbar peinlich, ihn anzusehen, nachdem sie über ihre Hingabe zu ihm geplappert hatte. *Ich habe Gregory mein Leben lang geliebt.* Warum hatte sie sich gestattet, dass diese Worte ihre Lippen verließen? Nun würde Blanks wissen, was für eine Intrigantin sie war.

Aber zu ihrer großen Überraschung hob er sie mit seinen starken Armen hoch und gab ihr einen herzlichen – wenn auch leidenschaftslosen – Kuss. Dann stellte er sie wieder hin.

Sein schönes Gesicht war von einem Lächeln erhellt und seine dunklen Augen funkelten. „Du warst wunderbar! Vielleicht war der Tag, an dem du mich in die Ehe gezwungen hast, doch mein Glückstag. *Ich habe Gregory mein Leben lang geliebt!* Wie klug von dir, das zu sagen! Ich muss dich loben, so schnell unter Druck zu reagieren. Ich sehe, du wirst es schaffen, meinen Bruder davon zu überzeugen, dass wir aus Liebe heiraten."

Ihr Herz flatterte. *Sie heirateten aus Liebe. Zumindest einseitig.* „Vertraue mir, lieber Blanks, ich kann sehr überzeugend sein. Du wirst unsere ungewöhnliche Verbindung nicht bereuen."

Sie legte ihre Hand sanft auf seinen Unterarm. „Oh, sieh, Blanks! Die Blätter auf der Ulme blühen auf. Ein neuer Anfang. So wie unserer."

Kapitel 10

Bevor sie an jenem Abend zum Diner gingen, fühlte sich Glee verpflichtet, sich Blanks' Stiefmutter vorzustellen und einige Worte mit ihr zu wechseln. Sie hatte bereits das rostbraune Kleid, das sie beim Diner tragen wollte, angezogen und ging zum Ostflügel, wo sie sachte an die Tür zu dem Zimmer klopfte, das Mrs. Blankenship zugeteilt worden war.

„Ja?", rief eine Stimme aus dem Inneren.

„Hier ist Glee Pembroke. Habt Ihr einen Moment Zeit, Mrs. Blankenship?"

„Kommt herein." Die Stimme der Frau war scharf.

Vielleicht war sie noch nicht angekleidet und würde Glee als störend empfinden. „Wenn Ihr noch nicht fertig seid ..."

„Ich bin fertig." Sie klang ungeduldig.

Glee drehte langsam den Türknopf und betrat das salbeigrüne Zimmer, als Mrs. Blankenships Zofe es verließ. Aurora Blankenship erhob sich, um Glee zu begrüßen. Die Frau war doppelt so alt wie Glee und kaum größer, aber ihr dicker Körper ohne jegliche Taille unterschied sich gewaltig von Glees. Mrs. Blankenship hatte eine markante Ähnlichkeit mit Jonathan.

„Ich wollte Euch alleine kennenlernen, bevor unsere Familien sich zum Diner treffen", sagte Glee.

Die Frau starrte Glee offen an. Ihre grünen Augen waren zu Schlitzen verengt, als sie ihren

Kopf auf und ab bewegte, um Glee zu mustern. „Ich sehe, Gregory hat gut gewählt. Ihr seid nicht nur hübsch, sondern kommt auch aus einer Familie mit Titel. Mein Mann hätte diese Ehe befürwortet."

„Ihr macht Euren Sohn schlecht, wenn Ihr glaubt, er hätte mich aus solch unwichtigen Gründen ausgewählt."

Aurora Blankenship warf ihren Kopf zurück, was ihre graubraunen Locken zum Springen brachte, und lachte herzlich. „Erstens ist Gregory *nicht* mein Sohn", sagte sie mit Nachdruck, als sie aufgehört hatte, zu lachen. „Und zweitens brauche ich Gregory nicht schlechtzumachen, da seine Taten bereits für sich sprechen."

Glee bereute sofort ihre unkluge Entscheidung, sich der bösartigen Frau vorzustellen, die die einzige Mutter war, die Gregory je gekannt hatte. „Wenn Ihr glaubt mich gegen Gregory aufhetzen zu können, muss ich Euch warnen. Es wird nicht funktionieren. Es gibt nichts, was Ihr sagen könntet, dass mich ihn weniger lieben ließe."

Mrs. Blankenships Augen wurden schmal, als sie damit fortfuhr, Glee träge zu mustern. „Ihr fühlt Euch nur zu seinem großen Körper und seinem angenehmen Äußeren hingezogen." Sie senkte ihre Augen und sprach mit sanfterer Stimme. „Es tut mir leid, dass mein Jonathan nicht die Größe seines Vaters geerbt hat – oder sein Vermögen."

Glees Herz schmolz für ihren geliebten Blanks. War er immer dazu gezwungen worden, die Vorurteile dieser bösartigen Frau zu ertragen? „Die Einzige, die mir leidtut, seid Ihr, Mrs. Blankenship, da Ihr den wunderbaren Mann, zu dem Euer Stiefsohn herangewachsen ist, nicht kennt."

Dann, ohne jedes weitere Wort, drehte sich Glee um und verließ das Zimmer.

* * *

Nur Jonathan trennte Glee während des Diners von Aurora Blankenship. Es war ein äußerst unangenehmes Essen, denn Aurora Blankenship beherrschte das Gespräch.

„Nun, da du ein verheirateter Mann sein wirst", sagte sie zu Blanks, der ihr gegenübersaß, „könntest du Sparsamkeit von deinem Bruder lernen. Jonathans Abscheu für Leichtsinn erlaubt es ihm, sein Geld in ehrenwertere Dinge zu investieren, als deine Leute es zu tun pflegen."

Zu Glees Bestürzung versuchte Blanks nicht, die Richtung ihres Gesprächs zu ändern. Er schien es nicht einmal anzuerkennen. Er hörte einfach zu, mit seinem immerwährenden Lächeln auf dem Gesicht, und aß weiterhin seinen Stör. War er Auroras Demütigungen gegenüber taub geworden? Lieber, armer Blanks.

Als der zweite Gang serviert wurde, begann Aurora über George zu sprechen. „Es ist beruhigend, dich hier zur Ruhe gekommen in Hornsby zu sehen, anstatt dich mit Gregorys Freunden herumzutreiben. Ich habe Mr. Blankenship immer gesagt, wie schade es war, dass Lord Sedgewick in Gregorys Netz gefangen war, denn ich glaube, du hast mehr mit meinem Jonathan gemeinsam. Mein Onkel, musst du wissen, war Sir Quimby."

„Das wusste ich nicht", sagte George abwesend, als er seinen Löffel voll Erbsen betrachtete.

Die schreckliche Frau war eifersüchtig auf Gregory, wegen seiner Verbindung zu einer Adeligen! Nichts hätte Glee mehr Freude bereitet als ihre Erbsen in Aurora Blankenships böses Gesicht zu werfen.

Die Frau schwafelte über Blanks' viele Mängel, und er verteidigte sich kein einziges Mal. Glees Herz blutete für ihn.

Dann wandte sich Aurora an Glee. „Ich hoffe, Ihr seid bereit für die Herausforderung, mit Gregory verheiratet zu sein. Wieder und wieder musste sein Vater den Jungen von einem Ärger nach dem anderen retten. Nun, da mein lieber Mann von uns gegangen ist, fürchte ich, dass Ihr darum gebeten werdet, ihm aus der Patsche zu helfen."

„Ich werde immer da sein, wenn mein Mann mich braucht, aber ich kann mir nicht vorstellen, dass er etwas tun könnte, dem ich nicht zustimme. Ihr müsst wissen, Mrs. Blankenship, ich kenne ihn fast so lange wie Ihr, und ich finde nichts an ihm störend." Nichts, außer, dass er Carlotta Ennis' Bett teilte. Und selbst das hatte sie bereits vorgegeben zu akzeptieren.

Zu Glees großer Überraschung schlug Jonathan seine Hände zusammen. „Gut gesagt, Miss Pembroke."

Die Brüder tauschten erheiterte Blicke aus. Blanks' Lächeln immerzu bereit. Also war sich Jonathan der Grausamkeit seiner Mutter seinem Bruder gegenüber bewusst. Glee beschloss, sowohl die Mutter als auch den Sohn zu verabscheuen. Sobald sie und Blanks verheiratet waren, schwor sie sich, dass sie nie wieder etwas mit den beiden zu tun haben würde.

* * *

Gregorys Hals war wie zugeschnürt am nächsten Morgen, als er neben seinem Bruder in der kleinen Kapelle stand und beobachtete, wie

George Glee den Gang entlangführte. Sein Hochzeitstag. Seine Braut war zweifellos die schönste Frau, die er jemals gesehen hatte. Sie trug ein schneeweißes, mit Silberfäden durchzogenes Seidenkleid. Ein Schleier aus hauchdünner weißer Seide konnte ihr herrliches, rotbraunes Haar nicht verstecken. Auf der seidigen Haut über ihrem Korsett ruhten die Smaragde seiner Mutter. Sie passten perfekt zu Glees glitzernden Augen.

Bald stand Glee neben ihm, und er nahm ihre zitternde Hand, nur um zu bemerken, dass seine eigene auch zitterte. Sie sah zu ihm auf, drückte seine Hand und lächelte.

Es war eine einfache Geste, und doch beruhigte ihn ihr Lächeln. Schließlich war seine Braut nur Glee, eine Frau, die er seit seiner Kindheit kannte, ein Mädchen, das er den Großteil dieser Jahre wie einen Jungen behandelt hatte. Vor allem war sie ein Freund. Vielleicht würde eine Ehe mit Glee nicht so abstoßend sein, wie er sich die Ehe vorgestellt hatte.

Dies würde seine einzige Hochzeit sein. Für immer. Und er war froh, dass er die um sich hatte, die ihm am wichtigsten waren. George, Jonathan, Appleton und die Zwillinge. Und Glee. Denn er konnte nicht leugnen, dass sie ihm lieb war. Sie war ihm einfach nur nicht so lieb, wie eine Ehefrau einem Ehemann lieb ist.

Er war nicht annähernd so nervös, wie er es erwartet hatte, als der Pfarrer mit der Zeremonie begann, aber er war äußerst erstaunt über seine Antwort, als der Pfarrer ihn fragte: „Nehmt Ihr diese Frau als Eure Ehefrau?"

Gregory schluckte schwer und mit einer vor Gefühlen zitternden Stimme antwortete er: „Ja."

Dann füllten sich seine Augen mit Tränen. Ein Blick auf seine Braut bestätigte, dass ihre Augen auch feucht waren.

Nach der Zeremonie waren er und Glee die Gastgeber ihres Hochzeitsfrühstücks. Und dort gab er sein Bestes, um Jonathan von seiner Liebe zu Glee zu überzeugen. Jedes Mal, wenn sie sprach, sah er sie mit strahlender Bewunderung an. Zwischen jedem Gang nahm er ihre schlanke Hand in seine und küsste zart ihre Handfläche bis sich ihre Wangen röteten.

Als die Diener ihren unberührten Toast abservierten, senkte er seine Brauen besorgt. Als sie das Konfekt nicht anrührte, streichelte er ihr Gesicht, so wie ein Liebhaber es tun würde, und fragte sie, ob sie sich unwohl fühlte. Mit lächelnden Augen sah sie ihn an und versicherte ihm, dass sie sich durchaus gesund fühlte, aber dass ihr Appetit nicht so groß war, wie das aufwändige Buffet, das auf den Tischen und allen Anrichten im Zimmer und in der angrenzenden Speisekammer angerichtet war, erwarten ließ.

Als alle gegessen hatten, erhob sich Gregory und dankte all ihren Freunden und ihrer Familie mit einer von Emotionen erstickten Stimme für ihre Anwesenheit. Er sah Glee anbetungsvoll an. „Meine Braut und ich müssen nun nach Bath reisen, um vor Einfall der Dunkelheit anzukommen."

Er hatte Glees neue Kutschte nach Hornsby gebracht, falls das Wetter bei ihrer Rückkehr schlecht sein würde. Er half ihr hinein und breitete eine Decke über ihrem Schoß aus.

„Du wirst sie genügend wärmen, so dass sie keine Decke brauchen wird!", sagte George gutmütig.

Glee wurde dunkelrot.

Bei offener Kutschentüre verabschiedeten sich die beiden von den Gratulanten.

Als er Appletons Blick begegnete, forderte Gregory seine Freunde heraus. „Ich wette fünfundzwanzig Pfund darauf, dass meine Pferde uns schneller nach Bath bringen, als euch eure alten Rösser."

„Die Wette gilt!", antwortete Appleton und lief schnell zum Stall.

Elvin antwortete für sich und seinen Zwilling. „Wir nehmen das Geld des Bräutigams nur ungern", gab er lächelnd an, bevor er und sein Bruder Appleton hinterherliefen.

Als die Kutsche über den langen Weg vom Herrenhaus ratterte, nahm Glee ihren Schleier ab und lehnte sich mit einem Seufzer zurück. Nicht einmal an ihrem Hochzeitstag würde sie mit ihrem frisch gebackenen Ehemann alleine sein. Sie würden diesen Tag mit seinen Freunden, den Junggesellen, teilen. Und sie würde so tun, als würde sie jede Minute in ihrer Gesellschaft genießen.

Sie lächelte ihren Mann an. „Die Pferde sind schön, aber glaubst du wirklich, dass sie schneller als ein einzelner Reiter sein können? George hat immer gesagt, dass Appleton genauso talentiert darin ist wie du, ein hervorragendes Pferd auszuwählen. Und fünfundzwanzig Pfund ist viel Geld."

Blanks zuckte mit den Schultern. „Es wird knapp werden, aber es wird die Fahrt schneller machen – und unterhaltsamer." Er bewegte sich auf die andere Seite der Kutsche, setzte sich neben sie und nahm ihre Hand in seine. „Mach dir keine Sorgen um Geld. Du bist nun eine sehr reiche Frau."

Es kam ihr seltsam vor, nun reich zu sein. Noch seltsamer war der Gedanke, dass er sie für derart habgierig zu halten schien, dass sie für Geld heiraten würde. „Ich muss sagen, dass die Wette ein großer Spaß ist. Mr. Appleton und die Zwillinge sind wirklich eine lustige Gesellschaft."

„In der Tat", murmelte er und hob den Vorhang der Kutsche, um einen Blick auf seine herausgeforderten Freunde zu werfen. „Sie haben ihre Pferde noch nicht aufgesattelt, nehme ich an", sagte er, ließ den Vorhang fallen und begegnete ihrem Blick.

„Du warst ein wunderbarer Ehemann! Derart zuvorkommend, dass du mich beinahe überzeugt hast. Ich bin sicher, du hast Jonathan überlistet."

„Lass es uns hoffen", sagte Gregory getragen.

Nun war es an der Zeit für Glee, Phase II ihres Schlachtplanes einzuleiten.

„Oh Blanks, bitte den Kutscher anzuhalten, damit ich eine Wette mit deinen Freunden abschließen kann. Da ich nun eine wohlhabende Frau bin, werde ich fünf Pfund wetten, dass wir gewinnen werden."

Blanks richtete sich auf und warf ihr einen eigenartigen Blick zu. „Das werde ich nicht tun. Eine Lady wettet nicht auf Pferde."

„Dummkopf, ich bin keine Lady mehr. Ich werde Teil deiner Bande sein. Wir werden viel Spaß zusammen haben."

„Bande? Ein solches Wort verwendet eine Lady nicht. Und ich werde meiner Frau nicht erlauben, sich mit irgendeiner Bande herumzutreiben."

Obwohl es ihr gefiel, dass er sie als seine Frau bezeichnete – es klang so verflixt gut – hatte sie ihr Ziel nicht erreicht. Denn ihre Phase II beinhaltete, eine leichtlebige Frau nachzuahmen. Blanks war schließlich immer in leichtlebige Frauen verliebt gewesen. „Wirklich, Blanks, du klingst furchtbar prüde. Es ist besser, wenn ich mich mit deinen Freunden herumtreibe, als dass ich mir einen Liebhaber halte. Und ich habe versprochen, dies während des ersten Jahres unserer Ehe nicht zu tun."

Der reine Gedanke daran, dass Glee sich einen Liebhaber nehmen würde – im ersten Jahr ihrer Ehe oder irgendwann danach – setzte beinahe seine Haare in Brand. Glee war letztendlich eine Lady. Eine völlig unschuldige.

Und später? Er würde ihr niemals erlauben, sich Liebhaber zu halten, würde den Gedanken niemals ertragen können, sie im Kindsbett zu verlieren. „Ich werde es nicht gestatten, dass über meine Frau in derart erniedrigender Weise gesprochen wird. Du *wirst* dich schicklich verhalten."

Ihr Mund formte ein herausforderndes Lächeln, das sich bis zu ihren smaragdgrünen Augen ausdehnte. „Wir werden sehen."

Er kämpfte gegen seine aufsteigende Wut an.

„Wann, denkst du, werden wir in Bath eintreffen?", fragte sie.

Er zuckte mit den Schultern. „Das Wetter ist gut. Die Pferde sind ausgeruht. Ich hoffe, wir schaffen es bis Einbruch der Dunkelheit."

„Es wird zu dieser Jahreszeit nicht so furchtbar früh finster."

Er nickte abwesend.

„Hast du Thomas' kleinen lahmen Kerl gesehen?"

Zuerst verstand er nicht, was sie meinte. Dann erinnerte er sich an den Burschen vor der

Hutmacherei, wo er Carlottas hübsche Hüte gekauft hatte, und er erinnerte sich vage daran, dass Felicitys Mann geholfen hatte, so dass der kleine Junge nun gehen konnte.

Es lenkte seine Gedanken auf seine eigene Sorge um das Gassenkind vor dem Büro seines Anwaltes. Er war nicht in der Lage gewesen, das Mitleid loszuwerden, das er dem armseligen Burschen gegenüber empfand. Der Junge war zu klein, um so schlecht behandelt zu werden. „Der kleine Kerl der Hutmacherin ist aufgeblüht. Er geht nun überall hin – obwohl er eindeutig hinkt."

„Er ist nicht der Sohn der Hutmacherin. Seine Mutter arbeitet für die Hutmacherin. Ist es nicht wunderbar zu sehen, was die Sorge und Hilfe eines Mannes für eine hilflose Kreatur tun kann? Ich gelobe, dass ich anderen kranken Kindern helfen werde, nun, da ich eine wohlhabende Frau bin."

War sie in seine Gedanken eingedrungen? Er hatte genau dasselbe gedacht. „Dann müssen wir mit dem erbärmlichen Jungen anfangen, der sich vor dem Büro meines Anwaltes aufhält. Als ich ihn zuletzt gesehen habe, fiel Schnee, und der Bursche hatte keinen Mantel und seine Schuhe hatten große, klaffende Löcher."

Sie senkte ihre Augenbrauen und bekundete ihr Mitgefühl. „Du hast ihm sicherlich Hilfe angeboten?"

„Ich habe nur dem Sekretär genug Geld gegeben, um Schuhe und einen Mantel für den kleinen Kerl zu besorgen."

„Wir müssen mehr tun, Blanks."

Genau das dachte er auch. „Ja, ich weiß, meine Liebe."

„Ich weiß, was wir tun können!", rief Glee

aufgeregt. „Da wir keine eigenen Kinder haben werden, können wir sie bei uns wohnen lassen, im Har..., ich meine im Blankenship Haus."

„Ich habe dir gesagt, dass ich keine Kinder will."

„Aber du hast zugegeben, dich um den Jungen gesorgt zu haben. Das beweist, dass du Kinder gerne hast."

„Natürlich habe ich Kinder gerne. Sie sind so hilflos. Aber die Verantwortung dafür zu haben, eines großzuziehen, ist eine ganz andere Angelegenheit. Es ist viel einfacher, ihnen Geld zu geben."

„Hat der Junge eine Familie?"

„Mr. Willowbys Sekretär sagte, dass er keinen Vater hätte. Seine Mutter putzt im Gebäude, in dem sich Willowbys Büro befindet."

Er beobachtete ihr zartes, kleines Gesicht, als sie in Gedanken versunken nickte. „Du musst mich dem Burschen vorstellen."

„Wie du willst." Gregory hob den Vorhang und sah Appleton nur ein Stück hinter ihnen auf der ebenen Landstraße. Er war viel schneller als die Zwillinge, die nicht mehr als zwei kleine Flecken am Horizont waren.

„Hast du deine Stiefmutter zur Hochzeit eingeladen?", fragte Glee.

Wie hatte sie es erraten? Er hatte über seine Abneigung gegenüber Aurora geschwiegen wie ein Grab. „Das habe ich nicht."

Glee zog die Augen zusammen. „Ich habe niemals eine garstigere Frau getroffen! Ich muss sagen, dass ich nicht verstehe, wie du es unter ihrem Dach mit ihr ausgehalten hast."

„Noch etwas, worin wir uns einig sind."

„Warum erlaubst du ihr, weiterhin die Herrin

von Sutton Hall zu sein?"

„Nur bis du kommst, meine Liebe."

„Es wird mir ein Vergnügen sein, diese Frau zu verdrängen. Da ich deine Liebenswürdigkeit kenne, vermute ich, dass sie immer die böse Stiefmutter gewesen ist."

Ein Gefühl von Wärme und Zufriedenheit, gemischt mit Glees Rosenwasserduft, überkam ihn. „Du bauscht meine Freundlichkeit auf, fürchte ich. Was Aurora betrifft, bin ich kein Heiliger gewesen."

„Aber du kannst nicht älter als ein Baby gewesen sein, als sie den Platz deiner Mutter einnehmen musste. Du warst zu der Zeit wohl kaum bösartig."

„Wahrscheinlich nicht." Er verlagerte sein Gewicht und streckte seine langen Beine aus. Glees Fragen waren ihm unangenehm.

„Hat sie Jonathan immer derart offensichtlich vorgezogen?"

„Wie kann man ihr das übelnehmen? Jonathan war ihr eigenes Fleisch und Blut. Nicht der Nachkomme einer verstorbenen Frau, die sie außerordentlich beneidete."

„Sie war eifersüchtig auf deine Mutter?"

Er lächelte, als hätte man ihn gebeten, sich an ein heiteres Ereignis zu erinnern. „Sie hatte jedes Portrait meiner Mutter – in der Tat, alles, was daraufhin deutete, dass meine Mutter jemals in Sutton Hall gewohnt hatte – entfernen lassen, als sie meinen Vater heiratete. Ich hörte über die Lieblichkeit meiner Mutter nur von den Dienern. Aurora konnte sich nicht einmal dazu überwinden, den Namen meiner Mutter auszusprechen. Sie bezeichnete ihre Vorgängerin rachsüchtig als *deine Mutter*. Ich glaube, sie wollte mich, mehr als alles andere, daran erinnern, dass sie *nicht* meine Mutter war."

„Also war sie dir gegenüber nie liebevoll?", sagte Glee betrübt.

Er lachte bitter. „Kaum."

„Aber sie ging liebevoll mit Jonathan um?"

Er lächelte weiterhin. „Er war, ist, zweifellos das Licht ihres Lebens. Sie jammerte fortwährend darüber, dass die Ländereien unseres Vaters nicht ihm zukommen würden, obwohl er der *gute* Sohn war."

„Das hat sie in deiner Gegenwart gesagt?", fragte Glee ungläubig.

„Jeden Tag."

„Also hast du beschlossen zu zeigen, wie unartig du wirklich sein konntest."

Er lachte auf. „So ungefähr."

„Ich gelobe, diese Frau extrem zu verabscheuen!" Sie wandte sich ihm zu. „Ich verstehe nicht, wie du Jonathan nahestehen kannst."

„Ich würde es nicht als nahestehen bezeichnen. Natürlich liebe ich ihn. Er ist mein kleiner Bruder."

„Hat er es dir verübelt, dass du – und nicht er – der Erstgeborene warst?"

Gregory zuckte mit den Schultern. „Ich glaube nicht. Wenigstens nicht bis viel später, als er zu befürchten begann, dass ich Sutton Hall verspielen würde. Dann hat er sich seiner Mutter angeschlossen. Außerdem, da er ein Geizkragen ist, lehnt er die Art und Weise, mit der ich mein Geld ausgebe, oder um ihn zu zitieren, die Art und Weise, mit der ich mein Geld verschwende, aus ganzem Herzen ab."

„Er muss einfach eifersüchtig auf dich sein. Du

siehst viel besser aus und bist viel liebenswerter. Du bist ein ausgezeichneter Sportler. Und du hast die Kontrolle über die Geldbörsen. Es ist nur verständlich, dass er dich verabscheut."

Keine Frau – nicht einmal Carlotta, die ihm ihre Liebe geschworen hatte – hatte sich jemals für seine verlorene Jugend interessiert. Und niemals zuvor hatte jemand das Ausmaß des Leidens in seiner Kindheit erkannt. Und doch, seine zierliche Frau, die selbst kaum mehr als ein Kind war, zeigte ein unheimliches Verständnis für die menschliche Natur. „Verabscheuen ist nicht das richtige Wort. Es gab immer eine gewisse Eifersucht, was nur zu verständlich ist. Ich war größer und stärker und schneller – um all dies beneidete er mich. Ich wage zu behaupten, dass es keinen jungen Bruder im Königreich gibt, der seinen älteren Bruder nicht hie und da beneidet."

Sie lächelte wehmütig. „Oder jüngere Schwester. Ich habe immer darüber geklagt, nicht blond und blauäugig zu sein wie meine schöne Schwester. Aber ich habe sie immer stürmisch geliebt."

„So wie ich Jonathan liebe und er mich." Er sah sie lange an. „Obwohl ich zugebe, dass deine Schwester eine außergewöhnlich schöne Frau ist, finde ich, dass du noch hübscher bist."

Ein schiefes Lächeln kam über sein Gesicht, als er beobachtete, wie ihre Wangen erröteten.

„Erinnere dich daran, solche schmeichelhaften Dinge zu sagen, wenn wir in Gesellschaft sind. Dann wird ganz Bath glauben, dass du in mich verliebt bist", sagte Glee mit einem verlegenen Lachen.

„Es wird mir nicht schwerfallen, dir Komplimente bezüglich deiner Schönheit zu machen. Sie ist so offensichtlich wie die Sterne am Himmel."

„Nun hast du mich völlig zum Erröten gebracht."

„Meine errötende Braut", sagte er besitzergreifend, obwohl er sich nicht so fühlte.

Sie sah hoffnungsvoll zu ihm auf. „Ich kann kaum glauben, dass ich dich mein Leben lang kenne, und doch immer noch Neues über dich herausfinde. Ich denke, das ist für Ehepaare wichtig. Es ist auch wichtig, befreundet zu sein." Sie senkte ihre Stimme zu einem sanften Flüstern. „Du wirst immer mein bester Freund sein, Blanks."

Sie kniff die Augen zusammen und verlautbarte: „Und ich muss dich warnen, dass ich Aurora entschieden verabscheue."

Es schien äußerst seltsam zu sein, eine Frau als seine Fürsprecherin zu haben. Nur seine Kinderschwester – die nie unklug genug gewesen war, Aurora die Stirn zu bieten – hatte jemals Auroras Ungerechtigkeit erkannt. Würde Glee sich immer noch so liebevoll um ihn sorgen, wenn er ihr keine Kinder schenkte oder seinen Hunger in den Armen einer anderen Frau stillte?

Kapitel 11

Als Appleton vor ihrer Kutsche über die Pulteney-Brücke flog, war Glee viel mehr um die überanstrengten Pferde besorgt, als um die verlorenen fünfundzwanzig Pfund ihres Mannes. Denn in seinem Streben zu gewinnen, hatte Blanks dem Kutscher aufgetragen, sie bis an ihre Grenzen anzutreiben.

Als sie vor ihrem neuen Stadthaus aus der Kutsche ausgestiegen war und die Pferde selbst untersuchen konnte, wurde Glee bewusst, dass Blanks die Grenzen seiner Pferde viel besser kannte als sie. Sie waren zwar sehr verschwitzt, schienen aber sonst unverletzt zu sein. Sie zog ihre Handschuhe aus, streichelte ihre Köpfe und flüsterte ihnen sanft etwas zu.

Als der Kutscher sie zu den Stallungen führte, wandte sie sich fröhlich ihrem Mann und Appleton zu. Zu diesem Zeitpunkt waren auch die Zwillinge angekommen und stiegen von ihren Pferden ab. „Gentlemen, ihr müsst uns die Ehre erweisen, als Erste mit uns in unserem neuen Heim zu speisen. Ich bin sicher, die Dienstboten, die Blanks angestellt hat, werden uns ein bescheidenes Mahl zubereiten können", sagte sie. Appletons verwirrter Blick traf Blanks'. Glees Gesicht wurde rot, denn sie wusste, dass Appleton befürchtete, ihre Hochzeitsnacht zu stören.

„Bitte, kommt", versicherte Blanks seinen Freunden.

„Sehr freundlich von Euch, Miss ... ich meine,

Mrs. Blankenship", sagte Appleton. „Wir werden zu unserer Unterkunft zurückkehren in der Hoffnung, uns präsentabel zu machen. Sollten in einer Stunde zurück sein."

„Wir werden erfreut sein", sagte sie glücklich. „Und du musst mich Glee nennen, denn ich werde dich von jetzt an mit deinem Vornamen ansprechen."

„Glaube nicht, dass ich Euch so nennen kann", sagte Appleton. Obwohl sie viel lieber die Nacht mit Blanks alleine gewesen wäre, war sich mit seinen Freunden zu umgeben und eine von ihnen zu werden Teil ihres Schlachtplans.

Blanks stellte sich neben sie und legte seinen Arm um sie, als sie beobachteten, wie seine Freunde zurück in Richtung Bath Abbey ritten. Dann wandte sich Blanks dem Stadthaus zu und öffnete die Türe für sie.

Ein Mann, von dem Glee dachte er müsse der Butler sein, kam herbeigeeilt und sah beunruhigt aus, bis er Blanks erkannte. „Guten Abend, Mr. Blankenship."

Blanks nickte steif und sah dann Glee an. „Meine Liebe, ich freue mich, dir deinen neuen Butler vorzustellen." Er warf dem Mann mittleren Alters, dessen Haut sehr weiß und dessen Haare sehr schwarz waren, einen Blick zu. „Hampton."

Hampton verbeugte sich vor Glee. „Ich freue mich, Eure Bekanntschaft zu machen, Mrs. Blankenship. Ich werde der Haushälterin sagen, dass Ihr hier seid."

Dies schien jedoch nicht notwendig, denn eine kompetent aussehende Frau, die zehn Jahre älter als Glee zu sein schien, kam lächelnd aus dem Untergeschoss herauf und begrüßte Glee mit einem Knicks. „Ich bin Eure Haushälterin. Mein

Name ist Mrs. Roberts, und ich werde überaus erfreut sein, Euch alles zu zeigen, was ich über unser neues Haus herausgefunden habe. Ihr müsst jedoch müde von der Reise sein."

„Morgen wird früh genug sein", sagte Glee und versuchte, nicht zu autoritär zu klingen. „Ich fürchte, ich habe ein anspruchsvolles Anliegen für heute Abend. Wir werden ein Abendessen für fünf Personen benötigen, da wir einige von Mr. Blankenships Freunden eingeladen haben. Wir erwarten aber nichts Besonderes."

„Oh, das wird kein Problem sein. Mr. Blankenship hat mir gesagt, dass Ihr heute Abend zurückkehrt und wir haben eine Mahlzeit vorbereitet. Drei Personen mehr werden keine Unannehmlichkeit sein"

„Sehr gut", sagte Glee. Dann hakte sie ihren Arm in Blanks' und fügte hinzu: „Wenn es euch recht ist, werden mein Mann und ich durch das Haus gehen. Es ist unser erstes gemeinsames Haus, und wir sind sehr aufgeregt."

Mrs. Roberts lächelte und verbeugte sich. „Ich hoffe, Ihr findet alles zu Eurer Zufriedenheit." Dann verschwand sie wieder die Treppe hinunter.

„Oh, Blanks, es ist ein wunderbares Haus! Und es ist unseres." Sie sah zu ihm auf, und sein Lächeln reichte bis zu seinen dunklen, leuchtenden Augen.

Er tätschelte ihre Hand. „Ich muss zugeben, ein Stadthaus zu haben – und eine Frau – bewirkt, dass ich mich sehr alt fühle."

Sie gingen durch das marmorne Foyer in das Wohnzimmer, das in Erbsengrün gehalten war. „Du bist immer noch vierundzwanzig und ziemlich ungebunden", sagte sie und ging durch eine Türe in Blanks' Arbeitszimmer.

„Hier werden die Gentlemen nach dem Diner ihre Zigarren rauchen", sagte er.

Sie nickte ihm zu und war nicht imstande, ihre Freude darüber zu verbergen, dass sie hier in ihrem Haus war, in den Arm ihres Mannes eingehakt. Und sie sprach ein stilles Dankgebet dafür, dass ihr der erste Teil ihres Wunsches in Erfüllung gegangen war. Den zweiten Teil zu bewerkstelligen war nun ihre Aufgabe. Sie musste sich seine Liebe verdienen.

Sie spazierten vom Arbeitszimmer durch das Foyer zum goldenen Speisezimmer. Ein Feuer brannte im Kamin, und der Tisch war bereits mit einem weißen Tischtuch bedeckt. Glee bemerkte, dass an jedem Ende des langen Tisches ein Gedeck lag. Sie notierte geistig, dass sie ihres neben Blanks' legen würde. Als sie das Zimmer verließen, brachte ein Diener drei weitere Gedecke.

Vom Speisezimmer gingen sie und Blanks in den Salon. „So sehr mir Mrs. Harrisons Möbel gefallen, ich kann die Ausstattung in diesem Zimmer nicht ausstehen", sagte Glee.

Er überblickte das Zimmer und fragte mit einem verwirrten Gesichtsausdruck: „Was missfällt dir daran?"

„Die Pastellfarben passen einfach nicht. Sie sind derart ... geschmacklos. Mir gefallen starke Farben und sie sind auch der letzte Schrei, was Innenarchitektur betrifft."

Er tätschelte ihre Hand. „Dann wirst du es umgestalten müssen."

„Genau das habe ich mir auch gedacht", sagte Glee lachend.

„Sollen wir hinaufgehen?", fragte er.

Sie nickte schüchtern. Ihre privaten Gemächer

waren im nächsten Stockwerk.

Hand in Hand gingen sie schweigend die breite Treppe hinauf. Das erste Zimmer war Glees Arbeitszimmer, in dessen Mitte ein Schreibtisch mit gewölbten Beinen stand. Die himmelblauen Wände unterschieden sich kaum von den himmelblauen Seidenvorhängen.

„Das Blau muss ersetzt werden", sagte Blanks grinsend. „Zu blass für meine Frau."

Du lieber Himmel, sie liebte diese Worte! *Meine Frau.* „Ich werde gezwungen sein, ein weiteres Zimmer neu zu dekorieren", sagte sie lachend.

Sie gingen durch eine Tür in ihre Schlafkammer, die auch in himmelblau gehalten war. Mit heißen Wangen vermied Glee, auf den Mittelpunkt des Zimmers zu sehen: Das Bett. Dann löste Blanks seinen Arm von ihr und sah sie ernst an.

Ihr Herz begann wie wild zu schlagen. Würde er sie küssen? Sie zu dem in Seide gehüllten Bett tragen und sie dort lieben? Aber natürlich würde er das nicht tun. Blanks war durch und durch unflexibel. Wenn er sagte, er würde nicht mit ihr das Bett teilen, dann konnte sie sich auf sein Wort verlassen, als wäre es in Stein gemeißelt. Himmel, was hatte sie nur getan – sich an einen Mann zu binden, der absolut dagegen war, von seinen ehelichen Rechten Gebrauch zu machen. Was, wenn sie nicht fähig sein würde, ihn zu verändern? Oh, das würde ihr gar nicht gefallen.

Sie beobachtete ihn unter gesenkten Wimpern und war überrascht zu sehen, dass er Geld aus seiner Tasche nahm.

„Es ist an der Zeit, dir Geld zu geben, damit du mit dem Dekorieren anfangen kannst, meine Liebe. Die Handwerker können ihre Rechnungen direkt an mich schicken, aber du wirst dein eigenes Geld brauchen. Glaubst du, du wirst mit dreihundert im Quartal auskommen? Ich werde mich natürlich um die Bediensteten und alle Haushaltsausgaben kümmern."

Sie war fassungslos. Dreihundert Pfund! Das war mehr, als sie je zur Verfügung gehabt hatte. Sie sprang auf ihre Zehenspitzen und schlang ihre Arme um seinen Hals, um ihn auf die Wange zu küssen. „Das ist äußerst großzügig."

Als sie den ernsten Ausdruck auf seinem Gesicht sah, fiel sie zurück auf ihre Füße. „Ich fürchte, du wirst dich an meine liebevollen Ausbrüche gewöhnen müssen. Es liegt in meiner Natur. Ich hoffe, ich bin dir nicht zu nahegetreten."

Ein herzerwärmendes Lächeln erschien auf seinem Gesicht, als er von ihr zurücktrat. „Welcher Mann würde sich darüber beschweren, von einer schönen Frau geküsst zu werden?"

Er mochte sich nicht beschweren, erwiderte ihre Zärtlichkeit allerdings auch nicht. Sie würde sich damit zufriedengeben müssen, dass er ihre Schönheit gepriesen hatte.

„Wenn ich mich richtig erinnere, kommt man durch diese Türe in deine Zimmer", sagte sie und deutete auf eine Seitenwand ihrer Kammer.

Er nickte.

„Würde es dich stören, wenn ich es mir ansehe?", fragte sie.

Er ging auf die Türe zu. „Natürlich nicht."

Alles, was sie sehen konnte, als sie sein olivgrünes Schlafgemach betrat, war das riesige Bett in der Mitte des Raums. Würde sie jemals dort neben ihm liegen? Der bloße Gedanke daran ließ eine feuchte Hitze tief in ihrem Körper entstehen. Sie durfte nicht daran denken oder etwas übereilen. Es würde seine Zeit brauchen. Und sich wie eine Dirne zu benehmen, obwohl es verlockend war, war nicht ihre Art. Und wie benahmen sich Dirnen? Sie würde fragen müssen ... Blanks? Ein Gentleman sprach niemals mit seiner Frau über solche Dinge. Vielleicht konnte einer der Zwillinge dazu überredet werden, ihr Hinweise zu geben. Oder besser, Jefferson.

Sie musste etwas anderes finden, worüber sie sprechen konnte. Schließlich platzte sie mit dem Ersten heraus, das ihr einfiel. „Es gefällt mir sehr, dass meine Kammer neben deiner ist in einem fremden, neuen Haus. Ich werde mich sicher fühlen, da ich weiß, dass du in der Nähe bist."

Untypischerweise lächelte er nicht. Dachte er daran, sein Bett mit ihr zu teilen? Wahrscheinlich dachte er daran, sein Bett *nicht* mit ihr zu teilen. „Solltest du jemals Alpträume haben, rufe mich", sagte er mit beruhigender Stimme.

„Das werde ich." Sie ging zu ihrem Zimmer. „Ich sollte mich besser zurechtmachen nach der Reise. Ich glaube, ich werde nach einem Bad läuten."

* * *

Das Abendessen war eine zweistündige Angelegenheit. Glee nutzte die Zeit, um die Freunde ihres Mannes kennenzulernen. Nicht, dass sie sie nicht schon durch ihren Bruder kannte. Aber die Beziehung, die sie mit ihnen einzugehen gedachte, würde ihre Freundschaft in ein völlig anderes Licht rücken. Sie begann mit der Erkenntnis, dass der Zwilling, der links von ihr saß, der schüchterne war, Melvin. Sie nahm sich vor, ihn von seiner Schüchternheit abzubringen. „Ärgert es dich nicht, Melvin, dass niemand imstande zu sein scheint, dich und deinen Zwilling auseinanderzuhalten, obwohl ich zu behaupten wage, dass ihr beide äußerst unterschiedlich seid?"

Er kaute sein Hammelfleisch sorgfältig, bevor er antwortete. Dann räusperte er sich. „Ich war immer zufrieden damit, dass Elvin alle Aufmerksamkeit auf sich zieht. Es entspricht meiner zurückhaltenden Natur. Aber es verwundert mich immer wieder, dass wir für den Großteil der Menschen ein und derselbe sind."

Wie unterschiedlich die Brüder sprachen! Während Elvin kontaktfreudig, sympathisch und dazu geneigt war, Umgangssprache zu verwenden, dachte sein Bruder sorgfältig nach, bevor er jede Silbe aussprach und redete mit der Artikulation eines Premierministers. „Das liegt wohl daran, dass diejenigen, die euch nicht kennen, sich leider mehr auf körperliches Aussehen verlassen. Ähnlich wie ein schlichtes Mädchen, das innerlich schön ist, aber wegen ihres unauffälligen Aussehens übersehen wird."

„Eine gute Analogie, denke ich", sagte er und hob seinen Claret.

Sie bezweifelte, dass sein Bruder das Wort Analogie auch nur verstanden hätte. Während ihr Mann mit Appleton und Elvin über eine bevorstehende Auktion bei Tattersalls sprach, führte sie ihr Gespräch mit Melvin fort. „Abgesehen von eurem unterschiedlichen Naturell, gibt es noch andere wichtige Unterschiede zwischen dir und Elvin? Es scheint, als würdet ihr beide die gleichen Aktivitäten genießen."

„Ich fürchte, ich bin nicht sehr durchsetzungsfähig. Ich lasse meist meinen

Bruder die Führung übernehmen. Er hat einen ausgesprochenen Sinn für Vergnügen, so werde ich selten enttäuscht."

„Dann bist du nicht an sportlichen Vergnügungen und Belustigungen interessiert, wie dein Bruder?"

Er dachte einen Moment nach, bevor er antwortete. „Zu einem gewissen Grad bin ich es. Aber ich lese auch gerne – ein Vergnügen, für das ich nur selten Zeit zu haben scheine."

„Das geht mir auch so", vertraute sie ihm an. „Es ist nie genug Zeit, um alles zu lesen, was man gerne lesen möchte." Sie nippte an ihrem Wein. Er war wirklich gut. In der Tat hatte Mrs. Roberts ein äußerst gutes Essen zubereitet. Was ein gutes Licht auf Glee werfen würde.

Sie sah auf und bemerkte, dass ihr Mann sie anlächelte.

„Bitte, Melvin, erlaube meiner Frau nicht, dich mit Gesprächen über Bücher zu langweilen." Statt Verachtung war seine Stimme voller Stolz, ein Stolz, der sie verwunderte.

Elvin antwortete für seinen Bruder. „Wage zu behaupten mein Bruder sehnt sich nach solchen Gesprächen. Ich ziehe immerfort seinen Kopf aus einem Buch. Verstehe den Zauber nicht, den sie auf ihn ausüben."

„Man sagt mir, dass es meiner Frau genauso geht", klagte Blanks in leichtem Ton.

„Dann musst du dir keine Gedanken darüber machen, Mrs. Blankenship zu unterhalten", sagte Appleton zu Blanks. „Schiebe ihr einfach Melvin unter. Die beiden sollten zufrieden sein wie zwei Ferkel, die sich im Dreck vergnügen." Dann wandte er sich mit einem verschämten Ausdruck an Glee. „Verzeiht mir, Mrs. Blankenship. Wollte nicht andeuten, dass Ihr eine Belast..., ich meine, oh, verflixt nochmal!"

„Und ich bin sicher, er bereut es, Euch mit einem Ferkel verglichen zu haben", warf Elvin ein.

Glees Blick begegnete den tanzenden Augen ihres Mannes und beide brachen in Gelächter aus.

Als die Männer sich ins Raucherzimmer zurückzogen, lud Glee sich selbst ein. „Nachdem keine anderen Frauen hier sind, ziehe ich es vor, mich euch Männern anzuschließen. Denkt an mich als eine von euch, und macht euch keine Sorgen wegen des Rauches. Ich liebe den Geruch von Zigarren. Er erinnert mich an meinen lieben Papa."

Als sie sich neben Blanks auf das Sofa setzte, wurde die Gruppe ruhig. Glees Gegenwart hielt sie zweifellos davon ab, sich frei zu unterhalten. Also nahm sie sich heraus, ein Thema anzuschneiden, dass den Gentlemen gefallen sollte. Sie hatte nicht neunzehn Jahre lang mit einem nach Sport verrückten Bruder gelebt, um nicht zu wissen, was junge Männer interessierte. „Wann fangen die Pferderennen hier in Bath an? Ich kann es mir nie merken."

„Nächste Woche", antwortete Appleton. „Stalwart wird zum ersten Mal dabei sein."

„Ich habe ihn letztes Jahr in Newmarket gesehen", fügte Blanks hinzu. „Eine prachtvolle Kreatur."

Während der nächsten Stunden hatten die Gentlemen kein anderes Thema als die Pferderennen, während Glee ein herzliches, aber ruhiges Interesse vortäuschte. Sie war dankbar für die Möglichkeit, ihren Mann beobachten zu können, ohne seine Aufmerksamkeit zu erregen.

Dass seine Freunde sich zu jedem Thema seiner Meinung anschlossen, erfüllte sie mit Stolz. Seine Scharfsinnigkeit und sein stetes Lächeln waren zwei Dinge, derer sie niemals müde werden würde. Sie sah auf sein dichtes, dunkles Haar und wie es seinen glänzenden Augen ähnlich war. Ihre Augen folgten seinem gut geschnittenen Rock, der sich über seine breiten Schultern spannte. Dann sah sie wieder in sein gutaussehendes Gesicht und bemerkte, dass er sie mit einem schiefen Grinsen anlächelte. Sein gewöhnliches, heiteres Lächeln. Sie erwiderte das Lächeln mit Leichtigkeit.

Obwohl Blanks seine Freunde einlud, Karten zu spielen, lehnten sie auf äußerst befangene Weise ab. Es war offensichtlich, dass sie die Hochzeitsnacht der Blankenships nicht weiter stören wollten.

Als Glee und Blanks die Männer verabschiedet hatten, nahm Blanks ihre Hand und sie begaben sich die Treppe hinauf. Ihr Puls wurde schneller, und zum ersten Mal in dieser Nacht konnte Glee keine Worte finden um irgendetwas zu sagen. Sie kamen zur Tür ihres Schlafgemachs.

„Du wirst mir eine gute Gastgeberin sein, Glee", sagte er. „Du hast die Gabe, Gäste für dich einzunehmen und ihnen Wohlbefinden zu vermitteln. Du hast meine Freunde für dich erobert." Er hielt inne. Dann beugte er sich, um sie auf die Stirn zu küssen. „Gute Nacht, meine Liebe."

Sie drückte die Hand, die immer noch die ihre hielt. „Gute Nacht, Blanks."

Sie beobachtete ernst, wie er zu seinen eigenen Zimmern ging. Und das war die Hochzeitsnacht ihrer ungewöhnlichen Hochzeit, überlegte sie mit

Unbehagen. Natürlich hatte sie es genauso erwartet. Sie musste geduldig sein. So wie ein junger Hengst langsam an Sattel und Zaumzeug gewöhnt werden muss, würde Blanks schlussendlich ihr Bett suchen. Zuerst musste sie ihn an ihre Ehe gewöhnen.

Kapitel 12

Über die nächsten paar Tage gab sich Glee damit zufrieden, halb Bath aufzukaufen. Sie engagierte Maler und bestellte neue Vorhänge und Wandbezüge aus Seidendamast, und sie hatte Anproben für Ballkleider, die ihre neue Stellung als verheiratete Frau kundtun würden. Sie konnte es kaum erwarten, ihre gewagten neuen Kleider zu tragen und die Reaktion ihres Ehemanns darauf zu sehen. Die neue Glee würde nichts mit der unschuldigen Jungfrau, als die sie in der letzten Saison in Bath erschienen war, gemeinsam haben.

Sie unternahm all diese Einkaufsexkursionen alleine. Zum ersten Mal in ihrem Leben hatte sie ohne ihre Schwester oder eine Freundin eingekauft. Sie hatte darüber nachgedacht, ihre schüchterne Freundin Miss Arbuckle zu bitten, sie zu begleiten, hatte diesen Gedanken aber schnell verworfen. Es hätte nicht zur neuen Glee gepasst, die sich einen eleganten – jedoch skandalösen – Weg durch die Thermenstadt bahnen würde. Das alles war Teil des Plans, Blanks' Herz zu erobern.

Miss Arbuckle würde einen anderen Zweck erfüllen. Später.

Für ihren ersten Ball als verheiratete Frau wählte Glee ein überaus gewagtes Kleid. Die Augen ihrer Zofe Patty tanzten, als sie die scharlachrote Robe sah. „Ich liebe Rot!", sagte Patty. „Es ist wie eine Mohnblume im Garten meiner Mum. Ich verstehe nicht, warum es unmodern ist. Ich bin sicher, dass Ihr es wieder in Mode bringen werdet."

Die Zofe änderte jedoch ihre Meinung, sobald sie ihrer Herrin das Kleid angezogen hatte. „Oje, Ihr müsst es zur Schneiderin zurückbringen, damit es besser passt."

Glee stand aufrecht und majestätisch vor dem Spiegel und betrachtete das neue Kleid aus jedem möglichen Blickwinkel. Zuerst sah sie gerade in den Spiegel. Ja, es fiel von ihren Schultern und entblößte ihre weißen Schultern völlig. Dann drehte sie sich auf die Seite und war insgeheim erfreut über den Anblick ihrer Brüste, die kaum vom dürftigen Korsett verdeckt wurden. Aber das Kleid verdeckte sie genug, und ließ dadurch ihren bescheidenen Busen größer erscheinen. Es gefiel ihr, dass sie ein bisschen wie Carlotta Ennis aussah – obwohl ihr Busen um einiges kleiner war als der ihrer Rivalin. Sie drehte sich um, blickte über ihre Schulter in den Spiegel und betrachtete die Art, wie die Schleppe nahe ihrer Taille ansetzte und ihren elfenbeinfarbenen Rücken entblößte. Als sie ihre Umdrehung vollendete, musterten ihre Augen das anliegende Seidenkreppkleid. „Es passt genau so, wie ich es Madame Herbert aufgetragen habe."

Patty öffnete ihre Augen weit. „Meine Mum hat mir gesagt, adelige Damen würden sich anders verhalten."

Pattys Schock war genau die Reaktion, die Glee sich erhofft hatte. Blanks verzehrte sich so sehr nach freizügigen Weibern. Sie hoffte nur, dass sie freizügig genug aussah.

Es klopfte sanft an ihrer Kammertüre. Sie sah Patty an und entließ sie mit einem leichten

Nicken. „Mein Mann wird mir meine Halskette anlegen", sagte sie.

Patty öffnete die Türe für Blanks und entschuldigte sich dann, als Blanks Glees Ankleidezimmer betrat.

„Oh, Blanks, lege mir diese Rubinkette an", sagte sie und gab ihm die Juwelen. „Dann werde ich für den Ball bereit sein." Sie warf ihm einen verschämten Blick zu. Sie hatte sich derart selbstsicher gefühlt, bevor er in ihre Kammer gekommen war. Nun fühlte sie sich, als würde sie völlig nackt vor ihm stehen.

Zu ihrer Überraschung begutachtete er sie mit missmutig gesenkten Brauen. „Du hast bestimmt nicht vor, dieses Kleid in der Öffentlichkeit zu tragen."

Obwohl sie niedergeschlagen war, hielt sie ihren Kopf stolz erhoben. „Warum nicht?"

„Eine Jungfrau kleidet sich nicht so."

„So wie?"

„Wie eine Dirne."

Sie nahm einen weißen Handschuh von ihrem Spiegeltisch und zog ihn über ihre Hand, einen Finger nach dem anderen, und sah ihn dabei verführerisch an. „Erstens, lieber Blanks, wird keiner bei dem Ball heute Abend an mich als Jungfrau denken. Für den Rest der Welt bin ich eine verheiratete Frau." Sie hob ihre langen Wimpern und sprach mit heiserer Stimme. „Eine Frau, die mit einem Mann das Bett teilte, der für seine Männlichkeit bekannt ist. Zweitens kannst du mir nicht weismachen, dass du Frauen ablehnst, die sich so kleiden wie ich, denn ich weiß, dass es nicht wahr ist. Kleidet sich Carlotta Ennis nicht ähnlich wie ich?"

„Ich habe nicht Carlotta Ennis gebeten, mich

zu heiraten", sagte er hart.

„Dann meinst du, ich kleide mich nicht, wie es einer Ehefrau gebührt?"

„Ja, das meine ich."

„Aber für alle praktischen Zwecke bin ich nicht wirklich deine Frau", sagte sie lächelnd. „Wenn ich in dir keine Leidenschaft entfachen kann, würde es mir gefallen, sie in anderen Männern zu entfachen."

Zorn flammte in seinen dunklen Augen auf. „Das wirst du nicht tun!"

Sie fing damit an, den anderen Handschuh beiläufig anzuziehen. „Mach dir keine Sorgen, Blanks, ich habe dir versprochen, keine Affäre zu haben. Und sorge dich nicht um deinen schwer verdienten Ruf als Frauenheld. Ganz Bath wird glauben, dass du mir großes Vergnügen bereitest."

Sie hielt ihm wieder die Rubinkette hin. Mit einem bedrohlichen Blick nahm er sie und legte sie leise fluchend um den graziösen, blassen Hals seiner Frau.

Als er damit fertig war, hakte sie ihren Arm in seinen, und sie verließen das Zimmer.

In der Kutsche saßen sie einander gegenüber, und er sprach kein Wort. Im Großen und Ganzen war seine Reaktion recht befriedigend. Wenn sie es nicht besser gewusst hätte, würde sie schwören, er benähme sich besitzergreifend.

* * *

Gregory konnte sich nicht daran erinnern, jemals so wütend gewesen zu sein. Nicht einmal, als sein Anwalt ihm von dem seltsamen Testament seines Vaters erzählt hatte, war sein Zorn derart groß gewesen. Und obwohl Glee seine Frau war, konnte er sie nicht davon abhalten, sich derartig kühn zu benehmen. Wie konnte er ihr seinen Willen aufzwingen, wenn es genau der Wille war, der sie davon abhielt, die Kinder zu tragen, von denen er wusste, dass Glee sie sich wünschte?

Als sie bei den Gesellschaftsräumen ankamen, geleitete er sie in den Ballsaal.

Glee sah zu ihm auf und lächelte. „Ich bin sicher, du gehst lieber in den Salon, wo Karten gespielt wird, als um mich herum zu tänzeln. Ich versichere dir, ich werde gut ohne dich auskommen, Liebster."

Sein Ärger drohte ihn zu übermannen. „Aber, meine Liebe, ich habe den Rest meines Lebens, um Karten zu spielen. Heute Abend will ich mit meiner Braut tanzen." Besser er selbst als jemand wie Jefferson, der Glees neues Erscheinungsbild als Einladung für eine Affäre ansehen könnte. Und Glee, in ihrer Unschuld, könnte sich dem beugen – aus Neugier, oder um ihre eigene Macht zu testen. In diesem Kleid lud sie einen Mann geradezu ein, seine Hände auf sie zu legen, die sanften Wogen ihrer Brüste zu küssen. Und, du lieber Himmel, wenn sie sich umdrehte, war ihr schlanker Rücken auf schockierende Weise nahezu entblößt. Er nahm ihr Umhängetuch und legte es um ihre Schultern. „Sei vorsichtig, oder du wirst dich erkälten."

„Wie nett von dir", sagte sie lächelnd. „Der erste Tanz muss uns gehören."

Der erste Tanz war ein Menuett. Jedes Mal, wenn er auf Glees Korsett sah, verspürte er den überwältigenden Drang, ihr das Tuch zu bringen, das sie nur zu schnell abgelegt hatte. Er schauderte, als der Tanz danach verlangte, dass sie in einen Knicks fiel. Aus dem Augenwinkel sah er, dass auch Jefferson Glee beobachtete. Gregory spürte das starke Verlangen, dem Mann ein blaues Auge dafür zu verpassen, dass er Glee dabei beobachtete, wie sie sich graziös über die Tanzfläche bewegte. Wann auch immer Gregory inne hielt, Glee mit Aufmerksamkeit zu überschütten, betrachtete Jefferson Glee mit nacktem Verlangen. Gregory ertappte sich dabei, wie er all die Frauen aufzählte – Jungfrauen ebenso wie verheiratete Frauen – die von Jefferson verführt worden waren und er wurde mit jedem Ton der Musik wütender.

Der nächste Tanz war ein Walzer. Gregory zog seine zierliche Frau an seine Brust und flüstere ihr zu, als die Musik zu spielen begann. „Erinnere dich daran, dass ich die Welt davon überzeugen muss, dass unsere Ehe aus Liebe geschlossen wurde." Dann fuhr er damit fort, seine Zuneigung zu demonstrieren. Er hielt sie, als wäre sie ein Schatz und sah hingebungsvoll in ihr Gesicht.

„Es gibt ein Dilemma, zu dem ich gerne deinen Ratschlag hätte", sagte Glee.

„Was ist es, meine Liebe?"

„Wirklich, Gregory, du musst mich nicht so ansprechen. Bei der Musik und den lauten Gesprächen kann dich keiner hören. Was ich dich fragen will ist, wie ich mich benehmen soll, wenn ich Mrs. Ennis in der Öffentlichkeit treffe. Soll ich sie schneiden?"

Er fing an zu husten. „Du wirst sie schneiden so wie ich", sagte er schlussendlich mit Bestimmtheit.

„Oje, ich hoffe, unsere Ehe hat deine Geliebte nicht verärgert."

„Ich habe keine Geliebte mehr. Erinnere dich daran, dass ich in meine Frau verliebt sein soll."

Als sie weiter tanzten wurde Gregory bewusst,

dass es an der Zeit war, seine junge Braut vor Männern wie Jefferson zu warnen. „Nun, da du eine verheiratete Frau bist, muss ich dich warnen, dass es gewisse Männer gibt, die aufblühen, wenn sie sich mit den Frauen anderer Männer vergnügen können."

„Oder Witwen", warf Glee ein.

Carlotta Ennis entpuppte sich als ein totes Pferd, welches zu schlagen Glee niemals zu ermüden schien. Er wünschte, er hätte die schwarzhaarige Füchsin nie kennengelernt. „Beschäftige dich nicht damit, was geschehen ist, als ich Junggeselle war. Was während unserer Ehe passiert, ist mir wichtig. Und nachdem du meine Frau bist, mache ich mir Sorgen, dass andere Männer dich ... nun, nicht nur schön, sondern auch ... bereit für gewisse Indiskretionen halten werden."

Sie sah ihn verwirrt an.

Er wollte nicht, dass sie diesen unschuldigen Blick grenzenloser Naivität verlor. Verdammt, diese Ehe wurde komplizierter, als er es gewollt hatte.

„Sag mir, Blanks, hattest du jemals eine verheiratete Frau als Geliebte?"

Er fluchte leise. „Verflixt, Glee, wir sprechen nicht über mich. Ich habe dir gesagt, dass die Vergangenheit begraben ist. Was ich zu tun versuche, ist dich auf den Ansturm skrupelloser Männer vorzubereiten. Männer wie William Jefferson, der in London nicht akzeptiert ist."

Sie sah zu ihm auf und sah dann Appleton und die Zwillinge am Rande des Ballsaals stehen, die Blanks missmutige Blicke zuwarfen. „Sicherlich denkst du nicht, dass Appleton oder die Zwillinge sich an mir schadlos halten werden?"

„Natürlich nicht! Ich vertraue ihnen vollkommen. Aber es sind Männer hier in diesem Saal, die großes Vergnügen in den Betten verheirateter Frauen finden."

„Meine Güte, Blanks, du wirst mich zum Erröten bringen. Du denkst bestimmt nicht, dass ich eine derartige Verbindung in Betracht ziehen würde?"

Wie seltsam es schien, dieses Gespräch mit der jungfräulichen Glee zu führen. Sie war nicht mehr als ein Kind. „Natürlich nicht. Du bist eine Lady. Aber ich sah es als meine Pflicht – als dein Ehemann – dich zu warnen."

„Es freut mich, dass du deine ehelichen Pflichten ernst nimmst."

Die Musik kam zum Ende, und als er seine Frau von der Tanzfläche führte, sah er seine Freunde durch den Ballsaal auf sie zukommen.

Was er nicht bemerkte war, dass sich auch Jefferson von der anderen Seite näherte. Jefferson nahm Glees Hand in seine und legte seine Lippen darauf. „Ich bitte um die nächsten Tänze mit Euch, Miss ... Mrs. Blankenship", sagte er.

Der Unhold hatte keine Zeit verschwendet! Gregorys Hand juckte danach, sich die steif gestärkte Krawatte des Mannes zu schnappen und ihm ins Gesicht zu schlagen.

„Sehr gerne", sagte Glee lieblich. „Wie farbenfroh Euer Wams ist, Mr. Jefferson." Ihre Augen schweiften über den fuchsienfarbenen Wams, der seine schlanke Taille umgab.

Sicherlich konnte Glee die schrillen Farben des Weiberhelden nicht ernsthaft bewundern! Dann blickte Gregory auf ihr eigenes knallrotes Kleid. Warum war ihm die Vorliebe seiner Frau für das Extravagante nicht zuvor aufgefallen?

Unter gesenkten Augenlidern beobachtete Gregory, wie Jefferson Glees Hand in seiner behielt. „Dann hole ich Euch für den nächsten Tanz ab." Er fiel in eine elegante Verbeugung und zog sich zurück.

Gregory war danach, seiner Frau zu verbieten mit dem Mann zu tanzen, aber er konnte dies wohl kaum vor seinen Freunden tun. Er drehte sich um, um sie zu begrüßen. *Sie* zumindest hatten genug Anstand, ihren Blick von dem praktisch unbedeckten Busen seiner Frau abzuwenden!

Glee grüßte jeden mit seinem Vornamen und dem Versprechen eines Tanzes, bevor Jefferson sie beanspruchte.

„Wusste, wir müssten dich retten", flüsterte Elvin Gregory zu. „Sieht so aus, als würde es Mrs. Blankenship nicht an Tanzpartnern fehlen, während wir unser Glück im Kartenraum versuchen."

Aber Gregory konnte seine Augen nicht von Jefferson und Glee abwenden. Der wollüstige Blick des Mannes ließ keinen Moment lang von ihr ab. Aus der Ferne, musste Gregory zugeben, sah sie teuflisch anziehend aus. Jeder Mann würde ... zur Hölle! Er wollte nicht, dass irgendein Mann *seine* Frau so ansah. Er schaffte es schließlich, seinen Blick von Glee abzuwenden und sah Melvin an. „Geht nur. Karten reizen mich heute Abend nicht."

„Nicht, wenn deine Frau so verteufelt entzückend aussieht!", sagte Appleton, als sein Blick über die Tanzfläche schweifte.

* * *

Glee war schrecklich böse auf Mr. Jefferson, aber sie wollte ihrem Mann nicht das Vergnügen bereiten, das skandalöse Benehmen des Mannes zuzugeben. Es gefiel ihr außerdem, dass Blanks eifersüchtig zu sein schien. Es gefiel ihr auch, sich für Blanks wie eine Dirne zu kleiden, aber sich für einen anderen Mann so knapp zu kleiden war etwas völlig anderes. Mr. Jefferson wandte seinen Blick nicht von ihrem Körper ab. Wirklich! Sie hätte sich nicht nackter fühlen können, hätte er ihr das Kleid ausgezogen. Und das war etwas, was kein Mann je tun würde – außer Blanks. Sie kämpfte gegen das Verlangen an, ihr Korsett hochzuziehen und begnügte sich damit, ihr Umhängetuch um sich zu wickeln. Es kam ihr in den Sinn, auf Mr. Jeffersons Zehen zu stampfen.

„Die Ehe bekommt Euch gut", sagte Jefferson begierig. „Aber ich muss Euch warnen, dass, egal wie innig Ihr Euch Eurem Ehemann hingebt, er andere Frauen brauchen wird – wenn Ihr wisst, wovon ich spreche."

„Ihr sprecht zweifellos von einer Geliebten", sagte sie mit eisiger Stimme.

„Genau."

„Und in diesem Fall würdet Ihr mich zweifellos in Euren Armen willkommen heißen."

„Ihr lernt schnell. Man denke nur, vor einer Woche wart Ihr die prüde Miss Pembroke. Und nun seid Ihr die saturierte Mrs. Blankenship."

„Beglückt von einem Mann, der mir seinen Namen und sein Bett geboten hat."

Jefferson wurde ernst. „Ich hätte Euch meinen Namen angeboten, wäre Blankenship nicht nach Warwickshire geeilt, um auf Euch Anspruch zu erheben."

Der Walzer endete und sie war glücklich, von William Jefferson wegzukommen.

Sie war noch glücklicher darüber, dass ihr

Mann an diesem Abend kein einziges Mal in den Kartenraum ging oder sie auch nur aus seinen Augen ließ.

Kapitel 13

Als Blanks am nächsten Morgen in den Salon kam, um mit ihr zu frühstücken, schlug Glees Herz schneller und ihre Finger flogen in ihr Haar, um es aufzubauschen. Würde seine Anwesenheit ihr Herz immer zum Flattern bringen und zur gleichen Zeit ihren Selbstwert senken? Ihr Mann war frisch rasiert und trug sorgfältig gebügelte Kleidung, sein Hemdkragen leuchtete weiß gegen sein gebräuntes Gesicht. Als er sie beim Eintreten anlächelte, hätte sie in Ohnmacht fallen können.

„Wie ich sehe, scheint die Ehe dir gut zu bekommen", sagte sie und versuchte entspannt zu wirken, „denn George sagte mir, dass du als Junggeselle niemals vor Mittag aufgestanden bist."

Er sah zur Uhr auf dem Kaminsims empor. „Ich muss heute Morgen meinen Anwalt treffen."

Also war er nicht ihretwegen früh aufgestanden, dachte sie enttäuscht. Sie goss ihm Tee ein und süßte ihn. „Drei Löffel Zucker, wenn ich mich richtig erinnere."

Er setzte sich neben sie und sah sie bewundernd an. „Du hast eine Gabe, dich an unwichtige Dinge zu erinnern."

Ohne seinem Blick zu begegnen, rührte sie den Tee um und reichte ihn ihm. „Die Wünsche eines Ehemannes sind nicht unbedeutend. Ich habe vor, dir eine gute Frau zu sein."

Sie konnte sehen, dass ihre Antwort ihm unangenehm war. „Was soll die Köchin uns heute

Abend zubereiten?"

Er strich mehr Butter auf seinen Toast. „Was immer du willst."

„Du vereitelst meine Pläne", sagte sie schmollend. „Wie soll ich dir eine gute Frau sein, wenn du mir nicht sagst, was du willst? Ich weiß, du hast Zunge nicht gerne und dass Hummer dir gut schmeckt. Möchtest du gebutterten Hummer zum Nachtmahl haben?"

Er lächelte sie an. „Das hätte ich sehr gerne."

„Mit Plumpudding?"

„Woher weißt du, dass ich Plumpudding gerne habe?", frage er erstaunt.

„Es ist meine Aufgabe als deine Frau herauszufinden, was dir Vergnügen bereitet, lieber Blanks." Wie es ihr doch gefiel, sich als seine Frau zu bezeichnen!

Es schien ihm wieder unangenehm zu sein und er sagte: „Du musst deine Rolle nicht so ernst nehmen, denn das erwarte ich nicht."

Warum musste er sie daran erinnern, wie sehr er *keine* Frau wollte? „Es macht mir Freude. Wie ich dir sagte, habe ich mir sehr gewünscht, eine verheiratete Frau zu sein."

„Und ich bin dir entgegengekommen", sagte er reumütig.

Über den Rand ihrer Tasse hinweg beobachtete sie sein Gesicht und die Hoffnungslosigkeit, die aus seinen Augen blickte. Wie ein Tier im Käfig. Und es war alles ihre Schuld. Würde sie diese Schuld ein Leben lang mit sich tragen müssen? Würde er niemals mit seinem Schicksal zufrieden sein?

Ihr Mann aß schnell und entschuldigte sich dann. Ihre ersten Gefühle von Enttäuschung wichen der Erleichterung, dass sie heute alleine sein würde. Denn sie plante einen leichtsinnigen Einkauf, den er missbilligen würde.

Kurz nach Blanks' Aufbruch hörte sie Appleton mit dem Butler sprechen und sie beeilte sich, ihn zu treffen, bevor Hampton ihm die Türe vor der Nase zuschlug.

„Bitte komm herein, Timothy", sagte sie atemlos, als sie in das Foyer rauschte. „Es gibt eine Angelegenheit, für die ich deinen Ratschlag brauche."

Er betrat das Haus und folgte ihr in die Bibliothek, wo sie sich auf gegenüberliegende Brokatsofas vor dem Kamin setzten.

„Wirklich, Mrs. Blankenship, Ihr solltet mich vor anderen nicht mit meinem Vornamen ansprechen."

„Unsinn! Hampton ist nur der Butler."

„Aber wenn die Gewohnheit zu vertraut wird, fürchte ich, dass Euer guter Ruf geschädigt wird und das würde Blanks überhaupt nicht gefallen."

„Pustekuchen! Du, mehr als alle anderen, musst wissen, dass mein Mann leichtlebige Frauen bevorzugt."

Appleton hustete. „Nicht als Ehefrau, wage ich zu behaupten."

„Ich fürchte, du wendest deinen eigenen Maßstab an, Timothy. Und ...", fügte sie hinzu, „es wäre mir viel lieber, du würdest mich mit Glee ansprechen."

„Aber ...", er stockte und seine Lippen bildeten eine grimmige Linie in seinem Gesicht. „Kann es nicht tun. Zu privat."

„Vielleicht kannst du mir dann einen Spitznamen geben."

Er sah sie einen Moment lang an. „Wie Elfe?"

„Wenn du meinst, dass es zu mir passt", sagte

sie sittsam.

„Elfe", sagte er, als würde er darüber laut nachdenken. „Ja, das ist viel besser als ... Euer Vorname. Bin sicher, dass keiner eine Ahnung haben wird, wenn ich über eine Elfe spreche."

Sie stellte ihre Beine nebeneinander und überkreuzte ihre Füße. „Du wunderst dich bestimmt, warum ich mit dir sprechen wollte."

Ohne seine Augen von ihren abzuwenden, nickte er.

„Da mein Mann den Tag heute mit seinem Anwalt verbringt, gibt es eine Angelegenheit, zu der ich deinen Ratschlag brauche."

„Kann es nicht warten bis Blanks zurückkommt?"

„Nein, das kann es nicht. Ich wünsche ihn ... zu überraschen." Sie lehnte sich zu ihm und sprach voll Begeisterung. „Blanks wünscht, dass ich eine schneidige Figur in Bath abgebe und ich habe beschlossen, dass ich dazu meinen eigenen Phaeton mit hohem Sitz brauche."

„Aber Ihr seid eine ...?"

„Ich weiß sehr wohl, dass ich eine Frau bin, und dass Frauen normalerweise keine Phaetons besitzen. Aber ich denke, es wird gut zu meiner neuen Position passen. Und ich kann ihn mit meinem eigenen Geld kaufen." Geld, das sie von ihrem Mann bekommen hatte.

„Seid Ihr sicher, dass es Blanks nichts ausmachen wird?"

„Durchaus."

Beim Kutschenbauer lehnte Appleton mit anspruchsvollem Auge einige minderwertige Fuhrwerke ab, bis eines angeboten wurde, welches Blanks' eigenem Phaeton ähnlich war. Appleton nickte zustimmend und sie einigten sich auf einen Preis.

Glee hatte nicht angenommen, dass ein einfacher, kleiner Phaeton so viel kosten würde. Zweihundertundfünfundsiebzig Pfund! Was ihr nur mehr fünfundzwanzig ließ, um die nächsten drei Monate auszukommen. Sie würde äußerst sparsam sein müssen.

Glee blickte von dem glänzenden schwarzen Phaeton zurück zu Appleton. „Das hast du außerordentlich gut gemacht, Timothy. Es ist genau, was ich wollte." Sie wandte sich an den schlanken Kutschenbauer. „Ich nehme ihn heute. Schicke die Rechnung an Mrs. Blankenship auf dem Queen Square. Mein Stallknecht wird in Kürze mit einem Pferd zurückkehren."

Als sie und Appleton zurück zum Queen Square spazierten, ihr Arm in seinen gehakt, fragte er: „Weißt du, wie man einen Phaeton fährt?"

„Oh ja. Ich bin mit dem meines Bruders jahrelang in Hornsby herumgefahren."

„Und er hatte keine Einwände?"

„Ganz und gar nicht." Was nicht ganz der Wahrheit entsprach. George hatte ausdrücklich gesagt, dass sie seinen Phaeton in Hornsby Manor und den dazugehörigen Ländereien fahren dürfte, jedoch *nicht* in einer Stadt wie Bath. Also hatte sie nicht wirklich gelogen.

Sie gestattete sich einen unbemerkten Blick auf ihren Begleiter. Timothy Appleton, obwohl er eine enorme Fähigkeit zur Ungezwungenheit hatte, war kein Mann, den Frauen anziehend fanden. In Gesellschaft des schwächeren Geschlechts war er viel zurückhaltender als mit Seinesgleichen. Es machte die Sache noch schlimmer, dass er eher schlicht aussah mit seiner blassen Haut und seinem schlanken Körperbau. Da er ein wohlhabender Mann war, kleidete er sich geschmackvoll, aber das Fehlen von Größe – und einem Kopf voller Haare – machte ihn so unscheinbar wie die Tapete in ihrer Schlafkammer. Es war kein Wunder, dass er sich am liebsten mit Seinesgleichen vergnügte!

„Werden wir dich am Donnerstag in den Gesellschaftsräumen sehen?", fragte sie.

„Furchtbar langweilige Angelegenheit, wenn Ihr mich fragt."

„Deswegen wünscht Blanks deine Anwesenheit – und die der Zwillinge. Ich bin sicher, euch dreien wird etwas einfallen, um die Sache aufregender zu machen."

„Dessen seid Ihr Euch also sicher?", fragte er schmunzelnd.

Er begleitete sie bis an die Türe zum Blankenship Haus. „Ich werde dich Donnerstagabend sehen, Elfe", sagte er mit einem breiten Grinsen.

„Wir werden uns ausgezeichnet unterhalten", antwortete sie.

* * *

Als Glee die Post des Tages durchging, runzelte sie die Stirn. Die Rechnungen für ihre Kleider überschritten die fünfundzwanzig Pfund, die von Blanks' großzügigem Zuschuss geblieben waren, um einiges. Und sie würde ihn keinesfalls um mehr Geld bitten. Mehr zu verlangen, als ihr Mann großzügigerweise angeboten hatte, war nicht der richtige Weg, um ihre Ehe zu beginnen. Würde die Schneiderin damit zufrieden sein, bis zum nächsten Quartal auf die Zahlung zu warten? Ach, was sollte sie nur tun?

* * *

Während der Stunden, die er und Willowby damit verbracht hatten, Konten durchzusehen, waren Gregorys Gedanken immer wieder zu Glee gewandert. Obwohl sie versucht hatte, es zu verbergen, war sie zutiefst verletzt von seinen unsensiblen Kommentaren beim Frühstück. Er musste es wiedergutmachen.

Als er das Büro des Anwalts verließ und weit und breit kein Zeichen von dem armseligen Straßenjungen finden konnte, ging er zum Juwelier. Ein nettes kleines Paar Diamantohrringe sollte seine unsensible Härte Glee gegenüber wiedergutmachen.

Der Juwelier, dem Gregory von Käufen, die er für Carlotta Ennis getätigt hatte, bekannt war, zeigte ihm zuerst Perlen.

„Ich glaube, mir würden Diamanten gefallen", sagte Gregory.

Die Augen des Juweliers funkelten. Er schloss die Vitrine auf und zog ein Fach mit bescheidenen Schmuckstücken hervor.

„Etwas Bedeutenderes, denke ich", sagte Gregory. „Es ist für meine neue Ehefrau."

„Ah!", sagte der Juwelier mittleren Alters. „Ihr wünscht Juwelen *für immer*."

Für immer. Zum Teufel mit den Worten! Er nahm an, er *war* nun für immer an Glee gebunden. Der Gedanke war nicht nur abschreckend, er war furchterregend.

Als nächstes zeigte der Juwelier ihm ein Fach mit glitzernden Ohrringen. Zuerst dachte Gregory daran, die teuersten zu kaufen. Das Mädchen war schließlich seine Frau. Dann beschloss er, dass sie viel zu groß für Glees zartes Gesicht waren. Das nächstgroße Paar würde an Glee am besten aussehen.

Er stellte sich kurz ihr zu ihm aufblickendes Gesicht mit einem Lächeln vor, wenn er ihr die Ohrringe geben würde. Würde sie wieder ihre Arme um ihn werfen, so wie sie es getan hatte, als er ihr die Halskette seiner Mutter gegeben hatte? Es war verflixt schwierig ihren Busen gegen seine Brust gepresst zu spüren und nicht zu wünschen ... Zur Hölle! Er musste derartige Demonstrationen ihrerseits im Keim ersticken.

* * *

Als er zum Pump Room ging und dort Appleton traf, erfuhr Gregory genug, um den Kauf der Ohrringe zu bereuen.

„Du bist also endlich mit deinem Anwalt fertig", sagte Appleton.

„Woher weißt du, woher ich komme?", fragte Gregory.

„Elfe hat es mir gesagt."

„Wer, wenn ich fragen darf, ist die Elfe?"

„Deine Frau. Sie hat mir aufgetragen, ihr einen Spitznamen zu geben, und ich denke Elfe passt gut zu ihr, denkst du nicht?"

Es mochte sehr gut zu ihr passen, aber es gefiel ihm überhaupt nicht, dass andere Männer seiner Frau Spitznamen gaben. „Was stimmt nicht mit Mrs. Blankenship."

Appleton gab dem Bediensteten sein Glas zurück. „Gefällt ihr nicht. Sie will mein Freund sein – wie du. Ich nenne dich ja auch nicht Mr. Blankenship."

Gregory starrte Appleton durch zusammengekniffene Augen an. „Wie viel Zeit hast du mit meiner Frau verbracht?"

Appleton dachte kurz nach. „Zwei oder drei Stunden, würde ich sagen."

„Im Blankenship Haus?"

Appleton schüttelte den Kopf. „Oh nein. Ich bin erst hineingegangen, als Elfe mich darum bat. Sagte, sie bräuchte meinen Rat."

„Wofür?"

„Zum Kauf ihres Phaetons."

Gregorys Wut kochte auf. „Ihres was?"

„Phaeton. Sagte ich doch gerade." Appletons verwirrter Blick schweifte über Gregorys Gesicht. „Du stimmst dem nicht zu."

„Natürlich stimme ich dem nicht zu. Eine Lady hat keinen ..."

„Aber sie sagte mir, du würdest nichts dagegen haben. Sagte, du wolltest, dass sie eine schneidige Figur in Bath abgibt. Ich habe es nicht hinterfragt, da du eindeutig von Frauen angezogen bist, die eine schneidige Figur abgeben. Wie eine gewisse schwarzhaarige Frau, die immer Lila trägt."

War dies der Grund, warum Glee darauf bestand, ihn zu irritieren? Er konnte seiner Frau nicht erlauben, unbegleitet in einem Phaeton durch Bath zu fahren – zweifellos in ihrem skandalösen roten Kleid!

„Ich glaube, ich muss mit meiner Frau sprechen", sagte Gregory mit einer Verbeugung in Richtung seines Freundes.

Ein Besuch der Stallungen bestätigte Gregorys Ängste. Glee hatte tatsächlich einen glänzenden neuen Phaeton gekauft. Es gefiel ihm ganz und gar nicht. Aber er konnte ihr nicht wirklich verbieten, damit auszufahren. Schließlich war er nicht ihr Herr. Und, weiß der Himmel, das Mädchen würde genug durchmachen, nun, da sie mit ihm verheiratet war.

* * *

Als sie ein gewagtes schwarzes Seidenkleid für

den Ball anzog, nickte Glee Patty zu, die Tür zu öffnen, nachdem sie Blanks' Klopfen gehört hatte. Patty tat wie geheißen und zog sich dann still zurück.

Glee erhob sich, um ihn zu begrüßen und knickste vor ihm. „Wir passen gut zusammen!", rief sie aus, als ihre Augen über seine schwarze Kleidung schweiften.

Er beobachtete sie mit glimmenden Augen. „Aber ich habe kein rotes Haar, meine Liebe. Und ich muss sagen, dein Haar ist äußerst markant mit schwarz – so wie deine helle Haut."

Dem Himmel sei gedankt, dass er ihr Kleid nicht missbilligte! Sie lief auf ihn zu und nahm seine Hände. „Es macht mich glücklich, dass ich dir gefalle."

Er küsste jede ihrer Hände und löste dann seine mit ihr verflochtenen Finger von ihren. „Ich habe dir etwas mitgebracht! Er griff in seine Tasche und nahm die glitzernden Diamantohrringe heraus, die von ihren Ohren hängen würden. „Kann die Ohren meiner Frau nicht nackt lassen."

Seine Aufmerksamkeit und netten Worte brachten beinahe Tränen in ihre Augen. Aber sie durfte nicht zu einer Heulsuse werden. Das wäre einer leichtlebigen Frau, so wie er sie bewunderte, gar nicht zuträglich. „Das hättest du nicht tun sollen. Ich verdiene eine derartige Berücksichtigung nicht, aber ich muss sagen, sie sind wunderschön. Du musst sie mir anlegen."

Sie erzitterte unter seiner sanften Berührung, als seine Hand ihr Ohr berührte. „Oh, Blanks, ich verdiene einen derart fürsorglichen Mann nicht. Und daran zu denken, dass du die langweiligen Gesellschaftsräume meinetwegen mit deiner

Anwesenheit beehrst!"

„Es gehört alles zum Plan, meine Liebe. Jeder in Bath soll davon überzeugt werden, dass wir einander ergeben sind."

Warum musste er nur darauf bestehen, an dem verflixten Plan festzuhalten? Wenn er doch nur kurzerhand seine ehelichen Pflichten erfüllen würde, dachte sie mürrisch. Sie hakte ihren Arm in seinen, als sie das Zimmer verließen. „Du wirst sehr erfreut darüber sein, dass ich Appleton und die Zwillinge überredet habe, heute Abend mit uns zu gehen, damit dir nicht so langweilig ist. Timothy hat versprochen, etwas Leben in die Angelegenheit zu bringen."

Blanks sah finster drein. „Ich denke nicht, dass du meine Freunde mit ihrem Vornamen ansprechen solltest."

„Pah!", rief sie aus. „Wie oft habe ich dir gesagt, du sollst mich nicht als deine Frau ansehen, sondern als eine deiner Bande?"

Er runzelte die Stirn und verzog den Mund vor Ärger, als sie die Treppe hinuntergingen.

* * *

Seine Frau hatte recht gehabt, dachte Gregory. Appleton und die Zwillinge hielten in dieser Nacht einen weiteren Streich in den Gesellschaftsräumen bereit. Nachdem Glee darauf bestanden hatte, dass sie ein ordentliches Abendmahl einnahmen, bevor sie sich zum Ball aufmachten, kamen sie erst an, als sich die Tänzer um neun Uhr in den Tea-Room zurückzogen. Und dort wurde Tee serviert von dem in Livree verkleideten Trio seiner Freunde. Für den Rest der Welt schienen sie ihre Arbeit durchaus ernsthaft auszuführen. Er sah sie an, tauschte einen amüsierten Blick mit seiner Frau und beide brachen in Gelächter aus.

Immer noch lachend nahm Glee seine Hand und ging zu dem Tisch, an dem Appleton servierte. „Wir müssen uns von Timothy bedienen lassen", sagte sie erheitert.

Sie und Gregory setzten sich an einen kleinen Tisch, der mit einem weißen Tischtuch bedeckt war, und er suchte Augenkontakt mit Appleton. „Welche andere Form von Unterhaltung kannst du heute anbieten?", fragte Gregory seinen Freund mit einer Stimme, die kaum lauter als ein Flüstern war.

„Trinke deinen Tee, dann wirst du es wissen", sagte Appleton zwinkernd.

Du meine Güte, hatten seine Freunde vor, die Gesellschaft fröhlicher werden zu lassen, indem sie dem Tee Spirituosen beifügten? Gregory hob seine Tasse und nahm einen Schluck. Eindeutig sehr starker Anisschnaps. Dann lächelte Gregory und trank seine Tasse aus. „Vielleicht bist du nicht durstig", sagte er zu seiner Frau. Es wäre gar nicht statthaft, sollte Glee beschwipst sein. Sie *war* schließlich Georges kleine Schwester. Und Gregorys Frau.

Sie sah ihn mit großen Augen an. „Du denkst, sie haben den Tee mit Alkohol versetzt?", flüsterte sie.

Er nickte.

Sie lächelte verschmitzt. „Was für eine teuflisch gute Idee!" Sie hob ihre Tasse und nahm einen Schluck. „Ich gebe deinen Freunden recht. Die Angelegenheit ist viel zu nüchtern. Was wir brauchen, ist ein bisschen mehr Heiterkeit."

Sehr zu seinem Missfallen trank Glee ihre Tasse aus und bat Melvin, als er bei ihrem Tisch vorbeikam, um eine weitere. Da Gregory nicht daran zweifelte, mehr Alkohol als seine Frau zu vertragen, erlaubte er Melvin, ihm auch noch eine Tasse einzuschenken.

Dann rauschte Melvin zu einem anderen Tisch, um weitere anspruchsvolle Gäste zu bedienen.

„Weißt du, Blanks", sagte Glee, „du könntest niemals unerkannt bleiben wie deine Freunde."

„Warum?"

„Weil du viel zu gutaussehend bist. Deine Freunde sehen alle eher durchschnittlich aus. Du jedoch nicht. Jede Frau würde sich an dich erinnern, auch wenn du ein Dienstbote wärst."

Er wusste nicht, wie er die Worte seiner Frau auffassen sollte. Ihm wurde seit seiner Zeit in Oxford gesagt, dass Frauen sein Aussehen erfreulich fanden, aber Glee sagte nicht, dass *sie* selbst sein Aussehen erfreulich fand. In der Tat dachte sie gar nicht auf diese Weise an ihn. Er nahm an, sie sah ihn eher wie George. Schließlich hatte sie kein bisschen Empörung darüber gezeigt, dass er eine Geliebte hatte. Sie sprach über Carlotta, wie man über den Dorfpriester sprechen würde. Was überhaupt nicht angebracht war.

Es gefiel ihm auch nicht, sie sein Aussehen loben zu hören, auf das er keinen Einfluss hatte. „Schönheit, wie man sagt, liegt im Auge des Betrachters. Ich bin sicher, dass mehrere Frauen hier mein Aussehen als eher gewöhnlich bezeichnen würden." Was, wie er aus langjähriger Erfahrung wusste, nicht den Tatsachen entsprach. „Außerdem haben einige Leute hier die Zwillinge erkannt. Sie mögen ihre Namen nicht kennen, aber es ist schwierig, unbemerkt zu bleiben, wenn man neben seinem Spiegelbild steht."

Sie trank ihre zweite Tasse Tee schnell aus. „Wenn es das ist, was du denken willst, Blanksie."

Du lieber Himmel! Seine Frau war beschwipst. Er hätte sie dieses erbärmliche Zeug nicht trinken lassen sollen. Sie war schließlich viel jünger als er und gar nicht daran gewöhnt, starke Spirituosen zu trinken. Und wie er seine Freunde kannte, war dies der stärkste Anisschnaps, den sie finden konnten. Er warf Elvin einen verärgerten Blick zu, als er mit einem Teetablett vorbeiging. Der Kerl gewöhnte sich viel zu schnell daran und balancierte das Tablett in einer Hand.

Gregory hatte seinen Gedanken an Elvins fehlendes Geschick kaum beendet, als dessen Tablett krachend auf der Witwe Countess Richdale landete, die flott auf ihre Füße sprang und zu schreien begann.

Gregory wandte seinen Blick ab, um nicht über die schimpfende Witwe lachen zu müssen, als sie dem leichtfüßigen Elvin nachjagte.

Glee war nicht so höflich. Sie lachte laut auf und wandte sich dann ihm zu. „Wie ich mir wünschte, mich heute als Serviererin verkleidet zu haben! Was für ein Spaß es doch sein muss."

„Du, meine liebe Frau, könntest deine Schönheit kaum verstecken."

Sie warf ihm einen verwunderten Blick zu, lächelte dann und legte ihre Hand auf ihre Wange. „Überaus lieb von dir, das zu sagen, Blanksie."

Du meine Güte, sie war tatsächlich beschwipst. Es wäre nicht angebracht für sie zu tanzen, außer einem Walzer mit ihrem Ehemann.

Nach den Erfrischungen hatte Glee jedoch kein Interesse daran zu tanzen und wollte stattdessen Karten spielen – was ihm nur zu recht war.

Er platzierte sie an einem Kartentisch und ging,

um zu sehen, ob Elvin von der verärgerten Witwe verletzt worden war.

Da sie eine talentierte Kartenspielerin war, beschloss Glee, dass beim Glücksspiel Geld zu gewinnen der beste Weg sein würde, um ihre neuen Kleider zu bezahlen und sie bis zum nächsten Quartal über Wasser zu halten.

Zusammen mit ihrem Partner, einem älteren Mann, der ihr nicht bekannt war, gewann sie die erste Runde, was offensichtlich einen der Gentlemen, die gegen sie spielten, bankrott machte. Er verließ den Tisch mit der Ausrede, dass es schon spät sei. Sie hatte ein schlechtes Gewissen dabei, dem Mann seinen letzten Sovereign abgeknöpft zu haben.

Der Mann wurde von William Jefferson ersetzt. Seit ihrem ersten Ball als verheiratete Frau hatte Blanks Glee davor gewarnt, eine Freundschaft mit dem feschen Junggesellen einzugehen. Blanks hatte ihr sogar gesagt, dass William Jefferson in London nicht akzeptiert wurde. Was konnte der Mann nur getan haben, um von der Gesellschaft geschnitten zu werden? Ihre Wangen erröteten. Natürlich, sie wusste, was er getan hatte! Er hatte ihr selbst gesagt, dass er ein Verlangen nach verheirateten Frauen hatte. Mr. Jefferson musste sich mit der Frau eines einflussreichen Mannes eingelassen haben.

Nun, er wird mich nicht derart benutzen, gelobte sie. Sie würde ihn nur dazu benützen, Blanks' Eifersucht zu entfachen. Denn sie wusste, dass, wenn es William Jefferson betraf, Blanks eifersüchtig sein würde.

Sie spielten noch einige Runden. Blanks kam ein paar Mal in den Salon, um nach ihr zu sehen, und jedes Mal warf er Jefferson einen bösen Blick zu.

Als sie weiterspielten, verlor Glee ihr Vertrauen in ihre Fähigkeiten. Sie hatte fünfundzwanzig Pfund verloren. Noch weitere Verluste und sie würde nicht wissen, was sie tun sollte.

Es wurde spät. Nur noch eine halbe Stunde, bis die Gesellschaftsräume um elf Uhr zusperrten. Vielleicht würde das Glück auf ihrer Seite sein und sie könnte ihre fünfundzwanzig Pfund zurückgewinnen. Ein derartiges Versagen war ihr völlig fremd.

Als das nächste Blatt ausgeteilt war und sie ihre Karten aufhob, verkrampfte sich ihr Magen. Ihr gesamter Körper versteifte sich. Ihre Karten waren in keiner Farbe stark und sie würde diese Runde niemals gewinnen können.

Mit zitternden Händen und steigender Übelkeit, spielte sie die Runde zu Ende. Jefferson gewann und sammelte mit einem listigen Lächeln auf dem Gesicht seine Gewinne ein.

„Ich muss Euch den Rest schuldig bleiben, Mr. Jefferson", sagte sie schüchtern, als die anderen beiden Spieler sich vom Tisch zurückgezogen hatten.

Seine Augen musterten ihren Körper und ließen sich dann auf ihrem Gesicht nieder. „Dann werde ich Eure Ohrringe als Sicherheit nehmen", sagte er geradeheraus.

Sie dachte, nie einen kälteren Mann gesehen zu haben. „Aber ..." Wie konnte sie ihm die Ohrringe geben, die ihr geliebter Blanks ihr erst in dieser Nacht geschenkt hatte?

„Ihr werdet sie zurückbekommen", versicherte er ihr. „Ich werde meine Zahlung erhalten. Alles, was ich verlange, ist ein Kuss von Euch und den werde ich bekommen."

Es hörte sich so einfach an. Ihn einfach küssen und sie würde ihre Ohrringe zurückbekommen. Aber sie wollte ihn nicht küssen. Sie wollte niemals jemand anderen als Blanks küssen. Sicher würde ihr ein keuscher Weg einfallen, um Mr. Jeffersons Forderung entgegenzukommen.

„Ich ziehe es vor, bis zum nächsten Quartal zu warten und Euch echtes Geld zurückzuzahlen – mit Zinsen", flüsterte sie.

„Da ich der Gläubiger bin, stelle ich die Bedingungen", sagte er barsch und schickte ihr ein düsteres Lächeln.

„Es scheint, als wäre ich ihnen ausgeliefert, Mr. Jefferson." Sie erhob sich, nahm ihre Ohrringe ab und schmiss sie auf den Tisch. Dann rauschte sie aus dem Zimmer.

Kapitel 14

Warum hatte er der rothaarigen Elfe nur erlaubt, ihn zu überreden, sie zu heiraten, jammerte Gregory, als er darauf wartete, dass Glee zum Frühstück herunterkam. Er nahm den Löffel und rührte – zum zwölften Mal – seinen bereits kalten Tee um. Er war bereits seit einer halben Stunde hier und trommelte erbost mit den Fingern auf das Tischtuch. Er hatte seit seiner Hochzeit nichts als Ärger gehabt; eine Hochzeit, die Glee einmal so verflucht einfach erscheinen ließ. Und es war alles andere als das. In der Tat konnte er sich nicht daran erinnern, jemals so erzürnt gewesen zu sein. Nicht einmal wegen Aurora.

Das Problem mit einer Ehefrau war, dass man für sie in vollem Umfang verantwortlich war. Er war in seinen vierundzwanzig Jahren noch nie für etwas verantwortlich gewesen, nicht einmal für sein irrendes Selbst. Und nun war er für die unmögliche Aufgabe verantwortlich, seine hoffnungslos unverantwortliche und unbändige Frau zu zügeln.

Das junge Reh, das ihn fortwährend verärgerte, brauchte eine Tracht Prügel so wie ein Kind. Aber er war nicht derjenige, der ihr diese geben würde. Er fühlte sich immer noch zu schuldig, ihr die normale Ehe vorenthalten zu haben, von der er wusste, dass Glee sie sich wirklich so sehr wünschte.

Aber, bei Gott, sie strapazierte seine Geduld!

Zuerst hatte seine schikanöse Frau sein Blut mit diesem skandalösen roten Kleid zum Wallen gebracht. Jemand, der so lieblich wie Glee war, musste nicht zu solcher Frevelhaftigkeit greifen, um Aufmerksamkeit auf sich zu lenken. Als ihr Ehemann musste er natürlich über sie wachen, um Unholde davon abzuhalten sie auszunutzen, wenn sie dieses verteufelte rote Kleid trug.

Dann war da ihre Neigung, seine Freunde mit deren Vornamen anzusprechen. Jeder würde glauben, dass sie eine freundschaftliche Beziehung hatten, was seine Wut hochkochen ließ.

Und es gefiel ihm gar nicht, dass seine Frau mit dieser Wiedergeburt des Teufels, William Jefferson, tanzte oder Karten spielte.

Dann war da die ärgerliche Sache mit dem verdammten Fuhrwerk. Gregory war schwer erzürnt über den Kauf des Phaetons, den seine Frau getätigt hatte. Der Kauf alleine war mehr als unschuldig. Er würde ihr niemals etwas in Bezug auf Geld übelnehmen. Aber der Gedanke daran, dass sie durch Bath fliegen, ihre Peitsche schlagen und wie ein Mann fahren würde, machte ihn verrückt. Besonders, wenn er sie sich dabei in dem scharlachroten Kleid vorstellte! Gestern war er zu erzürnt gewesen, um die Sache mit dem Phaeton auch nur zu erwähnen, aber er würde das Thema heute anschneiden müssen.

Was ihn am meisten erboste, war allerdings das Fehlen der Diamantohrringe, die er ihr am Abend zuvor geschenkt hatte. Er wusste ohne Zweifel, dass sie sich zum Ball damit geschmückt hatte, und er war sicher, sie hatte sie bei ihrer Rückkehr nicht mehr getragen. Wie konnte man *zwei* Ohrringe verlieren? Er war überzeugt davon, dass man das nicht konnte. Was *war* dann mit ihnen passiert? Hatten sie ihr derart missfallen, dass sie sie entfernt hatte, um nicht mit ihnen gesehen zu werden? Oder hatte Glee sie aus Unmut weggegeben? Bestimmt hatte sie sie nicht beim Kartenspiel verloren.

Was auch immer der Grund für ihr Verschwinden war, er war verdammt betrübt über ihren Verlust. Bei Gott, er war für sie über sich hinausgewachsen. Er hatte einen nicht unbedeutenden Kauf getätigt und war wegen seiner aufmerksamen Handlung ziemlich stolz auf sich gewesen.

Nichts würde ihm besser gefallen, als eine Erklärung von Glee zu verlangen. Aber er verabscheute den Mann, in den er sich verwandelte, und schwor sich, geduldig zu sein. Er würde Glees Vorwürfe, ein Monster zu sein, nicht bestätigen wollen. Vielleicht würde sie die Ohrringe wieder tragen. Er würde ihr zwei Wochen geben, bevor er eine Erklärung verlangte.

Er streckte seine Arme über seinem Kopf aus und gähnte. Es war eine Schande, dass er so verteufelt früh aufgewacht war. Wenn er noch Junggeselle wäre, würde er jetzt noch zufrieden in seinem Bett schnarchen. Aber seit er Glee geheiratet hatte, die ihn um den Verstand zu bringen schien, war er kein einziges Mal in der Lage gewesen, bis in den Nachmittag hinein zu ruhen.

Als Glee unbeschwert in den Raum schlenderte, in dem ihr Frühstück serviert wurde, starrte Gregory sie an.

„Ein schöner Tag, nicht wahr?", fragte sie fröhlich. Sie ging zuerst zu den Fenstern und öffnete die grünen Seidenvorhänge, was das

Zimmer mit Licht durchflutete. Dann blieb sie stehen und legte besorgt eine Hand auf seine Schulter. „Geht es dir gut, Blanks?"

Er runzelte die Stirn und sah sie böse an. „Gibt es einen Grund, warum es das nicht sollte?", erwiderte er grimmig.

Sie goss sich Tee aus einer silbernen Kanne ein und setzte sich neben ihn. „Natürlich nicht."

„Sag mir, wenn ich mich irre", sagte er ruhig, „aber soweit mir bekannt ist, kommunizieren verheiratete Paare miteinander."

Sie lächelte ihn an. „Oh, das tun sie, Blanks! Ich bin so dankbar dafür, dass du dies verstehst. Gibt es etwas, worüber du mit mir sprechen willst?"

Er musste seinen Drang, sie zu erwürgen, unterdrücken. „In der Tat." Er starrte sie an. Wie lieblich sie heute Morgen in ihrem dezenten, türkisen Musselinkleid aussah. Wie eine junge Frau. Warum konnte sie sich nicht immer so possierlich kleiden? Was hatte es mit dieser Vorliebe, Scharlachrot zu tragen, die sie entwickelt zu haben schien, auf sich? Und Schwarz?

Sie lächelte ihn unschuldig an und legte das Messer nieder, das sie benutzte, um Marmelade auf ihren Toast zu streichen.

„Du hast einen bedeutenden Kauf, den du gestern getätigt hast, noch nicht erwähnt", fing er an.

Ihre Augenbrauen senkten sich, als sie nachdachte. „Oh! Der Phaeton! Würdest du ihn gerne sehen?"

„Das habe ich bereits."

Ihre Augen weiteten sich, und ihr Lächeln verschwand. „Er gefällt dir nicht? Timothy versicherte mir, dass er von feinster Qualität wäre."

Er starrte sie weiterhin an. „Warum hast du den Kauf nicht zuerst mit mir besprochen?"

„Du bist eifersüchtig auf Timothy?", sagte sie schmollend.

Er seufzte. „Natürlich bin ich nicht eifersüchtig auf Timothy, ah, Appleton."

„Warum bist du dann so erbost?"

„Ich bin böse, weil du einen Phaeton gekauft hast, ohne es zuerst mit deinem Ehemann zu besprechen."

„Aber du hast gesagt, du wärest nicht wirklich mein Ehemann, also wollte ich dich nicht mit derart unwichtigen Dingen belästigen."

Er schlug mit der Faust auf den Tisch. „Es war *kein* unwichtiger Kauf. In der Tat ist es überhaupt kein Kauf, den eine Frau tätigen sollte. Besonders ohne ihren Ehemann."

„Aber ich habe mir Timothys Rat eingeholt."

„Hat George es völlig vernachlässigt, dir Schicklichkeit beizubringen?", fragte er zornig.

Ihr Kopf schnellte mit einem stolzen Ausdruck auf ihrem Gesicht in die Höhe. „Du musst meinen Bruder nicht hineinziehen."

Sie sahen einander mit blitzenden Augen an. Es war, als ob keiner der beiden zuerst zurückweichen würde, so eindringlich waren ihre standhaften Blicke. Dann, plötzlich, wurde Glees Gesichtsausdruck sanfter. „Verzeih mir, Blanks", sagte sie zerknirscht. „Du hast völlig recht. Du bist mein Ehemann und ich sollte mich immer deinem Urteil fügen. Würde es dir gefallen, wenn ich den Phaeton zurückbringe?"

Er dachte an den armen Kutschenbauer, der gestern bestimmt einige Biere getrunken hatte, um den Verkauf zu feiern. „Es ist nicht wegen des Phaetons oder des Geldes. Es ist der Gedanke daran, dass du meine Meinung nicht eingeholt hast."

Sie hob ihre dichten, dunklen Wimpern. „Ich habe mich dir gegenüber äußerst gefühllos benommen. Es tut mir leid."

Was sollte er darauf sagen? *Alles, was ich wirklich will, ist dass du dich auf dem hohen Sitz des Phaetons niemals zur Schau stellst.* Wenn, ehrlich gesagt, was ihn wirklich störte, die fehlenden Ohrringe waren. Und er lehnte es schweren Herzens ab, darüber zu sprechen.

Nun brachte sie ihn dazu, sich wie ein Tyrann zu fühlen, wenn in der Tat er es war, der tyrannisiert wurde. Sie zeigte wirklich großes Verständnis.

„Ich habe mir gedacht, wir könnten in deinem neuen Fuhrwerk eine Runde durch Bath drehen", sagte er.

Ihre Lippen hoben sich zu einem Lächeln. „Können wir nach dem Burschen sehen, der sich bei dem Büro deines Anwalts aufhält?", fragte sie hoffnungsvoll.

Er runzelte die Stirn. Warum hatte sie diese Gabe, seine Gedanken zu lesen? Konnte sie andere Dinge mit ähnlicher Genauigkeit erkennen? Der Gedanke machte ihm Angst. Er wollte niemals einer Frau so nahe sein. Oder irgendjemandem. Insbesondere wollte er niemals mit einer Ehefrau belastet sein. „Ich habe ihn gestern gesucht, als ich bei Willowby war, habe ihn aber nicht gesehen."

Sie zuckte mit den Schultern. „Wir müssen einfach nachfragen."

„Und wenn wir ihn finden?"

Sie zuckte wieder mit den Schultern. „Ich weiß es nicht genau ...“

„Zusammen wird uns etwas einfallen“, versichert er.

Nachdem der Stallknecht Glees neuen Phaeton gebracht hatte, half Gregory ihr auf den Sitz, stieg dann selbst auf und nahm die Zügel.

Sie fuhren zuerst in Richtung Norden und umkreisten den Royal Crescent, dann kamen sie die Milsom Street zurück, an der Bath Abbey vorbei und hielten dann nahe des Kais und des dreistöckigen Gebäudes, in dem sich die Büros von Gregorys Anwalt befanden, an.

Gregory stellte mit Genugtuung fest, dass der Bursche sich vor dem Gebäude aufhielt. Es erfreute ihn noch mehr, dass der Junge einen neuen Wollmantel und feste neue Schuhe trug.

„Ist er das?“, fragte Glee.

Gregory hielt vor dem Gebäude an und nickte.

Der Junge lief mit einem breiten Lächeln auf dem Gesicht auf den Phaeton zu. „Braucht Ihr einen erfahrenen Stallburschen?“, fragte er aufgeregt.

Gregory zog die Augen zusammen, als sich ein Lächeln auf seinen Wangen ausbreitete. „Erinnerst du dich an mich, mein Freund?“

Der Bursche nickte. „Ihr seid der Gentleman, der mir eine Krone gegeben hat.“

„Du wirst eine weitere Krone bekommen, wenn du das Pferd bewachst, während meine Frau und ich kurz spazieren gehen, um uns die Beine zu vertreten.“

„Ihr könnt Euch auf mich verlassen“, sagte der Junge selbstbewusst.

Gregory stieg ab und bot Glee eine Hand an.

„Und wie ist dein Name?“, fragte Glee den

Burschen.

„Mein Name ist Archibald, aber meine Freunde nennen mich Archie."

Sie glättete ihre Röcke als sie den Bürgersteig erreichte und fragte: „Und wie alt bist du, Archie?"

„Acht", prahlte er.

„Du scheinst ein bisschen jung zu sein, um alleine herumzustreunen", sagte Glee.

Gregory sah seine Frau mürrisch an. Sie musste blind sein, um nicht all die anderen Jungen derselben Klasse unbeaufsichtigt gesehen zu haben. Gregorys Brust schmerzte. Schade, dass er nicht allen helfen konnte.

„Oh, meine Mum ist gleich hier im Gebäude, falls ich sie brauche."

Gregory legte eine Hand auf die knochige Schulter des Jungen. „Ich hätte dich gestern gebraucht, konnte dich aber nicht finden."

Der Junge senkte seine blonden Wimpern und zuckte die Schultern. „Ich musste meiner Mum gestern helfen, bin sonst aber fast immer hier."

„Hilfst du deiner Mama beim Putzen?", fragte Glee.

Der Junge schüttelte den Kopf „Sie lässt mich nicht putzen. Die Reichen haben nicht gern ein Kind um sich."

Archie verriet nicht, wie er seiner Mutter am vorherigen Tag geholfen hatte, dachte Gregory erheitert.

„Hat deine Mutter gestern gearbeitet?", fragte Gregory.

„Sie hat ihre Arbeit später gemacht. Solange sie ihre Arbeit erledigt, ist es egal, wann sie damit anfängt", verteidigte sie der Junge.

Glee zerzauste sein hellbraunes Haar. „Ich bin sicher, sie ist eine gute Arbeitskraft, so wie du."

Der Junge sah zu Glee auf und schützte seine Augen mit einer Hand vor der Sonne. „Woher wisst Ihr das?"

„Oh, ich kann erkennen, wenn ich dich ansehe, was für ein guter Helfer du sein musst. Und mein Mann hat deine Arbeit für ihn oft gepriesen."

Archie lächelte Gregory zufrieden an.

Als Gregory und Glee durch Bath spazierten, hatten sie das Glück, Appleton und die Zwillinge zu treffen. Die drei sprachen Glee sogleich als Elfe an, sehr zur Bestürzung ihres Mannes. Gregory starrte seine Freunde an, sagte aber nichts.

Die kleine Gruppe ging in zwei Reihen den Bürgersteig entlang. „Wir wurden hinausgeworfen", verkündete Elvin geknickt.

„Wo hinausgeworfen?", fragte Gregory.

„Ich nehme an, sie wurden als Kellner in den Gesellschaftsräumen entlassen", sagte Glee.

Die drei Junggesellen nickten.

„Elvin wurde auf frischer Tat ertappt, als er ... den Geschmack des Tees verbesserte", sagte Appleton.

Melvin und Elvin lachten. „Dann fiel ihnen auf, dass wir nicht zum regulären Servierpersonal gehörten, und sie haben eine Riesenszene gemacht", fügte Elvin hinzu.

„Und ich war der Meinung, dass ihr eure Sache überaus gut gemacht habt", sagte Glee mit gespielter Empörung.

Appleton drehte sich um, um Gregory mit nackter Bewunderung anzusprechen. „Eine verteufelt gute Ehefrau hast du dir da eingefangen."

„Wenn man Gefallen daran findet, seine Frau aus der Bredouille zu ziehen", murmelte Gregory leise.

Appleton bot Glee seinen Arm an und sie gingen zusammen ein paar Meter vor Gregory. „Hör zu, Elfe, ich habe noch eine verflixt gute Idee, wie man die Gesellschaftsräume nächsten Dienstag aufheitern könnte."

Gregory kochte aus unerfindlichen Gründen vor Wut, als seine Frau Interesse an Appletons Streichen bekundete. Die beiden waren viel zu alt, um sich so kindisch zu benehmen.

„Elvin und ich haben vor, einen Brief an Miss Holworth zu verfassen, der vorgibt, von einem heimlichen Verehrer zu sein. Der Brief wird sie darum bitten, ihren Verehrer um neun Uhr am Bennett-Street-Eingang der Gesellschaftsräume zu treffen."

Elvin kam an Glees andere Seite. „Dann schicken wir einen Brief an Mr. Goodfellow und bitten ihn darin, Miss Holsworth um neun Uhr dort zu treffen."

Glee war kurz ruhig, bevor sie auf den Plan des Trios reagierte. Dann sprach sie vorsichtig. „Ich glaube, euer Streich wird eine große Belustigung sein, aber ich hoffe, es wird nicht auf Kosten der Beteiligten gehen. Denn ich weiß nichts über Miss Holworth, außer dass sie furchtbar schüchtern ist. Nun, wenn Miss Aggremont die Betroffene wäre ..."

Elvin hustete. „Aber Miss Aggremont ist ein solches Vorbild."

Glee runzelte die Stirn. „Und sie ist sich dessen äußerst bewusst."

„Wenn Elflein meint, dass Miss Aggremont gezügelt werden muss, dann soll es Miss Aggremont sein."

Gregory wurde seltsamerweise von Stolz erfüllt. Glee wollte nicht an einem Streich teilnehmen, der eine unschuldige Person in eine Falle lockte. Und Jane Aggremont, dem musste er zustimmen, war alles andere als unschuldig. In der Tat war sie ein würdiges Objekt für einen derartigen Streich. Eine eingebildetere Person hatte er noch nicht getroffen.

„Was ist mit dem guten alten Mr. Goodfellow?", fragte Elvin.

Glee dachte einen Moment lang nach. „Der arme Mann hat gerade erst seine Trauerkleidung abgelegt und wie man mir erzählt hat, trauert er seiner verstorbenen Frau immer noch furchtbar nach."

„Da hat sie recht", sagte Appleton.

Trotz ihres kindischen Benehmens, fand Gregory langsam Gefallen an dem Streich. „Wie wäre es mit Jefferson?", fragte er.

„Er ist viel zu gutaussehend", sagte Glee. „Was wir brauchen ist ein Mann, der denkt, dass er viel mehr Wert ist, als er es tatsächlich ist."

„Hört sich genau wie Jefferson an, wenn du mich fragst", murmelte Gregory, als er den Rücken seiner Frau betrachtete. Und die Rücken der beiden Männer an ihrer Seite. Ärger machte sich in ihm breit. Warum musste seine Frau Jefferson als gutaussehend bezeichnen? Gregorys Hände ballten sich zu Fäusten.

„Wie wäre es mit Thornton?", fragte Melvin.

Gregorys Blick schweifte zu Melvin, der neben ihm ging. Eine sehr gute Idee. Thornton war ein pompöser, arroganter Trottel.

„Er wäre ideal!", rief Appleton.

Also war es geregelt. Am kommenden Dienstag würde Miss Aggremont einen Brief, scheinbar von Mr. Thornton, erhalten, in welchem er sie um ein privates Treffen bat. Die beiden, dachte Gregory, verdienten es voll und ganz zum Gespött gemacht zu werden.

„Wo gehen wir hin?", fragte Melvin.

„Ich will euch meinen neuen Phaeton zeigen", sagte Glee. „Timothy hat mir dabei geholfen, ihn auszusuchen."

„Blanks hatte keine Einwände?", fragte Elvin.

Blanks sprach mit einer Stimme, die keine Gefühle zeigte. „Ich war *nicht* überglücklich."

„In Zukunft werde ich mit meinem Mann sprechen, bevor ich einen ungewöhnlichen Einkauf tätige", sagte sie.

Gregorys Herz schmerzte. Sie hatte den Grund seines Ärgers nicht verstanden.

Sie drehte ihren Kopf um und lächelte ihn an. „Blanks, Liebling, hättest du Einwände dagegen, dass ich meinen Phaeton knallrot anstreiche?"

Ein roter Phaeton! Was würde dem Miststück wohl als nächstes einfallen? „Solange du nicht das rote Kleid trägst, wenn du damit fährst", antwortete er mit einer Ruhe, die er ganz und gar nicht empfand.

„Ich verstehe nicht, warum dir dieses Kleid derart missfällt. Ich habe einige Komplimente dafür bekommen."

Gregory murmelte eine unverständliche Antwort.

Als sie den Phaeton erreichten, warf Gregory Archie zwei Kronen zu und beobachtete glücklich, wie sich das Gesicht des Jungen aufhellte. „Mir ist danach, dich einzustellen, um in meinem Stall zu arbeiten", sagte Gregory zu ihm.

Ein wehmütiger Ausdruck huschte über Archies Gesicht. „Ich kann meine Mum nicht alleine lassen."

„Aber deine Mutter könnte bei uns im Haus

arbeiten und ihr beide hättet euer eigenes Zimmer und alle Mahlzeiten wären inbegriffen", sagte Glee.

Der Junge schüttelte den Kopf. „Meine Mum ist sehr zufrieden hier."

Nicht nur während der Fahrt zurück zum Queen Square, sondern während des ganzen restlichen Tages, dachte Gregory über den wehmütigen Ausdruck auf Archies Gesicht nach, als er dem Jungen die Stallknecht-Stelle angeboten hatte. Was brachte den Burschen dazu, ein Angebot abzulehnen, das sein Leben – und das seiner Mutter – verbessern würde?

Kapitel 15

Das Trio kam an jenem Abend zum Diner und es wurde eifrig herumgeblödelt. Gregorys gedämpfte Stimmung hielt ihn jedoch davon ab, an der Albernheit seiner Frau und seiner Freunde teilzunehmen. Ihm gefiel die Vertrautheit seiner Frau mit seinen Freunden überhaupt nicht. Und die Art, wie Glee deren Streiche ermutigte, gefiel ihm noch weniger. Für eine verheiratete Frau gefielen ihr Streiche viel zu gut. Die gesamte Gruppe stellte nicht mehr Reife zur Schau als der kleine Archibald. Aber es war Archie selbst, der Gregory die größte Betroffenheit bescherte. Der Kerl hatte Gregorys Hoffnungen gewissermaßen vernichtet, als er es abgelehnt hatte, für die Blankenships zu arbeiten. Warum hatte der verflixte Bursche es nur abgelehnt? Gregory hatte sich bereits in der Zufriedenheit gewogen, dass der Junge unter seinem Schutz sein würde und er sich nicht mehr um ihn sorgen müsste. Der kleine Kerl hatte offensichtlich keinerlei Verlangen nach Sicherheit. Verdammt sei er.

Archies Loyalität lag unglücklicherweise anderswo. Und Gregory hatte vor herauszufinden, wo sie lag.

Am nächsten Morgen ging er zu Willowbys Büro unter dem Vorwand, den Anwalt einige Mietverträge durchsehen zu lassen. Wieder war der Junge nirgends zu sehen.

Gregory fragte Willowbys Sekretär: „Ihr habt dem erbärmlichen Jungen Schuhe und einen

Mantel besorgt, wie ich sehe."

Der Sekretär sah zu ihm auf und lächelte breit. „Seine Mutter war sehr dankbar."

„Habt Ihr ihnen gesagt ..."

„Ich sagte, dass der Wohltäter einer von Mr. Willowbys reichen Klienten sei."

Gregory nickte. „Ich hatte den Eindruck, dass sie – Mutter und Sohn – extrem arm sind. Wisst Ihr, ob sie eine Unterkunft haben?"

„Kann ich nicht sagen, Sir", antwortete der Sekretär, als er Papiere auf seinem Schreibtisch hin und her schob. „Obwohl es mir schwerfällt, dies zu sagen, sehen die beiden meistens aus, als würden sie aus der Gosse kommen."

Gregory zuckte zusammen. „Ich interessiere mich besonders für den Jungen – solltet Ihr irgendetwas herausfinden."

Der Sekretär sah von seinen Papieren auf. „Ja, natürlich, Mr. Blankenship."

Gregory ging zu einem anderen Mieter in dem Gebäude und fragte den Angestellten dort, ob er wusste, wo Archie und seine Mutter wohnten. Der Mann schüttelte den Kopf und hatte keine neuen Informationen zu bieten. Gregory war dabei, das Büro zu verlassen.

„Wartet", sagte der Angestellte, „ich glaube nicht, dass sie eine Unterkunft haben. Mir kommt vor, dass Mrs. A. all ihre Besitztümer in einer Stofftasche mit sich herumträgt."

Gregory sah verwirrt aus. „Mrs. A.?"

„Die Mutter des Jungen. „Sie sagt, ihr ausländischer Name sei zu schwierig auszusprechen."

„Die Frau spricht mit einem Akzent?", fragte Gregory.

„Oh nein, sie ist bestimmt eine geborene

Engländerin. Ich glaube, ihr ehemaliger Mann war der Ausländer."

„Das wäre der Vater des Jungen", sagte Gregory.

„Ich nehme an."

„Arbeitet Mrs. A. heute?"

Der Angestellte zog seine Uhr aus seiner Wamstasche. „Sie kommt oft später, aber sie arbeitet hart bis spät in die Nacht."

Gregory nickte und ging. Warum war der Bursche nicht außer sich vor Freude über die Gelegenheit, ein komfortables Heim für sich und seine Mutter zu beschaffen? Und dafür bezahlt zu werden, sich um die Pferde zu kümmern, die ihm so lieb waren?

An diesem Nachmittag traf sich das Trio im Blankenship Haus, wie zuvor besprochen, bevor sie sich auf den Weg zum Preisboxkampf machten, der ein paar Meilen von Bath entfernt stattfinden würde.

Gregory war überaus erbost. Er hatte überall nach Glee gesucht, konnte sie jedoch nirgendwo finden. Es machte ihn nervös, sie für mehrere Stunden alleine zu lassen. Man konnte nie wissen, wie viel Unheil sie anrichten würde. Sie könnte sich mit Jefferson herumtreiben. Oder mit ihrem Phaeton durch die Stadt rasen. Oder weitere skandalöse Kleider bestellen. Oder die Smaragde seiner Mutter verscherbeln. Oder, Gott bewahre, Gassenkinder mit nach Hause bringen, um sie dort mit ihrer Aufmerksamkeit zu überschütten.

Wo war seine Frau? Seine Lippen bildeten eine strenge Linie und er dachte darüber nach, nicht mit seinen Freunden zu gehen. Glee sich selbst zu überlassen, könnte sich als unheilbringend erweisen.

„Alles in Ordnung mit dir?", fragte Appleton Gregory besorgt.

„Es geht mir gut. Ich gehe nur nicht gerne fort, ohne meiner Frau Bescheid zu geben." Für was für einen Pantoffelhelden sie ihn doch halten mussten.

Lächelnd klopfte Appleton ihm auf den Rücken. „Habe nicht geglaubt, den Tag erleben zu dürfen, an dem du dich einem Kindchen, das halb so groß ist wie du, fügst."

„Nenne meine Frau nicht Kindchen!"

Appleton und die Zwillinge tauschten erheiterte Blicke aus, dann legte Elvin seine Hand auf Gregorys Rücken. „Sollen wir aufbrechen?"

Sein Page brachte Gregorys Phaeton von den Stallungen, und Gregory stieg widerwillig auf den Sitz. „Willst du mit mir fahren, Melvin?", fragte Gregory.

Appleton hatte seinen Phaeton neben den der Zwillinge gefahren und mit Blanks' als Drittem sahen sie aus wie bei einem römischen Wagenrennen.

Elvin lächelte und schüttelte verlegen den Kopf. „Ich darf deinen Sitz nicht beanspruchen. Man weiß nie, wann man eine wichtige Person transportieren muss."

Sie waren alle nicht ganz bei Sinnen, war Gregory überzeugt, obwohl er Melvin zuvor nicht mit den anderen in einen Topf geworfen hätte. Melvin war immer der Vernünftige.

Nachdem sie den River Avon überquert hatten, waren sie bald auf dem Land und ihre Mäntel flogen im Wind, als der Abstand zur Stadt größer wurde. Bald signalisierte eine Ansammlung von Kutschen, Einspännern, Pferden und schäbig gekleideter Spaziergänger den Ort des Kampfes. Einer nach dem anderen, mit Gregory in Führung, bogen sie auf einen mit Menschen überfüllten Weg und fuhren an Gruppen von glücklich schreienden Kampfteilnehmern vorbei. Gregory warf Melvin, der ihm am nächsten war, einen Blick zu. Warum schmunzelte der Kerl? Gregorys Blick schweifte zu den anderen, die auch alle grinsten.

Ein Lächeln umspielte Gregorys Lippen. Nichts brachte Männer zusammen wie ein Boxkampf – Adelige und Diener – vereint in der Freude an männlichem Sport.

Und es gab keinen maskulineren Sport als Boxen. Wie viel Mut diese Männer zeigten! Wer könnte diese fabelhaften Geschöpfe nicht bewundern, deren kunstvolle Fußbewegungen und Fähigkeiten mit ihren nackten Händen sie jede Minute, die sie im Ring zubrachten, grosser Gefahr aussetzten.

Gregory führte die anderen an den Leuten vorbei, die sich versammelt hatten, um zu feiern und kleine Wetten abzuschließen. Er hielt an, als er auf einem Hügel einen Platz fand, an dem die drei Phaetons nebeneinander stehen und sie den Kampf noch beobachten konnten.

Seine Freunde parkten ihre Fuhrwerke neben seinem, dann stiegen alle ab, um Wetten abzuschließen. Gregory hatte vor, auf den Afrikaner zu wetten, einen prachtvollen Menschen. So leichtfüßig wie der beste Boxer, den er je gesehen hatte. Gregory hatte ihn letzten Frühling in London kämpfen sehen. Nicht einmal Gentleman Jackson war derart leichtfüßig.

Als sie zu den Wettstellen gingen, nickte Gregory einigen Bekannten zu, die sich hier auf ihren Kutschensitzen hoch über der wimmelnden Menge versammelt hatten.

Gregory wettete hundert Pfund auf den Afrikaner.

„Ich wette fünfzig Pfund, dass der Engländer deinen Schwarzen erledigen wird", sagte Appleton zu Gregory, nachdem er seine Wette abgeschlossen hatte.

„Ich verabscheue es, dein Geld zu nehmen", sagte Gregory, um seine Zustimmung zu geben.

Die Gruppe lachte auf ihrem Weg zurück zu ihren Fuhrwerken. Als Gregory bei seinem ankam, sah er, dass sein verdammter Page sich auf den Herrensitz gesetzt hatte. Was für eine Frechheit! Gregory ging mit erbostem Gesicht auf seinen Phaeton zu.

Als er näherkam, sah er, dass sein kleiner Page – in grüner und goldener Livree und mit gepudertem Haar – gar nicht sein Page war, sondern seine irritierende Frau als Mann verkleidet! Er zog seine Augenbrauen zusammen, stemmte seine Fäuste in die Hüften und sah Glee böse an. „Was tust du hier?" Seine Augen wanderten über ihre weichen Brüste, die das Pagenhemd nicht wirklich verdeckte. Wie konnte er nicht bemerken, dass es seine liebliche – ihn verrückt machende – Frau war unter der kleinen Blankenship-Livree?

Sein Blick fiel auf seine Freunde, die in Gelächter ausbrachen. „Ihr habt es die ganze Zeit gewusst, nicht wahr?"

„Natürlich", sagte Elvin. „Es war Appletons Idee. Und was für eine großartige!"

Glees Augen weiteten sich, als sie ihn beobachtete. „Ich wollte so gerne einen Kampf sehen, aber habe es nicht gewagt, dich zu fragen, denn ich wusste, dass es dich verärgern würde. Wirklich, Blanks, du hast derart veraltete Ansichten darüber, was eine Frau tun darf und was nicht!"

Appleton, dessen Augen vor Amüsement glitzerten, eilte schnell zu Glees Hilfe. „Die Ehe hat dich tatsächlich langweilig gemacht."

Gregory starrte seinen Freund an. „Ich bin nicht langweilig!" Er begegnete dem ängstlichen Blick seiner Frau. „Sieh dich um, Mrs. Blankenship. Siehst du irgendeine andere Frau?" Seine glänzenden braunen Augen blitzten vor Ärger.

Sie ahmte ihn nach und stützte ihre Hände auf ihre Hüften. „Woher weißt du, dass es keine anderen Frauen gibt, die als Pagen verkleidet sind?"

Ihr Mann würdigte sie keiner Antwort, setzte stattdessen sein Bein auf die Stufe und hievte sich hinauf, um neben ihr zu sitzen, wo er sich weigerte, Augenkontakt mit ihr aufzunehmen. Kaum in der Lage, das erboste Zittern in seiner Stimme unter Kontrolle zu bekommen, sagte er: „Du hast mich zu Tode erbost, Weib. Mir wird klar, dass ich gezwungen sein werde, eine Gesellschaftsdame einzustellen, die dich überallhin begleitet und dich von Ärger fernhält."

„Das lasse ich mir nicht gefallen. Du kannst hingehen, wo du willst, und tun, was du willst, und ich gedenke, dasselbe zu tun."

Seltsamerweise störte es ihn, dass es ihr egal war, was er tat. „Vielleicht sperre ich dich einfach in deine Kammer ein", drohte er müßig an.

Sie seufzte. „Also gut. Ich verspreche, mich nicht mehr als dein Page zu verkleiden. Obwohl du zugeben musst, dass du es nicht einmal vermutet ..."

„Natürlich habe ich nicht erwartet, meine Frau als Junge gekleidet vorzufinden! Als meine Frau wird von dir erwartet, eine der angesehensten Damen in Bath zu sein." Er warf ihr einen Blick von der Seite zu.

Mit gesenkten Wimpern schluckte sie und sagte sanft: „Ich hätte es nicht getan, wenn ich gewusst hätte, dass es dich derart verärgert. Ich fürchte, ich bin eine äußerst enttäuschende Ehefrau gewesen, aber ich verspreche, mich in Zukunft besser zu benehmen."

Verdammt, die Kleine sah aus, als würde sie gleich weinen! Das konnte er nicht zulassen. Der Anblick einer weinenden Frau machte ihn völlig fertig. Er tätschelte ihre winzige Hand. „Du gibst mir dein Wort?", fragte er sanft.

Sie nickte reuevoll.

Vielleicht musste er in der Zukunft nicht ganz so streng sein. Eine Zukunft, in der sich seine Frau gut benahm. Er lehnte sich in seinem Sitz zurück und genoss den Gedanken, dass sich Glee würdevoll benahm.

Seine Zufriedenheit war von kurzer Dauer.

„Blanks, schließt du eine Wette für mich ab?", fragte sie.

Er versuchte, seine Gefühle zu bändigen, bevor er antwortete. „Frauen wetten nicht auf Boxkämpfe."

Sie schmollte und runzelte die Stirn. „Es ist genau, wie ich sagte. Du bist langweilig."

Sein Kopf schnellte in ihre Richtung. „Das bin ich nicht! Ich versuche nur, meine überaus irritierende Frau zu zügeln, so dass sie ihrem guten Ansehen nicht irreparablen Schaden zufügt."

„Das war gar nicht deine Art ... bevor wir geheiratet haben. Du hast für einen guten Streich gelebt."

„Da hat sie recht, Blanks", sagte Elvin. „Du hast der Ehe gestattet, deinen Charakter stark zu verändern. Genauso wie Sedgewick."

Aus seinem Augenwinkel sah Gregory, dass Melvin seinem Zwilling nickend zustimmte.

Sie hatten natürlich recht. Er hätte sich niemals vorstellen können, dass die Ehe ihn derart verändern würde. Aber, verdammt nochmal, das hatte es! Warum konnte er nicht sein altes Zum-Teufel-damit-Selbst sein? Er sah auf seine zierliche Frau hinab. Sie war der Grund. Verdammt! Er hatte sich nie um seine Reputation gesorgt, bis jetzt. Von einem Mann wurde erwartet, hie und da an einem Streich teilzunehmen. Aber eine Frau ... Er könnte es nicht ertragen, Glee von der Gesellschaft geschnitten zu sehen. Von der guten Gesellschaft verbannt zu werden. Nein, bei Gott, er würde sie beschützen, auch wenn er sie in ihrem Zimmer einsperren müsste.

Glee wandte sich an Melvin. „Kann ich dich überreden, für mich zu wetten?"

Melvins Augen suchten Gregorys.

„Das wird er nicht tun!", sagte Gregory streng.

Sie starrte auf den Ring, wo die Boxer gegeneinander antreten würden, und sprach mit kontrolliertem Ärger. „Du bist wirklich ein Monster, Blanks."

„Ich? Und was ist mit meiner Frau, die sich immer neue Wege ausdenkt, um böse auf mich zu sein?"

„Na, na", sagte ein Mann neben ihnen.

Gregory wirbelte herum, um sich William

Jefferson gegenüber zu finden, der neben Glee erschien.

„Man stelle sich vor!", sagte Jefferson. „Mrs. Blankenship bei einem Kampf! Und als Bursche verkleidet." Er suchte und hielt Augenkontakt mit Glee.

Gregory hätte ihn liebend gerne in den Ring bekommen. „Meine Frau geht überall hin, wo ich hingehe", verteidigte sie Gregory.

„Wie niedlich", sagte Jefferson, ohne seinen Blick von Glee abzuwenden.

„Ich schlage vor, Ihr geht auf Euren Platz, denn der Kampf wird gleich beginnen", sagte Gregory zu Jefferson.

Er tippte seinen Hut in Glees Richtung und ging weg.

Als er fort war, sprach Gregory streng zu seiner Frau. „Die Vorstellung, die schockierendste Frau in Bath zu haben, gefällt mir gar nicht und ich will nicht, dass Jefferson eine falsche Vorstellung von dir hat."

„Ich habe dich furchtbar erbost, Blanks. Ich *werde* versuchen, mich zu bessern."

Er wurde sofort weicher und unterdrückte das Verlangen, ihre Hand zu nehmen – was überhaupt nicht angebracht wäre. Man konnte nicht mit seinem Pagen Händchen halten. Und er hatte nicht vor zu enthüllen, dass sich seine Frau erniedrigt hatte und zu einem Boxkampf gekommen war. Und als Mann verkleidet.

Bald trafen die beiden Musterexemplare, die zu sehen sie gekommen waren, in der Mitte des Rings aufeinander und die Menge wurde ruhig.

„Ich habe noch nie so große Männer gesehen!", rief Glee aus.

Blanks konnte seinen eigenen zustimmenden

Blick nicht von den Boxern abwenden und nickte.

Als die beiden Hauptteilnehmer sich voneinander wegbewegten, war die Menge so ruhig, dass ein einzelnes Niesen eine Störung gewesen wäre.

Sobald die Glocke geläutet wurde, fing die Menge an zu schreien und die Kämpfer anzufeuern. Gregory und seine Freunde schrien ebenfalls Anweisungen. Gregory sprang auf die Beine und rief dem Afrikaner Ermunterungen zu.

Du lieber Himmel, aber der Mann war schnell auf den Füßen und war imstande, von jedem Angriff Steady Eddies weg zu tanzen. Bald stürzte er sich jedoch auf Steady Eddie und seine Faust traf Eddies Wange. Die Menge brach beim Anblick des Blutes, das aus Steady Eddies Nase strömte, in Jubel aus.

Glee schrie auf und Gregory wirbelte herum, um zu sehen, was mit ihr los war. Sie vergrub ihre Augen in ihren Händen, schien aber nicht verletzt worden zu sein. *Weiblicher Gefühlsausbruch.* Sein Blick schnellte zurück zum Kampf.

Ein weiterer Schlag des Afrikaners brachte Eddies Auge dazu, völlig zuzuschwellen, aber er gab trotz des Blutes, das jetzt aus seinem Mund floss, nicht auf. Ein weiterer Hieb brachte Steady Eddie auf die Knie, aber er schaffte es, wieder aufzustehen.

Glee schrie auf.

Warum hatte die irritierende Frau Gregorys lang erwartetes Amüsement stören müssen? „Was ist los?", fragte er ungeduldig.

Sie schüttelte ihren immer noch vergrabenen Kopf und ihre Schultern zuckten, als würde sie weinen. Sein Herz sank.

„Ich kann nicht zusehen", brachte sie

schließlich zwischen Schluchzern hervor. „Es ist so schrecklich brutal! Kannst du es nicht aufhalten?"

Er sah sie finster an. „Das kann ich nicht. Ich habe dir gesagt, dass dies kein Ort für Frauen ist."

„Aber ich habe nicht gewusst, dass sie sich ins Gesicht schlagen!"

„Was zur Hölle *hast* du erwartet?"

Sie fuhr fort in ihre nassen Handflächen zu plappern. „Ich dachte, sie würden sich auf die Arme oder die Brust oder den Bauch schlagen."

„Wäre verflixt schwierig, so einen Gegner auszuschalten", sagte Gregory.

„Du meinst ... so gewinnt man? Der, der als Letzter noch steht?"

„Natürlich", antwortete er ungeduldig. „Er muss seinen Gegner besinnungslos schlagen."

„Wie furchtbar", schrie sie. „Wie kannst du es nur ertragen, zuzusehen?"

Er murmelte mit zusammengebissenen Zähnen. Er konnte nun verdammt nochmal nicht mehr zusehen, wo sie ihn derart ablenkte. Sein Blick schoss vom Kampf zu seiner zusammengekauerten Frau und Gregory setzte sich zu ihr. Glee war in der Tat ein Häufchen Elend. Er sprach sanft: „Es ist nicht so schlimm, wie du denkst, Glee. Ich habe noch nie gesehen, dass jemand getötet wurde. Diese Kerle haben außergewöhnlich harte Köpfe."

Ihre zarten Schultern zitterten von ihren Schluchzern. „Es ist so brutal."

„Warum, denkst du, dass Frauen solchen Veranstaltungen nicht beiwohnen? Sie sind nur für Männer gedacht."

„Sie sind barbarisch!"

„Komm, ich bringe dich nach Hause", sagte er

sanft.

Kapitel 16

Männer konnten weinende Frauen nicht ausstehen. Mit diesem Gedanken trocknete Glee ihre Tränen und wandte sich dem Mann, der ihr Ehemann war, zu. Er schnalzte mit den Zügeln, um sie schnell nach Bath zurückzubringen. Sie nahm an, er wollte zum Kampf zurückkehren. Ihr Wunsch, Teil seines Freundeskreises zu werden, war in die falsche Richtung losgegangen. Statt seine Bewunderung zu gewinnen, hatte sie sich seinen Zorn zugezogen, indem sie ihm seinen Ausflug völlig verdorben hatte. Was war mit ihrem Plan, ihn in ihre Liebe zu hüllen, passiert?

Sie fühlte sich wirklich schuldig. „Oh, Blanks, es tut mir so leid, dir den Spaß verdorben zu haben – obwohl ich nicht verstehe, wie dir ein derart barbarischer Sport Freude bringen kann."

Er warf ihr einen finsteren Blick zu.

„Du bereust es bestimmt, mich geheiratet zu haben", sagte sie schluchzend. „Besonders, da ich dir versprochen habe, dass wir beste Freunde sein werden. Ich habe nur versucht, Dinge mit dir zusammen zu unternehmen – ein wahrer Freund zu sein."

Er lockerte sein verkrampftes Halten der Zügel, lehnte sich in seinen Sitz zurück und sprach sanft. „Es wird von dir nicht erwartet, alles mit mir zu unternehmen – obwohl ich deine Intentionen sehr schätze."

„Wirklich?", fragte sie hoffnungsvoll.

Er nickte.

Einen Moment später fragte sie lächelnd: „Weißt du, was heute für ein Tag ist, Blanks?"

Er dachte kurz nach. „Es ist der neunundzwanzigste März."

„Nein, Dummkopf. Das meine ich nicht. Heute ist unser zweiwöchiges Jubiläum."

„Du lieber Himmel, es waren erst zwei Wochen?"

„Es scheint länger zu sein, nicht wahr?", sagte sie wehmütig. Sie fuhren eine gute Strecke weiter, als sie aufschrie. „Oh, Blanks, setz mich hier ab."

Er zügelte die Pferde. „Warum?"

„Weil es nicht fair von mir wäre, dir deine Zeit zu verderben. Du hast dich so auf den Kampf gefreut. Ich kann die kurze Strecke nach Bath zu Fuß gehen."

„Ich werde nichts dergleichen tun. Außerdem kannst du nicht so weit alleine gehen!", knurrte er. „Das lasse ich nicht zu."

„Aber niemand wird wissen, dass ich kein Kerl bin", protestierte sie.

„Ich werde es wissen, und ich werde es nicht zulassen."

„Oje", flüsterte sie. „Wie du willst, Blanks. Ich werde versuchen, eine brave Ehefrau zu sein."

„Und die Königin wird Lumpen tragen", murmelte er verärgert.

„Es macht mir wirklich nichts aus, wenn du zum Kampf zurückkehren willst. Ich habe nicht vor, mich in irgendetwas einzumischen, was dir Spaß macht." Ihr Mann, das wusste sie, hatte eine außergewöhnliche Vorliebe für Vergnügen. Und es war kein Wunder! Seine schreckliche Stiefmutter hatte wahrscheinlich all seine Möglichkeiten, glücklich zu sein, vereitelt. Kein Wunder, dass er es vorgezogen hatte, seine Schulferien in Hornsby zu verbringen, und kein Wunder, dass er, sobald er großjährig wurde, sich exzessiven Vergnügen hingab. Er hatte während seiner Kindheit zu wenig davon.

Glee erhaschte einen Blick auf sein attraktives Profil. Sein Gesicht war ungewöhnlich ernst, und seine dunklen Augen gewährten keinen Einblick. Ihr Blick wanderte zu seinen starken Händen, die die Zügel festhielten. Sie kämpfte gegen das überwältigende Verlangen an, ihre Arme um ihn zu werfen und ihn bewusstlos zu küssen.

Wenn sie nur etwas tun könnte, um ihn glücklich zu machen. Was gab es außer Boxkämpfen? Sie hatte nicht neunzehn Jahre mit ihrem Bruder gelebt, ohne das eine oder andere über Männer zu lernen. „Ich werde nicht beleidigt sein, Blanks, wenn du dich entscheidest, Mrs. Ennis zu sehen." Dem Himmel sei gedankt, dass sie nicht vom Blitz getroffen wurde, als sie eine derartig unverschämte Lüge aussprach! Alleine der Gedanke an Carlotta Ennis in Blanks' Armen hatte die Kraft, Glee den Atem zu rauben – und all ihre Hoffnungen auf eine glückliche Zukunft. Aber sie liebte Blanks doch so sehr. Und sein Glück war ihr am wichtigsten. Auch wenn dieses Glück die lilafarbene Dirne beinhaltete!

Er zog an den Zügeln, bis sein Pferd zum völligen Stillstand kam und starrte sie dann an. „Du hast vielleicht keine Einwände, meine liebe Frau, aber ich. Ich möchte nicht, dass mein Bruder von einer solchen ... seltsamen Verbindung Wind bekäme."

Himmel, Glee schien nichts richtig zu machen zu können, wenn es um Blanks ging. Sie konnte sich nicht dazu bringen, ihn anzusehen. Stattdessen starrte sie mit zerknirschtem

Gesichtsausdruck auf die sanften Hügel im Westen von Bath. „Natürlich hast du recht. Du hast ein makelloses Gespür für Schicklichkeit. Es ist eine Schande, dass ich eine derartige Belastung für dich bin." Ein spöttelndes Lachen entkam ihren Lippen. „Wenn man bedenkt, dass alles, was ich wollte, war, dich glücklich zu machen."

Er legte seine Hand unter ihr Kinn und drehte ihr Gesicht zu seinem. Seine Augen waren plötzlich weich und gefühlvoll. „Du bist keine Belastung."

Nun war sie voller Gefühle. Sie war machtlos und konnte nicht umhin, seine Wange zu streicheln und in die Tiefen seiner bernsteinfarbenen Augen zu versinken.

Er schien sich ihr zu nähern. Und sie näherte sich ihm eine kleines bisschen. Sie sah die Bartstoppeln von der Rasur an dem Morgen und atmete seinen dezenten Moschusgeruch ein. Dann legten sich seine Lippen auf ihre. Weiche, geschmeidige Lippen. Lippen, die bis in ihre Seele vordrangen.

Es war reines Entzücken, diese Kostprobe ihres Geliebten. Magisch. Seelenbetörend. Verschmelzend. Und sie wünschte, es würde niemals enden.

Ihre Arme legten sich um ihn, und sie schmolz dahin an seiner kraftvollen Brust, als seine Arme sich um sie legten. Ihre Lippen öffneten sich, und ihre Atmung war stoßartig und schwer.

Zu ihrem großen Leid zog er sich zurück, nahm ihre Hände und küsste sie. „Verzeih mir", sagte er heiser.

Jeglicher Worte beraubt, fand sie langsam ihren Atem wieder und flüsterte: „Es gibt nichts, was dir leidtun muss. Du bist schließlich mein Ehemann. Der Sinn meines Lebens ist, dich glücklich zu machen."

Er lachte verbittert, nahm die Zügel auf und peitschte sein Pferd in Richtung Bath.

Was hatte sie getan, um den Kuss zu beenden? Alles war so wunderbar gewesen.

Mit errötetem Gesicht dachte sie während der kurzen Fahrt zum Blankenship Haus darüber nach. Sie hatte ihn offensichtlich nicht befriedigt. Sie vermutete, dass Küssen eine Menge Erfahrung erforderte. Und sie hatte äußerst wenig Erfahrung. Sie hatte den Mann, mit dem sie als Siebzehnjährige davonlaufen wollte, nie geküsst. Sie war erst zweimal geküsst worden, beide Male von Blanks. Obwohl ihr erster Kuss sie mit unerwarteter, allumfassender Zärtlichkeit und einem Verlangen nach mehr erfüllt hatte, überwältigte dieser zweite Kuss sie mit beinahe lähmender Lust. Einer Lust, die so erschreckend war wie ihre unerschütterliche Liebe zu Blanks.

Sie hatte nicht gedacht, dass ihre dieses Küssen mit geöffneten Lippen gefallen würde, aber mit Blanks schien es sie einander näher gebracht zu haben. Näher, als sie je geglaubt hatte, dass zwei Menschen einander sein können. War es das, was Diane und George hatten? Und Felicity und Thomas? Konnten sie derart grenzenloses Vergnügen jeden Tag erleben? Ihr Herz pochte in ihrer Brust. War es für Blanks und Carlotta auch so gewesen?

Glee wusste in dem Moment, dass sie nicht wirklich gelebt hatte, bis sie in Blanks' Armen zum Leben erwachte.

„Ich glaube, ich bekomme langsam den Kniff heraus, was das Küssen betrifft, Blanks", sagte sie mit heiserer Stimme. „Vielleicht bin ich nächstes Mal so gut, dass du dich nicht beeilen musst, dich von mir zu distanzieren."

Er brach in Gelächter aus.

Was hatte sie gesagt, um eine derartige Belustigung auszulösen?

„Ich würde sagen, du schlägst dich äußerst gut."

Sie warf ihm einen Blick zu und bemerkte, dass er sie anzwinkerte! „Du machst dich über mich lustig!"

„Das tue ich nicht", protestierte er. Dann wurde er ernst. „Es ist nur ... ich komme mir furchtbar dabei vor, dich derart auszunützen."

„Das könntest du niemals tun", sagte sie sanft.

* * *

Wie konnte diese Frau ihn nur so verrückt machen? Einerseits war sie ihm ständig ein Dorn im Auge. Andererseits verlockte sie ihn wie keine andere Frau zuvor. Wie konnte jemand, der so unschuldig war wie Glee, ein derartiges Verlangen in ihm auslösen? Was für eine Bestie er doch war, sich ihr aufzudrängen.

Er hielt vor dem Blankenship Haus an und half ihr beim Absteigen. Er sah zu ihr in ihrer moosgrünen Livree hinab. Wie hatte er sie jemals für einen Burschen halten können? Sie brachte seine Hände zum Schwitzen und sein Herz zum Klopfen. Er kämpfte gegen das Verlangen an, seine Lippen wieder auf ihre zu legen. Am helllichten Tag vor dem Blankenship Haus! Du lieber Himmel, aber er wollte es tun.

„Bitte kehre zum Kampf zurück", bat sie ihn. „Ich fühle mich furchtbar in dem Wissen, dass du ihn meinetwegen versäumst."

„So wie ich den Afrikaner kenne, ist der Kampf

bereits vorbei."

„Dann hoffe ich aufrichtig, dass niemand verletzt wurde."

„Mach dir nicht solche Sorgen. Es tut mir leid, dass dich diese Brutalität derart mitnimmt."

„Ich hätte nicht kommen sollen. Es ist nicht die Art Sport, die Frauen anzieht, und nun verstehe ich, warum."

Er lächelte sie an und tätschelte ihren Kopf. „Geh dich umziehen und dann gebe ich dir ein paar Ratschläge, wie du deinen neuen Phaeton am besten lenkst."

„Aber er wird neu gestrichen", sagte sie enttäuscht.

„Rot?"

Sie nickte ernsthaft.

„Ich kann es dir an meinem zeigen", bot er an. „Sie sind sich sehr ähnlich."

„Das hat Timothy auch gesagt."

„Es gefällt mir nicht, dass du ihn Timothy nennst."

„Aber du hast keine Einwände dagegen, dass ich meinen Bruder George nenne."

„Das ist etwas anderes. George ist dein Bruder."

„Das ist Timothy auch. Und die Zwillinge. Jedenfalls sehe ich sie als Brüder."

Er sah sie mit Verlangen an und sagte ohne jegliches Selbstvertrauen: „Bin ich auch nur ein Bruder?"

„Dummkopf, du bist viel besser als ein Bruder. Habe ich dir das nicht immer schon gesagt?"

Er nickte ernsthaft.

* * *

Das Beste daran, Glee Tipps zu geben, wie sie ihren Phaeton fahren sollte, war, dass er seine

Arme um sie legen konnte, um ihr zu zeigen, wie man die Zügel richtig hält. Seine Frau erwies sich als äußerst gute, gelehrige Schülerin. Zu gut. Als nächstes würde sie durch Bath fliegen. *Die Frau in Rot.* Seine Frau. Er erschauderte.

Das Problem war, dass er keine Möglichkeit sah, sie davon abzuhalten, sich derart zu benehmen. Sie hatten schließlich keine konventionelle Ehe. Obwohl sie gesagt hatte, dass er ihr Herr sein könnte. Egal, was sie auch sagte, er konnte sich nicht dazu bringen, sie auszunutzen. Es war eindeutig nicht Teil ihrer ungewöhnlichen Abmachung.

Es war während eines dieser Manöver, als er seine Arme um Glees Schultern legte, dass sie ihn ansah und lächelte. „Oh, Blanks, ich wünschte, du müsstest nicht so viel Zeit mit deinem verflixten Anwalt verbringen."

„Warum?"

„Weil ich es vorziehe, dich ganz für mich zu haben."

Du lieber Himmel, warum musste sie seine ... seine körperliche Erregung herbeiführen? Wusste sie nicht, was für eine tiefe Auswirkung sie auf ihn hatte? Er nahm schnell seine Arme von ihr. Dann begann er zu hüsteln. „Es muss eine Menge Dinge geben, die viel angenehmer sind, als Zeit mit mir zu verbringen. Du hast mir selbst gesagt, dass ich ein Monster bin."

Sie senkte ihre Wimpern. Sie waren so lang, dass sie auf ihren blassen Wangen auflagen. „Das war sehr lieblos von mir und du musst wissen, dass ich es nicht ernst gemeint habe."

„Ob du es ernst gemeint hast oder nicht, die Worte klangen glaubhaft. Ich bin ein biestiger Ehemann gewesen."

Sie schüttelte den Kopf. „Ganz und gar nicht! Ich bin das Biest gewesen. Du hast nur versucht, mir Vernunft einzubläuen. George wäre sehr stolz auf dich."

Ah, George! Ja, in der Tat, der Mann, zu dem George geworden war, würde den neuen, von schlechtem Gewissen geplagten Ehemann seiner kleinen Schwester mit ganzem Herzen gutheißen. Tatsächlich wurde Gregory George immer ähnlicher.

Und das war das Gegenteil von dem, was er wollte.

Was genau wollte er? Es saß in Gedanken verloren, während Glee die Zügel für eine gemütliche Fahrt durch Bath übernahm. Er wollte nicht verheiratet sein. Hatte es nie sein wollen. Er wollte keine Frau haben, die sich als Teil seiner Blutsbande sah. Er wollte nicht, dass Glee jemals ein Kind in sich trug. Er wollte seine Freiheit. Freiheit von all der Verantwortung, die über ihn hereingebrochen war seit er sein Ehegelübde Glee gegenüber ausgesprochen hatte. Dieses unerträgliche Frauenzimmer!

Was waren die Vorzüge der Freiheit, fragte er sich. Er konnte ausschlafen, wann immer er wollte. Er könnte sein Vergnügen in den Betten anderer Ladies finden. Er müsste sein Trinken nicht eindämmen. Er könnte sogar wieder an den unbändigen Streichen von Appleton und den Zwillingen teilnehmen.

Als er die Dinge aufzählte, die ihm in der Vergangenheit unbegrenzte Freuden gebracht hatten, wurde ihm bewusst, wie leer sein Leben wirklich gewesen war. Er würde bald fünfundzwanzig sein. Es war an der Zeit, dass er sich wie ein Mann benahm – nicht wie ein lebenslustiger Student in Oxford.

Eine Heirat war ein Schritt in die richtige Richtung. Aber seine Heirat war natürlich keine echte Heirat. Und Glee war natürlich keine echte Ehefrau. Warum fühlte er sich dann so verdammt verantwortlich für sie? Warum brachte sie ihn dann dazu, sich so zu fühlen, als müsste er sie ständig beschützen?

Mit neunzehn war sie viel jünger als er. Sie könnte von seiner weitreichenden Erfahrung profitieren. Die Sache war die, dass er nicht zu viel von ihr verlangen konnte. Es wäre gar nicht gut, ihre zerbrechlichen Gefühle aufzuwühlen. Er war bisher viel zu ungehobelt im Umgang mit ihr gewesen. Raffinierte Überzeugungsarbeit war nun gefragt.

„Ich befürchte, ich muss mich morgen wieder mit Willowby treffen", sagte er.

Er glaubte nicht, die Art, wie sie ihn mit solch nacktem Schmerz ansah, jemals vergessen zu können. Hatte das Mädchen tatsächlich Gefühle für ihn? Du lieber Gott, aber das wäre gar nicht gut!

Kapitel 17

„Es ist schade, dass Blanks so viel Zeit mit seinem verflixten Anwalt verbringen muss", jammerte Appleton, als Glee ihm ein Glas Wasser anbot.

Glee nahm einen Schluck Wasser und verzog das Gesicht. „Ist dir bewusst, dass Blanks mich kein einziges Mal in den Pump Room begleitet hat, seit wir verheiratet sind?" Sie vermisste ihn eindeutig. Sie hatte ein neues Kleid angezogen, das wie Kupfer schimmerte, und sie hatte genug Komplimente eingesammelt, um dessen Erfolg zu bestätigen. Schade, dass Blanks ihrem Erfolg nicht beiwohnen würde.

„Ein Landgut, so groß wie das des verstorbenen Mr. Blankenship, muss verteufelt schwierig zu verwalten sein", sagte Melvin beruhigend.

„Aber ich bin ziemlich sicher, dass Blanks heute Morgen lieber irgendwo wäre, als im Pump Room", fügte Appleton hinzu. „Er mag weder das Wasser, noch kann er die vornehmen Damen leiden, die sich bei derartigen Gelegenheiten versammeln."

„Nun, da er verheiratet ist, muss er sich keine Sorgen mehr darüber machen, dass die Weibsbilder versuchen, sich ihn zu schnappen", sagte Elvin. Er warf einen Blick auf Glee. „Entschuldige, dass ich alte Knochen ausgrabe und all das."

„Ich kann dir nicht zustimmen, Timothy, dass Blanks nicht hier zu sein wünscht", setzte Glee entgegen. „Blanks trifft sich gerne mit seinen Freunden und ist gerne über die Geschehnisse in der Stadt informiert. Ich fühle mich recht schuldig dafür, so böse auf ihn zu sein. Mein armer Blanks verpasst all den Spaß." Sie blickte über die Gesichter des Trios. „Ich habe es euch zu verdanken, dass ich nicht völlig von der Gesellschaft abgeschnitten bin." Als sie sie beobachtete, bemerkte sie, dass Miss Aggremont mit einer bebrillten Begleitung den Pump Room betrat.

„Oh schaut", flüsterte Glee. „Da ist Miss Aggremont mit Miss Arbuckle. Erlaubt mir, euch zu beweisen, dass Miss Aggremont ein äußerst würdiges Opfer für die Veranstaltung am Dienstag ist."

Glee suchte Augenkontakt mit der jungen Dame, die von sich glaubte, unvergleichlich zu sein. „Oh, Miss Aggremont!"

Die angesprochene Frau warf einen Blick auf Glee, dann einen kürzeren Blick auf die drei durchschnittlichen Männer und ging, in Begleitung ihrer unscheinbaren Freundin, auf Glee zu.

Miss Aggremont war einige Zentimeter größer als Glee und hatte einen ansprechend rundlichen Körper, blonde Haare und ein Gesicht, das, obwohl es makellos war, nicht wirklich als schön bezeichnet werden konnte. Ihr besonderes Merkmal war wahrscheinlich ihr unfehlbares Gespür für Mode. Sie war äußerst geschmackvoll in ein stahlblaues Kleid und eine passende, mit weißem Pelz gesäumte Pelisse gekleidet.

Miss Aggremont wandte sich an die unauffällige junge Brünette, die sie begleitete. „Miss Arbuckle, Ihr kennt meine gute Freundin Miss Pembroke, nicht wahr? Ihr Bruder, müsst Ihr wissen, ist Lord Sedgewick."

„Tatsächlich bin ich nicht mehr Miss Pembroke", sagte Glee zu Miss Arbuckle, die Glee aufrichtig gern hatte. Die beiden hatten sich in der Leihbücherei kennengelernt und hatten viele gemeinsame Interessen. „Miss Arbuckle und ich kennen uns in der Tat bereits", sagte Glee, verärgert darüber, dass Miss Aggremont sich mit unscheinbaren Begleitern umgab. Sie lächelte Miss Arbuckle herzlich an und fügte hinzu: „Ich habe vor kurzem Mr. Blankenship geheiratet."

„Oh, das habe ich völlig vergessen", bemerkte Miss Aggremont, ohne Appleton und die Zwillinge auch nur eines Blickes zu würdigen.

„Ihr kennt Mr. Appleton und die Misters Steffington, nicht wahr?", fragte Glee die Damen.

Miss Aggremont blickte hochmütig auf die Herren. „Ich erinnere mich nicht." Dann schenkte sie ihnen keine weitere Aufmerksamkeit.

Erzürnt von Miss Aggremonts Unfreundlichkeit, nahm Glee die Vorstellung vor. Natürlich, dachte Glee, würde Miss Aggremont sich nicht für bloße *Misters* bemühen, von denen keiner besonders gutaussehend war. Wenn einer von ihnen einen Titel hätte, hätte sich eine strahlend lächelnde Miss Aggremont beeilt, sie zu begrüßen.

Miss Aggremont begrüßte sie mit offensichtlich großer Langeweile und entschuldigte sich schnell, um das kleine Zusammentreffen zu verlassen und wichtigere Persönlichkeiten zu suchen.

Melvin lächelte, als sie gegangen war. „Ich wage zu behaupten, dass die Frau zutiefst unbeeindruckt von uns war! Wenn einer von uns einen Titel hätte, so wie *Lord* Sedgewick, wäre sie zweifellos immer noch hier und würde unsere

Gesellschaft extrem genießen."

Kein Wunder, dass Glee Melvin am liebsten hatte. Seine Gedanken spiegelten ihre perfekt wider.

„Wie kannst du Miss Aggremont nur derart schlechtmachen?", fragte Appleton. „Hast du nicht gesehen, wie lieblich ihre blauen Augen waren?"

Glee und die Zwillinge sahen sich amüsiert an.

„Fürchte, sie ist außerhalb deiner Reichweite", murmelte Elvin.

„Ihr diskreditiert euch gröblich", schimpfte Glee. „Es ist Miss Aggremont, die für keinen von euch gut genug ist." Es war in der Tat Miss Aggremonts Schaden, dass sie den Wert von Glees lieben Freunden, von denen jeder so stabil war wie Gibraltar, nicht erkannte. Nur weil sie Frauen gegenüber zurückhaltend waren – abgesehen von Glee – und sich unauffällig, aber mit gutem Geschmack kleideten, ignorierten Frauen wie Sally Aggremont sie.

Glee betrachtete schweigend die Kleidung des Trios. Die Zwillinge waren gleich in beige Kniehosen gekleidet, die in glänzenden, schwarzen Reitstiefeln steckten, und trugen aus feinem Stoff geschneiderte Hemden und gut geschnittene Fräcke. Nur die Farbe ihrer Fräcke unterschied sie voneinander. Elvin trug einen blauen, sein Bruder einen braunen. Jeder schnürte sein Halstuch einfach im Jagdstil. Timothy Appleton trug wie die Zwillinge beige Kniehosen, schwarze Reitstiefel und einen blauen Frack.

Sie war so damit beschäftigt, das Selbstvertrauen der Männer zu stärken, dass Glee nicht bemerkte, wie Mr. Jefferson den Pump Room durchquerte, um zu ihr zu kommen.

„Wie schön es ist, Euch ohne Euren Ehemann

zu sehen", sagte er, als er sich verbeugte. „Denn mit Euch eine Runde um den Saal zu drehen würde mich zum glücklichsten Mann machen."

Er bot seinen Arm.

Sie sah ihn lange an. Es war schade, dass er so ungalant war, denn er war sehr gutaussehend mit seinem modisch geschnittenem dunkelbraunen Haar, feschem Gesicht und feiner Kleidung – mit Ausnahme des heutigen Fracks, der aus leuchtend orangefarbener Seide war. Sie blickte in seine glitzernden Augen. Wirklich! Der Mann fühlte sich gar nicht schuldig dafür, die Ohrringe einer Lady für eine lausige Schuld von fünfundzwanzig Pfund genommen zu haben.

Glee warf Appleton einen unheilvollen Blick zu und nahm Mr. Jeffersons Arm.

Obwohl ihr Verhalten andeutete, dass sie nicht erfreut darüber war, mit Mr. Jefferson spazieren zu gehen, war Glee tatsächlich dankbar für die Möglichkeit, ihre Ohrringe mit ihm zu besprechen. Sie verschwendete daher keine Zeit damit, Freundlichkeiten auszutauschen. „Darf ich hoffen, dass Ihr hier seid, um mir meine Ohrringe zurückzugeben?"

„Meine reizende Mrs. Blankenship, Ihr dürft hoffen, was Ihr wollt, aber Ihr werdet die Ohrringe nur bekommen, wenn ich den Kuss bekomme."

Sie sah ihn böse an. „Ihr benehmt Euch überaus ungalant. Mir ist danach, meinem Ehemann von Eurem hinterhältigen Vorschlag zu erzählen. Ich versichere Euch, er würde Euch die fünfundzwanzig Pfund sofort bezahlen."

Wenn sie nur darauf vertrauen könnte, dass Blanks alles wiedergutmachen und ihr gleichzeitig vergeben würde. Die Sache war die, dass sein Geschenk der Ohrringe von ungewöhnlicher

Aufmerksamkeit zeugte, und er wäre wahrscheinlich so über ihre sorglose Missachtung des Geschenks erbost, dass er nie wieder mit ihr sprechen würde. So ein Jammer!

Wenn sie nur den Phaeton nicht gekauft hätte, dann hätte sie die fünfundzwanzig Pfund, um Mr. Jefferson zu bezahlen. Blanks hatte ihr schließlich eine mehr als großzügige Summe zuteilwerden lassen.

Sie hatte dummerweise all das Geld verschwendet. Und sie wollte doch Blanks mit ihrer kompetenten Verwaltung des Haushaltes und ihrer eigenen Affären beeindrucken.

„Ich bezweifle, dass Ihr Eurem Ehemann zu wissen erlauben werdet, dass Ihr – schon in Eurer zweiten Ehewoche – das gesamte Geld ausgegeben habt, dass er Euch großzügigerweise gab, um das ganze Quartal damit auszukommen." Jefferson senkte seine Stimme und lächelte sie listig an. „Egal, wie gut Ihr Euren Ehemann befriedigt, meine liebe Mrs. Blankenship, ich bin überzeugt davon, dass er äußerst unerfreut über den Verlust Eurer Ohrringe sein würde. Es ist schade, eine Ehe auf eine derart negative Art und Weise anzufangen."

Glee starrte den Mann, der neben ihr ging, kalt an. „Woher wisst Ihr über die großzügige Summe, die mein Mann mir hat zukommen lassen, Bescheid?"

Jefferson lächelte. „Weil Ihr es gerade bestätigt habt, meine Liebe."

Sie zog die Augen zusammen. „Ihr seid überaus widerwärtig, Mr. Jefferson, und warum in aller Welt glaubt Ihr, dass ich all mein Geld ausgegeben habe?"

„Weil Ihr einen Phaeton gekauft hat, der

zweihundertfünfundzwanzig gekostet hat", sagte er selbstgefällig.

Sie blieb plötzlich stehen und wirbelte herum, um ihn anzusehen. „Woher wisst Ihr, wie viel mein Phaeton gekostet hat?"

Er zuckte mit den Schultern. „Bath ist eine kleine Stadt, in der Informationen schnell die Runde machen."

„Wenn Ihr nur so gütig wäret, um auf das nächste Quartal zu warten", sagte sie und hakte ihren Arm wieder in seinen, um den Spaziergang fortzusetzen. „Ich zahle Euch den doppelten Betrag zurück, den ich Euch schulde", plädierte sie.

„Ich habe mehr Geld, als ich brauche."

„Und doch braucht Ihr den Kuss einer glücklich verheirateten Frau?"

Die Antwort wurde ihm erspart, als die Misses Aggremont und Arbuckle, die in der entgegengesetzten Richtung spazierten, auf sie zukamen. Miss Aggremont lächelte ihn glücklich an.

Er und Glee nickten, als die Frauen vorbeigingen.

Als sie die Damen zurückgelassen hatten, beugte sich Jefferson zu ihr und sprach sanft. „Ich glaube, Miss Aggremont ist unzufrieden mit Euch, Mrs. Blankenship. Zuerst habt ihr die saftigste Pflaume auf dem Heiratsmarkt gepflückt und nun scheint Ihr mich eingefangen zu haben. Nachdem Euer Mann den Heiratsmarkt verlassen hat, bin ich wohl die saftigste Frucht, die übrig ist."

„Es ist schade, dass wir Bescheidenheit nicht zu der Liste mit den Eigenschaften hinzufügen können, die Euch so begehrenswert machen", sagte sie trocken.

Er neigte seinen Kopf, um sie anzusehen. „Wenn der Rest Eures Körpers so pikant ist wie Eure Zunge, dann beneide ich Euren Ehemann."

Sie hielt ihren Kopf hoch und strahlte ein Selbstvertrauen aus, das sie nicht hatte. „Er hat keinen Grund zu klagen."

„Dann werdet Ihr ihn nicht herausfordern wollen. So früh in Eurer Ehe."

Dieser erbärmliche Mann konnte in ihr lesen wie in einem Buch! „Was wollt Ihr von mir?", verlangte sie.

„Wie ich sagte. Ich will einen Kuss."

„Ich glaube nicht, dass ich Euch entgegenkommen kann. Ich kann Euch nicht in der Öffentlichkeit küssen und Euch heimlich zu treffen, könnte mir unwiderruflichen Schaden zufügen."

„Wenn man Euch sehen würde. Der Trick, meine Liebe, liegt darin, nicht erwischt zu werden."

Mit gesenkten Augenbrauen fragte sie: „Was schlagt Ihr vor, Mr. Jefferson?"

„Verschleiert könntet Ihr in mein Haus schlüpfen."

„Euer Haus?", kreischte sie empört.

„Meine Dienstboten sind sehr diskret."

Sie kochte vor Wut. Alles, was Blanks über den Mann gesagt hatte, war korrekt. Der hinterhältige Mr. Jefferson war in der Tat ein gewissenloser Frauenheld. Diese Dreistigkeit! Zu versuchen, sie in sein Haus zu locken. Obwohl sie jung war und sich mit sexuellen Dingen nicht auskannte, wusste Glee, dass keine Frau – verheiratet oder alleinstehend – ohne Begleitung in das Haus eines Junggesellen gehen würde. Nicht einmal eine

Frau, die sich wünschte als „leichtlebig" gesehen zu werden, um Blanks' Zuneigung zu gewinnen.

Dies zu tun würde bedeuten, so tief zu sinken, dass man sich nie wieder zu Ehrbarkeit erheben könnte. Obwohl Blanks zweifellos mit Frauen verbandelt gewesen war, die derartig sorglos mit ihrer Tugend umgegangen waren, wusste Glee, dass er eine solche Tat von seiner Ehefrau niemals dulden würde. „Und mein Mann ist sehr eifersüchtig", sagte sie. „Ich werde Euer Haus niemals betreten."

Sie hatten den Raum umrundet und die Musik des Orchesters endete, als sie zurück zu Appleton und den Zwillingen kamen.

„Wir werden sehen", sagte Jefferson zu ihr, als er das Trio breit anlächelte.

Keiner von ihnen erwiderte das Lächeln.

Glee entfernte sich von Jefferson, um zu den anderen zu gehen, und Jefferson verbeugte sich zum Abschied und verließ den Pump Room.

„Hör zu, Elfe", murmelte Appleton, „habe vergessen, dich wegen Jefferson zu warnen. Der Mann ist ein schrecklicher Kerl. Du solltest keine Freundschaft mit ihm suchen."

„Es würde Blanks gar nicht gefallen, wenn du mehr als nur höflich zu dem Schurken wärst", sagte Elvin.

„Ich wage zu behaupten, Blanks wäre höchst erfreut, sollte Elfe ihn völlig schneiden", fügte Melvin hinzu.

„Als verheiratete Frau kann ich einen Mann nicht einfach schneiden, ohne spekulativen Tratsch zu verursachen."

„Da hat sie wohl recht", sagte Melvin.

„Das Wichtige ist, dass sie weiß, wie gefährlich ein Mann wie Jefferson sein kann", sagte

Appleton.

Elvin schüttelte den Kopf und flüsterte. „Er ist ein schlechter Umgang."

Glee blickte von Elvin zu den anderen. „Die Taten und Gespräche des Mannes überzeugen mich davon, dass ihr Gentlemen recht habt, was Mr. Jefferson betrifft."

Ärger flammte in Appletons Augen auf, als er auf Glee zukam. „Was hat der Schurke dir angetan?"

Sie lächelte selbstbewusst. „Nichts, worum ich mich nicht selbst kümmern kann."

Elvin ballte seine Hände zu Fäusten und kam näher zu Glee. „Bist du sicher? Nichts würde mir mehr Freude bereiten, als die hübsche Nase dieses Schurken zu brechen."

Glee betrachtete Elvins Nase, dann die der Zwillinge. Leider waren ihre Nasen überaus lang. Schade. Mit weniger auffälligen Nasen und mehr Haar am Kopf hätten die Zwillinge recht fesch sein können. Auf eine unscheinbare Art und Weise.

Melvin zog die Augenbrauen zusammen und sprach mit vor Ärger zitternder Stimme: „Ich bin überzeugt davon, dass der niederträchtige Jefferson seine Rache gegen Blanks plant, wegen der Sache mit Miss Douglas."

„Bei Gott! Das ist es!", rief Appleton aus.

„Was für eine Sache mit Miss Douglas? Und wer ist Miss Douglas?", fragte Glee, als ihre aufgebrachten Augen von einem Mann zum anderen schossen.

„Wir dürfen darüber nicht sprechen", sagte Melvin.

Sie mussten nicht darüber sprechen. Glee konnte sich gut vorstellen, dass Miss Douglas Mr. Jefferson verärgert hatte, indem sie Blanks ihm vorgezogen hatte. Wirklich! Welche Frau würde das nicht tun? Und da sie über Blanks' Vorliebe für leichtlebige Frauen Bescheid wusste, hatte Miss Douglas zweifellos einen leichten Rock. Trotzdem wünschte Glee, mehr über die mysteriöse Miss Douglas zu wissen. Wie sah sie aus? Was war zwischen ihr und Blanks vorgefallen? Hatte er sie geliebt? Ihr Herz setzte einen Schlag aus, als Glee sich fragte, ob Miss Douglas und Blanks sich immer noch trafen. Oh Gott!

Ihr Blick schweifte zu den anderen beiden, als Glee lächelte und sagte: „Ich bin euch für eure Sorge sehr dankbar. Betrachtet mich als gewarnt, was den einzigartig unerträglichen Mr. Jefferson betrifft."

„Sieh", sagte Appleton und sah über Glee hinweg, „ist das nicht deine Schwester und der Nabob, den sie geheiratet hat?"

„Thomas Moreland", sagte Melvin.

Appleton nickte. „Genau der."

Mit einem Lächeln wirbelte Glee herum und sah Felicity und Thomas auf sich zukommen.

In zerknitterte Reisekleidung aus Merinowolle gekleidet, flog Felicity beinahe auf ihre Schwester zu und nahm ihre Hände fest in ihre. „Ich wusste, ich würde dich hier finden, Kleines!" Dann schweifte ihr Blick über die Menge. „Wo ist dein lieber Mann?"

Glee zuckte mit den Schultern. „Armer Kerl. Er muss sich mit diesem grauenvollen Anwalt die Bücher seines Vaters ansehen."

Felicity, die immer noch Glees Hände festhielt, trat einen Schritt zurück und musterte ihre Schwester. „Ich verlautbare hiermit, dass ich weinen muss", sagte Felicity, „denn meine kleine

Schwester ist nun eine vollwertige Frau."

Glee wünschte sich, dass Blanks genau das von ihr denken würde.

Felicity küsste Glees Wange. „Und eine sehr schöne Frau."

Thomas Moreland kam auf Glee zu und hauchte den obligatorischen Kuss auf die Hand seiner Schwägerin. Dann begrüßten er und seine Frau das Trio.

„Warum hast du mir nicht gesagt, dass du nach Bath kommst?", fragte Glee.

„Wir haben uns gerade erst dazu entschlossen", sagte Felicity. „Ich konnte es nicht ertragen, so weit von dir entfernt zu sein, wenn – als eine neue Ehefrau – du mich vielleicht brauchst."

„Ich freue mich sehr, dass du gekommen bist!", sagte Glee. „Ihr werdet in Winston Hall wohnen?"

Thomas nickte. „In der Tat werden George und Diana uns bald hierher folgen."

„Wie wunderbar!", rief Glee. Sie *hatte* ihre Schwestern furchtbar vermisst. Leider würde die Verehrung ihrer Ehemänner sie nach einer ähnlichen Anbetung von Blanks verlangen lassen. Und die Tücke ihrer eigenen Ehe unterstreichen, dachte sie trübsinnig.

Kapitel 18

Trotz der schneidenden Kälte wartete Archie auf dem Bürgersteig, als Gregory an diesem Morgen bei Willowbys Büro ankam. Der Bursche hob seine abgenutzte Mütze. „Morgen, Sir. Braucht Ihr jemanden, der Euer Pferd bewacht?", fragte er hoffnungsvoll.

Gregory stieg ab. „Das brauche ich in der Tat."

Archie lächelte Gregory an. „Werde ich wieder eine Krone verdienen?", fragte der Bursche.

„Vielleicht sogar mehr. Ich werde heute einige Stunden hier verbringen und brauche dich daher länger."

„Stellt Euch vor", rief Archie aus, „ich bin erst acht Jahre alt und verdiene mehr an einem Tag, als meine Mum in einem Monat."

Anstatt daran Gefallen zu finden, fühlte Gregory sich schuldig dafür, Teil einer Gesellschaft zu sein, die ihre härtesten Arbeiter nicht angemessen bezahlte. Der Bursche bestätigte, dass Putzfrauen einen Hungerlohn von kaum mehr als einem Penny pro Tag verdienten. Kein Wunder, dass der Junge so erbärmlich dünn war. Er bekam wohl kaum auch nur eine gute Mahlzeit am Tag. Und was war mit Spielsoldaten und Ponys zum Ausreiten? Dachte Gregory empört. Natürlich wurden derartige Privilegien Kindern in Archies Gesellschaftsschicht vorenthalten.

Nachdem Gregory den blonden Kopf des Jungen getätschelt hatte, begab er sich in das

Gebäude. Es war schlimm genug, dass er sich durch die persönlichsten Angelegenheiten seines verstorbenen Vaters schleppen musste; nun bedrückte ihn auch noch Archies Misere. Es würde kein angenehmer Tag werden.

Auf der kalten Steintreppe ging Gregory an einer Person vorbei, von der er annahm, dass es Mrs. A. war, denn sie trug einen Eimer mit Wasser und Bürsten und Fetzen. Gregory war überrascht von ihrer Jugend. Sie war nicht älter als er, was bedeutete, dass sie Archie auf die Welt gebracht hatte, als sie nicht älter als fünfzehn gewesen war. Und wenn er geglaubt hatte, dass Archie dünn war, dann musste er seine Mutter als abgemagert bezeichnen. In der Tat war sie nicht viel größer als der kleine Junge, der ihr Sohn war. Gregory musste den Drang unterdrücken, den schweren Eimer der Frau zu tragen. Arme, erbärmliche Frau!

Ihr blondes Haar hatte den gleichen Farbton wie das ihres Sohnes. Sie trug ein geflicktes Musselinkleid über einem anderen, und beide hingen auf ihren Knochen. Ihre winzigen Füße steckten in schweren Lederstiefeln, denen die Schnürsenkel fehlten, und die ihr viel zu groß waren.

„Guten Morgen", sagte Gregory und tippte seinen Hut an, als er auf der Treppe an ihr vorbeiging.

Sie nickte kaum merklich ihre Antwort, als sie an ihm vorbeihuschte.

Und er roch den Gin.

Der Gedanke, dass Archies Mutter eine Trinkerin war, machte ihn krank. War dies der Grund, warum Archie wusste, dass seine Mutter nicht nach Blankenship Haus passen würde?

Konnte ein achtjähriger Junge, der kein anderes Leben kannte, weise genug sein, um sich für seine Mutter zu schämen? Armer Kerl.

Während des ganzen Tages, egal welche wichtigen Dokumente er auch durchsehen musste, konnte Gregory seine Gedanken nicht von Archie und seiner jugendlichen Mutter abwenden. Es musste etwas geben, das er für sie tun konnte.

„Bringt Ihr Euer Mittagessen mit Euch, Hopkins?", fragte Gregory den jungen Sekretär des Anwalts.

„Ja, jeden Tag. Möchtet Ihr mit mir essen?"

„Das ist ein sehr freundliches Angebot, aber nein. Ich habe allerdings eine ... eine kleine Geschäftsangelegenheit, die ich Euch gerne unterbreiten würde."

Hopkins hob eine Augenbraue.

„Wäre es möglich, dass Eure Köchin jeden Tag drei Mittagessen zubereitet? Ich wäre bereit, fünf Pfund pro Monat für einen derartigen Service zu bezahlen."

Hopkins fing an zu husten. „Fünf Pfund! Das ist fast so viel, wie ich in einem Monat verdiene! Könnt Ihr mich davon überzeugen, dass Ihr es ernst meint?"

Gregory hielt seinem Blick stand, als er nickte. „Ich meine es ernst. Ich wünsche bestätigt zu bekommen, dass der Gassenjunge und seine erbärmliche Mutter eine gute Mahlzeit am Tag bekommen."

„Für so viel Geld können sie ein Festessen haben", rief Hopkins aus.

Gregory klopfte dem Mann auf die Schulter. „Das ist meine Hoffnung." Dann nahm Gregory fünf Sovereigns aus seiner Tasche und zählte sie vor Hopkins aus.

Er ging in Willowbys Büro und arbeitete mehrere Stunden mit dem Anwalt. Er hatte gewusst, dass sein Vater reich war, aber er hatte keine Ahnung, dass sein Vater derart viele Güter besaß. Und Geld in verschiedenen Banken. Ganz abgesehen von den Aktien. Kein Wunder, dass sein Vater wünschte, Gregory würde seine wilden und verwegenen Tage hinter sich lassen, bevor er in der Lage sein würde, derartig umfangreiche Ländereien zu verwalten.

Während des langwierigen Geschäfts mit Willowby überkam Gregory eine nagende Sorge. Aber er wusste nicht, was er sonst noch tun konnte. Er musste mit Glee darüber sprechen.

* * *

Glee hatte sich noch nicht fürs Abendessen umgezogen, als sie die Treppe hinuntereilte, sobald Hampton die Türe für Gregory öffnete. Sie nahm Gregorys Hände und musterte ihn mit gesenkten Augenbrauen.

„Mein armer Blanks", sagte sie beruhigend, „die siehst furchtbar müde aus."

Er hob unbewusst eine ihrer Hände zu seinen Lippen und küsste sie. „Ich bin müde. Teuflisch müde."

Sie hakte ihren Arm in seinen. „Komm, lass uns in die Bibliothek gehen und uns an den Kamin setzen. Ein Glas Sherry ist genau das Richtige, um dich zu entspannen."

Er setzte sich auf das Seidendamastsofa nahe dem Kamin, während Glee ihm ein Glas Sherry einschenkte.

„Danke, meine Liebe", sagte er, als sie ihm das Glas reichte.

Sie setzte sich neben ihn und lächelte. Er

beobachtete sie. Sie war ein wirklich einnehmendes kleines Geschöpf. Und sie wusste genau, was nötig war, um ihn glücklich zu machen. Er nippte an dem milden Sherry und lehnte sich zurück, glücklich darüber, sich endlich erwärmen zu können. Es war verdammt kalt gewesen in Willowbys Büro, aber hier durchdrang die Wärme des lodernden Feuers die gesamte Bibliothek und erfüllte ihn mit Wohlbehagen.

„Es gefällt mir so sehr, wenn du mich *meine Liebe* nennst", sagte sie. „Du wirst heute übrigens die Gelegenheit haben, mir alle möglichen Kosenamen zu geben."

„Heute?", fragte er enttäuscht. „Ich habe geglaubt, wir gehen heute Abend nicht aus."

„Oh, wir gehen nicht aus. Aber Felicity und Thomas sind nach Bath gekommen, und ich habe sie zum Diner eingeladen."

Gregory kratzte sich am Kopf. „Haben wir gewusst, dass sie kommen?"

„Himmel, nein! Sie haben es kurzfristig entschieden. Meiner Meinung nach will Felicity ein Auge auf mich haben – du weißt schon, um sicher zu gehen, dass du dich gut um mich kümmerst. Sie wird sehen wollen, wie du mich mit Zuneigung überschüttest."

„Natürlich."

„Ich nehme an, sie will sich selbst davon überzeugen, dass Mrs. Ennis nicht mehr im Bild ist."

Gregory knirschte mit den Zähnen. Er bereute den Tag, an dem er die lavendeläugige Schönheit in sein Bett gelassen hatte. Genauso irritierend wie Glees allzu häufige Hinweise auf Carlotta, war das Fehlen jeglicher Eifersucht. Es hätte ihm gefallen, wenn Glee nur ein wenig eifersüchtig gewesen wäre. „Die erwähnte Dame ist Vergangenheit."

Glee zog einen Schmollmund. „Armer Blanks."

„Warum nennst du mich *armer Blanks*?"

„Weil du so viel aufgeben musstest. Ich weiß, dass Mrs. Ennis dir viel bedeutet haben muss."

„Ich habe dir schon oft gesagt, dass ich nicht über die Frau sprechen will. Sie bedeutet mir nichts."

Glee streichelte mit der Hand über sein Gesicht. „Du hast einen überaus ermüdenden Tag gehabt. Ich behaupte, es gibt kaum etwas Anstrengenderes, als sich den ganzen Tag Zahlen anzusehen. Es ist bestimmt anstrengender, als im Garten zu graben." Sie sah zu ihm auf und lächelte. „Obwohl ich zu behaupten wage, dass du in deinem Leben noch nie in einem Garten gegraben hast."

„Mein Mangel an Fähigkeiten wird nur von meiner Neigung, mich in Schlamassel zu begeben, übertroffen."

Glee sah ihn böse an. „Du hast dieser verflixten Aurora viel zu lange zugehört."

Er konnte nicht umhin, diese feurige kleine Frau anzulächeln, die sein größter Fürsprecher war. Diese Ehe brachte doch einige gute Dinge mit sich. Leider würde er an den meisten nicht teilnehmen dürfen. Bevor er wusste, was er tat, hob er Glees winzige Hand und drückte einen Kuss auf ihre Handfläche.

Sie lächelte. „Wofür war das?"

„Für deine Loyalität", sagte er heiser.

„Ich habe dir gesagt, dass ich immer dein bester Freund sein werde. Wenn es darum geht, werde ich dir eine wahre Ehefrau sein, obwohl wir nicht im wirklichen Sinn verheiratet sind."

Er konnte aus ihr nicht schlau werden. Sie *hatte* Gefühle für ihn. Immer schon. Sie hatte ihm sogar gesagt, dass sie es genossen hatte, ihn zu küssen. Er lachte, als er sich an ihren Schwur, ihre Küsse zu verbessern, erinnerte. Es sah keine Notwendigkeit zur Verbesserung. Der reine Gedanke daran, seine Lippen auf ihre zu legen, erregte ihn. Was gar nicht gut war. Und es wäre genauso wenig gut, wenn Glee sich in ihn verliebte, so wie Carlotta es getan hatte. Das einzig Beständige an Gefühlen war ihre Unbeständigkeit. Und Glee zu verletzen wäre gar nicht gut. Kostbare, kleine Glee.

Ihre Augen glänzten, als sie ihn beobachtete. „Du musst mir erlauben, dir zu sagen, was die Köchin heute für uns zubereitet. Es wird ein wunderbares Roast Beef geben, geschmorte Aale, Plumpudding, gebutterten Hummer und viel Gemüse, obwohl ich weiß, dass du Gemüse nicht wirklich gerne hast."

„Da es alle meine Lieblingsspeisen gibt, werde ich kein Gemüse essen müssen. Es hört sich nach einem äußerst guten Mahl an. Ich muss dich für deine Haushaltsverwaltung loben. Du machst das wirklich gut." Wenn er nur wüsste, was sie mit den verflixten Ohrringen getan hatte.

„Es gibt noch vieles, das ich besser machen kann. Übrigens, mein Liebster, hast du Archie heute gesehen?", fragte sie.

Ein grimmiges Lächeln ließ sich auf seinen Lippen nieder. „Das habe ich. Ich habe auch seine Mutter gesehen. Sie ist kaum älter als du, und sie ist so dünn wie er. Ich habe Grund zur Annahme, dass sie Gin einer Mahlzeit vorzieht."

Glee zuckte zusammen. „Ihr armer Sohn."

„Das Problem ist, dass ich nicht weiß, wie ich ihnen helfen kann."

„Die Kronen, die du ihm bezahlst, helfen ein bisschen", tröstete sie ihn.

„Ja, der Bursche hat mir gesagt, dass er mehr an einem einzigen Tag verdient als seine Mutter in einem Monat."

„Das ist schrecklich, aber du musst dich damit trösten, dass Leute in dieser Gesellschaftsschicht wissen, wie man sparsam ist."

„Aber", sagte er, „Leute, die für ihren Gin leben, sind eine ganz andere Sorte. Soweit ich es verstehe, tendieren sie dazu, ihr ganzes Leben auf den Alkohol auszurichten."

„Was für ein Jammer!"

Er zerzauste ihr Haar. „Ich bin sicher, du hast keine Erfahrung mit Säufern."

„Nur George", sagte sie resigniert. „Bevor er geheiratet hat."

George lachte. „Dein Bruder war kein Säufer. Er hat zu viel getrunken, als er jung und mit Freunden unterwegs war. Ein wahrer Säufer trinkt mit Freunden, aber auch ohne Freunde. Er muss jeden Tag trinken und wird ziemlich krank, wenn ihm das Trinken nicht ermöglicht wird."

„Oje. Was kann man tun, um einem Säufer zu helfen?"

„Viele sagen, dass man es gar nicht kann. Einmal ein Säufer, immer ein Säufer. Viele scheinen gute Vorsätze zu haben, können sich aber nicht selbst helfen."

„Wir müssen uns etwas einfallen lassen, Blanks."

Er nickte und erhob sich. „Wir sollten uns fürs Abendessen herrichten."

Sie stand auf und hakte ihren Arm in seinen.

Als sie die Treppe hinaufgingen, fragte er: „Soll ich dir helfen, deinen Schmuck anzulegen?"

Sie versteifte sich. „Patty kann mir helfen."

Seine Frau brauchte also seine Hilfe nicht, sinnierte er erbittert. War es seine Gegenwart, die sie so abstoßend fand, oder ihre Schuldgefühle bezüglich der Ohrringe?

* * *

„Ein sehr gutes Abendessen, meine Liebe", sagte Gregory zu Glee, die am gegenüberliegenden Ende des Tischs saß, und deren liebliches Gesicht vom Kerzenlicht erhellt wurde. Er war den ganzen Abend über kaum in der Lage gewesen, seinen Blick von ihr abzuwenden. Als das Licht vor ihrer weichen Brust und ihrem eleganten Hals flimmerte, sehnte er sich danach, einen Pfad entlang ihrer milchigen Haut zu küssen.

Sie sah zu ihm auf und lächelte.

Nur ein blinder Mann hätte nicht erkennen können, wie bezaubernd seine Frau heute Abend aussah. Sie trug ein smaragdgrünes Kleid aus reinster Seide, das die graziösen Kurven ihres Körpers verhüllte. Ihre Augen passten perfekt zu dem Kleid, so wie der Familienschmuck, den sie trug.

Wegen seiner Zufriedenheit mit Glee war es nicht schwierig für ihn, sie zu loben und ihr schmachtende Blicke zuzuwerfen oder ihr Zärtlichkeiten zuzuflüstern – alles für ihre Schwester, natürlich. In der Tat war der Ehemann dieser Schwester ein Vorbild für Gregory, denn er betete seine Frau eindeutig an.

Als der erste Gang abserviert wurde, zusammen mit Felicitys unangetastetem Aal, hatte Thomas Moreland seine Augenbrauen gesenkt. „Ist alles in Ordnung, mein Schatz? Du hast den Aal nicht gegessen."

„Alles ist wunderbar, mein Liebling", antwortete sie. „Es ist in der Tat so wunderbar, dass ich nicht alles essen kann. Ich muss Platz für den gebutterten Hummer lassen. Du weißt, wie gerne ich Hummer esse."

Ihr Mann lächelte, aber seine Sorgen kamen während des nächsten Gangs offensichtlich wieder. „Ich muss sagen, mein Schatz", fing er an, „du siehst sehr blass aus. Fühlst du dich wohl?"

Felicity warf ihren Kopf zurück und lachte. „Wirklich, Thomas, wenn du nicht damit aufhörst, dir so viele Sorgen um mich zu machen, schwöre ich, dir keine weiteren Kinder zu schenken – und ich weiß, dass du dir mehrere wünschst."

Gregorys Blick schweifte zu Thomas. Er wünschte, er könnte Morelands Reaktion einschätzen. Würde der Mann sich wirklich wünschen, dass seine geliebte Frau noch eine Geburt durchmacht? Und noch eine? Bis er sie verliert?

„Ich weiß, dass du mich fortwährend von deiner Widerstandsfähigkeit überzeugen willst, mein Schatz, aber ich mache mir große Sorgen", sagte Thomas.

Es hatte eine Zeit gegeben, in der Gregory es für unmännlich gehalten hätte – besonders für einen großen, strammen Mann wie Moreland – derart betört von einer Frau zu sein. Aber nun schien Gregory zu erfahren, dass diese tiefe Zuneigung genauso Teil des Lebens war, wie seine ersten Zähne zu verlieren. Er hatte nur verdammt wenig davon in seinem Leben erlebt.

Obwohl er ein bisschen zu sehr in seine Frau verliebt war, bot Moreland ein überaus gutes Muster, das Gregory kopieren konnte. Er musste schließlich die Morelands – und Jonathan – davon überzeugen, dass er Glee liebte.

„Hast du heute etwas Erfreuliches unternehmen können, meine Liebe?", fragte Gregory Glee.

Sie nickte. „Dank deiner aufmerksamen Freunde – Timothy und die Zwillinge – konnte ich heute Morgen in den Pump Room gehen."

„Waren schrecklich viele Leute dort?", fragte er.

„Genug. Felicity hat das Gästebuch unterschrieben, also werden sich morgen bestimmt viele Besucher in Winston Hall einfinden."

„Ich hoffe, meine Freunde zeigten ihre guten Manieren und haben dich um den Pump Room geführt?"

„Timothy war so nett und hat mir mein Wasser geholt, aber ich musste mich mit Mr. Jefferson zufriedengeben, um mit mir spazieren zu gehen."

Ärger wallte in seinem Inneren auf. Warum ließ der Schuft seine Frau nicht in Ruhe? Wollte der Unhold sich für diese unangenehme Sache mit Miss Douglas revanchieren?

Glee legte ihre Gabel nieder und sah ihren Mann an. „Es wird dich freuen zu hören, dass alle drei deiner Freunde mich davor gewarnt haben, zu freundlich zu Mr. Jefferson zu sein. Sie sagten mir, dass es dir gar nicht gefallen würde."

Unter größter Zurückhaltung war er in der Lage, seine Stimme nicht vor Ärger zittern zu lassen. „Sie hatten recht."

Sie schob ihre Rüben mit der Gabel auf dem Teller herum und vermied es, seinem Blick zu begegnen. „Ich nehme an, dass Mr. Jefferson ein Schurke ist, aber ich verstehe nicht, warum ich nicht mit dem Mann sprechen soll. Ich bin sicher, es wäre verdächtiger, wenn ich ihn komplett schneiden würde."

„Du musst mir damit vertrauen, meine Liebe. Ich will nur das Beste für dich." Jetzt hörte er sich an wie der liebestrunkene Thomas Moreland.

„Du musst in dieser Angelegenheit auf deinen Mann hören", sagte Felicity streng.

* * *

Nach dem Essen zogen sich Glee und Felicity in den Salon zurück und setzten sich nebeneinander auf ein mit Seide überzogenes Sofa.

„Du siehst so hübsch aus, Kleines", sagte Felicity und nahm die Hand ihrer Schwester in ihre. „Die Ehe scheint dir gut zu bekommen."

Glee schluckte. „Ich war noch nie so glücklich." Trotz der Tatsache, dass ihr Ehemann sie weder liebte, noch begehrte, war Glee wirklich glücklich. Jeden Tag bei Blanks zu sein und hungrig jede Zuneigung anzunehmen, die er ihr zukommen ließ, erfüllte sie mit Liebe. Es gefiel ihr auch, die Herrin eines Hauses und mit einem wohlhabenden Mann verheiratet zu sein. Am meisten gefiel es ihr, jeden Tag mit Blanks zu verbringen. Wenn sie die Wahl hätte, würde sie ihn auf der Stelle wieder heiraten.

„Ich muss zugeben", sagte Felicity, „ich habe nicht geglaubt, dass jemand einen Mann so sehr lieben kann, wie ich Thomas liebe, aber ich glaube, du empfindest das Gleiche für Blanks. Und ich glaube, dass er dich so liebt, wie Thomas mich liebt."

„Das wäre mein größter Wunsch, aber Blanks hat noch einen langen Weg vor sich, bevor er mich so sehr liebt. Vergiss nicht, dass Thomas dich, und nur dich, für sechs lange Jahre geliebt hat, als er in Indien war und davon träumte, nach

Hause zu kommen und deine Liebe für sich zu gewinnen. Dann musste der arme Mann noch ein halbes Jahr geduldig warten, bis dir endlich klar wurde, dass du dich in ihn verliebt hattest. Und nun ... um dir die Wahrheit zu sagen, Thomas' Anhänglichkeit ist ziemlich ekelhaft!"

„Wie wagst du es, meinen Mann ekelhaft zu nennen!", schimpfte Felicity verspielt. Dann lehnte sie sich zu Glee und flüsterte: „Ehrlich gesagt, bin ich genauso anhänglich ihm gegenüber. Er ist nicht immer der weiche, liebestrunkene Mann. Er ist weise und stark und hat ein gutes Herz und zur gleichen Zeit erhält er die Bewunderung von weniger einflussreichen Männern.

„Du musst mich nicht überzeugen. Ich habe ihn gesehen, wenn er sich königlich benimmt."

„Und ich habe eine enorme Veränderung in Blanks gesehen", sagte Felicity. „Ich weiß, es sind erst zwei Wochen, aber er scheint viel reifer zu sein."

Da sie jeden Tag mit Blanks verbrachte, konnte Glee keine Veränderung an ihm bemerken, aber jetzt, als sie darüber nachdachte, wurde ihr bewusst, dass Felicity recht hatte. Er war reifer geworden. Hatte sie ihn nicht selbst langweilig genannt? Die Ehe hatte ihn wirklich verändert. Er hatte sich von den Streichen ferngehalten, die er ein paar Wochen zuvor mit ganzem Herzen unterstützt hätte. Er nahm die Verantwortung für den Nachlass seines Vaters sehr ernst, obwohl es eine langwierige Angelegenheit war. Und er sorgte sich um die, die weniger Glück hatten. Sie lächelte. Blanks veränderte sich. Zum Besseren.

Sein Vater, Gott sei seiner Seele gnädig, hatte ihren geliebten Blanks besser gekannt, als Blanks sich selbst kannte.

„Die Ehe scheint Blanks gereift zu haben", stimmte Glee zu. „Er versichert mir sogar, dass er sich keine Mätresse mehr hält."

Felicity errötete. „Ich wünschte, du würdest nicht über solche Dinge sprechen. Aber ich wage zu behaupten, dass ein befriedigter Mann keinen Grund hat, ein anderes Bett aufzusuchen." Sie sah zu Glee auf und lächelte. „Es muss also sein, dass du das Bett deines Mannes anständig erwärmst, Kleines."

„Anständig?", sagte Glee mit einem verschmitzten Lächeln. „Ich hatte gehofft, es wäre unanständig!"

Felicity lächelte in den Fächer, den sie über ihr errötetes Gesicht hielt. „Mir scheint, du hast dich sogar mehr verändert als dein Mann."

„Nun, ich *bin* zur Frau geworden."

Sie drehte sich um, als sie die Türe hörte, und sah, dass Blanks mit glühendem Blick auf sie zukam.

„Ja, du bist zu einer Frau geworden, meine Liebe", sagte er, als er zu ihr ging und sich bückte, um ihr einen leichten Kuss auf den Nacken zu geben.

Ein sanftes Prickeln rieselte ihre Wirbelsäule entlang. Es war eine derart einfache Geste, und doch löste sie ihre starke Beherrschtheit auf. Sie lächelte zu ihm auf. Wenn er sich im Beisein ihrer Schwester immer so benehmen würde, betete Glee, dass Felicity mehrmals am Tag ins Blankenship Haus kommen würde.

Die beiden Männer setzten sich ihnen gegenüber.

„Meine Schwester hat gerade bemerkt, wie viel reifer du zu sein scheinst", sagte Glee zu Blanks. „Weißt du, Blanks, ich glaube, dein Vater wäre stolz auf den Mann, in den du dich verwandelt hast."

Er erstarrte für einen Moment, dann erschien langsam ein Lächeln. „Glaubst du wirklich?"

„Zweifellos. Ich bin auch sehr stolz auf dich, mein Liebster." Ob es ihrem Mann gefiel oder nicht, Glee liebte es, Zärtlichkeiten auszusprechen.

Da Felicity und Thomas müde von der Reise waren, blieben sie nicht lange. Nachdem sie sie zur Türe gebracht hatten, gingen Gregory und Glee zusammen die Treppe hoch. Hand in Hand, wie es ihre Gewohnheit war.

Als sie an Glees Türe kamen, sah sie zu ihm auf. „Sollen wir mein Küssen üben?"

Er fing an, zu lachen. „Es macht mehr Spaß, wenn es nicht geplant ist. Spontan. Du wirst darauf warten müssen, bis ich wieder den Drang verspüre, dich zu küssen." Du lieber Himmel, aber es war verflixt schwierig, sie nicht in dem Moment in die Arme zu nehmen und an sich zu pressen. Aber er musste vorsichtig sein. Glees Herz war zu zerbrechlich, um damit spielen zu dürfen.

Er küsste sie auf den Scheitel ihres lieblichen Kopfes. „Gute Nacht, süße Glee."

„Gute Nacht, Liebster."

Er lächelte auf dem Weg zu seinem Gemach. Stanley hatte auf ihn gewartet und half ihm, sich auszuziehen.

Dann fiel Gregory auf sein Bett. Es war ein anstrengender Tag gewesen. Er war froh, dass Glee keine Pläne gemacht hatte, das Haus an dem Abend zu verlassen. Das war etwas Besonderes an dem Mädchen, das seine Frau war. Sie schien instinktiv zu wissen, was er wollte, und was er nicht wollte. Sie war tatsächlich die perfekte

Ehefrau.

Er dachte daran, einen Pfad von Küssen ihren Hals entlang bis zu dem süßen Tal zwischen ihren Brüsten zu ziehen. Und, du lieber Himmel, er begehrte sie. Er versuchte, sich davon zu überzeugen, dass er einfach zu lange ohne eine Frau gewesen war. Was zweifellos die Wahrheit war. Es war drei Monate her. Er konnte sich nicht daran erinnern, jemals so lange ohne eine Frau gewesen zu sein. Das Problem war, dass er keine andere Frau wollte. Er wollte Glee. Und sie würde er niemals nehmen.

Kapitel 19

So sehr Glee ihre Schwester auch liebte, sie war froh, dass Felicity derart an ihren Mann gebunden war. Denn Glee hatte ihre frühere Lebensweise mit Enthusiasmus abgelegt und sich völlig der Vorstellung hingegeben, Teil der Bande zu sein. Herumzuspazieren und die Hutmachereien, Schneider, und Stoffgeschäfte mit ihrer überaus femininen Schwester zu besuchen, schien ihr nun so langweilig zu sein, wie Gras beim Wachsen zu beobachten.

Es war viel lustiger, Blanks und seine Freunde zu begleiten, auf ihrem Phaeton durch die Stadt zu fliegen und sich für den Pump Room schockierend anzukleiden.

Ihr glänzend roter Phaeton bereitete ihr endloses Vergnügen. Obwohl es ihre innigste Hoffnung gewesen war, „die Frau in Rot" zu sein, hatte Blanks ihr verboten, ihr skandalöses rotes Kleid zu tragen, während sie den ebenso skandalösen scharlachroten Phaeton fuhr. Also trug sie heute Schwarz. Nicht das bescheidene Kleid einer Trauernden, sondern ein Aufsehen erregendes, das großflächig kreideweiße Haut entblößte.

Als sie über die Pulteney-Brücke fuhr, holte sie zu Appleton auf und brachte ihr Fuhrwerk zum Halten. „Möchtest du um die Wette fahren?", forderte sie ihn heraus und warf ihm ein Lächeln zu.

Er runzelte die Stirn. „Glaube nicht, dass

Blanks dem zustimmen würde, Elfe."

„Ha! Ich gewähre ihm völlige Freiheit und er mir ebenso."

Appleton blickte in Richtung der Stadt. „Du würdest doch nicht durch die Straßen von Bath rasen?"

„Natürlich nicht! Ich könnte es mir niemals verzeihen, sollte jemand verletzt werden. Ich habe an die Straße gedachte, die von hier nach Winston Hall führt."

„Appleton biss sich in die Lippe, als er nickte. „Also gut."

„Sollen wir eine Wette abschließen?", fragte sie und ein hoffnungsvolles Lächeln erhellte ihr Gesicht.

Er schüttelte entschieden den Kopf. „Ich lehne es ab, dein Geld zu nehmen. Außerdem weiß ich genau, dass Blanks nicht will, dass du wettest."

„Mein lieber Timothy, Blanks muss nicht alles wissen."

„Ich werde dich nicht gewinnen lassen, und ich werde dein Geld nicht nehmen."

Sie schmollte. „Blanks hat oft gesagt, was für ein talentierter Fahrer du bist. Egal, das Rennen wird eine gute Erfahrung für mich sein. Sollen wir loslegen?" Sie stand auf und nahm die Zügel fester in ihre behandschuhten Hände.

„Du zuerst", sagte er.

Mit einem Peitschenschlag fuhr sie los.

Er folgte und überholte sie bald. Was ihre Wut entbrannte. Ihr Pferd war in der Lage, so schnell zu laufen wie seines. Und ihre Kutsche war ebenso gut gebaut wie seine. Es gefiel ihr nicht, hinter ihm zu liegen. Sie schnalzte mit der Peitsche und traf die Flanke des Pferdes. Es raste voraus und holte zu Appletons Phaeton auf, so dass dieser nur eine Pferdelänge voraus lag.

Appleton drehte sich um und lächelte Glee teuflisch an.

Ihr Haar hatte sich gelöst und wehte wie eine flatternde Fahne in all seiner kupferfarbenen Pracht hinter ihr her. Ihr wurde gleichzeitig heiß und kalt und sie wünschte sich einen Mantel zu haben, während sie zugleich froh war, keinen zu tragen.

Er ritt wieder voraus und sie schnalzte zornig mit den Zügeln, was dazu führte, dass sie aufholte. Aber nicht genug. Sie lag zwei Längen zurück.

Die vorbeiziehende Landschaft verschwamm. Wälder und Cottages und Pfade verschwanden, sobald sie in ihrem Blickfeld auftauchten. Zu Fuß schien die Distanz zwischen Bath und Winston Hall furchtbar lang. Sogar in einer Kutsche. Aber in einem Rennen auf einem Phaeton flog der Weg nur so vorbei.

Appleton hielt an der Straße, die zu Winston Hall führte. Glee kam ein paar Sekunden später an. „Was für ein Glück, dass du mir nicht erlaubt hast, zu wetten", sagte sie außer Atem.

Er fuhr sich mit der Hand durch seine vom Wind zerzausten Haare und lachte. „Du hast dich bewundernswert geschlagen. Willst du deine Schwester besuchen?"

Als ihr bewusst wurde, wie erbärmlich sie mit ihrem lose fliegenden Haar aussehen musste, sagte sie: „Ich glaube nicht. Meine Schwester würde die Aktion, an der ich mich soeben beteiligt habe, bestimmt nicht gutheißen. Sie ist ein bisschen altmodisch, musst du wissen."

„Dann reite zurück in die Stadt mit mir. Wir können über unseren Plan für den Streich heute

Abend sprechen."

Glee und Appleton sprachen den ganzen Weg nach Bath über und als sie sich nahe der Abbey trennten, waren ihre Pläne für den Abend festgelegt. Sie hatten beschlossen, dass Appleton die Briefe schreiben würde, denn Glee befürchtete, dass Miss Aggremont ihre Handschrift erkennen würde, da sie das Gästebuch in der Aggremont Residenz oft unterschrieben hatte.

Sie war gerade in die Milsom Street eingebogen, als ein in braun gekleideter Mann ihr zuwinkte. Als sie näher kam erkannte sie, dass es sich um Mr. Jefferson handelte. Sie versteifte sich, als sie an den Zügeln zog.

Ihr Phaeton hatte nicht vollkommen angehalten, war aber langsam genug, dass er sich daran festhalten und hinaufhieven konnte.

Sie warf ihm einen bösen Blick zu. „Ich erinnere mich nicht daran, Euch eingeladen zu haben, Mr. Jefferson."

„Wie dem auch sei, ich wollte Euch heute Morgen sehen. Ich habe gerade den Pump Room verlassen, wo ich enttäuscht feststellen musste, dass Ihr nicht anwesend wart."

Mit erhobenem Kopf fuhr sie weiter entlang der Milsom Street. „Sicher habt Ihr nicht erwartet, dass ich Euch im Pump Room küssen würde."

„Nein, nicht dort. Bitte fahrt zu den Sydney Gardens. Dort gibt es ein kleines Wäldchen, wo wir die Tat vollbringen können."

Ihre Hände zitterten. „Das werde ich nicht tun!"

„Wenn Ihr hofft, Eure Ohrringe wiederzubekommen, dann tut Ihr, was ich Euch sage."

Sie knirschte mit den Zähnen. „Ihr seid in der

Tat abscheulich!"

„Ich wünsche nur, die Ohrringe an ihre Besitzerin zurückzugeben."

Sie fuhr einige Minuten in Stille. Vielleicht sollte sie mit ihm in die Sydney Gardens gehen. Wenn er damit recht hatte, dass niemand den Kuss sehen könnte … „Wenn ich dazu überredet werden könnte, mit Euch in die Sydney Gardens zu fahren und Euch zu erlauben mich zu … küssen, gebt Ihr mir dann meine Ohrringe zurück."

„Natürlich."

„Und Ihr versprecht, niemandem von dem Kuss zu erzählen?"

„Bei meiner Ehre als Gentleman."

„Ich seid wohl kein Gentleman oder Ihr hättet meine Juwelen nicht genommen." Sie fuhr um eine Ecke und lenkte den Phaeton zurück entlang der Gay Street in Richtung der Sydney Gardens.

„Wenn es auf eine Wahl zwischen Ehre und meinem Verlangen nach Euch ankommt, dann bin ich kein Gentleman."

Ihre Augen weiteten sich. „Genau, wie ich es mir dachte! Wie kann ich dann sicher sein, dass ich meine Ohrringe zurückbekomme?"

„Ich fürchte, Ihr werdet mir vertrauen müssen."

„Vielleicht sage ich doch meinem Mann, dass er die Ohrringe abholen soll."

„Und ihn denken lassen, dass Ihr mir die Diamanten als ein Liebesgeschenk gegeben habt?"

Sie wandte sich zu ihm und sah ihn mit zusammengekniffenen Augen an. „Mein Mann würde das niemals denken."

„Es wäre Euer Wort gegen meines. Vergesst nicht, dass ich die Ohrringe habe, nicht Ihr."

Blanks würde über die Unehrlichkeit des

Mannes Bescheid wissen, aber sie wagte es nicht, irgendetwas dem Zufall zu überlassen. Ihre Position als Blanks' Frau war viel zu prekär. „Ich habe beschlossen, Euch einen Kuss zu geben." Ihr Herz schlug wie wild. Was, wenn er versuchte, sie mit offenem Mund zu küssen? Oder schlimmer. Was, wenn er ... sich Freiheiten mit ihrem Körper nahm? Sie würde sicherstellen, dass sie weit genug von der Menge entfernt waren, um nicht während des Kusses gesehen zu werden, aber nicht zu weit entfernt, dass ihre Schreie nicht gehört werden konnten, sollte er sich als unseriös erweisen.

Während der zehnminütigen Fahrt zu den Sydney Gardens zitterten ihre Hände und sie fröstelte. Die Sonne, die zuvor einen Mantel unnötig gemacht hatte, versteckte sich nun hinter düsteren Wolken. Wie sehr sie sich einen Mantel wünschte! Er könnte einen anderen Zweck erfüllen, als nur sie zu wärmen. Er könnte ihr gewagtes Dekolleté vor dem hungrigen Blick des verteufelten Mr. Jefferson schützen. Denn der Mann wandte seinen Blick nicht von ihr ab. Als sie einen Blick auf ihn wagte, erschreckte sie das Verlangen in seinen Augen. Wenn nur Blanks sie so ansehen würde!

Da die Sonne fast verschwunden war, befanden sich nur wenige Leute auf den Pfaden des Parks, als sie über die Felder fuhr, die bereits zu grünen begannen. Sie bog auf den Reitweg ein. Sie hatte nie zuvor bemerkt, dass es dort einen kleinen Wald gab, der vom Rest des Parks abfiel. Es war in der Tat ein Ort, an dem man sie nicht sehen würde.

Sie hoffte inbrünstig, dass sie niemand sah. Ihr Haar hing immer noch lose. Sie zeigte überaus viel nackte Haut. Und sie war alleine mit einem Mann, der nicht ihr Ehemann war. Ganz und gar kein anständiges Bild. Um die Sache schlimmer zu machen, fuhr sie auf einem scharlachroten Phaeton, der mit Sicherheit Aufmerksamkeit erregen würde. Wenn sie nur die nächsten Minuten überstehen könnte, würde sie sich bemühen, ihre unberechenbaren Handlungen einzustellen. So sehr Blanks auch feurige Frauen mochte, ihr skandalöses Benehmen würde ihn bestimmt zum Kochen bringen.

Trotz der Kälte, die ihr eine Gänsehaut verursachte, wurden ihre Wangen heißer, als sie auf den Weg in den dichten Wald einbogen.

Dann fühlte sie es. Der Unhold besaß die Frechheit, seine warme Hand auf ihre entblößte Schulter zu legen!

Glee schlug sie fort. „Wie wagt Ihr es! Eure Berührungen waren nicht Teil der Abmachung."

„Vergebt mir. Ich konnte nicht widerstehen. Ihr seid so hübsch."

Sie wirbelte herum, um ihn anzusehen und ihre Augen schossen messerscharfe Blicke auf ihn. „Und so vergeben", schrie sie.

„Ah ja, Blankenship."

Nun waren sie auf beiden Seiten von Bäumen umgeben. Nur die Straße hinter ihnen war offen zum Park. Sie hielt die Kutsche an und drehte sich zu ihm; ihre zitternden Hände umklammerten die Zügel.

„Küsst mich, schnell."

Er rückte noch näher zu ihr und zog sie zu sich, obwohl sie versuchte, ihn von sich fernzuhalten.

„Ich kann Euch nicht richtig küssen, wenn Ihr nicht mitmacht", zischte er.

„Ich mache mit. Ich dulde nur nicht, dass Ihr Eure Arme um mich legt."

„Aber, meine Liebe, das gehört zum Küssen dazu. Hat Euer Ehemann Euch gar nichts gelehrt?"

„Mein Ehemann, wenn Ihr es wissen müsst, ist ein ausgezeichneter Lehrer." Dann – die Zügel immer noch fest in ihren Händen – flog sie in seine Arme und hob ihr Gesicht zu seinem für einen Kuss.

Sie dachte ihr würde übel werden, als sie die Hitze seiner Lippen auf den ihren spürte. Sie zählte leise bis zehn – äußerst schnell – und schob ihn dann von sich weg, im gleichen Moment, als er versuchte, ihren Mund mit seiner Zunge zu öffnen. „Das ist mehr als genug!", kreischte sie, als sie aufstand, ihre Peitsche nahm und ihr Pferd damit schlug und an den Zügeln zog, um den Phaeton zurück in den Park zu lenken.

* * *

Gregory verließ das Büro seines Anwalts auf seinem Pferd als er – aus seinem Augenwinkel – einen knallroten Phaeton die Gay Street entlangrasen sah. Und neben seiner Frau saß ein Mann, der Jefferson gefährlich ähnlichsah. Er hatte keine Wahl, als ihnen zu folgen. Gedanken an das Schicksal der armen Miss Douglas unter Jeffersons Händen erfüllten Gregory mit Angst. Nicht Glee. Nicht seine süße, unschuldige Glee.

Als er näherkam, konnte er bestätigen, dass es in der Tat Jefferson war, der neben Glee saß. Und sie sah aus, als hätte sie sich gerade im Heu gewälzt. Bei jeder anderen Frau hätte er angenommen, dass genau dies geschehen war. Aber nicht Glee. Sie würde niemals ... Sie hatte es versprochen. Seine Brust schmerzte und er begann zu zittern.

Er hatte ein derart würgendes Gefühl nicht gespürt, seitdem sein Vater verstorben war. Und er konnte nur sich selbst die Schuld geben. Wenn er nur Jefferson wegen der Sache mit Miss Douglas entblößt hätte, aber er war zu besorgt um das gute Ansehen der Frau gewesen. Ein einfacher Ausschluss aus der Londoner Gesellschaft hatte nicht geholfen, um Jeffersons frevelhafte Taten zu unterdrücken. Gregory fühlte sich auch schuldig, da er Glee so wenig Zuneigung gezeigt hatte, dass sie gezwungen war, sie bei einem Mann wie Jefferson zu suchen.

Er verfluchte den Tag, an dem er zugestimmt hatte, sie zu heiraten, aber er wusste, er konnte nicht einfach zusehen, wie Jefferson sich mit dem Mädchen Freiheiten herausnahm. Egal, ob sie seine Frau war oder nicht. Es würde ihm etwas ausmachen.

Als er ihren Phaeton im Wald verschwinden sah, war er bereit dazwischen zu gehen. Aufschäumende, blinde Wut überkam ihn und füllte ihn mit Rage, als er sein Pferd bis zu einer wahnsinnigen Geschwindigkeit anspornte. Dann sah er, wie Jefferson eine Hand auf Glees nackte Schulter legte, und ihm wurde übel. Und er war so von Hass erfüllt, dass er William Jefferson töten wollte. Er presste seine Stiefel in die Flanken seines Pferdes und verfluchte es, schneller zu reiten.

Sein Herz schlug wild und sein Kopf schmerzte, als er beobachtete, wie Glees Phaeton zum Stehen kam. Dann zog Jefferson Glee in eine Umarmung und küsste sie.

Gregory spornte sein Pferd zu einem Sprint an,

hielt dann aber plötzlich an, als er sah, was als nächstes passierte. Glee stand auf, nahm die Zügel und drehte den Phaeton um, um das Dickicht mit teuflischer Geschwindigkeit zu verlassen.

Da er nicht dabei erwischt werden wollte, ihr zu folgen, versteckte sich Gregory zwischen einigen großen Eiben, bis Glee außer Sicht war. Er zitterte noch am ganzen Körper und fand sich in einer Zwickmühle darüber, was er davon halten sollte. Seine Frau hatte Jefferson eindeutig geküsst. Dann hatte sie ihn, wie es schien, weggestoßen und sich beeilt, in eine sicherere Umgebung zu gelangen. Was ging hier vor sich?

Er saß einige Minuten lang auf seinem Pferd und hatte seinen Kopf in seinen zitternden Händen begraben. Ein derartiges Elend hatte ihm die Ehe also gebracht. Zum Teufel damit! Er war in der Stimmung, sich zu betrinken.

* * *

Glee begann sich zu sorgen, als Blanks nicht rechtzeitig nach Hause kam, um zum Ball zu gehen. Sie kämpfte gegen das Verlangen an, Nachrichten an Timothy und die Zwillinge zu schicken, um nach ihrem Mann zu fragen. Sie hatte schließlich versprochen, dass ihre Ehe ihn nicht davon abhalten würde, genau das zu tun, was er davor auch getan hatte.

Sie verabscheute es, zu der Veranstaltung zu gehen, ohne zu wissen, ob Blanks etwas zugestoßen war, aber Felicity und Thomas hatten geplant, sie – und Blanks – in ihrer Kutsche abzuholen. Sie konnte Felicity nicht erlauben, über ihre Sorge oder darüber, was für eine machtlose Ehefrau sie war, Bescheid zu wissen. Sie hatte keine andere Wahl, als mit Felicity und

Thomas zu fahren und so zu tun, als wäre sie glücklich.

Nachdem sie ihren Entschluss gefasst hatte, rief sie Patty, um ihr dabei zu helfen, sich für den Ball herzurichten. „Wir müssen uns beeilen", drängte Glee. „Felicity wird bald hier sein."

Mit einem gemischten Gefühl aus Neugier und Ärger wegen Blanks wies Glee Patty an, das rote Kleid zu holen. Sie hatte es kaum angezogen, als Hampton – von der anderen Seite der Türe – ankündigte, dass Mr. und Mrs. Moreland angekommen waren und bereit waren, zum Ball zu fahren.

Patty befestige eine rote Feder in Glees Haar, und schon lief Glee, ohne auch nur einen Blick auf ihr Spiegelbild zu werfen, die Treppe hinunter.

Felicity, die ein himmelblaues Kleid und einen finsteren Gesichtsausdruck trug, sah zu, wie Glee die Stufen hinunterkam. Glee hatte das Kleid unbewusst angezogen, um sich an Blanks zu rächen, hatte dabei aber vergessen, dass ihre Schwester ein derart gewagtes Kleid bestimmt missbilligen würde.

„Du meine Güte", sagte Felicity, „Blanks wird dir nicht erlauben, das zu tragen."

„Die Sache ist, dass Blanks nicht hier ist und somit keine Einwände haben kann", sagte Glee fröhlich, nahm das Umhängetuch, das Hampton ihr anbot, und legte es um ihre Schultern.

„Wo ist unser Bruder heute?", fragte Felicity. „Ich dachte, er würde uns begleiten."

Oje, was sollte sie ihnen sagen? Würde sie sagen, dass sie nicht genau wusste, wo er war, würde Felicity es für seltsam halten, dass eine frisch gebackene Braut so unwissend bezüglich des Aufenthaltsortes ihres Mannes war. Glee vermied eine direkte Antwort. „Ich bin sicher, er wird sich zu uns gesellen, sobald er fertig ist." Sie hoffte nur, dass Felicity nicht fragen würde, womit Blanks fertig werden musste.

Felicitys gute Erziehung hielt sie davon ab, weitere Nachforschungen anzustellen. „Dann bin ich froh, dass wir beschlossen haben, dich abzuholen, denn ich würde nicht zu unserem ersten Ball nach unserer Ankunft in Bath gehen wollen, ohne dich als Begleitung zu haben, Kleines."

Glee hakte ihren Arm in den ihrer Schwester und ging mit ihr zur Eingangstüre. „Ich versichere dir, dass ich den heutigen Ball nicht verpassen würde. Blanks' Kameraden haben eine äußerst lebhafte Aktivität geplant."

In der Kutsche erläuterte Glee den Streich, den Appleton und die Zwillinge beim letzten Ball gespielt hatten, verriet aber nicht, was der heutige Streich war.

Als sie bei den Gesellschaftsräumen eintrafen, sank Glees Herz, als sie sah, dass Appleton und die Zwillinge dort waren. Ohne Blanks. Sie hatte sich eingeredet, dass er bei ihnen sein würde. Wenn er nicht bei ihnen war, wo war er dann? Ihr Herz trommelte und ihr Magen drehte sich um. War er bei einer anderen Frau? Bei Carlotta?

Sie war glücklich darüber, die ersten Tänze mit Appleton tanzen zu können. Obwohl er selten tanzte, befahl ihm seine Galanterie, für seinen Freund einzutreten. „Sag, wo ist Blanks heute?", fragte er, als sie auf die Tanzfläche gingen.

„Das wolle ich gerade dich fragen. Hast du ihn heute Abend nicht gesehen?"

Er schüttelte den Kopf.

„Dann weiß ich nicht genau, wo er ist. Ich bin

sicher, er wird sich bald zeigen."

„Du hast bestimmt recht."

Als sie die Tanzfläche am Ende des Tanzes verließen, sah sie Blanks. Obwohl er elegant gekleidet war und teuflisch gut aussah, konnte sie sofort sehen, dass er betrunken war.

Und feuriger Zorn blitzte in seinen Augen auf, als er ihrem Blick begegnete.

Kapitel 20

Appleton führte Glee direkt zu ihrem Mann. „Bin nur eingesprungen, bis du eintriffst, alter Freund", sagte er zu Blanks, als er ihm Glee übergab.

Blanks ignorierte seinen Freund und wandte sich an Glee. „Du wirst mit mir tanzen und mit sonst niemandem, Madam", sagte er mit Nachdruck und konnte mit Müh und Not seine Wut unterdrücken. Er lallte von dem Alkohol, den Glee an seinen Lippen riechen konnte.

Glee und Appleton tauschten irritierte Blicke, dann nahm sie Blanks' Hände. „Ich bin nur allzu erfreut, mit dir zu tanzen, Liebster. Ich habe mir solche Sorgen um dich gemacht."

Jede weitere Konversation wurde von Felicitys und Thomas' Eintreffen verhindert. „Schön, dich zu sehen, Blankenship", sagte Thomas.

Felicity hielt Blanks ihre Hand hin, und er war verpflichtet, sie zu seinen Lippen zu heben, aber er begrüßte sie nicht.

Glees Puls raste, als sie ihren Mann beobachtete. Sein immerwährendes Lächeln war verschwunden und seine Augen brodelten vor Wut. Er ließ keinen Zweifel daran, dass er auf sie böse war, aber sie hatte keine Ahnung, was sie getan hatte, um solchen Ärger hervorzurufen. „Komm, Liebste", sagte er und hakte ihren Arm in seinen, „lass uns um das Oktagon gehen, so dass du mir alles über dein Treffen mit Mr. Willowby heute erzählen kannst."

„Und du, meine Liebe", sagte er böse, „kannst mich über *deinen* Tag aufklären."

Sie hielt weiterhin seine Hand, als sie sich ihren Weg durch die Menge von sorglosen, in elegante Seide gekleideten, Anwesenden bahnten. Dann trafen sie auf William Jefferson, der zuerst ihr, dann Blanks ein hinterhältiges Lächeln zuwarf.

Blanks schockierte Glee, als er brüllte: „Ein Wort, Jefferson."

Jeffersons schwarze Augen tanzten. „Zu Euren Diensten, mein guter Mann."

Glee drückte Blanks' Hand, als sie weiter in Richtung des Oktagons gingen und Jefferson ihnen folgte. Als sie das Oktagon erreichten, nahm Blanks seine Hand aus der ihren. „Was ich deinem ... *Freund* sagen muss, ist nicht für die Ohren einer Dame gedacht."

Es war, als hätte sie plötzlich einen Messerstich erlitten. *Blanks wusste von dem Kuss.* Sie fing an zu zittern. „Ich bitte dich, mich bleiben zu lassen, denn ich fürchte, ich werde in eurem Gespräch Erwähnung finden."

Blanks' Lippen formten ein zynisches Lächeln. „Wie du wünschst, Madam."

Sie verabscheute es, von ihm so kurz angesprochen zu werden.

Sie betraten das schwach beleuchtete Oktagon, waren jedoch nicht alleine. Einige Paare lustwandelten um den Rand der Galerie. Glee folgte Blanks in die Mitte des Raums, wo er stehenblieb und Jefferson mit einem mordlüsternen Blick gegenübertrat. „Ich trete nicht gerne auf das gute Ansehen meiner Frau", lallte Blanks, „aber ich warne dich hiermit, dass, solltest du ihr jemals wieder nahekommen, um mit ihr zu tanzen oder sie alleine zu treffen, ich dich zu einem Duell herausfordern werde."

Jefferson schmiss seinen Kopf zurück und lachte. „Musst du derartig rührselig sein? Ich versichere dir, es ist nicht mehr als Koketterie zwischen Mrs. Blankenship und mir. Und um ehrlich zu sein, es ist ziemlich einseitig."

Glees Herz schlug wie wild, als Blanks sich auf Jefferson stürzte, die seidenen Revers des Mannes mit seinen großen Händen ergriff und sein Gesicht vor Jeffersons schob. „Lass deine dreckigen Hände von meiner Frau oder ich werde dich umbringen."

Angsterfüllt beobachtete Glee die beiden Männer, einer erzürnt, der andere verängstigt. Dann blickten ihre Augen rasch zu den anderen Anwesenden im Raum. Sie konnten Blanks' Drohungen nicht gehört haben, aber sie konnten seinen Angriff auf Jefferson bezeugen. Und ein Skandal war das Letzte, was Blanks brauchte. Nicht, wenn Jonathan Anzeichen suchte, dass die Ehe seines Bruders in Gefahr war. „Blanks, bitte", sagte sie mit zitternder Stimme, „andere werden dich sehen."

Blanks ließ Jeffersons Frack los und wirbelte herum, um Glee gegenüberzustehen. „Darüber hättest du nachdenken sollen, bevor du deinen Liebhaber im Tageslicht in einem Phaeton, den jeder in Bath als den von Mrs. Blankenship erkennt, getroffen hast."

Glees Blick schweifte von Blanks zu Jefferson und sie sprach entschieden. „Tut, was mein Mann Euch aufgetragen hat und lasst uns alleine."

Mit vor Angst geweiteten Augen nickte Jefferson, drehte sich auf dem Absatz um und verließ die Gesellschaftsräume gänzlich.

„Er ist nicht nur ein unehrenhafter Schurke, er ist auch ein Feigling", sagte Blanks. Er griff Glees Arm, bis sie vor Schmerz wimmerte.

„Bitte, Blanks, mach keine Szene. Du musst an Jonathan denken."

„Du hast das eindeutig nicht getan", sagte er heiser.

„Ich kann nicht leugnen, dass ich mich vollkommen unschicklich verhalten habe, aber du musst mir glauben, dass nichts zwischen Jefferson und mir ist. Du kannst dir nicht vorstellen, wie sehr ich diesen Mann verabscheue."

Der Schmerz auf Blanks' Gesicht erschreckte sie, als er sprach. „Du hast mir versprochen, dass du keine Affäre haben wirst."

„Du musst mir glauben, Blanks. Ich habe keine Affäre – und werde niemals eine haben." Ihre Stimme wurde sanft. „Dir weh zu tun ist das Letzte, was ich jemals wollte."

„Ich glaube, wir sollten gehen", sagte er böse.

„Das können wir nicht. Die Leute werden tratschen. Das Beste ist, wenn wir hierbleiben und alle davon überzeugen, wie glücklich wir sind. Wir können es nicht zulassen, dass irgendjemand eine Disharmonie in unserer Ehe vermutet."

„Aber es gibt eine große Disharmonie."

Wie diese Worte sie schmerzten! Besonders, da sie sich nichts mehr wünschte, als eine harmonische Ehe. „Das geht nur dich und mich etwas an. Anderen gegenüber müssen wir berauschend verliebt wirken."

„Du erwartest von mir glücklich auszusehen, wenn ich gerade meine Frau dabei beobachtet habe, wie sie einen anderen Mann küsst? Wenn ich angedroht habe, diesen Mann zu töten?"

„Nur für eine kleine Weile, Blanks", beschwor sie ihn. „Wir müssen einige Tänze zusammen tanzen, dann gehen wir nach Hause. Du hast zu viel getrunken, und ich muss dich ins Bett bringen."

Er verdrehte ihren Arm noch mehr. „Ich hatte guten Grund zu trinken."

Das hatte er. Er hatte gesehen, wie sie Jefferson geküsst hatte. Glee wollte ihm die Umstände erklären, die sie dazu gebracht hatten, dem widerlichen Mann einen Kuss zu schenken. Sie konnte es jedoch nicht ertragen, Blanks zu verletzen, indem sie ihn auf den Gedanken brachte, dass sie seine Ohrringe so gering wertschätzte, dass sie sie bei einem Kartenspiel als Wetteinsatz verwendet hatte. Es war besser, dass er dachte, sie wählte ihre Freunde zu leichtsinnig. „Ich kann dir nicht widersprechen, aber bitte, komm und tanze mit mir. Nur einige Tänze."

Er nickte.

Als sie das Oktagon verließen, sah Glee, wie Felicity geschwind durch den Bennett-Street-Ausgang auf der anderen Seite huschte.

Als Glee und Blanks den Ballsaal wieder betraten, kam Appleton auf sie zu gerannt. „Etwas Schlimmes ist passiert", sagte er.

Glee zog eine Augenbraue nach oben. „Ich bitte dich, was ist passiert?"

„Ich habe die Nachricht einem Diener gegeben und ihn gebeten, ihn der lieblichen Blonden in Blau zu bringen. Ich habe natürlich Miss Aggremont gemeint, aber der Depp hat ihn deiner Schwester gegeben."

Glees Augen weiteten sich. „Ich muss laufen und Felicity über die Verwechslung aufklären und sie warnen." Sie flüchtete aus dem Ballsaal.

Die Zwillinge hatten sich mittlerweile zu ihnen gesellt, als Appleton Gregory berichtete, was passiert war.

„Ihr seid alle fünfundzwanzig Jahre alt", schimpfte Gregory. „Wann werdet ihr damit aufhören, euch zu benehmen, als wäret ihr gerade aus Oxford gekommen?" Vielleicht hätte er Glee nach Sutton Hall bringen sollen. Sie nach Bath zu bringen, hatte sich als ein Desaster herausgestellt.

„Ich glaube ein Esel schimpft den anderen Langohr, mein Freund", sagte Appleton. „Wir sind nicht diejenigen, die hier blau sind."

„Ich glaube Elfe hat recht, was dich betrifft", sagte Elvin kopfschüttelnd zu Blanks. „Du, mein lieber Blanks, hast dich in einen Langeweiler verwandelt. Auch wenn du heute angesäuselt bist."

„Ich wäre dir dankbar, meine Frau als Mrs. Blankenship anzusprechen!" Gregory gefiel die Art und Weise, in der seine Freunde mit Glee umgingen, gar nicht. Sie waren ein äußerst schlechter Einfluss auf ein derart junges und beeinflussbares Mädchen.

Seine drei Freunde senkten ihre Köpfe und nickten ihm zu.

Dann kam Thomas auf sie zu. „Hat einer von Euch Burschen meine Frau gesehen? Ich scheine sie verloren zu haben."

„Sie trifft Thornton beim Bennett-Street-Eingang", sagte Elvin.

Thomas runzelte die Stirn, als sein verwirrter Blick von einem zum anderen schweifte.

„Es ist alles ganz einfach, Moreland", erklärte

Blanks. Dann fuhr er fort, Thomas über den *kindischen Streich* zu informieren.

„Wer, wenn ich fragen darf, ist Thornton?", verlangte Thomas zu wissen.

„Niemand, den Ihr kennenlernen wollt", sagte Appleton. „Ein Angeber, wenn es jemals einen gegeben hat, der nichts von dem hat, was ihn derartig wertvoll machen würde."

Blanks beobachtete, dass Glee und ihre Schwester den Ballsaal betraten und durchquerten.

Erleichtert wandte sich Glee an Appleton. „Mr. Thornton war noch nicht angekommen. Es ist noch genug Zeit, um eine andere Nachricht an Miss Aggremont zu schreiben."

„Er wird nichts dergleichen tun!", verlor Gregory die Geduld.

Glee zuckte mit den Schultern und sah Appleton unglücklich an.

„Muss sagen", sagte Appleton, „es ist ein viel zu kindischer Streich für fünfundzwanzigjährige Männer."

Das Orchester spielte einen Walzer, und Glee drehte sich mit einem Lächeln zu ihrem Mann. „Sollen wir tanzen, bevor wir gehen müssen, Liebster? Ich weiß, dass du sehr müde von deinem anstrengenden Tag bist."

Trotz der Wut, die immer noch in ihm tobte, erkannte er, dass Glee recht hatte und sie einen guten Anschein wahren mussten. In seinem Zorn hatte er beinahe den Grund vergessen, aus dem er Glee überhaupt geheiratet hatte und die Notwendigkeit, die ihn dazu zwang, glücklich verheiratet zu wirken. Schweigend, mit einem fast unmerklichen Nicken, bot er ihr seinen Arm an, und sie gingen auf die Tanzfläche.

Als das Orchester zu spielen begann, hielt er sie steif fest und machte keinerlei Versuche, sich mit ihr zu unterhalten. Warum zum Teufel hatte er so viel getrunken. Es brachte ihn dazu, seine Schritte zu vermasseln und Glee als Stütze zu benutzen, so dass er nicht auf die Nase fallen würde. Der Alkohol veranlasste ihn auch dazu, Dinge ohne die Einschränkungen zu sagen, die gesellschaftlich festgelegt waren.

„Ich weiß, ich habe versprochen, mich nicht in deine Angelegenheiten zu mischen, Blanks ...“

„Dann tue es nicht.“

Er spürte, wie sie unter seiner Berührung erzitterte. „Ich versuche nicht, mich einzumischen. Ich bitte dich nur darum, dass du mir eine Nachricht zukommen lässt, wenn du Pläne, die wir zusammen gemacht haben – so wie heute Abend – nicht einhalten kannst. Ich muss sagen, Blanks, dass ich vor Sorge halb verrückt geworden bin, da ich gedacht habe, etwas Furchtbares wäre dir zugestoßen.“

„Dann wärst du jetzt eine sehr reiche Witwe, Madam. Dein Bruder hat dies in den Eheverträgen festgelegt.“

„Ich wünschte, du würdest mich nicht *Madam* nennen. Es klingt so ... streng und ich bitte dich, es nicht so darzustellen, als hätte ich dich wegen deines Geldes geheiratet.“

Er verlangsamte seine Schritte und sah in ihr Gesicht hinab. „Hast du das nicht getan?“

Sie stampfte mit dem Fuß auf. „Das habe ich nicht! Ich gebe zu an dem Gedanken, mit einem wohlhabenden Mann verheiratet zu sein, Gefallen gefunden zu haben, aber das ist nicht der Grund, aus dem ich dich geheiratet habe. Ich habe dich geheiratet, weil ... weil ich geglaubt habe, dass wir die besten Freunde waren."

Er erkannte ein leises Schluchzen in ihrer Stimme. Sie würde gleich zu weinen anfangen. Er musste sie aus dem Saal hinausführen, bevor sie eine Szene machte. „Komm, *meine Liebe*, es ist besser, wenn wir nach Hause gehen."

Sie holte tief Luft. „Ja, lass uns gehen."

Er nahm ihre Hand und sie bahnten sich einen viel unkontrollierteren Weg durch die Tänzer, als wenn er nüchtern gewesen wäre. Als sie den Saal verlassen hatten, holte er ihren Umhang und sie verließen das Gebäude.

„Verdammt, es regnet", murrte er. „Warte hier. Ich rufe eine Kutsche."

„Es regnet nicht viel. Es macht mir nichts aus, nass zu werden."

Er sah auf ihre zarte Figur in diesem abscheulichen roten Kleid mit nur einem dünnen Umhang über dem knappen Korsett. „Mir macht es etwas aus. Ich möchte nicht dafür zur Verantwortung gezogen werden, dass meine Frau sich eine Lungenentzündung holt und stirbt."

Das kleine Ding brach in Tränen aus. „Aber du wärst viel besser dran – und viel glücklicher – wenn ich tot wäre", jammerte sie zwischen Schluchzern.

Er schob sie gegen die Ziegelwand unter dem Vorbau und hielt sie mit seinen Armen gegen die Wand des Gebäudes fest. „Sag so etwas nicht. Es würde mir gar nicht gefallen, wenn du stirbst", sagte er sanft. „Ich würde meinen liebsten, mich zur Verzweiflung bringenden, *Freund* verlieren."

Sie erhob sich auf ihre Zehenspitzen und umarmte ihn. „Oh, Blanks, ich fühle mich furchtbar, dich derart verärgert zu haben. Ich verspreche, dir von nun an eine gute Frau zu sein."

Es wand sich aus ihrer Umarmung. „Du kannst damit anfangen, indem du dieses verteufelte rote Kleid nicht mehr trägst."

Sie kicherte. „Ich verspreche es."

Er schritt hinaus in die Pfützen des Bürgersteiges und rief nach einer Kutsche.

* * *

Da Blankenship Haus nur ein paar Straßen von den Gesellschaftsräumen entfernt lag, waren sie bald Zuhause. Zum Glück, dachte Gregory. Sein Bett rief ihn. Er war nicht mehr daran gewöhnt, betrunken zu sein. Seit er sich dazu entschlossen hatte, Glee zu heiraten, hatte sich sein Leben äußerst ruhig gestaltet. Seine Freunde hatten in der Tat recht. Er *war* langweilig geworden.

Er rutschte aus, als er versuchte, aus der Kutsche auszusteigen und stieß mit dem Knie auf der Straße auf. Ehe er sich versah, war Glee auf die nasse Straße gesprungen und beugte sich zu ihm, um ihm aufzuhelfen. Ihre Röcke saugten das Wasser auf, das über die Straße floss. „Bist du verletzt?"

„Natürlich bin ich verletzt", schrie er.

Mithilfe des Kutschers half Glee Blanks zur Türe, wo er sich an der Wand festhielt und Münzen aus seiner Tasche nahm, die er dem Kutscher zuwarf.

Glee öffnete die Türe und Hampton kam gelaufen, um ihnen zu helfen. Er sah Gregory an, aber sein Gesichtsausdruck ließ nicht erkennen, ob er irgendetwas an dessen verändertem Verhalten seltsam fand.

„Bitte hilf mir, Mr. Blankenship die Treppe hinaufzubringen", sagte Glee. „Er ist gestürzt und hat sich sein Knie verletzt."

„Ich brauche keine Hilfe", fauchte Gregory.

„Das tust du sehr wohl", sagte Glee und wandte sich wieder an Hampton.

Der verwirrte Butler konnte das Verhalten seines Herren in dieser Situation nicht deuten und blickte von einem zum anderen.

Dann machte Gregory einen Schritt und hielt sich am Geländer fest. „Ich schaffe es alleine."

Glee lief die Treppe hinauf und legte ihren Arm um Blanks' Taille. „Stütz dich auf mich", sagte sie. Er sah sie an und lachte. „Du glaubst, du kannst mir helfen, obwohl ich doppelt so groß bin wie du?"

Sie sah ihn trotzig an. „Ich bin stärker, als ich aussehe." Dann drehte sie sich zu dem armen Hampton um. „Danke, Hampton, aber Mr. Blankenship und ich kommen alleine zurecht."

Als sie den zweiten Stock erreichten, sagte Blanks: „Die gesamte Dienerschaft wird morgen wohl wissen, dass ihr Herr besoffen war."

„Da hast du bestimmt recht", sagte sie und biss sich in ihre Lippe, als sie sich abmühte, mit ihm, auf sie gestützt, in sein Zimmer zu gelangen. Er hatte Schwierigkeiten damit zu gehen. Und sein verflixtes Knie schmerzte sehr.

Glee öffnete die Türe zu seinem Schlafgemach, drehte sich dann um, um ihm in das Zimmer zu helfen, das nur vom Kaminfeuer erhellt wurde. Er wollte nicht zugeben, dass sich auf ihre Zartheit zu stützen wirklich hilfreich war. Als er zu seinem Bett kam, fiel er sofort darauf.

„Ich rufe Stanley", flüsterte sie.

Gregory ergriff ihren Unterarm. „Aber ich dachte, du würdest mich nach Hause und ins Bett bringen."

„Und das habe ich getan."

Er starrte sie an. Das Flackern des Feuers auf ihrem Gesicht. Ihre Wimpern, die immer noch vom nächtlichen Regen nass waren. Das völlig absurde Bild, als sie versucht hatte, ihn von der matschigen Straße aufzuheben. Ihre unbestreitbare Lieblichkeit. „Wirst du mich nicht ausziehen?", murmelte er.

„Dafür, mein lieber Blanks, werde ich Stanley holen."

Seine Hand strich ihren Arm entlang und er nahm ihre Hand. „Du benimmst dich nicht sehr ehefräulich."

Sie saß neben ihm auf dem Bett und wischte sanft nasse Haare aus seiner Stirn. „Was meinst du damit?"

Verdammt! Wusste sie nicht, was für eine Auswirkung eine derart intime Berührung auf einen Mann haben würde? Besonders einen Mann, der so lange ohne eine Frau gewesen ist? „Sollte eine Ehefrau nicht das Bett ihres Mannes teilen?"

Sie sprach sanft. „Das ... das war nicht Teil der Abmachung, aber wenn du es willst, dann werde ich es tun."

Er ließ seine Finger durch ihr glänzendes Haar gleiten. „Das ist es, was ich will", flüsterte er heiser.

Kapitel 21

Natürlich sprach der Alkohol aus ihm. Blanks wollte sie nicht wirklich. Er würde sich an diese Nacht morgen bestimmt nicht einmal erinnern. Aber sie konnte sich dieses lang ersehnte Verschmelzen nicht entgehen lassen. Wenn sie schon sein Herz nicht besitzen konnte, würde sie sich mit seinem Körper trösten. Sie zitterte in süßer Erwartung seiner körperlichen Liebe. Als sie ihr Gesicht zu seinem senkte, durchströmte sie Liebe wie warmer Honig.

Der erste Kuss war sanft und zart, als seine Arme sich um sie schlossen und sie mit seiner Wärme bedeckten. Der nächste Kuss war viel intimer, viel leidenschaftlicher. Ihre Lippen öffneten sich hungrig, und sie sog den Geschmack seiner nach Brandy schmeckenden Zunge ein. Aus unerklärlichen Gründen wurde ihr Atem stockend und seiner passte sich ihrem an, Atemzug um Atemzug.

Diese Vertrautheit vereinnahmte sie völlig und ließ das Verlangen durch sie pulsieren, von dem Mann, den sie mit jeder Faser ihres Herzens liebte, ganz und gar in Besitz genommen zu werden. Ihre Hände glitten über die Muskeln seines kraftvollen Rückens, dann über seine Brust, wo sie ihre Hand in sein Hemd zwischen den Knöpfen schob. Sie erschauerte, als sie die brennende Haut seiner Brust spürte und ihn vor Lust stöhnen hörte. Flüchtige Gedanken ihrer Hochzeitszeremonie huschten durch ihren Kopf.

Sie und Blanks gehörten einander, Körper und Seele. Sie zitterte vor Wonne. Heute Nacht gehörte sein göttlicher Körper ihr. Und sie gehörte ihm. Zur Gänze.

„Leg dich neben mich", flüsterte er ihr leise ins Ohr.

Sie hielt den Atem an, als sie sich erhob und sich dann weich wie Butter an ihn schmiegte. Seine Arme umschlangen sie, um sie näher an sich zu bringen, so nahe, dass sie das unstete Klopfen seines Herzens spüren konnte. Und sie konnte seine geschwollene Männlichkeit gegen ihren Unterkörper pulsieren spüren.

Seine Hände liebkosten ihren Rücken, dann ihre Hüfte, und er nahm sie mit sich in den aufreizenden Rhythmus, der sie verband. Sie konnte nicht klar denken. Ihre Gedanken waren wie Sternschnuppen, die durch eine grenzenlose Weite schnellten. Sie konnte ihre Gedanken beinahe in Worte fassen, als ein weiterer, noch heller leuchtender Stern durch ihr von Lust gänzlich verschleiertes Gehirn raste. Durch den Nebel lustvoller Gedanken und kraftvoller Gefühle erschien ihr Verlangen, ihre Haut an seiner zu spüren, unermesslich. Sie begann, sein Hemd verführerisch aufzuknöpfen.

Mit nur einer sanften Hand zog er das Korsett ihres Kleides hinunter. Sie fühlte einen Hauch kalter Luft auf ihren Brüsten. Und sie hörte, wie ihr Mann tief Luft holte. Er legte eine Hand auf beide Seiten einer Brust, als wäre sie ein zartes Stück Obst.

Dann spürte sie seine warmen Lippen um ihre Brustwarze und sie glaubte sie würde von der Vielfalt der Gefühle, die in ihr geweckt wurden, verrückt werden.

„Dieses elende Kleid muss weg", flüsterte er mit einem Stöhnen, als seine Hand entlang ihres Körpers strich und einen Pfad prickelnder Haut hinterließ.

So sehr sie auch wollte, dass er sie in diesem Moment nahm, ihn in sich zu spüren, musste sie sich kurz von ihm entfernen. Dies war im Grunde ihre wahre Hochzeitsnacht. Und das rote Kleid war kein Teil davon. Sie dachte an das feine elfenbeinfarbige Nachthemd, das sie in der Hoffnung gekauft hatte, es eines Tages für Blanks tragen zu können. Sie musste sich dazu zwingen, sich von ihm zu lösen, um in ihre Kammer zu gehen und sich dort für diese ganz besondere Nacht herzurichten.

Mit einem letzten hungrigen Kuss schlüpfte sie aus dem Bett. „Ich komme gleich wieder zu dir zurück, Liebster", versprach sie.

Er umklammerte ihre Hand, küsste sie und sprach mit schwerer Stimme: „Beeil dich, Liebling."

Sie schritt über den weichen Teppich in seinem Zimmer, ging durch die verbundenen Ankleideräume und kam zu ihrem Schlafgemach, das nur von dem Feuer im Kamin erhellt wurde. Sie fand das Nachthemd im Kleiderschrank. Sie wand sich aus ihrem roten Kleid, das nun zu ihren Füßen lag, dann zog sie ihre Strümpfe und Unterhosen aus. Sie stand nackt und ohne Scham, erstaunt über ihr Verlangen nach Blanks. Sie schlüpfte in ihr Nachthemd und ging zu ihrem Schminktisch, wo sie nach ihrem Parfum griff. Sie tupfte ein wenig des Dufts auf ihren Hals und warf einen schnellen Blick in den Spiegel. Ihr Haar wurde immer noch von Nadeln hochgalten. Da sie wollte, dass Blanks mit seinen Fingern durch ihr gekämmtes Haar fuhr, nahm sie alle Haarnadeln heraus und bürstete ihr Haar, bevor sie zu ihrem Mann zurückkehrte.

Als sie seine Kammer betrat, hörte sie tiefes Atmen. Sehr tiefes Atmen. Wie ein schlafender Mann. Von enttäuschter Besorgnis erfüllt ging sie zu seinem Bett und sah auf ihn hinab. Er lag auf seinem Rücken seine Armen auf beiden Seiten ausgestreckt. Sein weißes Hemd war aufgeknöpft und enthüllte seine gebräunte Brust, die im Schein des Feuers glühte und von der aus sein dunkles Haar einen Pfad bis zu seiner Taille formte. Ihr hungriger Blick schweifte zu dem zerzausten Haar auf seinem Kopf, dann zu seinen geschlossenen Augen. Sie kam näher. Er schlief tief.

„Blanks", flüsterte sie so laut, wie man nur flüstern kann.

Nichts.

Sie setzte sich neben ihn und streichelte sanft über seine Stirn.

Nichts.

„Zum Teufel." Es war ein Ausdruck, der Männern vorbehalten war, aber er fasste ihre tiefe, stechende Enttäuschung perfekt zusammen.

Von ihrem unerwiderten Verlangen angespannt ging Glee in ihre Kammer zurück und zog sich das Nachthemd aus. Es würde ausschließlich für Blanks getragen werden. Sie bückte sich, um ihr rotes Kleid vom Boden aufzuheben, änderte dann aber ihre Meinung und ließ es dort liegen, wo es war. Sie zog es vor, Patty und die anderen Diener glauben zu lassen, dass es in der Hitze der Leidenschaft hingeworfen wurde. Sie zog ein wärmeres Nachthemd an, zog ihre Decken zurück und kletterte ins Bett.

Als sie sich daran erinnerte, neben Blanks gelegen zu haben, wurden ihre Augen feucht. Sie hatte bedauerlicherweise versäumt, was wahrscheinlich ihre einzige Chance war, wahrhaftig Blanks' Ehefrau zu sein. Nicht nur dem Namen nach.

Sie wurde von einer tiefen, schmerzlichen Leere erfasst, wo sie sich doch so sehr gewünscht hatte, Erfüllung zu finden. Sie hatte immer auf diese Nacht gehofft. Sie hatte gedacht – oder sich danach gesehnt – dass der Tag kommen würde, an dem sie Blanks' Samen empfangen würde ... sein Kind tragen würde ... ihre Leben so sehr zu verbinden, dass sie eins wurden.

Und nun hatte sie nichts. Sie ließ ihren Tränen freien Lauf.

* * *

Seine Kammer war nicht mehr in Dunkelheit gehüllt, dachte Gregory, als er dort lag und sich nicht bewegen wollte, um den stechenden Schmerz in seinem Kopf nicht wieder zu spüren. Er hob sein Bein und bemerkte, dass er immer noch die Schuhe trug, die er am vorherigen Abend zum Ball getragen hatte. Da er auf seinen Decken lag statt unter ihnen, war ihm furchtbar kalt. Das Feuer war ausgegangen und er trug nur ein dünnes Hemd – und das war aufgeknöpft. Dies waren die Auswirkungen des Trinkens. Er erinnerte sich daran, in seiner Wut darüber, dass Glee diesen Teufel Jefferson geküsst hatte, in das nächstgelegene Gasthaus gestürmt zu sein. Er erinnerte sich daran, den ganzen Nachmittag und bis in die Nacht hinein getrunken zu haben und dann nach Hause gegangen zu sein, um sich schnell für den Ball umzuziehen. Es hatte eine Szene in den Gesellschaftsräumen gegeben. Er hatte Jefferson gesagt, dass er es bereuen würde, sollte er Glee jemals wieder angreifen. Dann, getragen von einer Welle ungewohnter Gefühle, erinnerte sich Gregory daran, hierhergekommen zu sein – in dieses Zimmer – mit Glee. Er schoss in seinem Bett auf. Du lieber Himmel, er hatte versucht, sie zu verführen! Er schloss seine Augen und versuchte sich daran zu erinnern, was genau passiert war. Er hatte gesagt, dass sie ihre ehelichen Pflichten nicht erfüllte ... dann hatte sie zugestimmt, ihn zu lieben.

Wie konnte er es nur vergessen? Wie sie schmeckte. Wie sie sich anfühlte, als sie sich begierig an ihn schmiegte. Wie weich ihre entblößten Brüste waren. So sehr er es auch versuchte, er konnte sich nicht daran erinnern, sich in ihr gefühlt zu haben. Er blickte auf seine Hosen. Er hatte sie nicht ausgezogen. Wenn er es getan hätte, wäre er jetzt nackt. Was bedeutete ... die Tat war nicht vollzogen worden. Betrunken wie er gewesen war, musste er verflixt nochmal eingeschlafen sein! Er lachte verbittert.

Erleichterung überkam ihn, als er zurück auf seine Kissen fiel. Gott sei gedankt dafür, dass er sie nicht geschwängert hatte. So sehr sie ihn auch zur Verzweiflung brachte, er wollte sie nicht verlieren.

Ein stechender Schmerz schoss durch seinen Kopf, als er dort lag und an Glee dachte. Sich ihm hinzugeben war nicht Teil der Abmachung gewesen. Sie hatte seinen Namen und sein Vermögen zu ihrer Verfügung. Warum dann hatte sie sich freiwillig dazu entschieden, sich ihm hinzugeben? Hatte sie sich als seine Ehefrau verpflichtet gefühlt? Hatte sie zugestimmt, um ihre Schuld darüber, Jefferson geküsst zu haben, zu besänftigen? Hatte sie zugestimmt, weil ... sie tiefere Gefühle für ihn hatte, als sie zugegeben hatte?

Verdammt! Verheiratet zu sein war eine äußerst komplizierte Angelegenheit. Nun musste er sich entscheiden, wie er sich ihr gegenüber verhalten sollte. Sollte er sie glauben lassen, dass er sich an nichts erinnerte? Sollte er sich für sein Verhalten entschuldigen? Vielleicht sollte er sie davor warnen, seinen betrunkenen Forderungen nachzukommen.

Er schloss seine Augen, als ob es den Schmerz lindern würde, rollte sich langsam vom Bett und durchschritt das Zimmer, um nach Stanley zu läuten. Sein erbärmlicher Kopf schmerzte verteufelt. So wie sein verdammtes Knie. Es war genug, um einen Mann für den Rest seines Lebens nüchtern zu machen. Sein Kammerdiener würde wissen, dass er sein besonderes Elixier bringen musste. Danach und nach einer Rasur und in frischer Kleidung würde er bereit sein, seiner Frau gegenüberzutreten. Und heute, schwor er sich, würde er nichts Stärkeres trinken als Wasser.

* * *

Eine Stunde später – und immer noch nicht ganz der Alte – verließ er sein Schlafgemach und war auf dem Weg zur Treppe, als er die Stimme seiner Frau von unten vernahm.

„Bring diesen Brief zu Mr. William Jefferson im Paragon Gebäude", sagte sie.

Gregory blieb stehen wie vom Blitz getroffen. Sein bereits aufgewühlter Magen zog sich zusammen. Wie verschwommen seine Erinnerung an die letzte Nacht auch sein mochte, er hätte schwören können, dass Glee ihm versprochen hatte, Jefferson nicht wieder zu sehen. Jefferson konnte nicht derart dumm sein, um sich mit einer Frau zu treffen, deren Ehemann ihm angedroht hatte, ihn zu töten. Gregorys feurige Wut mit all ihren gewaltsamen Funken war zurückgekehrt.

Vor Zorn bebend raste er die Treppe hinunter und hinkte an Glee vorbei, die im Foyer neben einem halbmondförmigen Tisch stand und die heutige Post durchsah. Sie sah zu ihm auf und ihre Wangen erröteten.

Sie sah ganz und gar nicht wie die Füchsin aus, die sie gestern in dem knappen scharlachroten Kleid gewesen zu sein schien. Heute, in einem pastellfarbigen Musselinkleid, sah sie wie die alte Glee aus, das unschuldige Mädchen, das seine Braut gewesen war. Nicht die Verführerin, die sie in der vorherigen Nacht gewesen war.

„Irgendwelche schmerzlichen Auswirkungen von letzter Nacht?", fragte sie besorgt.

„Eine Menge, wenn du es wissen musst." Er durchbohrte sie mit einem bösen Blick. „Warum, wenn ich fragen darf, schickst du Nachrichten an Jefferson?"

Ihre Augen weiteten sich. „Ich ... ich wollte ... ihn dazu drängen, dein Ultimatum zu beachten, natürlich."

Er nickte und ging dann weiter in seine Bibliothek.

Glee war schlau genug, ihm nicht zu folgen. Wenn sie es getan hätte, hätte er seinen ganzen Ärger an ihr ausgelassen.

In seiner Bibliothek öffnete er die Vorhänge, um mehr Licht hereinzulassen, und setzte sich dann in einen roten Lederstuhl hinter seinen enormen Schreibtisch, um mit zitternder Hand eine Nachricht an die Polizei in London zu schicken. Nachdem er seiner Frau offensichtlich nicht vertrauen konnte, sich von Jefferson fernzuhalten, musste Gregory ihr seinen Willen ohne ihre Hilfe aufzwingen.

Als er den Brief geschrieben hatte, klopfte es an der Türe zur Bibliothek.

War die verflixte Glee gekommen, um ihren Charme einzusetzen und ihn aus seinem Ärger zu schmeicheln? „Komm herein", schrie er.

Hampton zeigte sich. „Mr. Appleton ist hier, um Euch zu sehen, Sir. Kann ich ihn hereinbringen?"

„Ja, bringt ihn herein. Und hier, schickt diesen Brief diskret." Hampton, als gut ausgebildeter Diener, wusste, dass Mrs. Blankenship die Nachricht niemals sehen würde.

Gregory erhob sich, um Appleton zu begrüßen. Er schuldete seinem Freund eine Entschuldigung für die Art und Weise, wie er sich in der vorherigen Nacht in den Gesellschaftsräumen benommen hatte.

Er verbeugte sich, als Appleton die Bibliothek betrat. „So froh, dass du gekommen bist, mein Freund. Ich fürchte, ich schulde dir eine Entschuldigung für mein abscheuliches Benehmen letzte Nacht."

Appleton lächelte und fiel in den Stuhl, der Gregory am nächsten war. „Es ist deine arme Frau, der du eine Entschuldigung schuldest."

Wenigstens hatte Appleton sie nicht *Elfe* genannt. Trotzdem, es gefiel Gregory nicht, dass Appleton sich in seine ehelichen Angelegenheiten einmischte. „Was zwischen meiner Frau und mir passiert, geht dich nichts an."

„Wie dem auch sei, ich sehe es nicht gerne, dass sie so behandelt wird, wo du ihr so viel bedeutest."

Er bedeutete Glee etwas? Er brach in Gelächter aus.

„Was ist so lustig?"

Er konnte Appleton nicht von seiner bitteren Heiterkeit erzählen, egal wie nahe sie sich standen. „Ich habe nur daran gedacht, wie bezaubernd meine Frau ist, wenn sie sich als mir zutiefst verbunden zeigt."

„Ich denke, du hast verteufeltes Glück, sie als Frau zu haben."

Gregory blickte Appleton fragend an. „Du meinst, du verabscheust den Gedanken an eine Ehe nicht mehr?"

„Na ja, ich würde nicht wie Sedgewick sein wollen. Der Mann scheint nur für seine Frau und sein Kind zu leben. Mit dir und … Mrs. Blankenship … ist es etwas anderes. Sie gibt dir alle Freiheiten. Das hat sie mir gestern erzählt, als wir mit den Phaetons ein Renn…" Appleton schlug seine Hand auf seinen Mund.

Gregory runzelte die Stirn. „Du bist mit meiner Frau ein Rennen gefahren?"

„Es war kein richtiges Rennen."

„Wo hat dieses *falsche* Rennen stattgefunden?"

„Auf der Straße von Bath nach Winston Hall. Und wir haben nicht gewettet. Habe ihr gesagt, dass es dir nicht gefallen würde."

Gregory verdrehte die Augen. „Dann kann ich daraus schließen, dass meine Frau eine Wette abschließen wollte?"

„Sie war noch nicht viel unter Leuten. Sie weiß nicht, dass es sich nicht gehört."

„Dann muss ich mich auf deinen guten Charakter verlassen, um sie von derartigem Verhalten abzuhalten." Gregory lehnte sich nach vorn. „Und um sie von William Jefferson fernzuhalten."

Appleton zog die Augen zusammen. „Verlass dich drauf. Wir haben sie bereits vor dem Schurken gewarnt."

„Wie hat sie darauf reagiert?"

„Sie hat uns mit ganzem Herzen zugestimmt, was seinen miesen Charakter betrifft."

„Das sind ermutigende Neuigkeiten."

„Da wir von Neuigkeiten sprechen, Ich wollte dir mitteilen, dass mein Bruder in der Stadt ist. Er hat das Gästebuch im Pump Room heute Morgen unterschrieben. Und noch eine seltsame Sache … ich habe beobachtet, wie Miss Aggremont sich das Buch angesehen hat, dann ist sie zu mir gekommen, als wären wir die besten Freunde. *Ihr müsst mich mit Eurem Bruder bekanntmachen,* schnurrte sie. Und nur, weil er Lord Appleton ist, wenn du mich fragst."

„Das bezweifle ich nicht. Sie ist eine Intrigantin." Gregory spürte eine perverse Freude über Glees Einschätzung von Miss Aggremonts wenig schmeichelhaftem Charakter. Es ist ein Jammer, dass ihr Einschätzungsvermögen sich nicht auf Jefferson ausdehnte.

„Schade, dass unser Streich mit Miss Aggremont gestern Abend nicht erfolgreich war", sagte Appleton, als er sich erhob. „Ich muss meinen Bruder besuchen gehen. Ich wollte nur sichergehen, dass du nicht mehr auf mich böse bist."

Gregory lächelte und stand auf. „Niemals, alter Freund."

Nachdem Appleton gegangen war, saß Gregory an seinem Schreibtisch und fragte sich, während er aus dem Fenster starrte, wann er den Polizisten erwarten konnte.

Kapitel 22

„Hallo, Timothy", sagte Glee, als sie an ihm im Gang vorbeihuschte, ohne seinem Blick zu begegnen oder sich zu verlangsamen.

Er drehte sich um, um ihr nachzusehen. „Guten Morgen, El..., Mrs. Blankenship."

Glee war zu verärgert, um darauf zu warten, dass ein Stallknecht den Phaeton brachte. Selbst zu den Ställen zu laufen würde ihr Zeit sparen.

Ihr Phaeton war angespannt und bereit, als sie bei den Ställen ankam, und der Knecht half ihr, auf den Hochsitz zu steigen. Als sie losfuhr, hatte sie keine Ahnung, wohin sie fahren wollte. Sie wollte nur alleine sein und über die verwirrenden Begebenheiten des letzten Tages nachdenken.

Sie überquerte den River Avon an der Pulteney-Brücke, galoppierte entlang der Great Pulteney Street und fand sich in den Sydney Gardens wieder. Im Gegensatz zum vorherigen Tag, erhellte die Sonne jetzt den Himmel und viele Leute spazierten, um im Park frische Luft zu schnappen. Ein völliger Kontrast zu der Düsternis am gestrigen Tag. Es war ein Jammer, dass sie so betrübt war, denn sie hätte eine Fahrt an einem derart schönen Tag sonst sehr genossen.

Sie bog in die Gärten ein und dachte, mit geröteten Wangen, über die Intimität nach, die gestern zwischen ihr und ihrem Mann entstanden war. Er hatte tatsächlich ihre Brust mit seinem Mund berührt! Und, mit einer flüssigen Woge tief in ihrem Bauch, erinnerte sie sich daran, *diesen*

Teil von ihm an sich gedrückt gespürt zu haben. Sie war so nahe dran gewesen, wahrhaftig zu ihm zu gehören.

Es konnte unmöglich nur der Alkohol gewesen sein, der Blanks dazu brachte, sie zu begehren. Sagte man nicht, dass Alkohol die Wahrheit hervorbrachte? Andererseits verminderte Alkohol Hemmungen. Das wusste sie aus ihrer eigenen Erfahrung mit Wein. Oder Tee mit Branntwein. Und sie wusste mit Gewissheit, dass Gentlemen, wenn sie betrunken waren, in Freudenhäuser gingen. Als Mädchen hatte sie heimlich einen Brief gelesen, den Timothy Appleton an ihren Bruder in Oxford geschrieben hatte, in dem er sich auf eine Nacht bezog, in der sie betrunken ein Freudenhaus besucht hatten.

Blanks' Verhalten heute ließ nicht erkennen, ob er sich an letzte Nacht erinnerte oder nicht. Sie hatte geglaubt, sie würde an seinen Worten oder seiner Gemütslage erkennen, was seine Reaktion auf letzte Nacht war. Erinnerte er sich oder nicht? Wenn sie es nur erkennen könnte. Wenn sie raten müsste, würde sie sagen, dass er sich erinnerte und auf sie böse war, weil sie sich so verführerisch verhalten hatte. Letzte Nacht war er ganz und gar nicht böse gewesen! Es war das erste Mal gewesen, dass sie sich wirklich wie seine Frau gefühlt hatte.

Andererseits, wenn er betrunken genug gewesen war, um bewusstlos zu werden, hätte er auch zu betrunken gewesen sein können, um sich an irgendetwas zu erinnern.

Es war ein Jammer, dass es unangebracht wäre, ihn zu befragen. *Oder nicht?* Dachte sie kühn, als sie ihren Phaeton umdrehte, um den Park zu verlassen. Vielleicht sollte sie es mit ihm besprechen.

Nicht jetzt, natürlich. Sie hatte seinen Zorn in den letzten Tagen viel zu oft entflammt.

Sie überquerte den River Avon wieder und lenkte ihren Phaeton entlang der Upper Borough Walls und über den Queen Square, ohne zu wissen, was ihr Ziel war. Jedes Mal, wenn sie an Blanks' rasende Wut dachte, wurde sie reumütig. Wenn sie nur den unehrenhaften Mr. Jefferson nicht geküsst hätte. Und warum war sie nur so dumm gewesen und hatte ihm an diesem Morgen einen Brief geschrieben?

Ihre Gedanken waren so sehr auf ihre sehnlichst erwünschte Verbindung mit Blanks gerichtet, dass sie nicht über die Tatsache nachgedacht hatte, dass Blanks über ihren Brief an Jefferson Bescheid wusste. Und der Brief war so jämmerlich harmlos! Sie verlangte nur, ihre Ohrringe wiederzubekommen. Sie sehnte sich danach, sie für Blanks zu tragen und ihm zu zeigen, wie viel sie ihr bedeuteten.

Nun wallte Zorn in ihr auf. Warum hatte der verruchte William Jefferson ihre Ohrringe nicht zurückgegeben? Sie hatte ihren Teil der Abmachung eingehalten. Sie hatte ihn geküsst. Ein schrecklich langweiliger Kuss. Nicht so wie mit Blanks. Sie dachte an die Kraft von Blanks' heißem Kuss. Warum war William Jefferson nur so erpicht darauf gewesen, einen derart harmlosen Kuss zu fordern? Er wusste, dass sie ihn verabscheute. Und doch verlangte er den Kuss. Es war, als ob er eine perverse Genugtuung davon bekam, Blanks bloßzustellen und zu verärgern. Was für ein widerwärtiger Mann!

Sie bog in die Royal Avenue ein und fuhr entlang des Royal Crescent, dann durch die

Crescent Fields. Der Anblick einer unbegleiteten Frau in einem knallroten Phaeton zog viel Aufmerksamkeit auf sich. Wo auch immer Glee fuhr, folgten ihre neugierige Blicke. Man konnte ihr nicht vorwerfen zu versuchen, Blanks mit ihrer Dreistigkeit zu beeindrucken. Heute, natürlich, sah sie eher albern aus in ihrem jungfräulichen Kleid. Warum hatte sie nicht etwas Auffälligeres getragen? Es war ein Jammer, dass Carlotta bereits die Farbe Lila für sich beansprucht hatte.

Der Gedanke an Carlotta brachte Glees Wut zum Kochen. Sie würde wetten, dass Blanks niemals eingeschlafen war, als er darauf wartete, dass Carlotta sich umzog! Dann hatte sie einen frevelhaften Gedanken. Vielleicht trug Carlotta gar nichts, wenn sie dabei war, mit Blanks intim zu werden. Als ihre Brust vor Zorn bebte, war sich Glee sicher, dass sie Carlotta so sehr verabscheute wie William Jefferson.

Glee musste furchtbar viel darüber lernen, wie sie Blanks beglücken konnte, und sie hatte keine Ahnung, wo sie anfangen sollte.

Eine andere Sache, die sie konsternierte, war Blanks' Kehrtwende seit sie geheiratet hatten. Sie hatte versucht als leichtlebig zu erscheinen, um ihm zu gefallen, und dann benahm er sich, als ob er leichtlebige Frauen nicht mochte. Obwohl sie es doch besser wusste. Der unerschütterliche Blanks bestand darauf, sich so zu benehmen, als ob er ihr Bruder wäre. Es erboste ihn, wenn sie seine Freunde mit deren Vornamen ansprach. Er erlaubte ihr nicht zu wetten. Er verbot ihr sogar die kleinste Koketterie mit William Jefferson. Und er verabscheute ihr verführerisches rotes Kleid, genoss es jedoch, es ihr auszuziehen!

Obwohl sie es ihm nie gesagt hatte, hatte sie das Kleid, das so viel Aufregung verursachte, genau einer von Carlottas lila Kreationen nachgeahmt. Und es hatte ihm an Carlotta Ennis eindeutig gefallen. Was auch immer sie versuchte, sie konnte den Mann, den sie geheiratet hatte, nicht zufriedenstellen.

All ihre Schlachtpläne hatten versagt. Es war an der Zeit, mit einem neuen Arsenal aufzufahren. Aber womit?

Sie fuhr unbekümmert weiter, bis sie sich am Broad Quay wiederfand, der Straße, an der das Büro von Blanks' Anwalt lag. Sie hielt vor Mr. Willowbys Büro an und sah Archie auf den Stufen des Gebäudes sitzen. Er sah auf und erkannte sie, und ein Lächeln breitete sich auf seinem dünnen Gesicht aus, als er auf seine Beine sprang. „Kann ich Euch heute behilflich sein, Madam?"

„Das kannst du in der Tat. Hilf mir zuerst, indem du meine Zügel nimmst." Sie gab ihm die Zügel, als sie vom Phaeton herunterkletterte, dann wandte sie sich an ihn. „Kümmere dich um mein Gespann und du wirst dir eine Krone verdienen."

Er lächelte sie schief an, als sie in das Gebäude schwebte. Sie musste bis in den dritten Stock hinaufgehen, bis sie ihr Ziel sah. Sie fand die junge Frau, die Archies Mutter sein musste.

Die Frau sah mit unergründlichen hellbraunen Augen zu Glee auf, widmete sich dann wieder dem Wischen des hölzernen Flurs.

„Ich würde gerne mit dir sprechen", fing Glee an und ging auf die Frau zu. Aus einem Meter Entfernung konnte Glee den Gin riechen.

Die Frau hielt inne, lehnte ihren dünnen Körper an den Mopp und sah Glee mit hochgezogener Augenbraue an. Blanks hatte recht gehabt. Sie war nicht viel größer als ihr Sohn. Und sie sah selbst wie ein Kind aus.

„Ich bin Mrs. Blankenship", sagte Glee. „Mein Mann ist ein Klient von Mr. Willowby und hat mit deinem Sohn, wie ich glaube, mehrmals Geschäfte getätigt."

„Der Kerl, der meinen Jungen all die Kronen gibt?"

Glee nickte. „In der Tat hat mein Mann deinem Sohn eine Position als Stallknecht angeboten, wobei ihm ein Zimmer und Essen zur Verfügung gestellt werden würden, zuzüglich eines angemessenen Lohns."

„Und was hat Archie zu diesem guten Angebot gesagt?"

„Er sagte, er könnte seine Mutter nicht verlassen."

Ein langsames Lächeln huschte über das schmutzige Gesicht der Frau. „Wahrscheinlich fragt er sich, warum er sechs Tage in der Woche für einen kleinen Lohn arbeiten soll, wenn er bereits derart große Summen von Eurem Mann bekommt."

„Aber mein Mann hat andere Wohnsitze. Er wird nicht immer in Bath sein."

„Schade", sagte die Frau und fing wieder an zu wischen.

„Wie heißt du?", fragte Glee sanft.

„Ich heiße Mildred Agnostinio. Man nennt mich Mrs. A."

„Agnostinio ist italienisch, nicht wahr?"
Mildred nickte.

„Dein Sohn ist jedoch bestimmt kein Italiener. Er ist so hellhäutig wie du."

„Mr. Agnostinio war mein zweiter Mann."

„Aber ... du kannst nicht älter als zwanzig sein und warst schon zweimal verheiratet?"

„Ich bin dreiundzwanzig", sagte sie stolz.

„Du hast Archie auf die Welt gebracht, als du erst vierzehn warst?"

Die Augen der Frau waren kalt.

Glee beschloss, weiter zu fragen. „Wo leben du und Archie?"

Sie zuckte mit den Schultern. „Was geht Euch das an?"

„Mein Mann und ich würden dir gerne eine Position in unserem Haushalt geben. Du hättest ein schönes Dach über dem Kopf, alle Mahlzeiten und einen ..."

„Einen angemessenen Lohn", zischte Mildred. „Ich verdiene hier schon einen angemessenen Lohn."

„Und du wohnst in einem schönen Haus?"

„Unsere Unterkunft reicht uns völlig aus. Wir können kommen und gehen, wann wir wollen, und wir müssen uns vor niemandem rechtfertigen."

„Wenn du dich schon nicht um dich selbst sorgst, kannst du dich wenigstens um Archie sorgen?"

Mildred hob ihr Kinn. „Archie kann gehen und mit Euren Pferden leben, wenn er das will."

„Aber er hat nur dich", flüsterte Glee ernsthaft. „Es kann nicht dein Wunsch sein, dass er alleine ist. Er ist nur ein Kind."

„Mein Archie ist reifer als andere in seinem Alter."

„Weil er sich all diese Jahre um dich kümmern musste. Wie lange hast du schon dieses Problem mit dem Trinken?"

Die Frau wirbelte herum und sah Glee an.

„Lasst mich in Ruhe. Ihr seid wie all die anderen Gutmenschen. Ich bin glücklich, so wie ich bin. Archie ist glücklich." Dann nahm sie ihren Eimer und donnerte die Treppe hinunter.

Glee folgte ihr. „Mrs. Agnostinio? Macht es dir etwas aus, wenn ich Archie noch einmal frage, ob er für uns arbeiten will?"

„Von mir aus könnt Ihr ihn mitnehmen", zischte sie.

Oje, dieses Gespräch verlief gar nicht so, wie Glee es geplant hatte. Sie folgte Mildred die Treppe hinunter, machte aber keine weiteren Versuche, mit ihr zu sprechen.

Glee verließ das Gebäude und griff in ihre Tasche, um für den Burschen eine Münze zu holen. „Hier, Archie", sagte sie und legte fünf Shilling in seine schmutzige Hand. „Gut gemacht. Weißt du, mein Mann hätte es immer noch gerne, dass du für uns arbeitest. Hast du darüber nachgedacht?"

Er starrte auf seine Schuhe. „Meine Mum braucht mich."

Glee strich mit ihrer Hand sanft über seinen Kopf. „Du bist ein guter Bursche, Archie."

Auf dem Weg zurück zum Queen Square dachte Glee an Mildred Agnostinio. Die Frau ließ offensichtlich ihre Besessenheit mit Alkohol ihr Leben kontrollieren. Und zerstören. Dies war die einzige Erklärung dafür, warum sie die Sicherheit einer Position in ihrem Haushalt, wo man von ihr erwarten würde zu bestimmten Zeiten zu arbeiten, sauber zu sein – und nicht nach Gin zu riechen – ablehnte.

Wenn man sie nur dazu überreden könnte, ihren Gin aufzugeben. Aber Blanks hatte bestimmt recht. Manche Leute konnten nicht mit dem Trinken aufhören.

Sie musste es mit Blanks besprechen. Er war älter und hatte mehr vom Leben gesehen als sie. Er würde wissen, was zu tun war.

* * *

Blanks sah von seiner Korrespondenz auf, als Glee in die Bibliothek flog.

„Oh Blanks, ich bin so froh, dass du hier bist, denn ich wollte unbedingt mit dir sprechen." Sie setzte sich in einen Stuhl seinem Schreibtisch gegenüber.

Sein Puls beschleunigte sich. Würde sie über die Intimität sprechen, die sich gestern Nacht zwischen ihnen abgespielt hatte? Sollte er damit konfrontiert werden, würde er nicht lügen und es leugnen können. Aber wie konnte er – in den Worten eines Gentlemans – sein Benehmen erklären? Er sah zu ihr auf. Sie sah so unglaublich unschuldig aus. Kaum zu glauben, dass dies dieselbe Frau war, die ihm in der Nacht zuvor ihren Körper angeboten hatte. Sie war nicht so unschuldig, wie sie schien. Er wusste ohne jeglichen Zweifel, dass sie Jefferson nicht nur geküsst hatte, sondern ihm auch an diesem Morgen einen Brief geschrieben hatte. Er dachte kurz an Carlottas Warnung. *Glee ist nicht so unschuldig, wie du glaubst.* Sein Magen zog sich zusammen. Glee war sicherlich unschuldig. Gregory war äußerst böse auf sie. Egal, wie lieblich sie heute aussah. Er hob eine einzige Augenbraue.

„Ja?"

„Ich sprach mit Archies Mutter."

„Darf ich fragen warum?"

„Um ihr eine Position in unserem Haushalt anzubieten natürlich."

„Natürlich. Und was war die Antwort der Frau?"

„Was glaubst du?"

„Sie hat es abgelehnt."

„Ich wusste, dass du es verstehen würdest, und du hast recht, sie hat es abgelehnt. Wie hast du es gewusst?"

„Ihre Neigung zu trinken. Für einen Säufer dreht sich alles nur um die Flasche."

„Gibt es nichts, das wir tun können?"

Er schüttelte den Kopf. „Ich wünschte, es gäbe etwas, meine Liebe, aber die einzige Person, die einem Säufer helfen kann, ist er oder sie selbst. Sie müssen das Trinken aufgeben wollen."

Glee nickte nachdenklich. Sie war wirklich unschuldig, dachte er. Ihr jugendlicher Idealismus kollidierte mit der harten Realität.

„Meiner Meinung nach", sagte sie, „haben Mrs. Agnostinio – das ist ihr Name, weißt du – und Archie kein wirkliches Heim."

„Du hast wahrscheinlich recht."

„Man würde meinen, dass das Angebot eines Dachs über ihren Köpfen attraktiv wäre."

„Für die meisten Leute, die auf der Straße leben, wäre das der Fall. Aber nicht für jemand, dessen Leben von der Besessenheit mit Alkohol gesteuert wird."

„Wenn sie sich schon nicht um sich selbst kümmert, sollte man glauben, dass sie sich um ihren armen Sohn kümmern würde." Sie sah auf, nachdem sie niedergeschlagen in ihren Schoß geschaut hatte. „Du hattest recht damit, dass sie jung ist. Sie hat Archie auf die Welt gebracht, als sie nur vierzehn war."

Gregory zuckte zusammen. „Ich bezweifle, dass sie überhaupt verheiratet war."

Glees Mund öffnete sich. „Oh Blanks, du musst

wohl recht haben! Deshalb hat sie nicht geantwortet, als ich sie darüber ausfragte, zweimal verheiratet gewesen zu sein. Sie schämte sich dafür, dass Archie keinen Vater hat."

„Armer Kerl", murmelte Gregory.

„Es muss etwas geben, das wir tun können."

Er erhob sich, ging zu ihr und nahm eine ihrer zarten Hände, um sie sanft zu streicheln. „Ich wünschte, es gäbe etwas, aber ich fürchte, das Einzige, das wir tun können, ist dem Burschen so zu helfen, wie wir es bisher getan haben."

„Aber sie sind so dünn! Ich mache mir Sorgen darüber, dass sie nicht genug essen. Und Mrs. Agnostinio nimmt bestimmt Archies Geld und gibt es für Gin aus."

„Daran habe ich bereits gedacht und habe mich darum gekümmert, dass sie wenigstens eine gute Mahlzeit pro Tag bekommen."

Ihre smaragdgrünen Augen tanzten, als sie zu ihm aufsah. „Wirklich? Oh Blanks, das ist wunderbar. Du bist so ein guter Mann. Ich bin froh, dich geheiratet zu haben."

Es war unmöglich auf dieses irritierende Frauenzimmer böse zu sein, wenn sie so mit ihm sprach. Und wenn sie eine derartige Fürsorge zeigte. Er dachte, dass auch er froh war, sie geheiratet zu haben.

Auch wenn sie ihn zur Verzweiflung brachte.

Kapitel 23

Gregory hatte gerade dem Polizisten, der aus London angekommen war, seine Anweisungen gegeben, als Hampton ankündigte, dass Lord und Lady Sedgewick zu Besuch gekommen waren.

Gregory entließ den Polizisten, rannte aus der Bibliothek und begrüßte George und seine Frau mit Freuden. „Werdet ihr in Winston Hall wohnen?", fragte er.

„Ja, Felicity hat darauf bestanden", sagte Diana. „Wo, sag mir, ist meine Schwester? Ich kann es kaum erwarten, dass sie mir das Haus zeigt, nun, da ihr eingezogen seid."

„Ich glaube, Hampton ist hinaufgegangen, um ihr zu sagen, dass ihr hier seid", sagte Gregory.

Sogleich waren Glees Schritte auf den Stufen zu hören und Gregory sah auf in das lächelnde Gesicht seiner Frau. Er musste daran denken, vor ihrem Bruder die Rolle des anbetenden Ehemanns zu spielen. „Diana ist überaus begierig auf eine Tour des Hauses, Liebste", sagte er zu ihr.

Glee konnte ihre Freude nicht zügeln und stürmte auf Diana und George zu, um sie zu umarmen. „Es ist wunderbar, euch wieder in Bath zu haben. Wo ist das Baby?"

„Sie ist in Winston Hall mit ihrer Amme", antwortete George.

Enttäuschung huschte über Glees Gesicht. „Dann werdet ihr nicht bei uns wohnen? Ich verkünde, dass ich äußerst böse auf Felicity sein werde, wenn sie euch ganz für sich beansprucht."

„Aber in Winston Hall ist viel mehr Platz", verteidigte Diana ihre Entscheidung.

Gregory ging zu Glee und legte seine Hand um ihre zarte Taille. „Ich wage zu behaupten, dass Wellington seine gesamte Armee in den vielen Zimmern dort hätte unterbringen können."

„Ich bin überzeugt davon, dass die Haustour ohne mich und Blanks stattfinden kann", sagte George. „Blanks wird mich über die aktuellen Vergnügungen in Bath informieren müssen." Er klopfte mit einer Hand auf Blanks' Rücken. Glee stützte ihre Hände auf ihre Hüften. „Ich hätte wissen müssen, dass mein Bruder rechtzeitig für die Pferderennen auftauchen würde."

George lächelte seine Schwester schief an. „Sicherlich hast du nicht geglaubt, dass ich nur hier bin, um meine Schwestern zu sehen."

Blanks hob Glees Hand an und drückte einen Kuss darauf. „George und ich werden uns in die Bibliothek zurückziehen, meine Süße."

Die Frauen schlenderten vor George und Gregory den Flur entlang und bewunderten die Gemälde und frisch gestrichenen Wände. Gregory war froh, dass er George hatte, um ihn von derart langweiligen Dingen wie Dekorationen abzulenken.

In der Bibliothek goss Gregory George ein Glas Portwein ein, dann eines für sich selbst und ließ sich dann auf dem Sofa gegenüber seinem Schwager nieder. „Du hast dir eine überaus interessante Zeit für einen Besuch ausgesucht, alter Freund. Nicht nur werden die Pferderennen bald anfangen, es wird in zwei Tagen ein Hahnenkampf stattfinden."

„Was du nicht sagst! Ich habe seit Ewigkeiten keinen gesehen."

„Wird es nicht langweilig, auf dem Land zu leben?"

„Ich muss zugeben, dass ich die sportlichen Vergnügungen vermisse, die die Stadt bietet, aber abgesehen davon habe ich keine Beschwerden. Es gibt nichts, was derart viel Genugtuung bringt, wie eine eigene Familie zu haben und die Ländereien weiter zu betreiben, die seit Jahrhunderten im Besitz der Familie sind. Du musst wohl auch begierig danach sein, nach Sutton Hall zurückzukehren und eine Familie zu gründen."

Wenn er nur mehr wie George sein könnte. Sein Vater wäre so stolz auf ihn gewesen. Er bereute es, seinem Vater zu dessen Lebzeiten keinen Grund gegeben zu haben, stolz auf ihn zu sein. Und seit dem Tod seines Vaters hatte er nichts getan, was ihm gefallen hätte, außer geheiratet zu haben. Es war schade, dass er nicht verheiratet sein wollte. Keine Familie wollte. Oder all die anderen Dinge, die George so freudig annahm. „Alles zu seiner Zeit", antwortete er.

George lehnte sich zurück und musterte Gregory. „Ich hoffe, meine Schwester benimmt sich?"

Gregory brach in Gelächter aus. „Deine Schwester, mein lieber Freund, braucht eine gute Tracht Prügel."

George zog seine Augenbrauen erschrocken in die Höhe. „Was hat das kleine Biest angestellt?"

„Erstens besteht sie darauf, meine Freunde mit deren Vornamen anzusprechen."

„In der Öffentlichkeit?"

Gregory nickte kläglich. „Es ist eine ständige Quelle der Sorge, dass andere sie für ... nun, leichtlebig halten, wenn du es wissen musst."

„Aber du bist ihr Herr. Kannst du ihr nicht einfach sagen, damit aufzuhören?"

„Eine Lady herumzukommandieren ist keine meiner Gaben, fürchte ich. Ich habe jedoch mehrmals meine Unzufriedenheit geäußert."

„Wenn das nach zwei Wochen Ehe dein einziges Problem ist, dann ist das nicht allzu schlimm."

„Aber das ist nicht das einzige Problem. So sehr ich deine Schwester auch anbete, sie bringt mich zur Verzweiflung. Dann ist da die Sache mit dem Phaeton."

„Welcher Phaeton?"

„Der Phaeton, den Glee sich selbst gekauft hat – ohne mein Wissen, sollte ich hinzufügen – ein Phaeton mit einem Hochsitz, den sie knallrot hat streichen lassen."

„Du meine Güte! Sie fährt ihn wohl nicht in der Öffentlichkeit?"

Gregory nickte. „Und das ist nicht alles. Sie hat es sich in den Kopf gesetzt, sich als verheiratete Frau überaus schockierend zu kleiden."

„Sie sah zuvor eher sittsam aus", verteidigte sie George.

„Dem kann ich nicht widersprechen, aber ich muss dir sagen, dass das heutige Kleid nicht typisch ist. Deine Schwester hat eine Neigung dazu entwickelt, Kleider zu tragen, die äußerst viel Haut zeigen. Und die Farben sind ganz und gar nicht angebracht. Keine Pastellfarben!"

George erschauderte. „Ich fürchte, das hört sich eher nach Carlotta an."

Gregory sah seinen Freund ernst an. „Aber Carlotta war *nicht* meine Frau."

George räusperte sich. „Diana hat mich darüber informiert, dass Glee über Carlotta Bescheid weiß. Ist es möglich, dass Glee die Frau nachahmen will, die sie als Rivalin ansieht?"

Das würde Glees Verhalten erklären. Wenn es sich um eine Liebesheirat handelte. Aber Glee war nicht in ihn verliebt. Und sie hatte nicht den geringsten Grund, auf Carlotta Ennis eifersüchtig zu sein. Glee mit Carlotta zu vergleichen war wie Diamanten mit beschlagenem Messing zu vergleichen. „Ich habe Carlotta nicht gesehen, seit ich meine Absichten, Glee zu heiraten, bekannt gemacht habe, und ich habe dies meiner Frau mitgeteilt, obwohl es äußerst schmerzhaft war, mit ihr darüber zu sprechen. Leider erwähnt sie diese Angelegenheit viel öfter als mir lieb ist."

George stellte sein Glas nieder und runzelte die Stirn. „Verdammt schwierige Situation, so viel ist klar. Aber es freut mich, zu hören, dass du Carlotta aufgegeben hast. Ich hatte meine Zweifel, dass deine Liebe für meine Schwester ebenso groß ist, wie ihre für dich."

Glees Liebe für ihn? Sie musste eine bessere Schauspielerin sein, als er gedacht hatte. Die Vorstellung, dass Glee in ihn verliebt war, gefiel ihm seltsamerweise genau so sehr, wie es ihn beunruhigte. Es war auch seltsam, dass er zum zweiten Mal in ebenso vielen Tagen über die Möglichkeit nachgedacht hatte, dass Glee ihn lieben könnte. Es wäre gar nicht gut, wenn Glee sich in ihn verlieben würde. Seine Entschlossenheit, sich nicht zu verlieben, würde ihr nur Schmerz zufügen und – wie anstrengend sie auch sein mochte – er wollte sie in keiner Weise leiden sehen.

Ihrem Bruder gegenüber zu sitzen, erinnerte Blanks nur an seine Dummheit – und seine Selbstsucht – Glee geheiratet zu haben. Sie verdiente einen Ehemann, der sie liebte wie

George Diana liebte und Thomas Felicity liebte. „Und wie, mein lieber Bruder, bekommt dir die Ehe?", fragte Gregory.

„Wie du bestimmt schon erkannt hast, ist es überaus befriedigend."

Mit einem Knoten in seinem Hals beobachtete Gregory seinen zufriedenen Freund und bereute es, dass sein eigenes kaltes Herz, im Gegensatz zu Georges, unfähig war zu lieben. Natürlich konnte er ein derart dunkles Geheimnis Glees Bruder niemals anvertrauen. „Ich bedaure nur, dass ich so lange gewartet habe zu heiraten", log er.

Georges Lächeln breitete sich aus. „Genau wie ich. Zurück zu Glees leichtsinnigem Verhalten, glaube mir, sie tut es, um dich wegen Carlotta zu ärgern. In Glees Augen hast du anständige Damen nie anziehend gefunden. Vertraue mir, ich weiß, wie das eigenwillige Gehirn meiner Schwester funktioniert."

Fast jeder würde Glee besser verstehen können als Gregory. Es schien, als ob alles, was sie tat, der Norm widersprach. Aber wirklich, sie konnte nicht eifersüchtig auf Carlotta sein! Die Annahme, dass Glee dachte, er würde Carlotta lieben, war vollkommen unlogisch, denn sie beruhte auf der lächerlichen Vorstellung, dass Glee in ihn verliebt war. Was völlig absurd war. „Es ist ein Jammer, dass ich überhaupt nicht weiß, was im Kopf meiner Frau vorgeht. Ich bin sicher, es würde mir viel Ärger ersparen, wenn ich es könnte."

George nickte verständnisvoll. „Genug über meine irritierende Schwester. Du musst mir von dem Hahnenkampf übermorgen erzählen."

Einige Zeit später wurde ihr Gespräch von ihren Frauen unterbrochen.

„Komm, Blanks, lass uns mit Diana und

George zum Pump Room gehen, damit sie das Gästebuch unterschreiben können. Sie waren so lieb und sind gleich nach ihrer Ankunft in Bath zu uns gekommen."

„Und wenn sie es nicht getan hätten", sagte Gregory, „wage ich zu behaupten, dass du deinen Bruder auf die Ohren geschlagen hättest."

Glee begegnete Blanks' Blick mit tanzenden Augen. „Ganz bestimmt! Wie gut du mich kennst, mein Lieber."

„Ich wünschte es wäre so", murmelte er und erhob sich, um seiner Frau seinen angewinkelten Arm anzubieten.

* * *

Im Pump Room trafen sie auf Felicity und Thomas. „Blanks hat mir über den Hahnenkampf übermorgen erzählt", sagte George aufgeregt zu Thomas. „Wirst du hingehen?"

Glee wartete gespannt auf die Reaktion ihres Schwagers. Thomas, der nicht in Wohlstand geboren war, war viel ernsthafter und gelehrter und weniger an Sport interessiert, als seine männlichen Genossen, die privilegiert aufgewachsen waren.

„Ich bin schon seit ewigen Zeiten bei keinem gewesen", antwortete Thomas.

„Genau das habe ich Blanks auch gesagt!", sagte George. „Was für ein Glück, dass wir rechtzeitig dafür in Bath angekommen sind."

„Ja, sehr", sagte Thomas ohne jeglichen Enthusiasmus.

„Wenn unsere Ehemänner sich über Hahnenkämpfe unterhalten müssen, bin ich überzeugt davon, dass wir Ladies sie verlassen und eine Runde um den Saal spazieren müssen."

Glee und Diana schlossen sich Felicity an.

„Sieht meine Schwester nicht gut aus, nun, da sie eine verheiratete Frau ist?", fragte Felicity Diana.

„Ihre Wangen sind eindeutig rosiger. Ich behaupte, sie hat niemals lieblicher ausgesehen."

Felicity lächelte. „Ich schwöre, dass es Blanks ebenso geht. Er ist so aufmerksam."

Wenn sie nur wüssten. Glee war erstaunt darüber, dass jemand ihre Wangen als rosig empfinden konnte. Ihr selbst schien es, als würde sie wegen ihres Versagens, Blanks' Herz für sich zu gewinnen, ständig Trübsal blasen.

Diana hakte ihren Arm in Glees. „Wie gefällt es dir, verheiratet zu sein, meine Liebe?"

„Ich war noch nie glücklicher", sagte Glee. Was teilweise der Wahrheit entsprach. Obwohl sie noch nie so glücklich gewesen war, war sie auch noch nie so betrübt gewesen. Es war eine äußerst seltsame Mischung von Gefühlen, die verheiratet sein in ihr hervorrief. „Blanks ist so ein Schatz."

„Meiner Beobachtung nach", sagte Felicity, „hat die Ehe eine ausgeprägte Veränderung in Blanks hervorgerufen. Er ist nicht mehr der Lebemann, der er vor seiner Hochzeit war. Und er ist eindeutig reifer. Du würdest nicht glauben, wie pflichtbewusst er versucht, Glee und ihr Ansehen zu beschützen, und er ist schrecklich eifersüchtig auf jede Aufmerksamkeit, die sie einem anderen Mann zukommen lässt."

„So ist die Liebe", sagte Glee wehmütig.

Wenn sie nur wüssten. Es war eindeutig nicht Eifersucht, die Blanks' vorgetäuschte Hingabe verursachte. „Wir haben alle so ein Glück, Männer geheiratet zu haben, die derart ungeniert lieben."

Dianas Gesicht begann zu leuchten. „Das haben wir tatsächlich."

„Ihr, meine Schwestern, seid die beste

Empfehlung, die es für eine Liebesheirat geben kann", sagte Glee. „Ich habe immer geglaubt, dass, sobald die erste Blüte der Liebe verwelkt ist, Ehemänner und Ehefrauen sich mit gezückten Schwertern gegenüberstehen. Aber ganz im Gegenteil scheint ihr eure Ehemänner – und sie euch – mit jedem Monat mehr zu lieben."

„Ich habe zweimal Glück gehabt", sagte Felicity. „Beide meiner Ehen beruhten auf Liebe. Nachdem Michael getötet wurde, glaubte ich niemals wieder lieben zu können. Es lässt mich erröten, wenn ich sage, dass ich Thomas viel inniger liebe, als ich Michael jemals geliebt habe. Ich erkläre hiermit, dass ich die glücklichste Frau auf Erden bin."

„Nein, die bin ich", sagten Glee und Diana gleichzeitig.

Die drei Frauen brachen in Gelächter aus.

Glees Lachen war von kurzer Dauer. Sie hob ihr lächelndes Gesicht und sah William Jefferson, der alleine an der Türe stand und sie schmachtend ansah. Ihr Gesichtsausdruck verfinsterte sich. Es würde ihr endloses Vergnügen bereiten, ihn komplett zu schneiden. Besonders, da Blanks anwesend war. Es war vierundzwanzig Stunden her, seit sie ihm geschrieben hatte, um ihre Juwelen zurückzubekommen und sie hatte keine Antwort erhalten.

Vielleicht, dachte sie glücklich, hatte er ihre Ohrringe gebracht? Nein, das wäre gar nicht gut. Sie konnte nicht mit diesem Mann gesehen werden. Blanks war schon jetzt böse genug, um ihn herauszufordern. Und sie würde niemals etwas tun, um die Sicherheit ihres geliebten Mannes zu gefährden.

Sie gingen an Jefferson vorbei – der,

glücklicherweise, keine Anstalten machte, sie in ein Gespräch zu verwickeln – und schlossen sich dann wieder ihren Ehemännern an, deren Gruppe nun die Zwillinge einschloss.

„Wo ist Timothy?", fragte Glee Melvin.

„Er verbringt jede Minute mit seinem Bruder, seit Lord Appleton eingetroffen ist", sagte Elvin.

Ein erheitertes Lächeln breitete sich auf Blanks' Gesicht aus. „Meine Liebe, haben wir nicht beschlossen, dass es Leuten einen falschen Eindruck geben könnte, wenn du meine Freunde mit deren Vornamen ansprichst?" Er warf Glees Bruder einen gepeinigten Blick zu.

„Siehst du, in was für einen Nörgler sich mein Mann verwandelt hat, seit er mich geheiratet hat?", sagte Glee mit gespielter Empörung zu George.

George lächelte. „Wenn ich an Blanks etwas auszusetzen habe, dann, dass er nicht streng genug mit dir ist, Kleines."

„Aber deine Schwester hat recht, Sedgewick", sagte Elvin. „Blanks ist seit seiner Hochzeit ein anderer Mann. In der Tat ist es lustiger, Zeit mit Elfe zu verbringen als mit ihm."

„Wer ist Elfe?", fragte George mit einem verwirrten Gesichtsausdruck.

„So nennen wir Gl... ah, deine jüngste Schwester."

George prustete vor Lachen, versuchte dann, es zu unterdrücken, als er sich an Blanks wandte. „Ich sehe, was du meinst, alter Freund." Dann richtete George seine Aufmerksamkeit auf seine Schwester. „Wirklich, Kleines, eine verheiratete Frau – oder in der Tat auch eine alleinstehende Frau – geht nicht derart freundschaftlich mit Männern um. Ich würde Diana über mein Knie legen und ihr eine Tracht Prügel verabreichen, sollte sie sich derartig unsittlich benehmen."

Nun brachen Felicity und Glee in Gelächter aus.

„Was ist so lustig?", verlangte George zu wissen.

„Erstens", sagte Felicity, „kann ich mir in meinen wildesten Träumen nicht vorstellen, dass sich Diana jemals ohne die größtmögliche Schicklichkeit benehmen würde."

„Und zweitens", sagte Glee, „könntest du niemals so böse auf meine liebe Schwester sein, dass du deine elegante Frau über dein Knie legen würdest."

Glee sah zu Diana in der Erwartung, dass sie in ihren Frohsinn einstimmen würde, aber Dianas Gesicht war blass geworden.

„Was ist los, Diana?", fragte Glee besorgt.

„Ich fühle mich gar nicht gut."

George stürzte mit gerunzelter Stirn und beunruhigter Stimme auf seine Frau zu.

„Oje", sagte Glee. „Erlaube mir, dir ein Glas Wasser zu bringen. Das Wasser hier soll äußerst regenerativ sein." Dann machte sich Glee zum Brunnen auf.

Als sie dorthin schritt, sah sie aus ihrem Augenwinkel, dass sich Jefferson in die gleiche Richtung aufmachte. Sie schwor, ihn völlig zu ignorieren. Sie konnte nicht der Grund dafür sein, dass Blanks in einem Duell getötet wurde. Bei dem Gedanken alleine zog sich ihr Magen zusammen.

„Ein Glass Wasser bitte", sagte Glee zu dem Bediensteten, als Jefferson sich an ihre linke Seite stellte. Sie benahm sich, als würde sie ihn nicht sehen.

Auch er ignorierte sie. Bis sie dabei war, wieder zurückzugehen.

„Ich glaube, Ihr habt dies verloren, Madam“, sagte er und hielt ihr ein gefaltetes Stück Papier entgegen.

Mit heißen Wangen stellte sie Dianas Wasser ab und steckte die Nachricht in ihre Tasche, um sie später zu lesen. Dann nahm sie das Wasser, um es Diana zu bringen, als sie flüchtig Blanks' erregtem Blick begegnete. Sie sah schnell weg, als ob sie ihn nicht gesehen hätte. Sie konnte ihm nicht böse sein, ihr zu misstrauen, wenn sie in Jeffersons Nähe war. Blanks hatte guten Grund. Sie hoffte nur, dass er nicht gesehen hatte, wie sie die Nachricht angenommen hatte.

Als sie sich Diana näherte, bemerkte Glee, dass ihre Schwägerin ziemlich krank war. Sie war nicht nur sehr blass, sondern fing auch zu zittern an, als wäre sie von einer Böe kalter Luft erwischt worden. „Hier, Liebste“, sagte Glee, gab Diana das Wasser und legte ihren Arm um Dianas Schultern. „Du glühst vor Fieber“, sagte Glee besorgt.

George zog seine Augenbrauen zusammen, als er sein sorgenvolles Gesicht Diana zuwandte. „Komm, mein Schatz“, sagte er sanft, „wir müssen dich nach Hause und ins Bett bringen. Ich werde einen Doktor rufen.“

„Vor einer Stunde ging es mir noch gut“, sagte Diana schwach.

„Aber jetzt bist du krank“, beharrte Glee.

Thomas trat hervor und bot an, sie mit seiner Kutsche sofort nach Winston Hall zu bringen.

Glee sah ihnen nach, als sie den Pump Room verließen. Sie sorgte sich ebenso um ihren beunruhigten Bruder wie um seine angeschlagene

Frau. „Ich hoffe, Dianas Leiden vergeht schnell", sagte sie und hakte ihren Arm in Blanks' ein. „Komm, Liebste", sagte er ernst, „wir sollten auch nach Hause gehen."

Sie wollte es so schnell wie möglich in ihre privaten Zimmer schaffen, um die Nachricht des verabscheuungswürdigen William Jefferson zu lesen.

Kapitel 24

Gregory warf über den Frühstückstisch hinweg einen strengen Blick auf seine Frau. „Tu mir den Gefallen und bitte mich nicht einmal darum, dich beim Hahnenkampf hineinzuschmuggeln. Nachdem der Boxkampf deinen weiblichen Empfindlichkeiten zu nahegetreten ist, behaupte ich, dass ein Hahnenkampf – mit seinem tödlichen Ausgang – zehnfach so blutig ist."

Glee sah angemessen angewidert aus. „Ich bin geheilt, mein Herzensliebling. Ich habe weder das Verlangen, mich als Bursche zu verkleiden, noch den Drang, Mensch oder Biest zu Tode kommen zu sehen. Mit wem gehst du heute?"

„Da die Zwillinge mit Appleton und seinem Bruder fahren werden, werde ich meine Kutsche nehmen und Thomas und George einsammeln."

„Ich glaube nicht, dass Thomas dein Interesse an Hahnenkämpfen teilt."

Gregory zuckte mit den Schultern. „Du hast wahrscheinlich recht. Soweit ich es verstehe, war er als junger Mann zielstrebig sparsam. Hast du mir nicht erzählt, dass er als Knecht gearbeitet hat und jeden Viertelpenny gespart hat, um dann sein Glück in Indien suchen zu können?"

Sie nickte. „Deswegen wurde die Bildung meines lieben Schwagers, was das Bestreben nach Spaß und Sport betrifft, äußerst vernachlässigt. Es ist ein Jammer, dass er nur eines der größten Vermögen in England als Ausgleich für eine vergeudete Jugend hat!"

„Warum kommt es mir so vor, als würdest du mich schlechtmachen, weil mein Vermögen nur geerbt ist?"

„Aber, mein lieber Mann, du hast dir dein Vermögen verdient, indem du mich als Ehefrau ertragen musst!"

Er konnte an ihrem schelmischen Lächeln erkennen, dass sie scherzte. „Dich aus den Dornenbüschen fernzuhalten, ist allerdings eine Vollzeitbeschäftigung." Er erhob sich und schob seinen Stuhl zurück an den Tisch. „Was wirst du heute tun?"

„Ich habe ... Besorgungen in der Stadt zu machen."

Er ging auf sie zu und hauchte einen Kuss auf ihre Wange. „Ich verlasse mich darauf, dass du dich benimmst, meine Süße." Er verließ das Zimmer und ging hinaus zu seiner wartenden Kutsche.

Bei Winston Hall stieg er von der Kutsche ab und ein Lakai brachte ihn in das große Haus, wo ein Butler Thomas seine Ankunft ankündigte.

Thomas stürzte aus seiner Bibliothek in das marmorne Foyer, um ihn zu begrüßen. „Wenn du mich mitnimmst, bin ich dabei, aber ich fürchte, dass Sedgewick es nicht schaffen wird."

„Er hat also das eingefangen, was auch immer es war, das Lady Sedgewick im Pump Room krank gemacht hat?"

„Nicht wirklich", sagte Thomas und runzelte die Stirn. „Meiner Schwester geht es heute nicht besser, und George macht sich furchtbare Sorgen um sie. Er hat die ganze Nacht an ihrem Bett verbracht."

Genau in diesem Moment kam George die ausladende Treppe herunter. „Da bist du, Blanks.

Es tut mir leid, mein Freund, dass ich heute nicht zu den Hahnenkämpfen mitkommen kann."

Gregory ging zum Fuß der Treppe, um ihn zu treffen. „Es geht Lady Sedgewick nicht besser?"

George schüttelte grimmig den Kopf. „Ich bin höllisch besorgt um sie. Sie war noch nie so krank."

Gregory konnte nicht verstehen, warum eine kranke Frau einen Mann davon abhalten sollte, einer seiner liebsten Vergnügungen nachzukommen. Es war ja nicht so, als müsste er tagelang reisen, um den Hahnenkampf zu sehen. Um Himmels willen, er würde in zwei Stunden wieder zurück sein. Aber es war nicht Gregorys Aufgabe, Georges Motivation in Frage zu stellen.

„Der Doktor war hier?"

„Ja. Er hat sie bluten lassen und ist sicher, dass es ihr in ein paar Tagen wieder gutgehen wird – nachdem das Fieber seinen Lauf genommen hat. Aber kurz gesagt, ich kann sie keinesfalls alleine lassen. Ich sollte nicht bei dem Kampf Spaß haben, anstatt mich um sie zu sorgen."

Gregory wandte sich an Thomas. „Bist du genauso besorgt um deine Schwester wie es ihr Mann ist?"

„Niemand sorgt sich so sehr wie ihr Mann", sagte Thomas mit einem Lachen. „Niemand kann sagen, dass er meine Schwester wegen ihrer Mitgift geheiratet hat. Kein Mann könnte seine Frau mehr lieben als er."

George klopfte Gregory auf den Rücken. „Ich sollte besser wieder zu Diana gehen. Ich lasse sie nicht gerne alleine."

Als er die Treppe hinaufgegangen und nicht mehr in Hörweite war, fragte Gregory: „Ist Lady

Sedgewick wirklich ernsthaft krank oder übertreibt George?"

Thomas zuckte mit den Schultern. „Sie *ist* ziemlich krank."

„Dann willst du vielleicht auch hierbleiben?"

Thomas nickte mit einem sorgenvollen Gesichtsausdruck.

* * *

Während der kurzen Fahrt zum Hahnenkampf dachte Gregory über die enorme Veränderung nach, die über George gekommen war, seit er Diana geheiratet hatte. Es war, als hätte ein anderes Wesen ihn eingenommen. George hatte Hahnenkämpfe fast mehr als alles andere genossen. Er war einmal hundert Meilen geritten, um einen zu sehen. Vor dem heutigen Tag hätte Gregory ohne Gewissensbisse darauf gewettet, dass George niemals einen Hahnenkampf wegen einer vorübergehenden Krankheit seiner Frau verpassen würde.

Aber wenn es darum ging, unnütz neben dem Bett seiner geliebten Frau zu sitzen oder einen Hahnenkampf zu besuchen, dann hatte Diana gewonnen. Eindeutig.

Gregory schob den Vorhang seiner Kutsche zur Seite und sah hinaus in die Landschaft. Es war ein schöner Tag, um am Leben zu sein. Warum dann, fragte Gregory sich, fühlte er sich so verdammt einsam? Es war nicht, weil George und Moreland zurückgeblieben waren. Es war viel mehr als das. Georges Liebe zu Diana hatte sein Leben bereichert. Erfüllt. Genau so sollte die Ehe sein.

Sie waren in guten und in schlechten Zeiten füreinander da. Er seufzte. Glees Schwester wurde von Thomas Moreland angebetet. Ihr

Bruder verehrte Diana. Bei Gott, Glee verdiente das auch.

Und doch hatte sie all dies aufgegeben, um ihm zu helfen, sein Vermögen zu sichern.

Glee war wütend gewesen, als sie Mr. Jeffersons Brief gelesen hatte. Anstatt ihre Diamanten an Blankenship Haus liefern zu lassen informierte er sie, dass sie im Paragon Gebäude – in seinen Gemächern – auf sie warten würden, wann auch immer sie sie abholen wollte.

Wenn sie nicht derartige Angst davor gehabt hätte, dass Blanks sie dabei erwischen könnte, eine weitere Nachricht an Mr. Jefferson zu schicken, hätte sie sofort zurückgeschrieben und verlangt, dass sie an sie geschickt werden sollten.

Nachdem sie eine Nacht darüber geschlafen hatte beschloss Glee, dass sie die Ohrringe doch abholen würde. Aber sie würde sich überaus sittsam kleiden. Es war eine Sache, sich für ihren geliebten Blanks aufreizend zu kleiden, aber eine ganz andere, vom bestialischen Mr. Jefferson hungrig angestarrt zu werden!

Sie wies Patty an, das schwarze Wollkleid zu bringen, das sie im Trauerjahr nach dem Tod ihres Vaters getragen hatte, und sie zog es für ihre Fahrt zum Paragon Gebäude an.

Ein anderes Problem war, dass mehrere respektable Leute, die ihr bekannt waren, auch im Paragon Gebäude wohnten, und es wäre gar nicht gut, wenn irgendjemand sie dabei beobachtete, wie sie die Zimmer eines Junggesellen betrat. Vielleicht konnte sie einfach an der Türe warten, während ein Diener ihre Ohrringe holte. Aber das wäre auch nicht gut. Je länger sie sich vor Mr. Jeffersons Unterkunft aufhielt, umso größer war die Wahrscheinlichkeit, dass sie gesehen wurde.

Nach reiflicher Überlegung beschloss sie, Patty mitzunehmen. Was könnte respektabler aussehen? Eine Frau, die sich mit ihrem Liebhaber traf, würde wohl kaum ihre Zofe mit sich bringen.

Es war Glee völlig egal, was Leute über sie oder ihr Ansehen dachten, aber Blanks' Ruf war ihr ganz und gar nicht egal. Erstens konnte sie sein Erbe nicht gefährden, indem sie ihre unkonventionelle Ehe zur Schau stellte. Aber mehr als alles andere konnte sie es nicht zulassen, das Blanks glaubte, sie liebe einen anderen Mann. Auch wenn er sie nicht liebte, sie konnte seinen Stolz nicht derartig verletzen.

Obwohl er es nie zugegeben hatte, wusste sie, dass Blanks' sensible Gefühle ein Leben lang unter den Schlägen der verachtenswerten Aurora gelitten hatten. Und Glee würde den Rest ihres Lebens damit verbringen, dies wiedergutzumachen.

Mit Patty im Schlepptau machte sich Glee zu Fuß auf den Weg zum Paragon Gebäude. Sie hatte ihren schwarzen Hut mit so viel schwarzer Spitze umhüllt, dass sie hoffte, ihr Gesicht sei vor anderen verborgen. Es war ein Jammer, dass ihre roten Locken nicht völlig versteckt werden konnten.

Sie gingen bis zum Paragon Gebäude und – da sie niemanden sah, den sie kannte – gingen sie die Stufen des Gebäudes hinauf. Gleich hinter den Eingangstüren im Inneren des Gebäudes fand sie ein Verzeichnis, auf dem sie erkennen konnte, dass Mr. Jeffersons Quartier die Nummer Acht hatte.

„Aber, Miss Glee", protestierte Patty, „Ihr dürft nicht in die Unterkunft eines alleinstehenden

Mannes gehen."

„Das weiß ich!", flüsterte Glee. „Deshalb habe ich dich mitgebracht, Dummchen."

„Was wird Mr. Blankenship sagen, wenn er es herausfindet?"

„Es ist meine innige Hoffnung, dass er es niemals herausfindet. Ich werde nur lange genug dort sein, um meine Ohrringe zu holen, die mir Mr. Jefferson äußerst unhöflicherweise abgenommen hat, als ich beim Kartenspielen gegen ihn verloren habe."

„Wollt Ihr damit sagen, dass Mr. Blankenship nicht über die Ohrringe Bescheid weiß?"

Glee schüttelte den Kopf. „Er hatte sie gerade erst für mich gekauft, und ich konnte nicht zulassen, dass er denken könnte, dass sie mir so wenig bedeuteten, dass ich sie in einem völlig bedeutungslosen Kartenspiel verwetten würde."

Außer Atem hielt Patty sich am Geländer fest, als sie im zweiten Stock ankamen. „Mr. Blankenship hat sie selbst für Euch ausgesucht?"

Glee nickte reuevoll. „Und sie sind mir so viel wert."

„Also gut, Mädchen, aber lasst es uns schnell hinter uns bringen."

Sie kamen bei Nummer Acht an, und Glee klopfte zurückhaltend an die Türe.

Einen Moment später öffnete ein männlicher Diener die Türe, musterte Glee und runzelte die Stirn.

„Ich glaube, du hast ein Paket für mich. Ich bin Mrs. Blankenship."

Er öffnete die Türe. „Bitte kommt herein. Mr. Jefferson erwartet Euch."

Glee und Patty betraten einen schmalen Flur und folgten dem Diener in einen kleinen, dunklen

Salon, wo der Mann sie anwies, sich zu setzen.

* * *

In weniger als einer Stunde hatte Gregory hundert Pfund beim Hahnenkampf verloren. Nachdem er sich von den Appleton Brüdern und den Zwillingen verabschiedet hatte, die alle auch große Summen verloren hatten, stieg Gregory in seine Kutsche für die kurze Fahrt zurück nach Bath.

Obwohl seine Freunde an diesem Tag so ausgelassen wie immer waren, hatte er nur halbherzig in deren Frohsinn eingestimmt. Seitdem er Winston Hall verlassen hatte, hatte er sich verdammt bedrückt gefühlt. Glee und seine Freunde hatten wohl recht. Er *war* langweilig geworden. Glee hatte ihn geheiratet, da sie dachte, sie würden zusammen viel Spaß haben. Aber er hatte sich in ... du lieber Himmel, er verwandelte sich in seinen Vater! Die Vergnügungen seiner nicht allzu weit entfernten Jugend schienen ihm nun äußerst frivol. Hahnenkämpfe hielten nicht mehr den Reiz, den sie einst hatten. Genauso wie Kartenspiele. Oder Frauengeschichten.

Tatsache war, dass Thomas Moreland und George die glücklichsten, ausgeglichensten Männer in seiner Bekanntschaft zu sein schienen.

Als seine Kutsche am Queen Square ankam, sah Gregory den Polizisten vor seinem Haus stehen. Warum beobachtete er nicht Glee, so wie es ihm streng aufgetragen war? Gregorys Brust schmerzte. War ihr etwas zugestoßen? Gregory sprang von der Kutsche, bevor sie zum Stillstand gekommen war. „Wo ist meine Frau?", verlangte er. Der Mann hatte eindeutige Anweisungen, Glee allzeit zu folgen – und sich niemals im

Blankenship Haus sehen zu lassen.

„Ich bin sofort hierhergekommen, Sir", sagte der Polizist atemlos. Er kam Gregory näher und senkte seine Stimme. „Ihr sagtet, dass Mrs. Blankenship niemals in Mr. Jeffersons Nähe gehen durfte ..."

„Ja? Sprich weiter!"

„Nun, sie ist in dieser Minute bei ihm."

Gregory sprach einen Fluch aus. „Kommt", verlangte er und lief, um seine Kutsche einzuholen. „Zum Paragon Gebäude", wies Gregory den Fahrer an.

Während der kurzen Fahrt zu Jeffersons Unterkunft berichtete der Polizist Gregory, was er in den letzten fünfundvierzig Minuten beobachtet hatte.

„Ich glaube Ihr müsst Euch keine Sorgen machen, dass Eure Frau Unfug anstellen wird, Sir. Sie hat ihre Zofe bei sich und ... sie ist in tiefe Trauerkleidung gehüllt."

Alles, woran Gregory denken konnte, war die arme Miss Douglas und das Schicksal, das sie wegen William Jefferson ereilt hatte. Wenn Jefferson auch nur eine Hand an seine Frau legen würde, würde Gregory Vergnügen daran finden, ihn zu töten. Gregorys Herz schlug wie wild. Seine Hände schwitzten. Er fühlte sich, als wäre sein Leben in Gefahr. Die arme Glee war nur ein unschuldiges Kind. Sie verdiente es nicht, in Jeffersons Rachespiel eingesetzt zu werden.

Er schlug auf das Dach der Kutsche, um den Kutscher anzuweisen, schneller zu fahren.

„Ihr sagt, meine Frau war zu Fuß unterwegs?", fragte Gregory.

Der Polizist nickte. „Und ich bin den ganzen Weg zurück zu Eurem Haus gelaufen, Sir. Ich war noch keine Minute dort, als Ihr angekommen seid."

„Gott sei gedankt", sagte Gregory mit zitternder Stimme.

Die Kutsche kam schleudernd vor dem Paragon Gebäude zum Halt, Gregory sprang ab und hastete die Stufen hinauf. „Welche Nummer ist es?", rief er dem Polizisten zu.

„Nummer Acht. Zweiter Stock."

Gregory rannte eilig zur Treppe und lief die Stufen hinauf. Als er zur Nummer Acht kam, klopfte er nicht an. Er stürzte hinein. „Wo ist meine Frau, Jefferson?"

Kapitel 25

Gregory lief den Flur entlang und suchte in jedem Zimmer nach Glee. Im Salon fand er Patty geknebelt, aber er hielt nicht an, um sie loszubinden. Wenn sie geknebelt und angebunden war, dann war Glee es ebenso und er musste sie finden, bevor dieser Teufel Glees Unschuld schändete.

Gregory rief dem Polizisten zu: „Bindet die Zofe meiner Frau los!" Dann raste er die Treppe hinauf und riss die erste Türe auf, die er sah. Und dort sah er Glee, geknebelt und mit vor Furcht geweiteten Augen, in eine Ecke gekauert, um Jefferson zu entkommen. Gregorys Wut explodierte derart tosend, dass er kaum seine Erleichterung darüber wahrnahm, dass sie immer noch angekleidet war.

Mit einem Schritt griff er nach Jefferson und rammte dessen Kopf in die verputzte Wand. Während der Sekunde, in der Jefferson sich wieder sammelte, schlug Gregory seine Faust in sein Gesicht. „Gott helfe mir, ich werde dich töten", drohte Gregory durch seine zusammengebissenen Zähne.

Jefferson stürzte sich auf Gregory, der sich jedoch duckte, um dem Schlag auszuweichen, und Jefferson flog auf sein Bett. Bevor er aufstehen konnte, hatte Gregory sein gesamtes Gewicht auf ihn geworfen und schlug fortwährend auf seinen Kopf ein.

Vor dem Zimmer waren Schritte zu hören,

denen ein Handgemenge folgte. Gregory wirbelte herum, um den Polizisten auf Jeffersons Kammerdiener einschlagen zu sehen. Der Diener war dem Polizisten nicht gewachsen. Bald betrat der Polizist Jeffersons Schlafgemach, während der Diener im Korridor seine Wunden leckte.

Jefferson stützte sich schwerfällig auf die Arme wie ein Hund. Blut von seinem Gesicht triefte auf seine blauen Bettdecken.

„Seid so nett und befreit meine Frau von den Fesseln", wies Gregory den Polizisten an.

Gregory ging um das Bett herum von Glee weg und stand mit dem Rücken zur Türe, während sein Blick Jefferson messerscharf durchbohrte. „Nach der Sache mit Miss Douglas dachte ich, Ihr hättet keine Prinzipien. Nun weiß ich, dass Ihr keine Seele habt. Ihr sollt zur Hölle verdammt sein, Jefferson!"

Jefferson fiel auf das Bett zurück. „Nehmt sie und geht. Ihr müsst mich nicht zum Duell herausfordern. Ich werde England sofort verlassen."

Der Mann war also auch noch ein Feigling. Er wusste, er würde gegen Gregory nicht ankommen, und er wusste wahrscheinlich, dass Gregorys Wut groß genug war, um ihn nicht nur zu verletzten, sondern zu töten.

Von ihren Fesseln befreit, flog Glee in Gregorys Arme und umarmte ihn weinend. „Ich ... ich ... wollte nur meine Ohrringe wiederhaben", schluchzte sie.

Gregory umfing seine Frau in einer Umarmung. All sein Ärger auf sie schmolz unter der bloßen Erleichterung dahin, die er in diesem Moment empfand.

„Nehmt sie", stotterte Jefferson und winkte in

Richtung des Schreibtisches. „Sie sind in meinem Schreibtisch."

Gregory hielt Glee ein kleines Stück von sich entfernt und beugte sich hinab, um sie zu küssen, dann bot er ihr sein Taschentuch an.

Nachdem sie ihre Tränen weggewischt hatte, ging sie zum Schreibtisch und fand ihre Ohrringe in der obersten Schublade. Sie umklammerte sie mit ihrer Hand und ging zur Türe, wo Gregory sich ihr anschloss und die Türe hinter ihnen zuwarf.

Zu diesem Zeitpunkt war Patty von ihren Fesseln befreit und flog – weinend – in Glees ausgestreckte Arme. „Ich bin so froh, dass Mr. Blankenship gekommen ist", schaffte sie zwischen Schluchzern zu sagen. „Dieser Mann ist ein Monster."

Gregory wandte sich an den Polizisten. „Kümmert Euch darum, dass die Zofe gut nach Hause kommt. Ich möchte mit meiner Frau alleine in der Kutsche sprechen. Und ..." Er hielt inne und begegnete Pattys dankbarem Blick. „Ich hoffe, wir können uns auf deine Diskretion verlassen."

Patty nickte feierlich. „Ich könnte Miss Glee nicht mehr lieben, wenn sie meine eigene Schwester wäre."

Bevor sie wegging, umarmte Glee Patty noch einmal.

In der Kutsche fing Glee wieder zu weinen an. Gregory rutschte näher an sie heran und legte seinen Arm um sie. „Es ist alles gut, mein Schatz."

„Wie kannst du mich nur Schatz nennen, wenn du mich für schrecklich niederträchtig halten musst."

Sie vergrub ihr Gesicht an seiner Brust. „Oh

Blanks, es tut mir so furchtbar leid. Ich habe deine Ohrringe so sehr geliebt. Kein Geschenk hat mir je mehr bedeutet. Aber ich habe beim Kartenspielen an jenem Abend in den Gesellschaftsräumen Geld an den widerwärtigen Mr. Jefferson verloren und er hat darauf bestanden, meine Ohrringe zu nehmen. Er sagte mir später, dass ich sie nur zurückbekommen könnte, wenn ich ihn küsste."

Nun verstand er Glees seltsames Benehmen an dem Tag, an dem er sie in den Sydney Gardens beobachtet hatte. „Der Kuss, dessen Zeuge ich war."

Sie sah zu ihm auf und nickte, während große Tränen ihre Wangen herunterrollten. „Dann hat dieses Ungeheuer sie mir nicht zurückgegeben. Ich ... ich wollte nicht, dass du denkst, ich würde sie nicht wertschätzen. Ich war furchtbar darauf bedacht, sie wiederzubekommen. Deshalb bin ich heute hierhergekommen."

„Und er versuchte, dich zu schänden." Gregory hielt sie noch fester. „Es ist nicht deine Schuld, Süße. Der Mann wollte sich nur an mir rächen, weil ich ihn in London als die widerwärtige Kreatur entblößt habe, die er ist. Er hasst mich derartig, dass er mich auf die schlimmste Art und Weise verletzen wollte."

„Was ist in London passiert?", fragte sie. „Ich nehme an, es hat etwas mit einer Miss Douglas zu tun?"

Er sah finster drein. „Miss Douglas' Bruder war einer unserer Freunde, der auf der Halbinsel getötet wurde. Appleton und ich – zusammen mit George – hatten versprochen, uns um sie zu kümmern." Er hielt inne und biss sich auf die Lippe. „Wir haben furchtbar versagt."

„Was ist passiert?"

„Jefferson hat eine Hochzeit versprochen, hat dieses Versprechen jedoch nicht eingehalten, als Miss Douglas ... du musst dich damit nicht beschäftigen."

Einen Moment später sagte Glee: „Er hat sie geschwängert, nicht wahr?"

Gregory nickte getragen.

Glee seufzte. „Nun, Blanks, wenigstens haben wir die hohe Gesellschaft davon überzeugt, dass unsere Ehe einer Liebesheirat entsprang."

Er küsste sie auf den Scheitel. „Es scheint so."

Sie sah, dass seine Knöchel bluteten. „Du bist verletzt! Oh Blanks, ich würde mir niemals verzeihen, solltest du verletzt worden sein bei dem Versuch, deine törichte Ehefrau aus Jeffersons Klauen zu befreien. Ich hatte schreckliche Angst, als ihr gekämpft habt. Ich fürchtete, er würde ein Messer ziehen. Er ist ein derart hinterhältiger Mann."

„Wenn er ein Messer in seinem Schlafgemach gehabt hätte, hätte er zweifellos versucht, es gegen mich zu verwenden."

„Wie hast du mich gefunden? Und gerettet?"

„Da ich Jeffersons Charakter viel besser kenne als du, habe ich einen Polizisten eingestellt, um dir zu folgen, mit dem Hinweis, dass William Jefferson ein gefährlicher Mann sei. Als er dich Jeffersons Gebäude betreten sah, hat er mich sofort geholt."

„Gott sei Dank. Aber ich dachte, du wärest immer noch bei den Hahnenkämpfen."

„Wie sich herausgestellt hat, musste ich Thomas und George nicht nach Hause bringen, denn sie waren nicht mitgekommen. Dem Himmel sei dafür gedankt", sagte er heiser. „Wenn ich sie in Winston Hall hätte absetzen müssen, wäre ich zu spät gekommen ..." Seine Stimme wurde von Gefühlen erstickt.

„Oh Blanks, du bist mein Ritter und hast mich von dem bösen Drachen befreit. Du bist der tapferste Mann, den ich je gekannt habe."

„Das würde ich nicht sagen. Ich schütze nur, was mir gehört."

Sie kuschelte sich an ihn, als sie von einem Ende Baths zum anderen fuhren. Er hatte dem Kutscher aufgetragen weiterzufahren, bis sie ihm sagten, dass er anhalten sollte. Gregory, der die schluchzende Glee fest in seinen Armen hielt, wollte seltsamerweise nicht, dass die Fahrt zu Ende ging. Er konnte sich nicht daran erinnern, jemals derart zufrieden gewesen zu sein.

„Sagtest du, dass mein Bruder nicht beim Hahnenkampf war?"

„Das tat ich. Er war nicht dort."

Sie setzte sich kerzengerade auf. „George versäumte einen Hahnenkampf? Er muss sich an der Schwelle des Todes befinden."

„Nicht er. Diana – und ich wage zu behaupten, dass dies schlimmer ist, was George betrifft. Er ist ihr völlig ergeben."

Glees Gesicht wurde blass. „Diana ist an der Schwelle des Todes?"

„Nein. Nein. Sie hat nur ein Fieber, und der Doktor sagte, es würde vorübergehen, aber George ist vor Sorge außer sich. Thomas sagte mir, dass George die ganze Nacht neben ihr gesessen hatte."

„Ich muss sofort nach Winston Hall", sagte Glee.

Gregory gab dem Kutscher das neue Ziel bekannt.

In Winston Hall huschte Glee an dem Butler

vorbei, der ihnen die Türe öffnete. „Ich bin hier, um meine Schwester Diana zu sehen."

Als sie Glees Stimme vernahm, kam Felicity aus dem Salon gerannt.

„Wie geht es ihr?", fragte Glee mit gerunzelter Stirn.

Thomas hatte sich mittlerweile am Fuße der Treppe zu ihnen gesellt. „Ich weiß es nicht", sagte Felicity und richtete einen Blick gespielter Entrüstung auf ihren Mann. „Thomas erlaubt mir nicht, ihrem Zimmer auch nur nahe zu kommen – wegen meines Umstandes."

Glee lächelte Thomas an. „Danke, Thomas. Ich fürchtete, Felicity würde sich ins Krankenzimmer zwingen und das wäre gar nicht gut – wegen ihres Umstandes." Glee ging die Treppe hinauf. „Ich bin sicher, George könnte eine Ablösung brauchen – und Diana braucht bestimmt eine besonnene Frau um sich. Ich bin überzeugt davon, dass Colette in einer solchen Lage nutzlos ist. Franzosen haben derart schwache Nerven."

Gregory streckte eine Hand aus, um Glee zurückzuhalten. „Ich weiß nicht, ob es mir gefällt, dass *du* in das Krankenzimmer gehst, meine Liebe."

Glee drehte sich um und sah ihn verwundert an. „Oh Blanks, mein Liebling, dass ist das Netteste, was jemals jemand zu mir gesagt hat." Spontan warf sie ihre Arme um ihn und küsste ihn schnell. „Aber du musst wissen, dass ich *niemals* krank bin. Sag es ihm, Felicity."

„Glee erfreut sich bester Gesundheit. Sie hatte noch nicht einmal Kopfschmerzen."

Gregory musste sich mit der Entscheidung seiner Frau abfinden und sah ihr zu, wie sie die Treppe hinaufstieg. Dann wurde ihm bewusst, dass er sich nicht anders verhielt als George mit Diana. Sie hatten weder ein Bett, noch die Schöpfung eines Kindes, geteilt. Wie George und Diana es getan hatten. Und Felicity und Thomas.

George gesellte sich bald zu ihnen.

„Wie geht es Lady Sedgewick?", fragte Gregory.

„Ich bin überzeugt davon, dass es ihr bessergeht. Ich konnte sie dazu bringen, etwas Wasser zu trinken."

„Warum schläfst du dann nicht ein wenig?", fragte Thomas mit sorgenvoller Stimme. „Sie ist bei Glee in guten Händen."

George schüttelte seinen Kopf. „Ich kann nicht. Ich weiß, ich sollte, aber ich bin immer noch zu aufgeregt. Das arme Lämmchen ist niemals krank. Ich bin schrecklich besorgt."

Thomas klopfte ihm auf die Schulter. „Morgen wird sie wieder ganz die Alte sein, glaube mir. Es ist nur ein vorübergehendes Fieber."

„Ich hoffe, du hast recht."

Gregory fühlte sich schrecklich hilflos dabei, seinem lebenslangen Freund beizustehen, der den Tränen gefährlich nahe war. „Wie wäre es denn mit einer Runde Billard, bevor du zu deiner Krankenwache zurückkehrst?"

„Ich nehme an, das könnte ich tun", sagte George schwach.

Gregory bestand darauf, dass George und Thomas die erste Runde spielten und er würde dann gegen den Gewinner spielen. Er setzte sich auf einen hohen Hocker und sah zu. Es war offensichtlich, dass Georges Herz nicht bei der Sache war. Er konnte kaum einen Stoß machen, obwohl er sonst außergewöhnlich gut Billard spielte. Er wollte das Spiel wahrscheinlich schnell hinter sich bringen, so dass er an das

Krankenbett seiner geliebten Frau zurückkehren konnte. Armer Kerl.

Thomas gewann leicht und George war nur zu glücklich, zu Diana zurückkehren zu können.

Als er aufstand, sagte Gregory. „Vielleicht werde ich doch nicht gegen den Gewinner spielen. Ich muss meine Frau aus dem Krankenzimmer holen. Sie schikaniert mich genug, wenn sie gesund ist."

Um die Wahrheit zu sagen, Gregorys Angst um Glee – obwohl er sie gerettet hatte – war groß. Es gefiel ihm gar nicht, nicht in ihrer Nähe zu sein. Solange er bei ihr war, wusste er, dass es ihr gut ging. Du meine Güte, er verwandelte sich tatsächlich in George!

Er beobachtete, wie George die Treppe hinaufeilte. Einen Moment später kam Glee lächelnd herunter. „Diana ist aufgewacht und hat mit mir gesprochen. Es geht ihr viel besser. Und sie ist nicht mehr so heiß wie gestern. Ich glaube, ihr Fieber ist im Abklingen."

„Gott sei gedankt", sagte Felicity. „Vielleicht wird sich unser Bruder jetzt nicht mehr so benehmen, als würden wir eine Totenwache abhalten."

Glee wandte sich an Gregory und verdrehte die Augen. „Wenn Diana nicht so furchtbar krank gewesen wäre, würde ich über Georges lächerliches Verhalten lachen müssen."

Thomas legte einen Arm um Felicity und sagte: „Ich kann an Georges Verhalten nichts Lächerliches erkennen. Ich wage zu behaupten, dass ich mich genauso schlimm verhalten würde, wenn Felicity derart krank wäre."

Gregory verstand. Er legte einen Arm sanft um Glee. „Ich auch, wenn es sich um Glee handelte."

Glee sah anhimmelnd zu Gregorys Gesicht auf. „Das ist das zweite Mal, dass du mir heute die entzückendsten Dinge sagst. Ich bin sicher, dass ich dich nicht verdiene, mein Schatz."

„Ich bin derjenige, der dich nicht verdient", beharrte Gregory.

Die Fahrt nach Hause war nicht annähernd so angenehm wie die Fahrt nach Winston Hall, denn Glee saß kerzengerade im Sitz neben ihm. Er dachte, dass es ihm viel besser gefiel, wenn sie sich an ihn schmiegte.

* * *

In ihrem Stadthaus angekommen, begrüßte Hampton sie an der Türe. „Euer Bruder ist in Bath angekommen, um bei Euch zu wohnen, Mr. Blankenship. Ich habe mir erlaubt, seine Dinge im Goldzimmer unterzubringen."

Gregory brachte die Kutsche zum Stillstand und warf Glee einen fragenden Blick zu. „Mein Bruder?"

„Ja, Sir. Er hat mir seine Karte gegeben. Es stand <u>Jonathan Blankenship</u> darauf."

Gregory erlangte seine Fassung wieder. „Was für eine schöne Überraschung."

Seine Worte wurden gerade rechtzeitig ausgesprochen, denn Jonathan, der die Stimme seines Bruders gehört hatte, kam aus der Bibliothek. „Ich hoffe, es macht dir nichts aus, dass ich dich nicht über meine Ankunft informiert habe", fing Jonathan an.

„Seit wann heiße ich meinen Bruder nicht mit Freuden in meinem Haus willkommen?"

„Wir freuen uns sehr, dass du gekommen bist", sagte Glee und sank in einen Knicks. „Gerade heute Morgen hatte Blanks mir gesagt, wie sehr er sich über einen Besuch von dir freuen würde." Sie hakte sich bei Jonathan ein.

„Wie lange wirst du in Bath bleiben?"

Sein Blick schweifte von Glee zu Gregory. „Meine Pläne sind unbegrenzt."

Kapitel 26

Dies war Glees Chance, Wiedergutmachung zu leisten für all den Ärger, den sie Blanks verursacht hat. Wie lange Jonathan auch bei ihnen bleiben würde, sie würde ihn von der Hingabe seines Bruders zu ihr – und ihrer Hingabe zu ihm – überzeugen. Ihr Blick fiel auf Blanks' blutende Knöchel. Oje. Wie würden sie Jonathan diese erklären? Könnte er sie sich beim Hahnenkampf zugezogen haben? Oder vielleicht hatte er dem Kutscher dabei geholfen, die Kutsche aus dem Morast bei Winston Hall zu befreien. Sie biss sich in die Lippe. Keines der Szenarien hörte sich glaubwürdig an. Dann hatte sie einen Einfall.

„Jonathan, du wirst deinen Bruder kaum wiedererkennen, denn er hat sich dramatisch verändert." Sie spazierte neben ihrem Schwager einher, als sie auf die Bibliothek zugingen. „Heute Morgen hat Blanks sein Leben riskiert, um mich vor dem erbärmlichsten Halsabschneider zu beschützen, der versucht hat, meine Ohrringe zu stehlen. Zeig ihm deine Knöchel, Liebling", sagte sie zu Blanks.

Er runzelte die Stirn. „Jonathan will meine blutigen Knöchel nicht sehen."

Jonathan blickte verstohlen auf Blanks' verletzte Hände, als sie die Bibliothek betraten und sich auf den seidenen Sofas niederließen. Glee und Blanks saßen zusammen auf einem, Jonathan ihnen gegenüber auf einem anderen.

„Ein Gauner in Bath am helllichten Tag?",

fragte Jonathan ungläubig. „So etwas habe ich noch nie gehört. Und ich dachte, Bath sei die sicherste Stadt in ganz England."

„Es ist ganz und gar meine Schuld", erklärte Glee. „Ich hätte die Ohrringe niemals untertags tragen sollen. Aber sie bedeuteten mir so viel, als das einzige Geschenk, dass Blanks mir je gekauft hatte." Sie sah zu ihrem Mann auf und lächelte. Blanks ließ ihr ein unaufrichtiges Lächeln zukommen.

„Hast du tatsächlich mit dem Mann gekämpft?", fragte Jonathan seinen Bruder.

Glee erkannte einen Hauch von Stolz in der Stimme des kleineren, blasseren Bruders.

„Es war wohl eine unbewusste Reaktion darauf, dass er meine Frau bedroht hat", sagte Blanks.

Jonathan sah von seinem Bruder zu Glee, die im unerwarteten Zugeständnis ihres Mannes schwelgte.

„Aber er hat das Biest bezwungen", sagte Glee stolz. „Der Mann ist zu Fuß weggelaufen, und ich bin sicher, dass wir niemals wieder von ihm bedroht werden."

„Das wird ihn lehren, sich nicht mit meinem Bruder anzulegen. Niemand, der Gregorys Fähigkeiten mit seinen Fäusten kennt, würde es wagen, ihn herauszufordern."

„Ich danke dir für dein Vertrauen in mich, aber ich kann nicht behaupten, dass ich so geschickt bin, wie ich es einmal war. Außer Übung, wie es scheint."

„Das hoffe ich, Liebster", sagte Glee und streichelte den Ärmel von Blanks' braunem Rock. „Es würde mir gar nicht gefallen, wenn du dein Leben in Gefahr bringen würdest. Nun, da du ein Familienmensch bist, musst du dein Verhalten wirklich ändern."

Jonathans Mund öffnete sich vor Staunen. „Ein Familienmensch? Sicherlich ..."

Glee lächelte schelmisch und schüttelte den Kopf. „Ich habe keinen Grund zur Annahme, dass ich ein Kind trage – noch nicht", sagte Glee.

Erleichterung kam über Jonathans Antlitz.

„Kommst du von Sutton Hall?", fragte sie ihren Schwager.

„Ja." Er richtete seinen Blick auf Blanks. „Mutter schickt Grüße."

Blanks weigerte sich, Jonathans Kommentar zur Kenntnis zu nehmen.

Ich wette, dass sie das tut, dachte Glee. „Ich würde Sutton Hall liebend gerne sehen", sagte Glee wehmütig in dem Versuch, die unangenehme Stille zu überbrücken.

„Es ist wohl Deines, wenn du es willst, Gregory", sagte Jonathan.

Blanks nickte. „Alles zu seiner Zeit. Meine arme Frau war vom Landleben so gelangweilt, als wir heirateten, dass ich ihr versprochen habe, eine Saison in Bath zu bleiben."

„Er ist so gut zu mir", fügte Glee hinzu.

„Ja, so scheint es", antwortete Jonathan grimmig. „Ein neuer Phaeton, eine großzügige Garderobe – um das Haus und die Kutsche nicht zu erwähnen. Es ist ein Wunder, dass überhaupt noch Geld übrig ist."

„Du kannst sicher sein, dass der Nachlass unseres Vaters derart unwesentliche Käufe leicht verkraften kann", sagte Blanks.

„Ich glaube nicht, dass das eleganteste Stadthaus in Bath ein unwesentlicher Kauf ist."

Blanks sah seinen Bruder ernsthaft an. „Nein, aber du musst zugeben, dass es eine gute

Investition ist."

„Und erfreulicherweise groß genug, um dir eine eigene Suite zu bieten, lieber Bruder", erinnerte ihn Glee. „Wir sind so glücklich, dass du gekommen bist. Obwohl heute Abend viele lebhafte Veranstaltungen geplant sind, würde ich doch gerne hier bei dir bleiben und einen gemütlichen Abend Zuhause verbringen, wenn es dir recht ist. Außerdem werden mein Bruder und seine Frau wegen ihrer plötzlichen Krankheit, die sich hoffentlich ihrem Ende zuneigt, heute nicht ausgehen."

„Ich hoffe auch, dass es ihr bald besser geht", sagte Jonathan ohne jegliche Überzeugung.

Glee lächelte ihn an. „Du musst müde von deiner Reise sein. Warum gehst du nicht in deine Zimmer hinauf und ruhst dich aus? Das Abendessen wird um fünf Uhr serviert."

* * *

Nachdem Jonathan die Bibliothek verlassen hatte, stand Gregory auf, um die Türe zu schließen, und setzte sich dann wieder neben Glee. „Dir ist bewusst, dass das Goldzimmer neben meinem ist?"

„Ja?"

„Dies wird Jonathan über unser ... eheliches Arrangement in Kenntnis setzen."

Er beobachtete Glees Gesicht, bis ihr die Bedeutung seiner Aussage klar wurde. „Oh, ich verstehe." Dann erhellte sich ihr Gesicht. „Dann werde ich bei dir schlafen müssen, solange er hier ist."

Du meine Güte, sie war so unschuldig! Dachte sie, dass ein Mann und eine Frau unschuldig nebeneinander schlafen könnten? Für ihn würde es jedenfalls teuflisch schwierig sein, neben Glee zu liegen und sie nicht in seine Arme nehmen zu wollen. Und wenn sie neben ihm war, würde er es nicht bei einem unschuldigen Kuss belassen können.

Die Ereignisse jener Nacht, in der er betrunken gewesen war, schlichen sich in seine Gedanken. Sie mochte unschuldig sein, aber Glee war eine Frau von außergewöhnlicher Leidenschaft. Er hatte diese bereits einmal zum Leben erweckt. Das nächste Mal, fürchtete er, würde er ihrem Verlangen bis zu seiner natürlichen Erfüllung nachgeben. Bei Gott, er musste sich dazu zwingen, an etwas anderes zu denken.

„Erkläre mir, bitte, warum du meinem Bruder diese unverschämte Geschichte über den halsabschneiderischen Gauner erzählt hast?"

„Ich wusste, er würde nach der Ursache deiner verwundeten Hände fragen, und ich dachte, die Geschichte mit dem Halsabschneider würde außerdem deinen Edelmut mir gegenüber betonen. Du musst zugeben, dass die Geschichte nicht weit von der Wahrheit entfernt war. Wenn der niederträchtige Mr. Jefferson nicht mit einem Halsabschneider zu vergleichen ist, der meine Ohrringe stiehlt, wer ist es dann? Und du hast mit ihm gerauft, um mich zu beschützen. Das war's."

Gregory lachte auf. „Du hast wohl recht, meine Liebe. Wie einfallsreich von dir."

* * *

Während des Abendessens lehnte sich Gregory zurück und beobachtete seine kleine Frau, die es sich zur Aufgabe machte, Jonathan davon zu überzeugen, wie sehr sich Gregory seit seiner Hochzeit verändert hatte.

„Weißt du, Jonathan", fing sie an. „Ich glaube dein Vater muss ein ungewöhnlich weiser Mann gewesen sein."

Jonathan legte seine Gabel auf seinen vergoldeten Teller. „Das war er, aber woher weißt du das?"

„Wie du bestimmt weißt, bin ich mit den ... ungewöhnlichen Bedingungen des Testaments deines Vaters vertraut."

„Bezüglich Gregorys Ehe?"

„Genau das. Ich nehme an, dass dein Vater wusste, was für eine Zuverlässigkeit sich unter Blanks' verantwortungslosem Verhalten verbarg. Dies hat ihn natürlich dazu motiviert, das seltsame Testament zu verfassen. Und damit hat er Blanks gezwungen, viel schneller erwachsen zu werden, als er es getan hätte, wäre er seinen natürlichen Neigungen überlassen worden. Du musst seine Freunde fragen, Mr. Appleton und die Zwillinge. Sie werden bestätigen, dass Blanks seinen früheren Interessen nicht mehr nachkommt. Du weißt schon, das Kartenspielen und Trinken und ... die Frauengeschichten. Er hat sich ebenso niedergelassen wie mein Bruder."

Ein seltsames Gefühl von Stolz kam über Gregory, als er seiner Frau zuhörte und die Entschlossenheit auf ihrem jugendlichen Gesicht beobachtete. Sie hatte es sogar unterlassen, Appleton Timothy zu nennen! Wenn er schon eine Frau haben musste, könnte er sich keine bessere vorstellen als Glee. Auch wenn sie ihn fast zu Tode irritierte.

„Ich erachte die Wandlung deines Bruders als äußerst bewundernswert, aber ob eine ähnliche Metamorphose in meinem Bruder stattfindet, werden wir erst sehen, Miss, ah, Mrs. Blankenship."

Sie warf ihm einen ungeduldigen Blick zu. „Du

musst mich Glee nennen. Du bist jetzt schließlich mein Bruder."

„Vergib mir", sagte Jonathan. „Es wird Zeit brauchen."

Ein strahlendes Lächeln huschte über ihr Gesicht, als sie antwortete: „Wir haben alle Ewigkeit." Dann schickte sie Gregory einen warmen Blick.

Seltsamerweise schwappte ein Gefühl unbegrenzter Zufriedenheit über Gregory, als er in ihre lächelnden Augen blickte.

„Ich glaube", sagte Jonathan, „dass mein Vater wünschte, dass Gregory sich an der Verwaltung der Landgüter beteiligt, und davon muss ich erst Beweise sehen."

„Oh, aber das tut er! Er verbringt jeden Tag viele Stunden in Mr. Willowbys Büro, um alles über die vielfältigen Besitztümer eures Vaters zu lernen."

„Gregory?"

„Ja. Ich habe dir gesagt, dass er sich sehr verändert hat. Es würde mich gar nicht überraschen, wenn er Sutton Hall in Besitz nehmen würde und sich mit all seiner Kraft nicht nur um dessen kontinuierlichen Erfolg kümmern würde, sondern auch darum, alles, was euer Vater hinterlassen hat, zu verbessern."

Um Himmels willen, worin verwickelte ihn das Mädchen? Woher hatte sie diese ungeheuerlichen Ideen?

Jonathan runzelte die Stirn. „Ich wage zu behaupten, dass es genau das ist, was sich unser Vater gewünscht hätte."

„Ich hoffe, deine Mutter wird sich nicht verdrängt fühlen", sagte Glee.

Jonathan war einen Moment lang still. „Sie hat

Zeit, um sich darauf vorzubereiten."

„Es könnte früher passieren, als du denkst", vertraute Glee ihm an. „Sobald wir Kinder haben, werde ich mich mit ihnen auf das Land zurückziehen wollen."

Gregory verschluckte sich beinahe an seinem Wein. Wie schaffte es Glee, ohne zu zögern derartige Geschichten zu erfinden? Er lehnte sich wieder in seinem Stuhl zurück und beobachtete sie amüsiert. Er hätte Eintritt verlangen sollen!

„Ich kann mir nicht vorstellen, dass Gregory auf dem Land zufrieden sein könnte", sagte Jonathan und blickte auf seinen Bruder.

„Du musst zugeben", setzte Glee entgegen, „dass es ihm niemals ermöglicht wurde, sich in Sutton Hall zu Hause zu fühlen."

Erstaunt darüber, dass seine zarte Frau die Courage hatte, etwas anzusprechen, was nie zuvor besprochen worden war, und die Fähigkeit hatte, Gefühle zu verstehen, die Gregory selbst nie in Worte gefasst hatte, beobachtete Gregory sie mit glühendem Stolz.

Jonathan zuckte mit den Schultern, und sah Glee dann verlegen an. „Du meinst natürlich die Entfremdung zwischen meinem Bruder und meiner Mutter."

„Ja. Das erwähne ich, weil Blanks es nicht tut."

Du lieber Himmel, sie hatte Mut! Gregory fing gerade erst an, die Tiefe von Glees Charakter zu entdecken. Sie war weder die frivole Edelfrau, noch das geübte, kokette Mädchen, das er als seine Ehefrau anzunehmen bereit gewesen war. Obwohl sie erst drei Wochen verheiratet waren, erfasste ihn die tiefe Überzeugung, dass er und Glee durch etwas verbunden wurden, das viel stärker war, als die Worte des Priesters oder die

Smaragde seiner Mutter. Es war, als wären sie durch eine undurchdringbare Lebensader vereint, die so wichtig für sie war, wie zu atmen.

Er kam zu der Erkenntnis, dass es zum ersten Mal in seinen fast fünfundzwanzig Jahren ein anderes Wesen gab, das alles mit ihm teilte, was ihn ausmachte. Nicht nur sein Vermögen, sondern auch seine Qualen. Dies war vielleicht der tiefsinnigste Moment seines Lebens.

Er konnte seine Gefühle nicht analysieren, denn sie waren seltsam widersprüchlich. Während sich ein Teil von ihm wünschte, sich über die körperliche Empfindung, einem anderen Menschen so nahe zu sein, zu freuen, wünschte sich der andere Teil, eine Mauer um sich aufzubauen. Er hatte noch nie dieses Gefühl der Kameradschaft mit jemandem, das er nun mit Glee teilte, und er war nicht sicher, ob es ihm gefiel, dass eine andere Person in das eindrang, was sein Leben lang nur ihm gehört hatte.

Jonathan trank einen ausgiebigen Schluck von seinem Wein, stellte das Glas nieder und sah Gregory schuldbewusst an. „Nun, wie es scheint, ist die Katze endlich aus dem Sack."

Gregory hielt seine Hände mit den Handflächen auf seinen Bruder gerichtet in die Luft. „Nicht von mir. Ich spreche mit niemandem über meine Jugend. Nicht einmal mit meiner kostbaren Frau."

Kostbar? Warum hatte er dieses Wort gewählt?

„Ich habe mich immer schuldig dafür gefühlt, dass Mutter mich bevorzugte", gab Jonathan zu.

Gregory zuckte mit den Schultern. „Es ist ganz natürlich. Du warst ihr eigener Sohn. Ich habe das immer verstanden."

„Es ist wahr. Blanks hat sich nie beschwert", sagte Glee. „Aber als eine Frau, die zutiefst in ihren Mann verliebt ist, und als Beobachterin menschlichen Verhaltens, habe ich Einiges über das Leben meines Mannes ableiten können, wozu mir Blanks keinen Zugang verschafft hätte. Eine der Beobachtungen betraf natürlich die Worte und Taten deiner äußerst voreingenommenen Mutter. Aber ich versichere dir, dass ihre Taten nicht dazu geführt haben, dass Blanks dich ablehnt. Er liebt dich, als wäret ihr wirkliche Brüder, anstatt nur Halbbrüder." Sie hob die Weinflasche auf und goss ihnen mehr Wein ein.

„Dieses Gespräch ist mir verteufelt unangenehm", sagte Gregory. „Sag, Jonathan, welche Vergnügungen hoffst du in Bath zu finden?"

„Die gleichen wie immer, nehme ich an. Was gibt es in Bath außer dem Pump Room, den Gesellschaftsräumen und musikalischen Vorführungen?"

„Du hast den Hahnenkampf heute Morgen verpasst", sagte Gregory.

„Ich bin nicht an Sport interessiert, so wie du, lieber Bruder. In der Tat bin ich gekommen, um dir mitzuteilen, dass ein Artikel, den ich geschrieben habe, von der Edinburgh Review angenommen wurde."

Gregory hob eine Augenbraue. „Liberal?"

„Ja. Es ist tatsächlich ein Angriff auf das Erstgeburtsrecht."

„Ein passendes Thema für jemanden, dem ein Vermögen wegen des Erstgeburtsrechts versagt wurde", sagte Gregory.

Jonathan lächelte. „Nun lassen wir die Katze wirklich aus dem Sack."

„Ich weiß sehr wohl, dass unser Vater mit den seltsamen Bedingungen in seinem Testament das

Erstgeburtsrecht umgehen wollte. Er sah mich als unfähig an, seine Landgüter zu verwalten, und er verstand, dass ich eine tiefe Abneigung der Ehe gegenüber empfand. Deshalb sollten seine Güter an den geschätzten Sohn fallen, der besser qualifiziert war, deren kontinuierliche Prosperität zu sichern."

Jonathan starrte Gregory an. „Ich *bin* besser qualifiziert."

„Sei dem, wie es sei. Ich bin nun verheiratet und die Landgüter gehören mir. Unser Vater hat nicht mit meinem großen Glück gerechnet, eine derart würdige Lebensbegleiterin zu finden." Gregory lächelte Glee an.

„Genauso wenig wie ich, ehrlich gesagt", antwortete Jonathan.

Gregory grinste Jonathan an. „Dann musst du wohl geduldig sein und es selbst erkennen."

„Dies scheint ein überaus seltsames Gespräch zwischen euch beiden zu sein", sagte Glee. „Wie mit gezogenen Schwertern – aber äußerst umgänglich."

„Ich fühle mich besser, nun, da du mich verstehst", sagte Jonathan. „Es ist beruhigend zu wissen, dass du nicht auf mich böse bist."

„Dein Groll ist auch nicht gegen mich gerichtet", antwortete Gregory. „Du begehrst einfach nur das Geld und die Ländereien, die sich in meinem Besitz befinden. Und ich glaube nicht einmal, dass deine Motive selbstsüchtig sind. Dein Beweggrund ist dein Verlangen danach, sicherzustellen, dass das Werk deines Vaters nicht ruiniert wird. Und ich versichere dir, dass es das nicht wird."

„Ich warne dich. Ich werde alles mir Mögliche tun, um dies zu verhindern."

Gregory sah seinen Bruder mit einem breiten Grinsen an. „Wie ich es erwarten würde."

„Ihr beide mögt umgängliche Feinde sein, aber mir gefällt dieses Gespräch nicht." Glee wandte sich an Jonathan. „Du musst mir von deinen Schriftstücken berichten. Ich wusste nicht, dass du eine derartige Begabung hast."

„Mein Bruder ist sehr ernsthaft veranlagt", sagte Gregory.

Jonathan wandte sich an Glee. „Ja. Gregory sagt mir immer, dass ich nicht weiß, wie man sich vergnügt."

Glee lachte. „Nun, da er sich so dramatisch verändert hat, sagt er seinen Freunden, dass sie viel zu viel Zeit mit müßigen Aktivitäten verbringen. Ich glaube, dass Gregory viel mehr mit seinem Vater gemeinsam hat, als du denkst."

Um Himmels willen, könnte sie recht haben? Es war immer Jonathan gewesen, der ihrem Vater ähnlich war. Ernsthaft. Sparsam. Kein Interesse an Sport und Trinken und Kartenspielen und Frauengeschichten. Konnte Glee erkennen, was er selbst nie erkennen konnte? Verwandelte er sich in seinen Vater?

Nachdem sie Konfekt verkostet hatten, zogen sie sich in den Salon zurück und setzten sich an den Spieltisch, wo sie Portwein tranken und Karten spielten, ohne den Antagonismus zwischen den Brüdern weiter anzusprechen.

Gregory wusste, dass Glee zu viel Wein getrunken hatte, als sie anfing ihn Blanksie zu nennen. Es war Zeit, sie ins Bett zu bringen.

In sein Bett.

Kapitel 27

Mit seinem Arm um Glees Schultern kletterte Gregory die Treppe kurz vor Jonathan hinauf. Seine Schritte stockten nicht, als sie an Glees Kammertüre vorbeigingen. Als sie an seiner Türe ankamen, blieb er stehen und, mit seinem Arm noch immer um Glee geschlungen, wünschte er seinem Bruder eine gute Nacht.

„Wir sind wirklich äußerst erfreut darüber, dass du uns besuchst", sagte Glee wieder zu Jonathan. „Morgen werde ich dich in meinem Phaeton ausführen – ich werde dich fahren lassen."

„Das würde mir gefallen, obwohl ich sagen muss, dass einen eigenen Stall zu haben ein Luxus ist, den ich niemals erhalten könnte."

„Dann solltest du deinen Bruder bitten, dir mehr Geld zu geben. Er ist reich."

Wenn Gregory seine beschwipste Frau nicht schnell in sein Schlafgemach brachte, würde sie noch sein ganzes Vermögen verschenken.

„Wo wäre dann die Herausforderung?", fragte Jonathan Glee mit einem Funkeln in den Augen. „Nachdem ich ohne Erwartungen aufgewachsen bin, habe ich gelernt, mit weniger zufrieden zu sein."

Glee richtete einen gespielt empörten Blick auf ihren Mann und sah dann wieder zu Jonathan zurück. „Aber ich bin sicher, du könntest einen Phaeton haben."

„Vielleicht", sagte Jonathan. Dann nahm er

Glees Hand und streifte sie mit seinen Lippen. „Danke für deine Gastfreundschaft. Ich freue mich auf die morgige Fahrt."

Als sie in seinem Zimmer waren, sah sich Gregory um. Ein Feuer loderte im Kamin und eine einzige Kerze brannte neben seinem Bett und warf einen gelben Schimmer auf den grünen Samt, der sein großes Himmelbett bedeckte. Obwohl sich nichts verändert hatte, schien das Zimmer anders zu sein. Er sagte sich, dass er einfach nicht daran gewöhnt war, Glee hier zu haben. Dies war sein privates Reich, und doch war sie nun hier, um den ihr gebührenden Platz einzunehmen und Jonathan davon zu überzeugen, dass ihre Ehe kein Schwindel war.

Obwohl Glee beschwipst war, war sie nicht so betrunken, dass sie sich nicht selbst anziehen – oder ausziehen – konnte. „Ich gehe kurz in meinen Ankleideraum, um mir ein Nachthemd anzuziehen", sagte sie zu Gregory.

Was seine eigene Schlafkleidung betraf, hatte Gregory keine Ahnung, was er tun sollte. Normalerweise schlief er nackt, aber das wäre wohl nicht angebracht. Vielleicht konnte er seinen Rock, Hemd und Schuhe ausziehen und in seinen Hosen schlafen. Das hörte sich verteufelt unbequem an.

Als er begann, seinen Rock auszuziehen, dann sein Hemd, stellte er sich unbewusst Glee vor, wie sie dasselbe tat. Da er ihre äußerst zufriedenstellend geformten Brüste bereits gesehen hatte, wusste er über deren Verlockungen Bescheid. Verlockungen, denen er sich heute nicht hingeben konnte. Und dennoch, entgegen all seiner Entschlossenheit, war er sexuell erregt.

Mit gerunzelter Stirn zog er seine Schuhe und Strümpfe aus, dann kletterte er unter seine Bettdecken und saß dort, um auf Glee zu warten. Die Türe zu seinem Ankleideraum knarrte, und er beobachtete Glee, als sie durch seinen Ankleideraum in das Schlafgemach schwebte. Unter dem zarten weißen Stoff ihres Nachthemdes konnte er ihre zarten Kurven erkennen. Das Licht des Feuers tanzte in ihrem rostroten Haar, als sie auf ihn zukam – nicht als Mädchen, sondern als Frau. Sie zeigte keine Scheu, als sie seinem Blick mit strahlend leuchtenden Augen begegnete und mit ungewöhnlicher Eleganz auf das Bett zukam.

Sie kam zur anderen Seite des Bettes und glitt unter die Decken. Sie war ihm so nahe, dass er ihre Wärme fühlen konnte und sich jedem ihrer Atemzüge bewusst war.

„Wünschst du, mir einen Gute-Nacht-Kuss zu geben?", flüsterte sie atemlos.

Er stöhnte. *Hatte ein Gemüsehändler Gemüse?* „Meine Liebe, sollte ich mir erlauben, dich zu küssen, wäre ich nicht in der Lage, mich davon abzuhalten, die anderen Vergnügungen zu kosten, von denen ich mir wünschte, dass du sie anbietest. Und das, meine liebe Frau, war nicht Teil unserer Abmachung."

„Oh nein!"

Er blies die Kerze neben dem Bett aus und legte sich nieder. Er lag in der Dunkelheit und lauschte dem Knistern des Feuers, dem Pfeifen des Windes hinter den Fenstern – dem unveränderten Atem seiner Frau. Das Zimmer schien von dem blumigen Parfüm erfüllt, das Glee eigen war. Und doch war der Duft leicht. So wie Glee.

„Vielleicht sollten wir uns unterhalten", schlug

Glee vor. „Jonathan könnte lauschen, um sich zu vergewissern, dass wir wirklich zusammen sind."

„Das könnten wir tun."

„Wie geht es deinen Knöcheln?"

„Sie bereiten mir keine Schmerzen."

„Gut."

Dem folgte eine lange Stille.

„Blanks?"

„Ja?"

„Wie wäre es mit nur einem kleinen Kuss?"

Es musste an dem Portwein liegen, den sie getrunken hatte. Sie wusste derart wenig über den männlichen Appetit, dass sie unmöglich erahnen konnte, wie ein unschuldiger Kuss zu etwas viel Tieferem führen könnte, etwas, dass ihr ihre Unschuld rauben könnte.

Er zwang sich dazu, sie als Georges kleine Schwester zu sehen, als eine Frau, die ihn nur geheiratet hatte, um eine wohlhabende Frau zu werden.

Aber dieses Bild der habgierigen Glee war völlig falsch. Sie hatte ihm heute Abend gezeigt, dass sie weder unreif, noch oberflächlich war. Sie war reine Substanz, so wie Granit. Sie hatte eine überaus große Einsicht in menschliches Verhalten – besonders seines. Es war beinahe so, als wäre sie seine andere Hälfte.

„Ich kann dich nicht küssen", sagte er, „denn ich hätte nicht die Kraft, dort aufzuhören."

Sie wandte sich ihm zu und er spürte ihren warmen Atem, als sie sprach. „Es würde mich nicht stören, wenn du es nicht bei einem Kuss belassen würdest."

Bei Gott, es musste der Portwein sein! Mit Sicherheit verstand sie nicht, was sie gerade gesagt hatte. „Du kannst dir nicht bewusst sein darüber, was du anbietest."

Sie kam ihm noch näher, so nahe, dass ihr Bein seines berührte. „Aber ich habe es schon einmal gesagt, Liebster, und ich habe damals schon gewusst, wovon ich sprach."

Er konnte seiner Stimme nicht vertrauen, frei von dem Verlangen zu sein, das in ihm brannte. Er drehte sich zu ihr, nahm sie in seinen Armen gefangen, als sie sich zu ihm hinbewegte, sich an ihn schmiegte, als seine Lippen auf ihre fielen, hungrig, in einer Explosion seiner Leidenschaft. Er öffnete ihre Lippen und verschlang sie. Sie schien nicht nur nicht abgeneigt zu sein, sie schien genauso begierig darauf zu sein wie er.

Er küsste sie ein letztes Mal zart auf die Lippen, bevor er begann, ihren Hals zu küssen, während seine Hände fieberhaft versuchten, das Nachthemd über ihre schmalen Schultern zu schieben. Dann wanderten seine Lippen über ihre nackte Haut, die zuvor von dem Nachthemd bedeckt war, seine Hände streichelten zärtlich ihre freigelegten Brüste und er küsste sie mit seinem nassen, offenen Mund.

Als sein Mund sich über ihrer Brustwarze schloss, seufzte sie sanft vor Wonne. Er wollte sich für die Tiefe seiner Gier nach ihr hassen, doch wie konnte eine derart gesegnete und genehmigte Verbindung falsch sein? Glee, seine liebgewonnene Frau, war die einzige Person, die jemals unter die sorglose Fassade vorgestoßen war, die er der Welt zeigte. Es war nur angebracht, dass sie diese ultimative, unwiderrufliche Verbindung eingingen.

Außerdem hatte ihn noch nie zuvor eine Frau derart tiefgreifend berührt. Der Klang ihrer Stimme, ihr anregender Duft und besonders das

Gefühl ihrer gerundeten Schlankheit – jedes Einzelne davon machte ihn verrückt vor Begierde. Aber zusammen machten sie ihn so machtlos wie Samson.

Seine Hand glitt über die zarte Haut unter ihrem Nachtgewand. Er streichelte über ihren Bauch und über ihre sanften Hüften, bevor er sie zwischen ihren Oberschenkeln liebkoste und das berauschende Vergnügen ihrer Hüfte spürte, die sich anhob und an seine Hand schmiegte. Als sein Finger ihre Feuchtigkeit testete, spreizte sie ihre Beine und stöhnte provozierend.

Bei Gott, sie war berauschend! Er atmete schwer, als er sich erhob, um seine Hosen auszuziehen. „Bist du sicher, dass du weitermachen willst, mein Schatz?", flüsterte er heiser.

„Oh ja, bitte!"

Als er seine Hosen abgelegt hatte, legte er sich auf sie und bewegte ihre Beine mit seinen noch weiter auseinander. „Beim ersten Mal könnte es weh tun", flüsterte er.

„Es macht mir nichts aus, Liebster." Sie nahm sein Gesicht in ihre Hände in einer derart liebevollen Geste, dass er auf seine Knie hätte fallen und sie anbeten können. Er schob sich sanft in sie und war darauf vorbereitet, dass sie vor Schmerz aufschreien würde. Aber sie tat es nicht. Er wagte es, ein bisschen tiefer zu stoßen, und sie antwortete, indem sie sich wiegend ihm entgegen bewegte, begierig, dann fieberhaft. Er hatte langsam sein wollen, aber sie wollte – in der Tat, verlangte – den erschütternden, betäubenden Genuss ihrer fieberhaften Paarung.

Er explodierte in ihre glatte Wärme und als sie unter ihm erzitterte, rief sie seinen Namen. Aber sie nannte ihn nicht Blanks. Sie hauchte Gregory und ließ seinen Namen beinahe ehrfürchtig klingen.

Ihre Arme hielten ihn fester, als ob sie nicht wollte, dass er sich ihr entzog.

Ohne sein Gewicht auf sie zu legen, blieb er tief in ihr.

„Oh Blanks", flüsterte sie heiser, als ihre Finger Kreise auf seinem Rücken zogen. „Können wir das wieder tun?"

Er lachte sanft auf, nahm ihr Gesicht zwischen seine Hände und küsste sie zärtlich. „Ich bin mir fast sicher, dass ich dir in dieser Angelegenheit entgegenkommen kann, meine Süße."

„Können wir nächstes Mal die Kerze anlassen? Ich würde gerne deinen Körper sehen."

Seine Glee war kein Mädchen, sondern eine gesättigte Frau. Eine Frau von unleugbarer Leidenschaft. Eine Frau, die nun in jeder Hinsicht seine Ehefrau war.

* * *

Wenn es um Blanks ging, hatte Glee keinen Stolz. Er hatte nur sein Verlangen zugeben müssen und sie hatte ihn eifrig darum gebeten, sie zu nehmen. Und nun, da er es getan hatte, verspürte sie immer noch keinen Stolz. Nur das lähmende Vergnügen, von ihm in Besitz genommen zu werden. Unter ihm zu liegen, auf diese intimste Weise mit ihm verbunden, brachte ihr mehr Glückseligkeit, als sie geglaubt hatte je in ihrem Leben zu erfahren.

In dem sanften Kerzenlicht beobachtete sie ihre Hände, die sich langsam, aber bestimmt über seinen wunderbar muskulösen Oberkörper bewegten, dann tiefer, um seine starken Hüften zu ergreifen. Ihr Gesicht vergrub sich in seiner nach Moschus duftenden Brust, sie lauschte seinem beruhigenden Herzschlag und hob dann ihren Mund wieder zu seinem. Sie schmeckte den Portwein, den sie getrunken hatten, und sie erschauderte vor satter Zufriedenheit.

Sie liebten sich wieder. Und diesmal gab es keinen Schmerz. Nur beinahe unerträgliche Lust.

Danach brach er neben ihr zusammen, schmiegte sich an sie und flüsterte Zärtlichkeiten.

„Oh Blanks, ich habe dir versprochen, dass wir zusammen Spaß haben werden."

Er umarmte sie fest und lachte auf. „Dann bin ich dankbar dafür, dass du mich davon überzeugt hast, deinen Vorschlag anzuhören."

„Nicht annähernd so glücklich wie ich darüber bin, mein Schatz, auch wenn du darauf bestehst, mich daran zu erinnern, dass *ich* diejenige war, die um *dich* angehalten hat."

* * *

Er schlief ein, von der unvergleichbaren Wonne, die ihr Tun ihm beschert hatten, fast betäubt.

Aber als er bei Morgengrauen erwachte und ihr liebliches Gesicht im Schlaf erblickte, ihre Schultern entblößt, versuchte er dieses Gefühl der Zufriedenheit – Liebe sogar – das sie in ihm hervorrief, aus seinen Gedanken zu verbannen.

Eine nagende Furcht erfasste ihn. Er setzte sich auf und sah auf sie hinunter. Ihre langen Wimpern lagen auf ihrem geliebten Gesicht. Sie schien so jung und immer noch unschuldig. Nun wurde ihm bewusst, dass sie ihm viel mehr wert war, als sein eigenes Leben. Es war unmöglich inniger zu lieben, als er sie liebte.

Und er fürchtete, sie geschwängert zu haben.

Wenn er sie jetzt verlor, würde er sterben.

Er glitt aus dem Bett und war furchtbar böse auf sich selbst, da er seine größte Angst vergessen hatte und sein eigenes Verlangen, vielleicht auf Kosten des Lebens seiner geliebten Frau, gestillt hatte.

Er zog sich leise an, verließ sein Schlafgemach und schloss die Türe sanft hinter sich. Er wollte sich von Glee entfernen, denn er konnte in ihrer verzaubernden Gegenwart nicht klar denken. Er fühlte sich, als würde er sein Pferd blitzartig schnell reiten in dem erfolglosen Versuch, Glee aus seinem Verstand zu verbannen. Wenn er nur Geschehenes ungeschehen machen könnte. Er durfte sich niemals wieder erlauben, dem, was sie so freizügig anbot, zu frönen.

Kapitel 28

Zuerst dachte Glee es wäre noch Nacht, denn die schweren Vorhänge in Blanks' Zimmer hielten das Licht davon ab, in die Kammer zu dringen. Sie streckte sich zufrieden wie ein Kätzchen und ihr nackter Körper wand sich wohlig unter den Decken im Bett ihres Mannes. Ihr Lächeln breitete sich aus, als sie sich an jede glückselige Minute erinnerte, die sie letzte Nacht in Blanks' Armen verbracht hatte. Seine völlige Inbesitznahme überschwemmte Glee mit einem überwältigenden Gefühl des Wohlbefindens.

Sie war sich Blanks' leichten Moschusduftes bewusst, als sie ihre Augen öffnete und sich zu seiner Seite des Bettes drehte, nur um ihn dort zu ihrer großen Enttäuschung nicht vorzufinden. Sie zog die Decke über ihre Brüste, setzte sich auf und sah sich in der Kammer nach ihm um. „Blanks?", rief sie in der Hoffnung er sei im Ankleideraum.

Es kam keine Antwort.

Enttäuschung überkam sie. Sie hatte sich über den Gedanken gefreut, sich an diesem Morgen wieder in seinem Bett zu vergnügen, ihn wieder so sehr mit sich verwoben zu fühlen, dass es unmöglich war, zu erkennen, wo sie endete und er anfing. Denn sie waren sich derart nahe gewesen.

Außerdem könnte Blanks, wenn er hier wäre, ihr dabei helfen, sich würdevoll aus seinem Zimmer zu entfernen. Sie würde vor Scham sterben, sollte Blanks' Kammerdiener sie in einer derartigen Lage entdecken. Sie fiel lächelnd zurück auf die weiche Federmatratze. Es gefiel ihr, dass die Dienerschaft wusste, dass ihr Mann endlich seine ehelichen Rechte in Anspruch genommen hatte. Nun verstand sie die wirkliche Bedeutung davon, Mrs. Blankenship zu sein.

Aber wie sollte sie sich anziehen?

Zuerst musste sie ihr Nachtgewand finden, das Blanks in der Glut der Leidenschaft entfernt hatte. Sie suchte es auf dem Bett. Es war weder dort, noch auf dem Boden neben dem Bett. Sie hob die Decken hoch in die Luft, fand es letztendlich darunter am Fuße des Bettes und zog es schnell an.

Dann durchquerte sie das Zimmer und ging durch Blanks' Ankleideraum in ihr eigenes, wo sie überrascht darüber war, dass die Sonne hoch am Himmel stand. Es musste beinahe Mittag sein. Warum hatte Blanks sie nicht aufgeweckt?

Patty hörte Glee und öffnete die Türe zum Ankleideraum. „Erlaubt mir, Euch beim Ankleiden zu helfen", sagte sie. „Ich habe das rosa Musselinkleid ausgesucht."

Glee seufzte. „Eine ausgezeichnete Wahl, da mein Schwager hier ist. Es würde Blanks gar nicht gefallen, wenn ich mich vor seinem Bruder extravagant kleide. Wo ist übrigens mein lieber Mann?" Sie schüttelte das Nachtgewand ab.

Patty zog das rosa Musselinkleid über den Kopf ihrer Herrin. „Sein Kammerdiener sagt, dass er bei Sonnenaufgang ausgeritten ist."

Glee senkte ihre Augenbrauen. „Und er ist noch nicht zurückgekehrt?"

„Ich nehme an, er ist wieder bei seinem Anwalt." Patty gab Glee ihre Strümpfe.

Was mich damit alleine lässt, Jonathan zu

unterhalten. Glee setzte sich, um ihre Strümpfe und Schuhe anzuziehen. „Und was macht sein Bruder?"

„Er ist gerade am Frühstückstisch."

„Dann sollte ich mich beeilen, um sicherzustellen, dass er sich wie zu Hause fühlt."

Sobald sie angekleidet war, eilte Glee aus ihrer Kammer und die Treppe hinunter, ohne auch nur in den Spiegel zu sehen.

„Guten Morgen, Jonathan", sagte sie fröhlich, als sie in den hellen Frühstücksraum kam. „Du musst uns für furchtbare Gastgeber halten."

„Ganz und gar nicht. Ich komme morgens selbst nur langsam in Schwung." Sein Blick schweifte über sie, dann über ihre Schulter. „Wo ist dein Mann?"

Sie holte tief Luft, als sie sich eine Tasse Kaffee einschenkte. „Die Diener sagen mir, er hat das Haus furchtbar früh verlassen. Ich habe ihn selbst nicht gehört, als er gegangen ist." Diesen Teil teilte sie ihm besonders gerne mit. „Ich nehme an, er ist zu Mr. Willowby gegangen. Du wirst herausfinden, dass ich nicht übertrieben habe mit meiner Aussage, dass Blanks seine Verantwortung als Familienoberhaupt ernst nimmt. Er ist ein völlig anderer Mann geworden. Wenn du willst, können wir bei Mr. Willowbys Büro vorbeifahren, wenn wir im Phaeton ausfahren."

Er schüttelte den Kopf. „Nein, ich will nicht, dass Gregory denkt ich würde ihm nicht vertrauen – obwohl ich das in der Tat nicht tue."

Sie starrte ihn mit zusammengezogenen Augen an. „Obwohl ich deine Aufrichtigkeit bewundere, verabscheue ich deine Gefühle."

Er tupfte sich mit der Serviette die Lippen.

„Was ich bewundernswert finde. Es war für mich nie ein Geheimnis, dass du zutiefst in meinen Bruder verliebt bist."

Sie lachte. „Das nehme ich an, nachdem ich bei unserem ersten Treffen nur so darüber geplappert habe, dass ich Blanks mein ganzes Leben lang geliebt habe, was der Wahrheit entspricht, obwohl ich Blanks gegenüber versuche, es nicht zu zeigen. Du weißt bestimmt, wie flüchtig seine Gefühle in der Vergangenheit gewesen sind. Ich glaube, er verliert Interesse nach der Eroberung." Sie sah Jonathan ernsthaft an. „Ich habe vor, ihn bis zum Ende unserer Tage zufriedenzustellen."

„Ein nobles – jedoch unmögliches – Ziel, meine liebe Schwester."

„Es ist offensichtlich, dass du nicht verstehst, wie reif dein Bruder geworden ist", sagte sie und erhob sich vom Tisch. „Bist du bereit?"

Er stand auf und bot ihr seinen Arm.

Als sie das Haus verließen, sah sie lächelnd zu Jonathan auf. „Du musst wissen, dass ich versuche, dich nicht zu mögen, da du versuchst meinen lieben Mann zu unterminieren, aber ich kann es nicht. Weil du sein Bruder bist, liebt dich Blanks. Und wenn dich mein Mann liebt, dann muss ich es auch tun."

Der Phaeton wartete auf sie, als sie das Haus verließen.

Jonathan blieb stehen, kniff die Augen zusammen und schützte sie mit seiner Hand, als ob seine grelle Farbe ihn mit ihrer Leuchtkraft blenden würde. „Es wäre überaus schwierig, darin unbemerkt zu bleiben." Mit einem amüsierten Gesichtsausdruck wandte er sich an sie, um ihr auf den Hochsitz zu helfen, bevor er hinaufsprang und die Zügel nahm.

„Du hörst dich wie dein Bruder an", sagte sie mit gespieltem Unmut. „In der Tat wirst du herausfinden, dass Blanks dir – und deinem Vater – mit jedem Tag ähnlicher wird."

„Das hast du bereits erwähnt", sagte Jonathan stirnrunzelnd. „Ich kann mir nicht vorstellen, dass ein Leopard seine Punkte ändern kann." Er fuhr in Richtung des Royal Crescent.

„Hast du niemals daran gedacht, dass die Punkte nur als Schild dienten, um ihn vor der Misshandlung durch deine Mutter zu schützen?"

Jonathan lachte. „Ich kann nicht glauben, dass mein Bruder eine Rüstung nötig hat. Ich kenne niemanden, der selbstsicherer ist als mein Bruder. Er ist mit außergewöhnlich gutem Aussehen gesegnet – und hat bestimmt die gesamte Körpergröße der Familie geerbt. Er ist intelligent und athletisch und wird von allen, die ihn kennen, geliebt. Ich versichere dir, mein Bruder hat keine Achillesferse."

Nun lachte sie. „Wie wenig du ihn kennst, wenn du das glaubst. Was du sagst ist wahr, wenn Blanks nicht in Sutton Hall ist, aber sein ganzes Leben lang – in Sutton Hall – wurde er von einer Stiefmutter gepiesackt, die sich immerwährend über ihn beschwerte und ihren Mann von ihrer Denkweise überzeugte. Was Blanks glauben ließ, dass er ihnen niemals etwas recht machen könnte. Also warum nicht ein Dorn in ihren Augen sein?"

Jonathan sah sie ungläubig an. „Das hat dir Gregory gesagt?"

„Natürlich nicht! Ich habe es selber herausgefunden, aber du weißt, dass ich recht habe."

„Ich denke, du bist verrückt."

„Wie sehr du, mein lieber Bruder, dich wie dein Bruder anhörst."

„Gut. Dann sind wir uns wenigstens in einer Sache einig."

„Ich will deiner Mutter gegenüber nicht bösartig klingen, denn ich bin mir sicher, dass du keine ergebenere Mutter hättest haben können als Aurora. Es ist nur so, dass sie absolut keine Zuneigung Blanks gegenüber hat und das kannst du nicht leugnen."

Jonathan schluckte und weigerte sich, ihrem Blick zu begegnen. „Ich kann es nicht leugnen."

„Ich fordere dich auf, es von Blanks' Perspektive aus zu betrachten. All die Jahre hat er nur gehört, wie wertlos er ist. War es ein Wunder, dass er es irgendwann selbst geglaubt hat?"

„Du machst ein äußerst überzeugendes Argument", gab er zu, als er um einen stehengebliebenen Lieferwagen fuhr. Seine Stimme wurde sanft. „Ich beneide meinen Bruder um den Fürsprecher, den er in dir hat."

„Ich bin überzeugt davon, dass du eine Frau finden wirst, die dich liebt, so wie ich Blanks liebe."

„Du magst dir sicher sein, aber ich bin es nicht. In der Tat bin ich überhaupt nicht für die Ehe bereit."

Sie dachte daran, dass Blanks ebenso gefühlt hatte – bis sie ihn zur Ehe gezwungen hatte. „Ich wage zu behaupten, dass die meisten jungen Männer so empfinden bis Amors Pfeil sie trifft, so wie meinen Bruder – und Blanks."

Er fuhr an den eleganten Stadthäusern am Crescent vorbei und äußerte sich darüber, aber ihre Gedanken waren anderswo. Ihr Herz raste, als sie liebevoll an das Gefühl dachte, Blanks in sich zu spüren, an den gequälten Klang seiner Stimme, als er heiser seine Zufriedenheit in ihr Ohr flüsterte.

Ihr überwältigendes Verlangen, die Ereignisse der vorherigen Nacht zu wiederholen, wurde getrübt von der tiefen, atemberaubenden Enttäuschung, Blanks' Gesicht nicht gesehen zu haben, als sie am Morgen erwacht war. Warum hatte er sie verlassen? War er nicht genauso glücklich wie sie? Ihr Herz begann tief und bedrohlich zu trommeln. War Blanks nicht von der gleichen Seligkeit erfüllt wie sie? Sicherlich war er das. Er musste es sein.

Eine Düsterkeit umgab sie, als sie ihre Fahrt fortsetzten und Jonathan sich weiterhin über die Einheit von Baths klassischer georgianischer Architektur äußerte. „Ja, du hast wirklich recht", sagte sie. Oder: „Ich habe mir oft das Gleiche gedacht." Oder: „Da stimme ich dir zu."

Sie fuhren damit fort, bis sie das Ende der Stadt erreichten und sie einen Blick entlang des Broad Quays warf, um zu sehen, ob Blanks in Willowbys Büro sein könnte. Wenn er ausgeritten war, würde er mit seinem prachtvollen Rotbraunen unterwegs sein und nicht in einer Kutsche oder seinem Phaeton. Mit großer Erleichterung sah sie Archie, der die Zügel von Blanks' Pferd vor Willowbys Büro hielt.

Der Gedanke, Blanks so nahe zu sein, brachte ihr Herz zum Rasen. „Oh, schau nur, Jonathan! Blanks *ist* in Mr. Willowbys Büro. Lass uns stehenbleiben, um sie zu begrüßen."

Er zügelte das Pferd, bog um die Kurve und kam vor dem Gebäude zum Stehen.

Ihr Herz pochte heftig, als sie daran dachte,

Blanks zum ersten Mal, seit er sie so komplett in Besitz genommen hatte, zu sehen. Sie errötete, als Jonathan ihr beim Absteigen half. Dann beugte sie sich zu Archie herunter. Seine Wangen waren rosig von der Sonne. „Guten Nachmittag, Archie. Kannst du dich um das Pferd meines Mannes und um meinen Phaeton kümmern?"

Er streckte seine schmale Brust hinaus. „Ihr könnt Euch auf mich verlassen."

„Gut", sagte sie und tätschelte seinen blonden Kopf. „Wir werden nicht lange bleiben."

In Mr. Willowbys Büro angekommen, stellte Glee sich selbst und Jonathan dem Sekretär vor und bat ihn, ihre Anwesenheit ihrem Mann mitzuteilen.

Der Sekretär ging in das hintere Büro, wo sein Arbeitgeber sich mit Blanks unterhielt, dann kam Blanks lächelnd aus dem Büro gestürmt. Sein Blick traf zuerst auf Jonathan, dem er zunickte, dann begegnete er mit unglaublicher Sanftheit in seinen dunklen Augen Glees Blick. „Hallo, meine Liebe."

Sie machte einen Schritt auf ihn zu und gab ihm ihre Hand. Er küsste sie liebevoll. „Ich hoffe, es geht dir heute gut, mein Schatz?"

Wie sehr es ihr doch gefiel, wenn er sie so nannte! Ein Lächeln breitete sich auf ihrem Gesicht aus. „Es ging mir nie besser", sagte sie leise.

Blanks ließ ihre Hand fallen und wandte seinen Blick schnell von ihr ab. Er räusperte sich. „Was hältst du von dem scharlachroten Phaeton?", fragte er seinen Bruder.

„Er fährt sich gut", sagte Jonathan.

„Und das Äußere?"

„Deine Frau sagt mir, dass meine Meinung

darüber genau deiner entspricht."

Blanks lachte. „Es muss wohl so sein, wie Glee sagt. Je älter ich werde, desto ähnlicher werde ich Vater."

„Auch das sagte sie mir", antwortete Jonathan mit einem gepeinigten Ausdruck auf dem Gesicht.

Blanks begegnete Glees Blick wieder, aber diesmal ohne Nervosität. „Hast du heute mit Mrs. A. gesprochen?"

„Noch nicht. Willst du, dass ich mit ihr spreche?"

„Ein Versuch kann nicht schaden", sagte Blanks.

Sie entfernte sich.

„Warte!", rief er.

Sie drehte sich um und sah ihn fragend an.

„Ich komme mit dir." Er wandte sich an Jonathan. „Es wird nur einen Moment dauern."

Es dauerte eine Weile, Mrs. A. zu finden, denn sie putzte in einer Reihe von Büros im ersten Stock. Glee ging auf sie zu, als sie einen Schreibtisch abstaubte. „Erinnerst du dich an mich, Mildred?"

Mit misstrauischen Augen sah Mildred von Glee zu Blanks. „Was wollt Ihr von mir?"

„Das weißt du", sagte Glee sanft.

Blanks ging auf sie zu. „Wir sind nicht ohne Sorge, was das Leben deines Sohnes betrifft. Glaubst du nicht, dass der Junge einen vollen Bauch und ein eigenes Bett verdient?"

Sie grinste. „Ihr seid der Reiche, der unser Essen jeden Tag bezahlt?"

Blanks nickte.

„Ich danke Euch für meinen Sohn, aber Ihr solltet Euer Geld nicht an mich vergeuden."

„Essen hat nicht die gleiche Anziehungskraft

wie Alkohol, nehme ich an", sagte Blanks.

Sie nickte.

„Dann könnte Archie bald mit uns leben – da dir dein eigenes Leben derart unwichtig ist", sagte Blanks zu der zerbrechlichen Mutter des Jungen.

Glee schnappte nach Luft. Wie konnte Blanks nur derart gefühllos sein? Sie beäugte die dünne Frau mit dem ausgemergelten Gesicht. Seine Worte waren, leider, wahrscheinlich wahr. Obwohl sie sehr jung war, schien Mrs. A. an der Schwelle des Todes zu stehen.

„Ich habe mit ihm darüber gesprochen, bei Euch zu leben", sagte Mrs. A. „So sehr ich den Gedanken daran verabscheue, dass mich mein Junge verlässt, habe ich ihn doch dazu gedrängt, aber er will seine Mum nicht verlassen. Ich bin alles, was er jemals gehabt hat."

Glees Herz schmerzte für Mrs. A. Was für ein Opfer sie für ihren Sohn zu bringen bereit gewesen war. Es war ein Jammer, dass sie nicht stark genug war, das wahre, lebensrettende Opfer zu erbringen und den Gin aufzugeben.

Glee sah Blanks an. Er schluckte und die Muskeln seiner Wangen spannten sich an. Die Worte der Frau hatten ihn seltsamerweise zutiefst getroffen. Es lag eine Trauer auf seinem Gesicht, aber es war auch etwas anderes, etwas, das Glee nicht verstand.

„Und du bist immer noch nicht dazu bereit, für uns zu arbeiten?", fragte Glee. Sie konnte den Gestank von schalem Gin aus einem Meter Entfernung riechen.

Mrs. A. wandte ihre kalten Augen Glee zu. „Wenn ... wenn ich eine stärkere Person wäre, dann würde ich es tun. Aber ich kann nicht wieder auf den rechten Weg zurückkehren – und werde es niemals können."

Blanks nahm Glees Hand. „Dann haben wir nichts mehr zu sagen, Mrs. A."

Glee warf ihrem Mann einen besorgten Blick zu. Er drückte ihre Hand, bevor sie wieder zu Mr. Willowbys Büro gingen.

Im Büro angekommen entschuldigte sich Blanks bei seinem Bruder. „Du musst meine schlechten Manieren entschuldigen. Ich bin ein schrecklicher Gastgeber, aber ich werde es wiedergutmachen. Würdest du gerne in den Pump Room gehen?"

Glee hakte sich bei Jonathan ein. „Oh ja, Jonathan, du musst das Gästebuch unterschreiben."

„Natürlich, ich würde gerne hingehen", sagte er, „aber mir fehlt die Gabe meines Bruders, Freunde zu haben. Ich fürchte, es wird niemanden kümmern, ob ich in Bath bin oder nicht."

„Ha!", sagte Glee. „Das glaube ich nicht. Du hast viel zu viele gute Charakterzüge, die dich empfehlen."

Als sie das Gebäude verließen, war Glee verblüfft darüber, dass, obwohl Jonathan von seinen liebenden Eltern derart verwöhnt worden war, sein Selbstvertrauen nicht über Sutton Hall hinausging; während Blanks in Sutton Hall keinerlei Selbstwertgefühl hatte, jedoch davon entfernt vor Selbstvertrauen nur so strotzte.

Sie beobachtete traurig, wie Blanks sein Pferd bestieg, um zum Pump Room zu reiten und wünschte sich, dass er und Jonathan die Plätze getauscht hätten.

Kapitel 29

Im Pump Room angekommen schwelgte Glee im Rausch von Blanks' Gegenwart. Sie war nicht in der Lage, von seiner Seite zu weichen oder sich davon abzuhalten, bewundernd sein geliebtes Gesicht anzusehen, während sie ihn auf jede nur mögliche Art und Weise berührte.

Die Zwillinge, in identische gelbbraune Kniehosen und schokoladenfarbene Röcke gekleidet, kamen in den vornehmen Raum. Sobald sie dort eingetroffen waren, gesellten sie sich zu ihrem kleinen Kreis, wo sie sich vor Jonathan im Gruß verbeugten.

„Ich muss euch sagen, dass unser lieber Bruder uns mit großem Stolz erfüllen wird", sagte Glee zu den Zwillingen. „Jonathan ist ein Autor! Wir werden seine Abhandlung bald in der Edinburgh Review lesen können."

„Was du nicht sagst!", sagte Melvin und wandte sich an Jonathan. „Worum geht es in dem Artikel?"

„Der erste ist über das Erstgeburtsrecht."

„Dann wird es weitere geben?", fragte Glee freudig.

Jonathan schien schrecklich verlegen zu sein. „Ich arbeite an einem über die Schulpflicht."

„Kann nicht sagen, dass ich dafür bin", protestierte Elvin. „Viel zu teuer. Und ich bin sicher, dass unsere Gesellschaftsschicht die Rechnung dafür bezahlen wird."

„Da kann ich dir nicht zustimmen", setzte sein

Zwilling entgegen.

Dann begannen sich Melvin und Jonathan in ein angeregtes Gespräch zu vertiefen.

Zur gleichen Zeit erhaschte Glee einen Blick auf Carlotta, die den Pump Room alleine betrat. Glee kam noch näher zu Blanks und schien dazu gezwungen, ihre Rivalin zu beobachten. In königlichen lila Samt gekleidet, blickte Carlotta zu Blanks, errötete und ging dann auf die ihm gegenüberliegende Seite des Saals zu. Seltsamerweise war dies das erste Mal seit ihrer Hochzeit, dass Glee seine Mätresse gesehen hatte. Hatte die Witwe die Stadt verlassen, um Blanks nicht in der Öffentlichkeit zu begegnen? Sie war während der letzten drei Wochen weder im Pump Room noch in den Gesellschaftsräumen gewesen.

Glee fragte sich, ob Carlotta schrecklich in ihn verliebt war, aber sie musste nur den verletzten Blick in Carlottas Gesicht sehen, um zu wissen, dass die Frau ihn immer noch innig liebte. Und obwohl sie Carlotta Ennis verabscheute, spürte sie auch ein einzigartiges Mitleid mit ihr. Nachdem sie nun das Vergnügen mit ihm das Bett zu teilen kannte, würde es nicht leicht sein, Blanks aus ihren – oder Carlottas – Gedanken und ihrem Körper zu vertreiben.

Nachdem sie sich vergewissert hatte, dass Jonathan in ein Gespräch mit Melvin vertieft war, sah Glee auf und begegnete dem angespannten Blick ihres Mannes. „Komm, Liebling, ich würde liebend gerne mit dir um den Saal spazieren."

Sie gingen eine Weile, ohne dass Blanks versuchte, sich mit ihr zu unterhalten. Sein Gesicht war ernst und er schien so weit entfernt wie der Mond.

„Ein Jammer mit Archie", fing Glee an.

Er nickte, aber außer seinem immerwährenden halben Lächeln war kein Ausdruck auf seinem unergründlichen Gesicht zu erkennen. „Es ist wirklich merkwürdig", sagte er, eher als würde er laut denken. „Ich glaube, ich lerne etwas von Archie."

„Wie das?", fragte sie und liebkoste das hübsche Gesicht ihres Mannes mit ihren Augen.

„In Manchem halte ich den Jungen für viel reicher, als ich es bin."

Glee hob rasch ihre Augenbrauen. Worüber könnte ihr Mann nur sprechen? Wie konnte der erbärmliche kleine Bursche reich sein, wenn er nichts hatte außer der paar Shilling, die Blanks ihm gab? Dann wurde sie von der Erkenntnis getroffen. *Archie war reicher als der arme Blanks.* Denn Archie hatte etwas, das Blanks nie gehabt hatte: eine Mutter. Eine Mutter, die er liebte und die ihn liebte. Glee hätte um den einsamen Jungen, der Blanks gewesen war, weinen können.

Andererseits erfreute sie sich daran, dass er ihr eine derart tiefgreifende Erkenntnis anvertraut hatte. Sie drückte seine Hand. „Ja, ich erkenne es. Das ist er tatsächlich." Sie fuhr mit verändertem Tonfall fort. „Ich nehme an, wir sollten uns dem Jungen nicht aufdrängen. Er ist in der Tat vom Glück begünstigt."

„Wir werden über ihn wachen und für ihn da sein, sollte er uns brauchen."

„Du denkst wirklich, dass seine Mutter sich ins Grab trinken wird?"

Ein Muskel in Blanks' Kiefer zuckte. „Dessen bin ich mir sicher. So sehr es auch schmerzt, es zu sagen, sie ist bereits mit einem Fuß darin."

Glees Augen füllten sich mit Tränen. „Oh Blanks, können wir sie nicht davon überzeugen, sich zu ändern?"

Er tätschelte ihre Hand. „Ich fürchte nicht, meine Liebe. Wir können ihr nichts aufzwingen. Jede Veränderung muss von ihr selbst kommen und ich bin davon überzeugt, sie würde ihr Leben eher weggleiten lassen, als dessen Kurs zu ändern."

Glee senkte ihre feuchten Wimpern.

Blanks lächelte sie an. „Es scheint, als hättest du meinen Bruder für dich gewonnen. Ich glaube, er schätzt es, dass du seine literarische Berühmtheit anpreist."

Sie zuckte mit den Schultern. „Ich bin ein bisschen verärgert über Jonathan, wenn du es wissen möchtest. Sein einziger Grund hier zu sein, ist schließlich, dich um dein Vermögen zu bringen."

„Sei dem wie es sei, ich schätze seine Aufrichtigkeit. Es ist mehr, als seine Mutter je getan hat. Ihre Rechtfertigung dafür mich immer schlechtgemacht zu haben war, *dass sie immer das Beste für mich wollte.*"

„Bitte sprich nicht über diese schreckliche Frau! Ich schwöre, Blanks, ich verabscheue sie."

Er lachte und hob Glees Hand zu einem Kuss.

Glees Blick traf Carlottas, deren Gesicht erblasste, als sie sofort wieder wegsah. Sie hatte gesehen, wie Blanks liebevoll Glees Hand geküsst hatte. Wohlige Wärme durchströmte Glee. Sie mochte Blanks' Herz nicht besitzen, aber sie besaß etwas sehr Ähnliches. Zarte Röte stieg in ihren Wangen auf, als sie daran dachte, wie nahe sie einander in der vergangenen Nacht gewesen waren. Sie konnte die heutige Nacht kaum erwarten!

* * *

Gregory dagegen versuchte einen Weg zu finden, wie er sich davon abhalten konnte, heute Nacht von Glees Genüssen zu kosten. Nicht, dass er es nicht gewollt hätte. Glees Berührung alleine wühlte ihn auf, wie keine andere Frau es je getan hatte. Er sagte sich, dass er damit zufrieden sein sollte, mit ihr zu spazieren, das Vergnügen ihren Arm auf seinem zu spüren, ihre süße Stimme zu hören, die Liebe aufzusaugen, von der er nun glaubte, dass sie sie für ihn empfand. Und obwohl er ihre Gefühle zehnmal erwiderte, musste er sich ihre körperlichen Reize versagen.

Während seines langen Ausritts über das Land heute Morgen hatte er geglaubt, dass sich von Glee zu entfremden, es einfacher machen würde, sie abzulehnen. Aber sich von ihr zu lösen würde bedeuten, sein Herz aus seiner Brust zu reißen. Auch wenn er sich niemals wieder den Luxus, Glee zu lieben, erlauben konnte, konnte er sich ihrer Gesellschaft niemals völlig entziehen.

Sie lehnte sich an ihn und hob ihr lächelndes Gesicht zu ihm auf. „Glaubst du, dass Jonathan uns letzte Nacht gehört hat?"

Als sie seinen Namen ausgerufen hatte? Die anregende Erinnerung hatte die Kraft, ihn seines Atems zu berauben. *Gregory* hatte noch nie so süß geklungen.

Er sah auf sie herab. Es lag kein Bedauern auf ihrem Gesicht, nur vertrauensvolle Liebe. „Die Wände sind ziemlich dick", murmelte er und tätschelte ihre Hand. „Ich ... habe mir Sorgen gemacht, dass ich dir wehgetan habe." Er schluckte schwer und konnte sie nicht ansehen.

„Es schmerzt ein bisschen, aber ich bin sicher, dass, sobald ich mich an ... dich ... gewöhne, es nicht mehr weh tun wird."

Sie wagte auf etwas zu hoffen, was er ihr nicht geben konnte. Ein solches Wissen war, als würde man sich selbst mit einem Schwert aufspießen. „Ich wünschte, dass ich in deinen Armen sterben könnte, mein Schatz", murmelte er traurig.

„Sei nicht so makaber", neckte sie ihn. „Ich kann es nicht ertragen, an dein Ableben auch nur zu denken."

Nun sah er sie an, lange und unnachgiebig. Und er wusste ohne jeglichen Zweifel, dass Glee ihn liebte. Was ihre Abstinenz noch viel bedauernswerter machte. „Und ich nicht an deines", sagte er bitter.

Er sah, dass Carlotta auf dem Weg zum Brunnen war, um ein Glas Wasser zu holen. Er ertappte Glee dabei, seiner Blickrichtung gefolgt zu sein, dann versteifte sie sich. Er bereitete sich darauf vor, dass Glee etwas über seine ehemalige Geliebte sagen würde. Er wartete, aber Glee sagte nichts. Konnte es sein, dass Glee ihn zuvor nicht geliebt hatte und deshalb nicht eifersüchtig auf Carlotta gewesen war? Und nun, da sie ihn liebte, wünschte sie jeden Gedanken an Carlotta zu vermeiden?

„Jetzt wo wir dein Vermögen gesichert haben, musst du dich in der Öffentlichkeit nicht mehr um mich bemühen, obwohl ich sehr hoffe, dass du nicht damit aufhörst", sagte Glee.

Es war ein Jammer, dass sie sich seiner so sicher war. Er würde sie auf die unvermeidliche Enttäuschung vorbereiten müssen. „Du weißt, dass ich keine Kinder will?"

Glees Hand umklammerte seinen Arm. „Oh Blanks, daran habe ich nicht gedacht ... Denkst du, dass ich vielleicht ..."

„Ich bitte Gott darum, dass du es nicht bist",

sagte er reuevoll.

Sie sah ihn seltsam an. „Es wäre nicht das Ende der Welt, weißt du. Ich nehme auch an, dass dein Vater erfreut gewesen wäre zu wissen, dass ein Enkelsohn die ungebrochene Weiterführung seiner Güter sicherte."

„Wer sagt, dass es nicht das Ende der Welt wäre?", erwiderte er barsch. Sollte Glee im Kindbett sterben, wäre es das Ende seiner Welt.

Sie kamen zu dem Punkt zurück, an dem ihr Spaziergang angefangen hatte und Melvin und Jonathan waren derart in ihr Gespräch vertieft, dass sie Gregory und Glee nicht bemerkten.

„Noch eine Runde um den Saal, mein Schatz?", fragte Gregory.

„Das würde mir überaus gefallen."

Sie gingen eine Weile, bevor einer von ihnen wieder sprach. „Du hast einen wunderschönen Körper, Blanks", sagte sie ohne jeglichen Hauch von Schüchternheit.

„So wie du, Liebling. Es ist schade, dass ich mich von seinem Vergnügen fernhalten muss."

Ihre Augen weiteten sich und ein Ausdruck rohen Schmerzes fiel über ihr Gesicht, als sie ihn ansah und ihre Finger in seinen Arm bohrte. „Du scherzt bestimmt?"

„Ich wünschte, es wäre so", sagte er mürrisch.

Sie hielt inne und blickte ihn mit wässrigen Augen an. „Ich muss wissen, warum du das sagst."

Er schluckte und vermied es sie anzusehen, dann schüttelte er den Kopf.

„Es ist wegen meines Mangels an Erfahrung", sagte sie mit zittriger Stimme, während eine Träne aus ihrem Auge kullerte. „Und doch hielt ich dich letzte Nacht für befriedigt."

Er nahm ihre Hände und blickte ernsthaft in ihr Gesicht. „Noch nie in meinem Leben war ich glücklicher."

„Das sagst du nur, um mich nicht bloßzustellen."

Er hob ihre Hände zu seinen Lippen. „Ich sage es, weil es wahr ist."

Nun flossen Tränen aus ihren Augen. „Erlaube Jonathan meinen Phaeton nach Hause zu fahren – er kann ihn behalten, wenn er will! Ich muss gehen." Dann drehte sie sich um und hastete aus dem Saal.

Er kämpfte gegen das Verlangen, ihr zu folgen. Es war besser so. Sie sollte sich an den Gedanken einer keuschen Ehe gewöhnen.

* * *

Mit von Tränen umflortem Blick stürmte Glee zwischen den Fußgängern hindurch, die die Bürgersteige von Bath bevölkerten. Sie sprach weder mit jemandem, noch sah sie jemanden an. Alles, woran sie denken konnte war, wie kläglich sie als Blanks' Frau versagt hatte. In nur einem Moment hatte sich ihr Glück in Verzweiflung verwandelt. Was hatte sie falsch gemacht? Nun, da sie ihre Welt in Blanks' Armen gefunden hatte, konnte sie unmöglich zu der eisigen Farce, die ihre Ehe zuvor gewesen war, zurückkehren.

Wenn sie nicht den Rest ihrer Tage neben Blanks liegend verbringen konnte, hatte sie kein Verlangen überhaupt zu leben.

Sie machte keinerlei Versuch, ihre Tränen zurückzuhalten, als sie sich ihren Weg durch die Menge bahnte. Sie dachte an all die Worte zurück, die zwischen ihr und Blanks im Pump Room gefallen waren. Hatte er nicht gesagt, dass er den Gedanken an ihr Ableben nicht ertragen konnte?

Er hatte auch ihren Körper gepriesen. Ihr Herz blieb beinahe stehen. Er sagte, dass er sich wünschte, in ihren Armen zu sterben.

Warum dann hatte er beschlossen, dass er sich nicht gestatten konnte, sie wieder zu lieben? Sie erinnerte sich daran, Carlotta im Pump Room gesehen zu haben. Hatte der Anblick Carlottas ihn daran erinnert, was für Vergnügungen er verpasste? Aber hatte er Glee nicht gesagt, dass er niemals zuvor derart befriedigt war? Je mehr sie glaubte, Blanks zu verstehen, desto mehr wurde ihr bewusst, wie wenig sie wirklich über ihn wusste.

Als eine Gruppe von Frauen stehenblieb, um in das Schaufenster einer Hutmacherei zu sehen, ging Glee ungeduldig um sie herum und trat dabei in eine Pfütze auf der Straße. Es war ihr gleichgültig ihr Kleid beschmutzt und ihre Schuhe ruiniert zu haben.

Sie schaffte es zum Queen Square, lief die Treppe zu ihrer Kammer hinauf, schlug die Türe hinter sich zu und verriegelte sie. Dann warf sie sich ausgestreckt aufs Bett.

Die Tränen hatten aufgehört zu fließen und doch blieb sie noch eine Stunde dort liegen, als eine nagende Leere sie aller Gefühle beraubte, außer dem Empfinden einer tiefen, einsamen Melancholie.

Schließlich stand sie auf und wusch ihre geschwollenen Augen. Ihr unnachgiebiger Ehemann hatte in seiner standfesten Ehefrau sein Gegenstück gefunden. Hatte ihre Entschlossenheit ihr nicht Blanks als Ehemann gesichert? Blanks' Verleugnung der wesentlichsten menschlichen Gefühle brachte Glee nur dazu, die gewünschte Einhaltung zu inszenieren. Es würde nur seine Zeit brauchen, ähnlich wie einen Stein zu meißeln. Sie hatte ihm ihr ganzes Leben versprochen. Sie konnte warten, während ihre liebevolle Fürsorge an seiner Entschlossenheit nagte.

Sie lächelte, als sie eine Nachricht nach Winston Hall verfasste, um nach Dianas Gesundheit zu fragen. Dann ging sie zu Mrs. Roberts, um mit ihr das Abendessen zu besprechen und stattete danach ihrer Freundin Miss Arbuckle einen Besuch ab.

* * *

Beim Abendessen hatte Glee volle Kontrolle über den Tisch. Weder Blanks noch sein Bruder hätten erraten können, wie angespannt ihre Nerven nur ein paar Stunden zuvor gewesen waren. Sie ließ keine Anzeichen daran erkennen. Sie sprach fürsorglich mit ihrem Mann. Sie beglückwünschte Jonathan zu dem Erfolg seiner literarischen Karriere. Sie sprach mit Jonathan über Melvin und die vielen Gemeinsamkeiten zwischen Melvin und Jonathan.

„Er hat mir anvertraut, dass er eine Abhandlung über die Ausdehnung des Wahlrechts verfasst hat und ich habe zugestimmt, es mir morgen anzusehen", sagte Jonathan aufgeregt.

„Siehst du", sagte Glee zu Jonathan, „Die Freunde deines Bruders haben nicht nur Vergnügungen im Kopf."

„So scheint es."

„Obwohl es ein Schock für dich sein muss, lieber Bruder", sagte Blanks ungezwungen, „hat man mich manchmal dabei beobachtet, die Edinburgh Review gelesen zu haben."

Glee beobachtete mit Freude, wie die Brüder anfingen sich über liberale Reformen zu unterhalten und viele gemeinsame Anschauungen entdeckten.

Nach dem Diner nahmen sie die Kutsche zu den Gesellschaftsräumen. „Ich hoffe, es macht euch nichts aus, wenn wir meine Freundin Miss Arbuckle abholen", sagte Glee. „Ich fürchte, ihre Mutter leidet unter der gleichen Krankheit wie Diana und kann sie daher nicht begleiten, also habe ich ihr angeboten, mit uns zu kommen."

„Wie geht es deiner Schwester?", fragte Blanks.

„Laut der Nachricht, die ich vor dem Abendessen erhalten habe, geht es ihr viel besser. Hoffentlich kann sie bald wieder mit uns auf Bälle gehen."

„Ist Miss Arbuckle die Dame, die nur einsilbig spricht?", fragte Blanks.

Glee runzelte die Stirn. „Nur, wenn sie von einem Gentleman angesprochen wird. Sie spricht recht angeregt, wenn wir uns über Bücher unterhalten. Sie liebt Bücher genauso wie ich."

Sie sammelten Miss Arbuckle ein, die auf der Fahrt zu den Gesellschaftsräumen neben Jonathan saß. In der finsteren Kutsche beobachtete Glee die beiden und fragte sich, wie Jonathan auf das schüchterne Mädchen reagieren würde. Leider war Miss Arbuckles Kleid aus sehr schwerem Stoff gefertigt und sein Ausschnitt war höher, als die Mode es vorschrieb. Obwohl ihr Gesicht unscheinbar war, hatte es zarte Züge, aber Glee fand, dass ihr hervorstechendstes Merkmal ihre durchdringend strahlenden schwarzen Augen waren. Und zum Glück hatte sie heute auf die Brille verzichtet, die sie sonst trug.

Jonathan wandte sich an die junge Frau und räusperte sich. „Meine Schwester sagt mir, dass Ihr von der Literatur begeistert seid, Miss

Arbuckle."

„Ja", sagte sie ohne weitere Einzelheiten.

„Wir sind sehr aufgeregt darüber", sagte Glee zu Miss Arbuckle, „dass Jonathans Abhandlung in der Edinburgh Review veröffentlicht werden wird."

Miss Arbuckles Augen tanzten und sie lächelte freundlich. „Darf ich fragen, worum es in Eurem Artikel geht?"

„Erstgeburtsrecht, besonders in Bezug auf die Krone."

„Wie überaus interessant", sagte Miss Arbuckle.

Glee hatte Miss Arbuckle noch nie derart viele Worte mit einem Gentleman wechseln hören. Für den Rest der Fahrt sorgte Glee sich nicht mehr darum, dass Miss Arbuckle vernachlässigt werden könnte.

In der Tat saßen Miss Arbuckle und Jonathan – und später Melvin – in den Gesellschaftsräumen zusammen im Oktagon und unterhielten sich über politische Angelegenheiten.

Glee war überaus erfreut, dass weder Mr. Jefferson noch Carlotta anwesend waren. Sie erfreute sich auch an den vielen Formen der Zuneigung, die Blanks ihr während der Nacht zukommen ließ. Sie tanzten zwei Walzer miteinander, was bittersüße Erinnerungen an ihre Intimität, die sie in der vorherigen Nacht verbunden hatte, hervorrief.

Glee beschloss, dass sie keine Wahl hatte. Sie würde ihren Mann verführen müssen.

* * *

Nachdem sie Miss Arbuckle in dieser Nacht abgesetzt hatten, sagte Jonathan: „Ich finde, dass Miss Arbuckle die gebildetste junge Dame ist, die ich je getroffen habe. Es sind Frauen wie sie, die einen dazu bringen, das Wahlrecht auf Frauen ausdehnen zu wollen. Tatsächlich hat sie mich dazu ermutigt, einen Artikel darüber zu schreiben."

„Ich bin verwundert darüber, dass du vollständige Sätze aus der schüchternen jungen Dame herausgebracht hast", sagte Blanks.

Glee wandte sich an ihren Mann. „Du musst verstehen, Blanks, dass den meisten jungen Frauen gesagt wurde, du seist ein Schuft, und ich wage zu behaupten, dass Miss Arbuckle für Schurken nichts überhat."

Blanks grinste. „Ganz und gar nichts, würde ich sagen."

Als sie am Queen Square ankamen, half Blanks Glee aus der Kutsche, hielt ihre Hand jedoch keine Sekunde länger als unbedingt notwendig. Auch als sie die Treppe in den zweiten Stock hinaufgingen, vermied er es, Glee zu berühren.

Sie kamen zuerst zu ihrer Türe. Er blieb davor stehen. „Gute Nacht, mein Schatz", sagte er und küsste ihren Scheitel flüchtig.

Vor Wut kochend antwortete sie durch zusammengebissene Zähne: „Gute Nacht, Liebster."

Sie schloss die Türe hinter sich und lehnte sich daran. Vielleicht würde sie ihren Mann heute doch nicht verführen. Sie würde nicht durch ihre verbundenen Ankleideräume schreiten und verlangen, dass ihr Mann mit ihr das Bett teilte. Sie musste sich dazu zwingen, einen Anschein von Stolz zu wahren.

Sie zog ihr Kleid aus und trug ein festeres Nachtgewand, als in der vorherigen Nacht, kletterte in ihr Bett und blies die Kerze aus. Sie lag in der Finsternis und konnte Blanks in seinem

Ankleideraum hören. Sie stellte sich seine gebräunte Brust vor, als er sein Hemd auszog. Sie dachte an das Wohlgefühl der Berührung seiner Hände und seiner Lippen, als er sie letzte Nacht geliebt hatte, und sie erinnerte sich daran, wie sein kräftiger Rücken und seine Beine sich angefühlt hatten, als sie von Schweiß überzogen waren und sie ihn mit den sanften Händen einer Liebenden gestreichelt hatte.

Sie lag mit einem Gefühl der Leere in ihrem Bett und betete, dass Blanks seine Meinung ändern und zu ihr kommen möge.

Kapitel 30

Obwohl er wegen seines zehrenden Verlangens nach Glee nicht hatte schlafen können, beschloss Gregory, dass er einen Buchhändler aufsuchen sollte. Er wollte unbedingt ein Exemplar der Edinburgh Review kaufen.

Da die Buchhandlung nur einige Straßen entfernt lag, ging er zu Fuß. Glee erfüllte seine Gedanken und Gefühle bei jedem Schritt. Dann durchdrang ein anderer Duft seine Sinne. *Lavendel.* Er sah auf und in die lavendelfarbenen Augen von Carlotta Ennis, als sie auf ihn zukam und mit ernsthaftem Blick seinem begegnete. "Hallo, Gregory", sagte sie mit ihrer rauchigen Stimme.

„Guten Morgen, Mrs. Ennis", sagte er steif und kam plötzlich zum Stehen.

Sie kam ihm näher. „Stört es dich, wenn ich ein Stück mit dir gehe?"

Er zuckte mit den Schultern. „Ich habe keinen Anspruch auf den öffentlichen Bürgersteig."

Sie gingen eine Weile, bevor sie endlich sprach. „Als du mich ... entlassen hast, hast du gesagt es wäre dein Wunsch, unsere ... Beziehung nach deiner Hochzeit fortzusetzen. Ist dies immer noch dein Wunsch?", fragte sie.

Sein Mund wurde trocken. Sein Herz schlug unregelmäßig. Gott, aber er wollte, brauchte, eine Frau. Es war alles, woran er während der langen Nacht hatte denken können. Aber die Frau, die er wollte, war nicht Carlotta.

Seine Stille sagte mehr als tausend Worte.

Sie gab ein bitteres Lachen von sich. „Es ist, wie ich befürchtet habe. Du hast dich in deine Frau verliebt."

Er blickte in ihre feuchten Augen und nickte ernsthaft.

„Dann habe ich, wie es scheint, nicht nur deine Zeit vergeudet, sondern mich auch wie ein Dummkopf benommen", sagte sie mit zitternder Stimme, als sie sich von ihm abwandte.

Er verabscheute es, sie verletzt zu haben, besonders nun, da er wusste, wie es sich anfühlte, sich nach einer Verbindung zu sehnen, die nicht stattfinden konnte.

Sie begann sich zu entfernen, aber er griff nach ihrem Arm. „Niemals ein Dummkopf, Carlotta", flüsterte er mit einer tiefen, reumütigen Stimme.

Ihre Augen begegneten sich für eine kurze Sekunde, bevor sie rasch kehrtmachte und fortging.

* * *

Jonathan übernahm die Zügel des Phaetons, als er und Glee sich auf den Weg machten, um Miss Arbuckle einen Morgenbesuch abzustatten. Glee war überaus erfreut. Jonathan war beim Floristen stehengeblieben, um ein Blumensträußchen für die ehrenwerte Lady zu kaufen. Es war ein schöner Tag mit wolkenlosem, blauen Himmel, und obwohl Blanks in der Nacht zuvor nicht zu ihr gekommen war, war Glee äußerst gut gelaunt. Sie würde eine Niederlage nicht akzeptieren und hatte volles Vertrauen, dass sie Blanks mit der Zeit überzeugen konnte.

Dann sah sie die schöne Frau in Lila mit getragener Eleganz die Quiet Street entlanggehen. Glees Magen zog sich zusammen. Sie wurde

Zeugin, wie ihr eigener Ehemann stehenblieb und sich mit Carlotta Ennis unterhielt, bevor die beiden zusammen den Bürgersteig entlanggingen.

Glee hätte nicht mehr verletzt sein können, wenn Blanks ein Schwert durch ihr Herz gerammt hätte. Sie stieß unbewusst einen qualvollen Schrei aus, als Blanks Carlottas Arm ergriff, nachdem sie sich von ihm abgewandt hatte.

Der Mann, dem Glee all ihre Liebe geschenkt hatte, hatte sie belogen. Er traf sich immer noch mit seiner Mätresse.

Jonathan folgte Glees Blick und, als er den Grund ihres Schmerzes erkannte, bog er schnell in die Stall Street ab.

Glee konnte ihre Tränen nicht zurückhalten. Ebenso schmerzhaft wie die Erkenntnis, dass Blanks mit Carlotta immer noch das Bett teilte, war es der Verrat, der Glee wegen der Lügen ihres Mannes betrübte. Mehr als nur einmal hatte er beteuert, dass seine Beziehung zu Carlotta zu Ende war. Indem er Glees Vertrauen gebrochen hatte, hatte er sie tiefer verletzt, als es sogar seine Untreue tat.

Jonathan sprach mit grimmigem Gesicht: „Ich sehe, dass es also einen Bereich gibt, in dem mein Bruder keine Anzeichen der Veränderung zeigt."

So sehr sie auch von Schmerz gepeinigt war, konnte Glee den Mann, den sie geheiratet hatte, nicht verraten. Sich von Jonathan trösten zu lassen, würde bedeuten, die Verwundbarkeit ihrer Ehe zu bestätigen. „Ich werde dir nicht erlauben, meinen Mann schlechtzumachen", verteidigte sie Gregory.

Jonathan fluchte zwischen zusammengebissenen Zähnen und schnalzte mit den Zügeln. „Ich kann dich nicht als Heulsuse zu

Miss Arbuckle mitnehmen."

„Dann bitte ich dich, mich in der Queen Street abzusetzen", sagte sie schniefend.

Er murmelte etwas Unverständliches und bog um die nächste Ecke.

Als er vor dem Stadthaus anhielt, sprach sie zu ihm, dabei bedacht, ihr von Tränen verschmutztes Gesicht vor seinem kritischen Blick zu schützen. „Es schmerzt mich, dass ich nicht während deines gesamten Besuches hier sein kann. Ich habe dringende Angelegenheiten in Hornsby zu erledigen."

Er nickte ernsthaft.

* * *

In ihren Zimmern packten Glee und Patty schnell einen Handkoffer für ihre Reise zurück in das Heim, wo Glee geboren worden war. „Wird der Herr mit Euch reisen?", fragte eine überraschte Patty.

Glee räusperte sich. „Nicht dieses Mal, glaube ich."

Patty runzelte die Stirn. „Ich hoffe, er wusste schon länger über diese Reise Bescheid als ich!"

Unverschämtes Mädchen! Was zwischen Glee und ihrem Mann passierte, ging Patty nichts an.

Nachdem sie fertig gepackt hatte, verfasste Glee eine Nachricht an Blanks.

Liebling,
Es scheint, als hätte ich den Zweck unserer Ehe erfüllt; also kehre ich nun nach Hornsby zurück und erlöse dich von jeglicher Verantwortung mir gegenüber.
Mit tiefster Zuneigung,
Glee

Mit trommelndem Herzen ging sie in seine Kammer, in das Zimmer, wo ihre Ehe so glorreich vollzogen worden war. Der Geruch des dunklen Zimmers alleine ließ Blanks und all ihre Liebe zu ihm in ihrem Herzen aufbrechen. Aber sie konnte sich den Luxus nicht leisten, sich an ihn und die Magie, die sich zwischen ihnen in diesem Zimmer ereignet hatte, zu erinnern. Ihre Augen vermieden das Bett, als sie den Brief auf seinen Schreibtisch legte und dann aus der Kammer flüchtete.

Auf dem Korridor informierte Hampton sie in seiner typischen ausdruckslosen Vortragsweise, dass die Kutsche bereit war. Ihre Augen waren mit Tränen gefüllt, als sie das Haus verließ, ohne einen letzten Blick auf das Anwesen zu werfen, das zu ihrem und Blanks' Heim geworden war.

Zusammen mit ihrer Zofe und mit der Hilfe des Kutschers bestieg sie grimmig das Vierer-gespann. Da sie wohl kaum den ganzen Weg nach Warwickshire über weinen konnte, hatte Glee eine Ausgabe von Sir Walter Scott mit sich gebracht, um sich abzulenken, und begann darin zu lesen.

„Ich weiß nicht, wie Ihr lesen könnt, wenn die Kutsche in Bewegung ist!", rief Patty aus. „Es bringt meinen Magen völlig durcheinander."

Glee hob ihren Blick nicht von dem Buch. „Ich glaube, dass es vielen so geht, aber mein Magen wird weder durch Bewegung noch durch Gerüche in Mitleidenschaft gezogen. Mama hat immer gesagt, dass mein Magen so widerstandsfähig sei wie Eisen."

Über ihren Magen zu sprechen brachte Glee dazu, sich zu überlegen, ob sie unter morgendlicher Übelkeit leiden würde, sollte sie schwanger werden. Die arme Diana hatte schrecklich darunter gelitten. Felicity, die vom gleichen Blut war wie Glee, war keinen einzigen Tag lang krank. Derartige Gedanken trugen dazu bei, dass sich Glee noch schlechter fühlte. Wenn sie nur Blanks' Baby hätte empfangen können. Es wäre ein Stück von Blanks, das in seiner Abwesenheit die schmerzende Leere füllen würde.

Denn sie wusste, dass ihre Abreise aus Bath ihren unwiderruflichen Bruch mit Blanks festigen würde. Sie hatte ihren Zweck erfüllt. Nun war Blanks von den ungewollten Fesseln der Ehe befreit.

* * *

Nachdem er die aktuellste Ausgabe der Edinburgh Review gekauft hatte, kehrte Blanks zurück zum Stadthaus. „Sind meine Frau und mein Bruder von Miss Arbuckle zurückgekehrt?", fragte Gregory den Butler.

Hampton vermied es, Augenkontakt mit seinem Herren herzustellen. „Es scheint als hätte Mrs. Blankenship ihre Meinung geändert. Kurz nachdem sie losfuhren kam sie zurück und hat das Vierergespann bestellt, während sie und ihre Zofe äußert übereilt für ihre Rückkehr aufs Land packten."

Als er das Wort Vierergespann hörte, setzte sein Herz einen Schlag aus. War Glee nach Hornsby Manor gefahren? Oder Sutton Hall? Hatte es einen Notfall gegeben, der ihre Anwesenheit erforderte? Er würde sie verteufelt vermissen. „Hat Mrs. Blankenship vielleicht eine Nachricht für mich hinterlassen?"

„Das könnte ich nicht sagen, Sir. Ich habe allerdings gesehen, dass sie kurz vor ihrer Abreise Eure Kammer verließ. Sie könnte eine Nachricht in Eurem Zimmer hinterlassen haben."

Gregory nickte und eilte die Treppe zu seinen

Zimmern hinauf. Sein Magen war seltsam verstimmt und sein Puls unregelmäßig, als er zu seinem Schreibtisch ging und Glees Brief las.

Dann knüllte er den Brief erbost zusammen, fluchte ohne Zurückhaltung und schmiss den Ball aus Pergament gegen die nächste Wand. Hatte das kleine Biest die Dreistigkeit zu glauben, dass er sie nicht wollte? Wut wallte in ihm auf. Auch wenn er sie niemals wieder lieben würde, hatte er kein Verlangen danach, sich der Freude ihrer Gesellschaft zu entziehen, so schmerzhaft es auch war, sie anzusehen, ohne seine Lust zu ihrem natürlichen Abschluss bringen zu können.

Guter Gott, dachte er, konnte Glee böse sein, weil er es ablehnte, den Vergnügungen ihres Körpers zu frönen? Seine Gedanken flogen zurück zu ihrer Reaktion, als er ihr gesagt hatte, dass es kein weiteres Liebemachen geben würde. Sie hatte ihre Unzufriedenheit über ihre Unfähigkeit ihn zu befriedigen ausgedrückt! Er lachte laut und verbittert auf. Nichts in seinem erbärmlichen Leben hatte ihn jemals derart tief befriedigt.

Und er hatte das armen Mädchen glauben lassen, dass sie nicht begehrenswert war! Das musste die Erklärung dafür sein, dass sie ihn verlassen hatte. Sein erster Drang war, ihr nachzueilen und sie dazu zu bringen, ihm zuzuhören, wenn er ihr erklärte, wie sehr er es geschätzt hatte, sich mit ihr zu vereinigen.

Dann, nach sorgfältigerer Abwägung, wurde ihm bewusst, dass ihre Abreise, so schmerzhaft sie jetzt auch sein mochte, für die kommenden Jahre das Beste sein würde. Einen quälenden Tag nach dem anderen bei ihr zu sein, würde ihm nur beinahe unerträgliche Pein bereiten.

Er verspürte einen bittersüßen Schmerz in der

Nähe seines Herzens, als er in seine Bibliothek hinunterging, wo ihn Jonathan eine halbe Stunde später vorfand.

Gregory hob seinen Kopf von der Quartalsabrechnung, als er verärgerte Schritte vor seiner Türe vernahm. Dann flog die Türe auf, knallte gegen die Wand dahinter und brachte die Gemälde an der Wand zum Klappern.

Gregory senkte seine Augenbrauen, als er seinen Bruder in das Zimmer stürmen und zu seinem Schreibtisch schreiten sah. Dort blieb er stehen, seine Augen funkelten böse und seine Stimme zitterte vor Wut. „Nach all den leichtsinnigen, gewissenlosen Dingen, die du in deinem miserablen Leben getan hast, bist du nun so tief gesunken, wie es nur möglich ist."

Ein verwirrter Blick huschte über Gregorys schmerzerfülltes Gesicht. „Ich bitte dich, kläre mich auf. Was für eine gewissenlose Tat habe ich nun begangen?"

„Du bist kaum einen Monat verheiratet und stellst dich mit deiner lilafarbenen Mätresse direkt vor deine Ehefrau!"

Gregory sprang auf die Füße, ballte seine Hände zu Fäusten und sprach mit Wut in der Stimme. „Ich habe nichts dergleichen getan!"

Jonathan beäugte seinen Bruder mit blitzenden, zusammengekniffenen Augen. „Ich habe dich und die Dirne gesehen. Genauso wie Glee. Was hätte deine Frau wohl denken sollen, als sie dich der Frau nachgehen und sie am Arm festhalten sah?"

„Oh Gott!", ächzte Gregory und schüttelte den Kopf. „Es war ganz und gar nicht so, wie du denkst." Er sah direkt in die funkelnden Augen seines Bruders. „Ich gebe dir mein Wort, ich habe die ... Verbindung mit Carlotta beendet, als ich um Glee angehalten habe. Das ist die Wahrheit."

„Dann erkläre mir, warum ihr beiden heute zusammen wart."

Gregory zuckte mit den Schultern. „Ich weiß, wie es ausgesehen haben muss, aber es war ein wahrhaftig zufälliges Zusammentreffen zweier Leute, die sich auf der Straße begegneten."

„Und du hast rein zufällig mit einem besorgten Gesichtsausdruck ihren Arm gepackt?"

„Ich habe dir gesagt, es ist nicht, was du vermutest", murmelte Gregory und fiel in seinen Stuhl zurück. „Bist du sicher, dass Glee es gesehen hat?"

Eine merkwürdige Mischung aus Zorn und Kummer machte sich auf Jonathans Gesicht breit. „Bei Gott, Bruder, sie hat bitterlich geweint."

Die Worte nahmen ihm den Atem. Schließlich murmelte er: „Also hat sie mich deshalb verlassen."

„Kannst du es ihr übelnehmen?"

Gregory schüttelte ernsthaft den Kopf. „Vielleicht ist es besser so. Ich bin ein abscheulicher Ehemann gewesen."

„Gib es zu, Gregory. Du hast sie nur geheiratet, um dein Erbe in Anspruch zu nehmen. Es gab niemals eine wirkliche Ehe."

„Ohne Glee ist mir nichts wichtig. Nimm das Geld", sagte Gregory.

„Das kann ich nicht! Es ist eindeutig, dass Glee zutiefst in dich verliebt ist."

Gregory sah hoffnungsvoll auf. „Glaubst du das wirklich?" Er hatte geahnt, dass sie in ihn verliebt sein könnte, aber dies war eine Bestätigung seiner sehnlichsten Hoffnung.

„Du bist ein verdammter Idiot, wenn du nicht

erkennen kannst, wie sehr sie dich liebt."

„Aber es hätte nur eine Scheinehe sein sollen. Sie sagte ..."

„Sie hat dich zu dieser Heirat überredet, nicht wahr?"

„Woher hast du es gewusst?"

Jonathan lachte. „Weil das Mädchen schon immer in dich verliebt war, du Dummkopf."

Es war, als würde ein strahlend blauer Himmel durch schwarze Wolken brechen. Durfte er hoffen, dass Glee ihn wirklich liebte? Sein hoffnungsvolles Herz fing an vor Erwartung heftig zu pochen. „Ich würde es gerne glauben", sagte Gregory leise.

„Bist du in sie verliebt?", fragte Jonathan ungläubig.

Gregory begegnete dem Blick seines Bruders. „So sehr, dass es weh tut."

Jonathan ließ sich auf den Arm eines gepolsterten Sessels sinken. „Ich glaube, das bist du tatsächlich. Warum würdest du sonst dein Vermögen riskieren, indem du mir deinen Schwindel gestehst?"

Gregory schüttelte verbittert den Kopf. „Nichts ist mehr wichtig", sagte er mit einer Stimme, die nicht frei von Schmerz war. „Glee war – ist – mein Leben."

„Dann geh und sage es ihr, Bruder!"

„Aber ..." Er konnte seinem Bruder nicht von der unnatürlichen Furcht erzählen, die ihn überkam, wenn er daran dachte, sich mit seiner geliebten Frau zu vereinigen. „Vielleicht ist es besser so."

Kapitel 31

In der ersten Woche nach ihrer Rückkehr nach Hornsby schmorte Glee in ihrer Kränkung über Blanks. Am achten Tag erlaubte sie sich, mit weniger Verbitterung an ihn zu denken. Während eines Ausrittes über die Ländereien kam sie zu dem Lusthaus mit der Kuppel, das sich im glitzernden Teich, an dem es lag, spiegelte. Dies war der Ort, an dem sie Blanks gezwungen hatte, sie zu heiraten.

So wie mit jeder anderen Erinnerung an Blanks fühlte sie keine Schmach, egal wie schamlos sie gewesen war, um ihn zu erobern. Von Anfang an war ihre Strategie gewesen, keine Demütigung auszulassen, um schlussendlich sein Herz für sich zu gewinnen. Sie lachte verbittert, mit nur den Bäumen und dem nun dicken Teppich von sattgrünem Gras als Zuhörer. Sie war ihrem Schwur treu geblieben und hatte nichts unversucht gelassen in ihrem leidenschaftlichen Bestreben, seine Liebe zu verdienen.

Und es war alles umsonst gewesen.

Während der darauffolgenden leeren Tage ihrer stumpfen Existenz in Hornsby hatte Glee jeden Moment wieder durchlebt, jedes liebevolle Wort, jede freundliche Geste, die er ihr hatte zukommen lassen. Sie kam zu dem Schluss, dass sie ihn unter den gleichen Umständen ohne Zögern wieder heiraten würde.

Wie sie es nun sah, gab es zwei Gründe für ihr Scheitern. Der erste war natürlich Blanks'

Zuneigung für Carlotta Ennis. Der andere war Glees eigenes Versagen, ihn sexuell befriedigen zu können. Was für ein Dummkopf sie doch gewesen war zu glauben, dass sie mit einer derart erfahrenen Liebhaberin, wie Carlotta es sein musste, konkurrieren könnte.

Als Glee abstieg und ihr Pferd um die Säulen des Lusthauses führte, traf sie ihre Erinnerung an jenen regnerischen Tag, als sie Blanks in die Falle gelockt hatte, wie ein Keulenschlag. Dies war dann der Moment, als ihr Kummer nachließ. Blanks hätte George an jenem Tag über ihre Hinterhältigkeit in Kenntnis setzen können, aber er hatte sein eigenes Glück geopfert, um sie zu schützen. Es war dies eine wahrhaftig ehrenwerte Tat.

Ein Mann mit derartigem Edelmut schien das genaue Gegenteil von einem Mann zu sein, der so überzeugend über Carlotta lügen konnte. Als das Eis um ihr Herz zu schmelzen begann, sagte sich Glee, dass Blanks nur log, um ihre Gefühle zu schützen.

Er war so sanft und liebevoll. Sie dachte an ihre Versuche, Archie zu helfen und an seine Galanterie, als er sich ihrem Bruder erklärte. Gedanken an die vielen Taten, die von seiner Güte zeugten – und seiner Fürsorge für sie – füllten sie mit der Liebe, die sie nie hatte leugnen können. Nun war sie froh, dass sie ihren Brief an ihn trotz ihres großen Kummers mit liebevollen Worten beendet hatte.

Sie bereute es fast, dass sie ihn verlassen hatte, aber sie hatte endlich akzeptiert, dass sie Blanks niemals dazu zwingen konnte, sie zu lieben. Und ohne jegliche Hoffnung auf seine Liebe konnte sie sich nichts anderes wünschen, als ihn glücklich zu sehen. Frei und glücklich.

Mit feuchten Augen seufzte sie. Wenigstens würde sie für immer ihre wertvollen Erinnerungen an die drei zauberhaften Wochen haben, in denen sie Mrs. Gregory Blankenship gewesen war.

* * *

Kein Tag, keine Minute war so quälend langsam vergangen, ohne dass Gregorys Gedanken von Erinnerungen an den Engel, der seine Frau gewesen war, erfüllt waren. Er machte einsame Ausritte übers Land, um vergeblich zu versuchen, Glee aus seinen Gedanken zu verbannen. Er mied den Pump Room und die Gesellschaftsräume und alle anderen Orte, an denen jemand nach seiner Frau fragen könnte. Die Wunde war immer noch zu tief, um sich wieder zu öffnen.

Sein Bruder, der weiterhin in Gregorys Stadthaus verweilte, um seine Freundschaft mit Miss Arbuckle zu vertiefen, ließ keine Minute vergehen, ohne Gregory dazu zu drängen, Glee nachzureisen. Was Gregory zu der Erkenntnis brachte, wie viel sein Bruder ihm bedeutete.

An einem Nachmittag, als seine Erinnerungen an Glee ihn beinahe überwältigten, fühlte sich Gregory gezwungen, in seine Kammer zurückzukehren. Er hatte an sie in ihrem smaragdgrünen Kleid gedacht, das er so an ihr geliebt hatte, und er fragte sich, ob sie es in Hornsby auch trug. Er ging durch ihren Ankleideraum, fand aber keine Spur des grünen Kleides. Stattdessen hatte sie Kleider hinterlassen, die ihm ganz und gar nicht gefielen. Das spärliche Rote, das beinahe rückenfreie Schwarze und das Kupferne. Als er sie ansah, musste er lächeln. Es gefiel ihm irgendwie, dass sie diese Kleider zurückgelassen hatte. Es war, als ob ihre einfache Handlung eine stille Beichte ihm gegenüber war.

Als er die weiche Seide des roten Kleides anfasste, kamen Georges Worte zu ihm zurück. Ihr Bruder hatte geglaubt, dass Glee nur leichtlebig erscheinen wollte, damit er sie anziehend finden würde. Er wünschte, er könnte das glauben.

Aber, wenn sie ihn wirklich liebte, wäre sie natürlich nicht in der Lage gewesen zu fliehen.

An demselben Nachmittag, als er seine Korrespondenz beantwortete, las er den Artikel seines Bruders über das Wahlrecht und unterzeichnete einige Papiere für Willowby. Georges Worte waren immer noch in seinen Gedanken. Könnte Glee wirklich versucht haben, leichtlebig zu wirken, weil seine Vorliebe für leichtlebige Frauen bekannt war?

Könnte sie, fragte er sich, ihn wirklich lieben? Jonathan war überzeugt davon, dass sie es tat. Gregory erinnerte sich an seine eigene Überzeugung davon, dass sie Gefühle für ihn haben musste, als sie ihm ihren Körper angeboten hatte.

Sollte er von ihrer Liebe überzeugt werden können, wäre sein eigenes Glück so unendlich wie die Luft, die er atmete.

Er dachte an Glees enge Beziehung zu ihrer Schwester und war überwältigt von dem Verlangen, nach Winston Hall zu reiten, um mit Felicity über Glee zu sprechen.

* * *

Als Gregory in Winston Hall ankam, war er erfreut zu hören, dass George und Thomas auf die Jagd gegangen waren. Was er erfahren wollte, ging nur Felicity etwas an. Oder Felicity und Diana, die ebenso wie eine Schwester für Glee war.

Als Felicity den Salon betrat, in dem er auf sie wartete, war ihre Stirn vor Sorge gerunzelt. Als er ihr liebliches Gesicht sah, das Glees so ähnlich war, sehnte er sich danach, Glee zu sehen.

„Sag mir, dass diese schrecklichen Gerüchte, die ich über Glees Rückkehr nach Hornsby gehört habe, nicht wahr sind", sagte Felicity.

Gregory hatte sich erhoben, um sie zu begrüßen und ihre dargebotene Hand zu küssen, und presste seine Lippen aufeinander. „Ich fürchte, das sind sie."

„Oh nein", sagte sie und fiel in einen Sessel.

Es entging ihm nicht, dass ihre schmale Taille endlich gewachsen war, um von dem Baby zu zeugen, das in ihr wuchs. Der Gedanke brachte ihn dazu, sich zu versteifen. „Sage mir, wie geht es Lady Sedgewick? Ich hoffe, sie hat sich völlig erholt?"

Felicity lachte. „Es geht ihr in der Tat gut, obwohl George sie unglaublich verwöhnt. Er erlaubt ihr immer noch nicht, ihre Kammer zu verlassen. Du weißt, wie er sich benimmt, wenn es um Diana geht."

Gregory nickte ernsthaft. „Ich habe es immer für töricht gehalten. Nun verstehe ich es."

Mit nachdenklichem Gesichtsausdruck musterte ihn Felicity.

„Ich habe mich gefragt", fing Gregory an. „Nachdem du deiner Schwester so verteufelt nahe bist, dachte ich, dass sie sich dir vielleicht anvertraut hat. George hat einmal angedeutet, dass Glees Versuche, leichtlebig zu wirken, dem Verlangen entsprungen seien, mir gegenüber attraktiver zu erscheinen." Er sah finster drein. „In der Vergangenheit habe ich mich leider mit leichtlebigen Frauen abgegeben. Vor Glee, musst du verstehen."

Ein belustigtes Lächeln huschte über Felicitys Gesicht. „George hat mir genau das Gleiche über Glees schamloses Kleid erzählt, und ich habe ihm gesagt, dass er wahrscheinlich recht hatte. Diana – das war, bevor sie erkrankte – sagte, sie war sich dessen sicher. In der Tat sagte Diana, dass Glee ihr schon vor langer Zeit erzählt hatte, dass sie immer in dich verliebt gewesen war." Felicity sah ihn lange und verständnisvoll an. „Ist es vielleicht das, das zu hören du hierhergekommen bist?"

Er hob sein Gesicht und lächelte sie an. „Das ist es in der Tat!" Dann sprang er auf.

„Wirst du nach Hornsby fahren?"

Er nickte.

Kapitel 32

Gregory sagte sich, dass er auf den Morgen warten sollte. Es blieben ihm nur noch zwei Stunden Tageslicht, aber es dürstete ihn dermaßen danach, seine Geliebte zu sehen, dass er noch eine Nacht ohne sie nicht überstehen würde. Sein Pferd Champion würde ihn schnell tragen, und die Straßen sollten in gutem Zustand sein, da es in letzter Zeit nicht geregnet hatte.

Gedanken an das Lachen, das in Glees Stimme schwang, an ihren blumigen Duft, an ihre glatte helle Haut und das leuchtende Strahlen ihres zimtfarbenen Haares – all dies gab ihm Kraft während der langen Reise. Am meisten schätzte er sie dafür, dass sie ihm eine wirkliche Ehefrau gewesen war.

Er hatte durch sie so viel mehr über das Leben gelernt. Nun wusste er, dass der armselige Archie viel mehr besaß, als er jemals hatte. Gregory hatte nun größeres Verständnis für George, der seine Frau vielleicht mehr liebte als sich selbst. Und Gregory hatte endlich verstanden, dass seine junge Frau sein Herz viel besser kannte als er selbst.

Er sehnte sich mehr und mehr danach, sie zu sehen, sein Atem wurde schneller und seine Hände zitterten. Er versuchte zu proben, was er ihr sagen würde, aber keines der Worte, die er einstudierte, schien angebracht.

Zwei Stunden, nachdem die Nacht hereingebrochen war, ritt er die Allee nach

Hornsby Manor entlang. Es schien nur in wenigen Fenstern Licht. Er wusste immer noch nicht, was er Glee sagen würde, aber er wusste, es würde aus seinem Herzen kommen.

Vor dem Haus stieg er von seinem Pferd und band es an, dann näherte er sich nervös der Eingangstüre. Der Butler, der die Türe öffnete, hob verwirrt eine Augenbraue. „Kann ich Euch helfen, Sir?"

„Ich bin Mr. Blankenship. Ich bin gekommen, um meine Frau zu sehen."

Der Butler öffnete die Türe weit und entschuldigte sich zutiefst dafür, dass er „Miss Glees Ehemann" nicht erkannt hatte.

Als er ins Haus kam, blickte Gregory auf und sah, wie Glee elegant die Treppe hinuntereilte.

„Blanks! Stimmt etwas nicht?"

Der Anblick ihrer strahlenden Schönheit berührte ihn zutiefst. „Deiner Familie geht es gut", sagte er. Dann fügte er, an den Butler gewandt, hinzu. „Bitte lass mich mit meiner Frau alleine sprechen."

„Natürlich, Sir", sagte der Mann, als er sich zurückzog.

Glee kam am Fuße der Treppe an und blieb vor Gregory stehen.

Er betete sie mit seinen Augen an, als sein Hut in seiner zitternden Hand bebte. „Deiner gesamten Familie geht es gut, nur mir nicht, das heißt, wenn du ... wenn du mich als Familie betrachtest."

Ein besorgter Blick huschte über ihr zartes Gesicht, als sie ihm ihre Hand hinstreckte. Es schmerzte ihn zu sehen, dass sie den Smaragdring seiner Mutter – ihren Ehering – nicht trug. „Sprich, was ist passiert?", fragte sie.

„Es scheint, du hast in Bath etwas zurückgelassen, von dem ich nicht wusste, dass ich es besaß."

„Was?", fragte sie mit gerunzelter Stirn.

„Mein Herz."

Ihre feuchten Augen weiteten sich, aber sie bewegte sich nicht von der letzten Stufe, auf der sie wie festgefroren stand.

„Was meinst du?"

Er schluckte. „Dass mein Entschluss, niemals zu heiraten, mich niemals zu verlieben, zerbröselt ist wie altes Brot."

Ein Licht begann in ihren Augen zu tanzen. „Gregory Blankenship, versuchst du mir zu sagen, dass du dich in mich verliebt hast?"

„Das tue ich", sagte er feierlich.

Sie machte einen Schritt auf ihn zu, zog sich dann jedoch zurück. „Aber ich habe geglaubt, du bist in Carlotta Ennis verliebt."

„Niemals."

„Aber ..."

„Du hast mich gesehen, als ich ihr auf der Straße begegnet bin."

„Du bist ihr nicht nur begegnet. Du bist mit ihr gegangen!"

„Das bin ich. Auf ihre Bitte hin. Du musst mir glauben, dass es das erste Mal seit unserer Hochzeit war, dass ich sie gesehen habe."

„Wirklich?"

„Wirklich."

„Ich *wollte* glauben, dass du mich nicht anlügst. Ich wusste nicht, was mich mehr verletzte: dass du mich über Carlotta angelogen hast oder deine Untreue mit ihr."

Sein Gesicht spannte sich an und er sprach mit tiefer, heiserer Stimme. „Ich war dir niemals untreu, Glee."

„Aber ... warum hast du Carlotta am Arm gepackt?"

„Nachdem ich erkannt hatte, was es bedeutete, dich zu lieben, verstand ich den Schmerz, den sie wohl fühlen musste."

„Ah", sagte Glee in Gedanken. „Sie hat dich absichtlich auf der Straße getroffen, um dich zu bitten, dass du sie zurücknimmst und als du es nicht getan hast, hat sie sich selbst getadelt."

„Meine Frau scheint eine Expertin in menschlichem Verhalten zu sein."

Glee stieg von der letzten Stufe und hakte ihren Arm in seinen. „Ich hoffe, du weißt, wie gut ich dich kenne, mein lieber Blanks."

„In der Tat ist es etwas, was mir erst vor kurzem bewusstwurde."

Sie spazierten aus dem Haus in den Garten hinter dem Herrenhaus.

„Weißt du, Blanks, seit ich wieder in Hornsby bin, habe ich noch mehr über dich herausgefunden, glaube ich."

„Was?"

„Den Grund, warum du keine Kinder willst."

Sein Herz trommelte. „Und?"

„Es hat alles damit zu tun, dass du deine Mutter im Kindbett verloren hast. Erinnere dich, du hast mir gesagt, dass du deinen Vater dafür gehasst hast, dass er – im Grunde genommen – deine Mutter getötet hat."

Bei Gott, Glee kannte ihn besser, als er sich selbst kannte. Er nickte.

„Ich glaube, du hast Angst davor, mich – oder eine andere Frau, die dir etwas bedeutet – zu schwängern."

Er blieb stehen und nahm ihr Gesicht sanft in

seine Hände. „Ich kann es niemals riskieren, dich zu verlieren."

„Aber, mein liebster Mann, die Frauen in meiner Familie sind von äußerst guter Gesundheit. Und ich war noch keinen einzigen Tag in meinem Leben krank. Ich bin sicher, dass ich ein Dutzend gesunde Babys auf die Welt bringen kann."

Er legte seine Hände auf ihre Schultern. „Du bist mir viel zu viel wert."

„Dann bist du dazu bereit, unser Glück wegzuwerfen, nur weil du dir als kleiner Junge diese dumme Meinung gebildet hast?"

Sie gingen weiter. Die Düfte der Nacht und Glees berauschende Gegenwart besänftigten ihn, als er seine Gedanken ordnete. Obwohl seine Frau fünf Jahre jünger war als er, war sie in vieler Hinsicht viel klüger. Seine alberne Angst bezüglich der Gefahren, ein Kind in die Welt zu setzen, war ein Überbleibsel seiner unnatürlichen Kindheit. Glee erkannte, mehr als er selbst, dass sie niemals wahres Glück finden würden, wenn sie nicht in jeder Hinsicht verbunden sein konnten.

Nachdem einige Zeit vergangen war und er immer noch nicht geantwortet hatte, hielt Glee inne und stützte ihre Hände auf ihre Hüften. „Gregory Blankenship, oh Liebe meines Lebens, ich werde einen Pakt mir dir abschließen. *Sollte* ich im Kindbett sterben – was, ich versichere dir, höchst unwahrscheinlich ist – dann hast du meine Erlaubnis, mir zu folgen."

Er legte seinen Kopf zur Seite und grinste erheitert.

Sie wurde ernst, kam näher zu ihm und ließ sich von seinen Armen einhüllen. Er sah in ihr liebliches, vom Mondlicht erleuchtetes Gesicht und zog sie fester an sich, bevor er seine Lippen auf ihre legte.

Nach einem zarten Kuss sah Glee zu ihm auf und flüsterte verführerisch: „Du weißt, dass ich dich immer schon geliebt habe?"

„Es ist nur eines der Dinge, die ich über meine überaus süchtig machende Frau herausfinde." Dann hielt er sie fester und genoss es, sie zu spüren.

„Blanks?"

„Was, mein Liebling?"

„Sollen wir zu Bett gehen?"

„Eine äußerst gute Idee, würde ich sagen."

Das Ende

Die Bräute von Bath Serie

Wenn Ihnen *Mit seinem Ring (Die Bräute von Bath, Buch 2)* gefallen hat, werden Ihnen die anderen fünf Bücher der *Die Bräute von Bath* Serie bestimmt auch gefallen:

Die Braut in Blau
(Die Bräute von Bath, Buch 1)

Sechs lange Jahre lang hat Thomas Moreland von der schönen jungen Adeligen geträumt, die ihm das Leben gerettet hat. Während er in Indien sein Vermögen anhäufte, verging kein Tag, an dem er sich nicht an Felicitys blasse Schönheit und den seidigen Klang ihrer süßen Stimme erinnerte, und er sich nicht danach sehnte, sie zu besitzen.

Felicity ist nun Witwe und erkennt in dem gutaussehenden Nabob nicht den jungen Mann, der Jahre zuvor von Wegelagerern als tot zurückgelassen wurde. Obwohl sie den arroganten Mann, der verspricht, ihre Familie vor finanziellem Ruin zu retten, wenn sie seine Schwester in die Gesellschaft einführt, ablehnen will, kann sie es nicht tun. Sie muss sich dazu zwingen, seine Gesellschaft zu ertragen. Aber je mehr Zeit sie mit ihm verbringt, desto mehr muss sie sich daran erinnern, dem Gedächtnis ihres verstorbenen Mannes treu zu bleiben. Wie kann es sein, dass sich der in bescheidenen Verhältnissen aufgewachsene Thomas Moreland nobler verhält als Männer in ihrer eigenen Gesellschaftsschicht? Und warum fällt es ihr immer schwerer, um den verstorbenen Mann zu trauern, als Thomas' Männlichkeit ihr tiefstes Verlangen erweckt?

Das Geheimnis der Braut
(Die Bräute von Bath, Buch 3)

Seitdem seinen vorgesetzten Offizier auf der Halbinsel eine Kugel, die für ihn bestimmt war, getroffen hatte, fühlt sich James Moore, nun der Earl von Rutledge, verantwortlich für den jungen Sohn des toten Mannes und für die außergewöhnliche Mutter des Jungen, Carlotta Ennis. So sehr, dass er anbietet, die lavendeläugige Schönheit zu heiraten. Obwohl ihre Ehe nicht eine Liebesheirat war, bringt Carlottas quälende Gegenwart James dazu, sich danach zu sehnen, sie wirklich als Frau zu haben.

Obwohl sie den Earl nicht liebte, zwang ihre verzweifelte Situation sie dazu, seinen Antrag anzunehmen. Sie hatte keine Ahnung, wie sehr sie sich danach verzehren würde, mit ihm zusammen zu sein und nach jeder Berührung hungern würde. Wenn sie des edlen Mannes, den sie geheiratet hatte, nur würdig sein könnte. Wenn sie ihn nur davon abhalten könnte, ihr dunkles Geheimnis zu erfahren.

Diesen Lord anzunehmen
(Die Bräute von Bath, Buch 4)

Obwohl es bereits zwei Jahre her ist, dass seine geliebte Frau im Kindbett verstorben ist, verlässt sich George Pembroke, der Viscount Sedgewick, immer noch auf Alkohol, um seinen Schmerz zu lindern.

Da sich seine Schwestern um ihn Sorgen machen, drängen sie George dazu, der Jungfer – und langjährigen Freundin der Familie – Sally Spenser zu erlauben, sich um seinen Sohn und seine Tochter zu kümmern. Sally ist eine wunderbare Person. Sie ist von hoher Geburt (hat aber kein Geld) und sie liebt Lord Sedgewicks Kinder. Es ist ihre tiefe Liebe für die mutterlosen Kinder und ihre Angst, dass deren Vater eine gefühllose Stiefmutter heiraten könnte, die Sally dazu bringt, Georges Antrag in Betracht zu ziehen. Obwohl es unerträglich sein wird, mit dem Mann, den sie liebt und den sie niemals haben kann, unter einem Dach zu leben.

Liebe in der Bibliothek
(Die Bräute von Bath, Buch 5)

Die Schönheit und der Gelehrte ...

Da Catherine Bexley sicher ist, dass der „kluge" Steffington-Zwilling die richtige Person ist, ihr dabei zu helfen, das fast unbezahlbare gestohlene Chaucer-Manuskript ihres verstorbenen Mannes wiederzufinden, überredet sie den Gelehrten unter Tränen, ihr zu helfen. Eine Abmachung wird getroffen. Sie ist besonders darüber erfreut, dass der Doktor der Literatur kein Interesse daran hat, sie zu verführen, denn sie hat genug von Männern (wegen der vielen unglücklichen Verbindungen ihres verstorbenen Mannes mit ... Dirnen). Das Manuskript wiederzufinden und dann zu verkaufen wird ihr die Unabhängigkeit und Sicherheit bieten, niemals wieder heiraten zu müssen.

Sobald er erfährt, dass die arme, zarte Witwe in Gefahr ist, ihr schwer belastetes Haus zu verlieren, wenn sie das kostbare Manuskript nicht finden würden, schwört Dr. Melvin Steffington alles in seiner Macht Stehende zu tun, um ihr die seltene Ausgabe der Canterbury Tales zurückzubringen. Es ist offensichtlich, dass das hübsche kleine Ding einen Mann braucht, um ihr zu helfen. Melvin ist normalerweise nicht der Zwilling, dem hübsche kleine Dinger auffallen und er kann nicht leugnen, dass Mrs. Bexleys Aussehen dem der Schönheiten ähnlich ist, die sein Zwillingsbruder sonst bewundert.

Er hatte nicht damit gerechnet, sich als ihr Ehemann ausgeben zu müssen, als ihnen die von der Bank gegebene Zeit davoneilt. Er hatte nicht mit dem mysteriösen Dieb gerechnet, der ihn zu töten versuchte. Am wenigsten hatte er damit gerechnet, wie nahe er der lieblichen Witwe kommen würde, oder wie diese Witwe zu küssen die angenehmste Erfahrung seines ganzen Lebens sein würde ...

Weihnachten in Bath
(Die Bräute von Bath, Buch 6)

Alle Charaktere der ersten fünf *Die Bräute von Bath* Bücher bescheren Weihnachtsfreude, während Glee Blankenship Amors Pfeil spitzt.

Ohne sein Wissen hatte Jonathan Blankenships Schwägerin beschlossen, dass er diese Weihnachten einen Schubs benötigt, um zu erkennen, dass seine über vier Jahre lieb gewonnene Freundin, Miss Arbuckle, seine perfekte Partnerin sein wird ...

Cheryl Bolen Biografie

Cheryl Bolen ist eine New York Times- und USA Today-Bestsellerautorin und hat mehr als zwei Dutzend historischer Liebesromane geschrieben, von denen die meisten in der Regency-Zeit spielen. Ihre Bücher wurden in acht Sprachen übersetzt und erlangten Platzierungen in verschiedenen Schreibwettbewerben, so etwa auch im Daphne du Maurier Wettbewerb. 1999 wurde Cheryl als "Notable New Author" ausgezeichnet und gewann im Jahr 2006 die Holt Medallion in der Kategorie "Bester historischer Kurzroman". 2012 gewann sie den International Digital Award – eine Auszeichnung speziell für E-Bücher – im Bereich "Bester historischer Roman", und im Jahr darauf erzielte eine ihrer Novellen den ersten Platz in der Kategorie "Beste historische Novelle". Zahlreiche ihrer Bücher wurden zu Bestsellern bei Barnes & Noble und auf Amazon.

Sie ist eine ehemalige Journalistin mit einer Faszination für tote englische Damen und schreibt regelmäßig Beiträge für The Regency Plume, The Regency Reader und The Quizzing Glass. Viele ihrer Artikel kann man auch auf ihrer Webseite (www.CherylBolen.com) finden sowie auf ihrem Blog (www.CherylsRegencyRamblings.wordpress.com), wo sie ihre aktuellen Artikel einstellt. Leser sind an beiden Orten ganz herzlich willkommen.